Aus der Geschichte der Trennungen

Es war Sommer, als ich Jörn dann wiedersah.

In der Frühe des Sonntagmorgens strich ein sanfter Südostwind über die Getreidefelder, die sich zwischen der Chaussee und den Kiefernwäldern hinzogen, und mit dem Wind schoben sich riesige Wolken über das ebene, zum Horizont hin leicht wellige Land. Um diese Zeit war die schnurgerade, mitunter in langgezogenen Kurven verlaufende Chaussee fast leer; nur in den weit auseinanderliegenden Dörfern und Städtchen, wo die vor wenigen Jahren neugezogene Asphaltdecke ins rumplig alte Kopfsteinpflaster wechselte, tauchten vereinzelt Fahrräder, Autos, ein Motorrad mit Beiwagen, ein Traktor auf. Fußgänger waren fast keine zu sehen; einmal setzte eine Frau einen Eimer vor dem Hoftor ab, schaute ein Junge dem großen weißen Geländewagen nach, der mit seinen unvertrauten Kennzeichen offenbar aus einer fernen, westlichen Gegend herkam.

Noch in der Nacht war Jörn im Rheinland losgefahren; nach Stunden ohne einen Stau hatte er die Autobahn in Ziesar verlassen und die Landstraße genommen, die über Belzig, Treuenbrietzen und Jüterbog in die Landschaft des Niederen Fläming führt. Bislang kannte er die Gegend nicht; irgendwo hatte er etwas von einem sandigen Höhenzug im Süden der Mark Brandenburg gelesen. Als er auf einer Umgehungsstraße Treuenbrietzen passierte, tauchte vor seinen Augen die verdunkelte Aulabühne des Erfurter Gymnasiums auf ... Bunter Abend, im Scheinwerferlicht die als Schustergeselle verkleidete Gestalt eines Tertianers, der sich immer nur WWW und während der dreimonatigen amerikanischen Besatzungszeit Doubleyoudoubleyoudoubleyou nannte ... *Sabinchen war ein Frauenzimmer* trug er vor, die grausige Moritat mit der im Gewieher untergehenden Strophe –

Da kam aus Treuenbrietzen
ein junger Mann daher,
der wollte Sabinchen so gerne besitzen
und war ein Schuhmacheeer.

In Jüterbog fiel ihm ein, daß er als kleiner Junge lange Zeit geglaubt hatte, der Ort komme nur in der Legende vor, in welcher *Der Schmied von Jüterbog* den Tod und den Teufel überlistete ... Wo die dörflichen Ausläufer des Städtchens in Gärten und Ackerland übergingen, bog Jörn in die Landstraße nach Dahme ein; im Seitenfenster sah er die Baumreihe der Straße, die er nach langsamer Rumpelfahrt verlassen hatte, in einer Ferne verschwinden, die das flach gehügelte Land in spielzeughafte Winzigkeiten aufzulösen schien.

In einer Seitenbucht hielt Jörn den Wagen an. Auf dem Feld, das bis in den Schatten der Chausseebäume hereinreichte, stand halbhoch gewachsen ein Getreide, das mit seinen bräunlichfarbenen Stengeln und Kapseln Jörn fremd vorkam ... Es war kein Getreide. Es war, wie er Tage später von Herrn Demuth erfuhr, ein Flachsfeld, das kurz vor der Ernte stand und vorgesehen war für längst vergessene Landarbeit ... Leinölpressen, Fadenspinnen.

In einiger Entfernung erhob sich mitten im Feld eine Kiefernwaldung; umschlossen wie von einem Meer, glich sie einer Insel, deren grüne Küste steil aufragte. Als Jörn den Fotoapparat ans Auge hob, hörte er hoch in der Luft ein langgezogenes, spitzes Pfeifen. Aufblickend sah er zwei Raubvögel kreisen, Bussarde, die sich hinter dem Waldstück langsam entfernten, und mit ihnen das einzige Geräusch, das in der Landschaft zu hören war. Das Vogelpaar war noch nicht verschwunden, als ein Segelflugzeug auftauchte; es schien der Luftspur der beiden Bussarde direkt zu folgen, denn es bewegte sich kreisend, obschon in weit größeren Bögen, über das Waldstück hinweg, dabei mit jedem Bogen an Höhe verlierend, bis es, in der Ferne eben noch sichtbar, in die Gerade eines Tiefflugs überging, dem unsichtbar die Landung folgte. Kurz danach erhob sich in der gleichen Richtung ein kleines Motorflugzeug, dem in geringem Abstand wiederum ein Segler nachflog, und während beide Flugzeuge, der Waldküste sich nähernd, langsam an Höhe gewannen, sah Jörn, daß der weiße, mit weiten Flügeln überspannte Segler im Schlepptau der roten, angestrengt brummenden Motormaschine hing. Plötzlich setzte das Brummen aus. Nach wenigen Sekunden lief der Motor ruhig weiter, und Jörn konnte erkennen, nein, erkennen konnte er nicht, welcher der beiden Piloten sich losgeklinkt hatte, aber er sah, wie beide Flugzeuge sich trennten und entgegengesetzten Kurs aufnahmen, das eine mit seinem sommerlich fliegenhaften Gebrumm in einer weiten Kurve auf das vermutliche Fluggelände zu, das andere, dem Südostwind folgend, in die Weite der Luft.

Unter der steigenden Sonne, obschon sie minutenlang hinter den ziehenden Wolkeninseln verdeckt blieb, wurde es zunehmend warm. Eine Weile auf dem Asphalt der Landstraße stehend, wunderte sich Jörn, daß er alleine mitten auf der Straße stand. Er ging ein paar Schritte; er fragte sich, wann und wo er zuletzt die endlos scheinende Leere einer Landstraße wahrgenommen hatte, vielleicht im Sommer nach dem Krieg... aufgeweichter Teer, der an den Sohlen der Holzsandalen haften blieb; Teergeruch zwischen den Apfelbäumen. Plötzlich hörte es sich an, als ziehe durch die Asphaltdecke ein Rauschen heran, und Jörn bemerkte, daß zwischen den Chausseebäumen ein Gefährt näher kam. Es war ein Linienbus. Außer dem Fahrer saß kein Mensch darin. Der Fahrer sah den Geländewagen stehen und kurvte ein Stück über den sandigen Randstreifen; eine Staubwolke blieb stehen.

Jörn kickte einen Fallapfel ins Feld und ging zum Wagen zurück. Auf seiner Weiterfahrt durchquerte er Dörfer, in denen sich seit Jahrzehnten nichts verändert zu haben schien. Hier und da war ein Dach neugedeckt, eine Fensterreihe ausgewechselt, eine Fassade verputzt worden. Ein Gerüst umgab den Turm einer kleinen Feldsteinkirche. Einige Kilometer vor dem Landstädtchen Dahme endete das Kontinuum der Chausseebäume; die Landstraße zog sich sanft in eine baumlose Ebene hoch. Die Waldränder waren zurückgewichen und verliefen in dünnen grünen Linien fern unter dem Horizont. Unvermittelt setzte eine Reihe hoher Peitschenmasten ein. Die Straße verbreiterte sich bis zu einer Kreuzung, deren ins Nichts führende Querpisten das Entstehen eines Gewerbegebietes versprachen. Ein Metallzaungeviert umgab schon eine kurzgeschorene Rasenanlage, in deren Mitte ein langgestreckter Flachbau den Hintergrund abgab für einen Landmaschinenpark, der, schräg zur Straße hingestaffelt, die im John-Deere-Grün gehaltene Palette der Mähdrescher, Traktoren, Gartentrecker und Rasenmäher präsentierte. Minutenlang vor der leeren Kreuzung auf den Farbwechsel der Ampeln wartend, sah Jörn auf der Landkarte, daß zwischen Dahme und Luckau der Niedere Fläming ins Land der Niederlausitz überzugehen begann.

In Dahme fiel es ihm schwer, seine Fahrt nicht länger zu unterbrechen. Die Landstraße, die an einem weißen Rundling von Turm vorbei in den Ort hineinführte, weitete sich in seiner Mitte zu einem kopfsteingepflasterten Anger aus. Jörn parkte den Wagen unter einer Baumgruppe, hinter der sich das burgähnliche Gemäuer eines ehemaligen Klosters verbarg. Er ging an Bürgerhäusern der Jahrhundertwende vorbei und stand vor einem schloßhaft hochgetürmten Klinkerbau, der seine Dimensionen gewissermaßen amtlich erklärte, als Rathaus und Post. Eine Seitenstraße öffnete sich auf den frischgepflasterten Marktplatz, auf dem er eine Weile vor den beiden mächtigen Fachwerkhäusern stand. Nach ein paar Schritten an einer langen Feldsteinmauer entlang entdeckte er in einem verwilderten Parkrest die gegen ihren völligen Verfall notdürftig abgestützte Schloßruine. Als er zum Wagen zurückkam, steckte unter dem Scheibenwischer ein Protokoll. Es roch nach Thüringer Rostbratwürsten; Jörn schaute zur Fläming-Stube hinüber. Dann fischte er das Papier von der Scheibe, setzte sich in den Wagen und rumpelte aus dem Städtchen hinaus.

In Luckau und in Lübben, einem Ort am Rand des unteren Spreewalds, wo ihm auf dem Eingangsschild auffiel, daß es den sorbischen Namen *Lubin* mitanzeigte, hielt Jörn gar nicht erst an. Unter den Ampeln von Birkenhainichen bog er von der Landstraße ab; es war der Ort Goyatz, den er ansteuerte als Ziel seiner Fahrt.

Mittagshitze lag über dem leeren Parkplatz, als er den Wagen verschloß und sich umschaute. Die Umgebungskarte, die er auf der Motorhaube ausbreitete, zeigte ihm, wo er sich befand. Am Rand des Parkplatzes standen das kleine Bahnhofsgebäude und der angebaute Güterschuppen der einstigen Spreewald-Bahn; daß sie bis 1970 zwischen Cottbus und Goyatz Reisende und Güter befördert hatte, erzählte die Inschrift auf dem alten grünen Waggon, der zum Besichtigen vor dem Bahnhofsgebäude auf einem Stück Schienenstrang abgestellt stand. Entlang der mit Baumgruppen bestandenen Grünanlage, die hinter dem Bahnhofsgebäude begann, ging eine Straße, von der, zwischen einer Raiffeisen-Baracke und dem Gasthof Vier Linden, ein Asphaltweg abzweigte, der an Zäunen, Gärten und Rudersportgelände vorbei durch eine Sandmulde auf einen von Erlen und Pappeln überschatteten Wiesenrain führte. Jörn stand am Ufer des Schwieloch-Sees. Es war der elfte August.

Einige Schritte folgte er dem Wiesenpfad, der linkerhand in die Vorgärten einer Datschen-Kolonie überging und rechterhand gesäumt wurde von einem Schilfgürtel, den in längeren Abständen für Bootsstege angelegte Schneisen unterbrachen. Jörn ging über einen Steg aufs Wasser hinaus. Zu seinen Füßen dümpelte ein Ruderboot. Ein Entenpaar raschelte im Schilf. Wenige hundert Meter entfernt zog sich das gegenüberliegende, dichtbewaldete Ufer hin. Jörn überlegte. Von seiner Position aus konnte er feststellen, daß der See hier eine Bucht bildete, die sich umrunden ließ. Er ging zum Bahnhof zurück und stieg in den Wagen. Das Stück Straße führte durch eine Talsenke um die Bucht herum, aber er konnte das Ufer nicht sehen. Ein Straßenschild zeigte den Abzweig nach Jessern an, dem er kurz folgte, bis er von einer Hügelkuppe herab zwischen den Bäumen den See aufblitzen sah. Unter einem Schild, auf dem der Name *Hoffnungsbay* stand, stellte er den Wagen ab. Zwischen Gartengelände, versteckt liegenden Häusern und Kieferngehölz schlängelte sich der Weg durch die offene

Anlage eines großen Fachwerkgehöfts hinab zu einer Wiese, die in einer von Schilf umgebenen Sandbucht endete. Jörn stand wieder am Ufer.

Er setzte sich auf die Wiesenkante und faltete die Karte auf. Er befand sich am südlichen Zipfel des Schwieloch-Sees, in einer Bucht namens Hoffnungsbay, deren nördliche Grenze eine Landzunge bildete, hinter der sich der See ungefähr elf Kilometer weiter nach Norden hin fortsetzte, bis er in die Gewässer des Glower Sees und des Leißnitzsees überging, einer langgezogenen Wasserlandschaft, die in der Höhe des Dörfchens Trebatsch die deltahaften Flußarme der Spree aufnahm, der Wasserstraße, die vom nahen Beeskow sich durch unzählige Windungen, Seeflächen, Kanäle und Schleusenzeiten nach Berlin hineinverzweigte.

Jörn stand auf. Den Jungen, der in der Sandbucht aus dem Wasser gestiegen war und zu einem unter den Bäumen aufgeschlagenen Zelt ging, fragte er, wie weit man an dieser Stelle in den See hineingehen könne. Der Junge, fast gleichgroß mit Jörn, zeigte bis zur Höhe des Kinns. Die Wasserfläche lag unbewegt. Jörn fragte sich zum tausendsten Mal, wie es und wo es gewesen war. Eine alte Frau war aus dem Gehöftschatten hervorgekommen und ging über die Wiese. Jörn zögerte einen Moment, dann sprach er sie an. ... ja, sie stamme aus dem Gehöft, das Kriegsende habe sie auch hier erlebt, ganz schlimm, wie der Russe in der Gegend gehaust habe, als junges Ding nur im Versteck in der Scheune, immer die Angst in der Zeit, doch ja, auf der Wiese sei schon immer gezeltet worden, ja sicher, Wochenendler aus Cottbus auch, die Datschen und Wohnwagen und Segelgemeinschaften alle viel später, schon vor der Wende der ganze Betrieb, ins Rheinland wolle sie schon lange mal und endlich den

Kölner Dom anfassen, nun ja, der See, der könne ganz schön tückisch sein, nein, an eine frühmorgens ertrunkene Frau könne sie sich nicht erinnern, doch ja, einmal sei unten im Schilf eine Frau gefunden worden, die habe sich aber umgebracht, wie lang das her sei, ach, kurz nach dem Krieg in einem der Sommer ...

Die alte Frau gab Jörn die Hand, bevor sie ins Gehöft zurückging, wo ein paar Kinder auf Fahrrädern im Kreis herumfuhren. Auf dem Wasser lief eine Jolle in den kleinen Segelhafen ein, der hinter einer hohen Schilfwand versteckt lag. Jörn zog Schuhe, Hemd und Hose aus und ging langsam in den See. Das Wasser war nicht kalt. Unter den Füßen fühlte er die Riffelungen des Sands. Er ging ziemlich lange, bis ihm das Wasser an den Schultern stand. Dann begann er zu schwimmen; er war nicht weit geschwommen, als er sich auf den Rücken legte, am Ufer das Zelt und unterm Himmel weiße Wolken nach Nordwesten ziehen sah. Er schaute lange zum Himmel hinauf. Es war vor fünfzig Jahren, als an diesem Tag, in der Frühe um sechs, seine Mutter ein Zelt am Ufer verlassen hatte und hinaus in den See gegangen war zum Schwimmen. So hatte man es ihm gesagt. Aber Jörn wußte, daß seine Mutter gar nicht schwimmen konnte.

Und damals bist du nicht am See gewesen? Nein, sagte Jörn, mein Vater ist mit hingefahren, von Cottbus mit der Spreewaldbahn nach Goyatz, und dann nach Jessern ins Bürgermeisteramt, Polizei, Totenschein und so. Aber deine Eltern waren doch geschieden. Jörn nickte ... seit drei Jahren, aber ich war vierzehn Jahre alt, da mußte mein Vater nochmal alles regeln. In Cottbus warst du aber mit? Ja, von Erfurt über Leipzig, sagte Jörn. Deine

Mutter lebte auch in Erfurt? Da waren wir seit neununddreißig. War deine Mutter – allein in dem Zelt? Nein, sagte Jörn.

Wir saßen, während zwischen den fernen Parkbäumen das Rot der untergehenden Sonne verlief, unter einer riesigen Kastanie vor der alten Dorfschmiede. Jörn stocherte mit einem abgebrannten Streichholz in den Ritzen der Tischbalken herum. Für ein paar Sommerwochen hielt sich Jörn in der Gegend auf – im Niederen Fläming, hatte er am Telefon geraunzt ... von euch im Rheinland will ja keiner den Fläming kennen, dabei haben unsere linksrheinischen Nachbarn, die Flamen, der Gegend doch den Namen gegeben, südöstliches Brandenburg zwischen Elbe und Oder, die Berliner nuscheln auch nur was von nischt wie Jejend, ihr habt eben alle keine Ahnung in Westgermany ... Hast du denn eine Ahnung, Jörn? Nein, aber deshalb bin ich ja vielleicht hier.

Der Blick ging auf eine versandete Asphaltfläche, welche die zwei vom Schloßpark herkommenden Dorfstraßen zusammenführte. Zwischen den beiden Straßen, an deren äußeren Seiten sich die nahezu geschlossene Reihe der Wohnhäuser, Hofmauern, Scheunen, Scheunentore und Gartenzäune entlangzog, umgab eine große Wiesenfläche den grün veralgten Dorfteich, hinter dem zwischen Obstbäumen der ausgediente Feuerwehrturm und das zugewucherte Gemäuer einer ziegelroten Hofanlage erkennbar waren. Auf der Weide grasten zwei hellbraune Pferde; als Herr Demuth in seinem blauen Kittel an unserem Tisch vorbei die Straße hinabschritt und der Weide sich näherte, reckten schon die beiden Haflinger ihre langen Hälse über den elektrischen Draht ihm entgegen.

Es war kurz vor Sonnenuntergang, wenn der Dorfschmied sie von der Weide holte und, an einem Seil hinter sich herführend, mit den schnaubenden Tieren, von denen das kleinere dem größeren folgte, in das offene Hoftor einbog. In seinem Zwinger bellte der Hund auf. Der Hof lag der Schmiede gleich gegenüber; beide Gebäude trennte die eine der beiden Dorfstraßen, die über die Sandfläche hinaus, vorbei an den Gärten, Scheunen und Mauern der folgenden Höfe, über die anschließenden Feldstücke in die Tiefe der Kiefernwälder hineinging. Die andere Straße bog vor der Schmiede zwischen leerstehenden Ziegelscheunen und einem großen, geschlossenen Bauernhof ins Gelände einer heruntergekommenen landwirtschaftlichen Anlage; dahinter begannen auf beiden Seiten der Straße die Häuser, Gärten, Ställe und Scheunen einer Siedlung, die inmitten riesiger, flacher Feldflächen endete.

Jörn fuhr mit dem Finger über den Rand des leeren Bierglases und blickte hinüber in den Hof, wo Herr Demuth mit den Pferden im Stall verschwunden war. Der Hund, der mit Bellen aufgehört hatte, jaulte jetzt vor sich hin. Ein Mann in verschwitztem Overall quietschte auf seinem Fahrrad um die Schmiede herum, nickte, stieg umständlich ab, lehnte das Rad an die Hauswand und betrat über ein paar Treppenstufen die Gastwirtschaft. Herr Demuth, für dessen Schmiede es wenig Arbeit gab, war zugleich der Wirt des Dorfkrugs, wo Jörn im Fremdenzimmer als Gast sich eingemietet hatte. Magst du noch ein Bier? Jörn nahm die beiden leeren Gläser, ging die drei Schritte über den in sandigen Rändern ausfransenden Asphalt der Straße, lehnte sich gegen die Schwingtür und verschwand in der Düsternis des Inneren. Nach einer Weile, mit dem Rücken die Schwingtür öffnend, kam er mit zwei frisch gefüllten

Gläsern an unseren Tisch unter der Kastanie zurück. Hast du selber das Bier gezapft? Kuli steht hinterm Schanktisch. Kuli? Karl-Ulrich, Demuths Sohn, er wollte uns das Bier ja rausbringen, aber der Overall sitzt drinnen am Stammtisch und hat angefangen, etwas Kompliziertes klarzumachen. Was denn? Ich verstehe die Leute hier oft nicht.

Im vergangenen Winter hatte ich mit Jörn eine Schneenacht lang in seinem rheinisch-bergischen Fachwerkhaus gesessen. Er hatte angefangen zu erzählen, und je weiter er dabei in die Vergangenheit vordrang, desto näher kam er, wie er sagte, den weißen Flecken in seinem Gedächtnis. Indem er sich erinnerte, versuchte er, das Erinnerte als Gegenwart wahrzunehmen, nur kam es nie wie gerufen. Seine Erinnerung begann erst zu arbeiten, wenn er ein paar alte Dinge im Haus fand, ein Bild an der Wand hängen sah, draußen in der Nacht ein Geräusch hörte, am Radioknopf spielte. Dann konnte es passieren, daß ihn ein Impuls berührte und sein zögernd beginnendes Sprechen Vergessenes wiederentdeckte, daß er mit seinen Wörtern, so schien es jedenfalls, Eingänge in Vergangenes öffnete, die er wortlos, ohne sein Sprechen, gar nicht gefunden hätte. Das Gedächtnis, so dozierte er, lebt ja erst auf, wenn es Wörter und Sätze gibt, die es aus seinem Schlaf rufen. Nur ging das auch nicht auf Bestellung. Jörn saß dann wieder lange stumm am Tisch. Fetzen, Einzelteile, sie fügten sich nicht zu einem kompletten Bild; da fehlten ihm immer Reste, sah er die Leerstellen, über die keine Erfindung hinweghalf. Natürlich erzählte er manchmal wie im Konjunktiv, wie etwas hätte gewesen sein können, und dabei zitierte er gewissermaßen Erfahrungen, die vielleicht typisch für Leute seiner Generation waren. Es ist ja oft so, sagte er, daß ich gar nicht mehr weiß, ob ich beispielsweise die Jahre im Krieg erlebt habe, wie sie in meiner Erinnerung sind – oder ob sich in meine Erinnerung nicht alle die Geschichten hineingemischt haben, die Eltern und Verwandte, die vielen anderen Leute erzählt haben, die wir als Zeitgenossen, Zeitzeugen kennen. In bestimmten Zeiten sind unsere Lebensläufe einander sehr ähnlich, und unsere Biographien haben dann alle einen Hintergrund, von dem sich das einzelne Leben so deutlich gar nicht mehr abhebt. Wer alles dieselben Nachrichten gehört und dieselben Bilder gesehen hat, der kennt sich in den Gemeinsamkeiten aus, ohne jedesmal dabeigewesen zu sein. Mein Vater, sagte Jörn, hat mich damals nicht mitlaufen lassen zum Löschen, als nach einem Luftangriff in Erfurt ein paar Häuser am Anger brannten, aber Peter, der Junge aus dem Nachbarhaus, war dabei, und wie mir Peter dann stolz von den Löscharbeiten erzählte, so könnte ich dir jetzt bis ins Detail berichten, wie ich als kleiner Junge im Krieg brennende Häuser löschte. Das Authentische – eines der Lieblingswörter Jörns –, wie oft ist es ein Produkt unserer Einbildungen, und wenn das Vergangene nicht mehr wirklich da ist, dann kommen unsere Imaginationen, und alles ist wieder da.

Jörn nippte an seinem Bier und sah nach Westen hinüber, wo ein großer, tiefbrummender Doppeldecker hinter den Parkbäumen verschwunden war. Ein warmer Abend, und obschon die Sonne untergegangen war, blieb es eine Weile noch hell. Jörn zündete sich eine Zigarette an und grinste ... damit ja die Mücken fortbleiben. In der vergangenen Woche hatte er mich angerufen und gesagt, wo er zu finden sei.

Und was machst du jetzt hier? Ach, sagte Jörn, so ein bißchen herumfahren, durch die Wälder laufen. Willst du länger bleiben? Jedenfalls so lange, bis ich irgendwo in der Gegend einen Laden finde, der meine schwarzen Zigaretten hat... und dann noch ein bißchen länger, damit der Laden weiß, er hat 'nen Stammkunden vom Rhein hier. Aha, du willst der Wirtschaft im Kreis Teltow-Fläming auf die Beine helfen? Jörn nickte. Du kannst ja meinetwegen blöde reden, aber ich sage dir, ich nehme den Hut ab vor den Leuten hier, denen ist alles weggekracht, die haben gemeint, jetzt brummt das hier so richtig los ... na ja, so geizig jedenfalls ich sein kann, hier gebe ich das doppelte Trinkgeld. Tatsächlich, der gnädige Herr aus dem Westen. Jörn nickte. Du bist ein Idiot, und ich bin noch viel mehr einer, nur laß dir sagen, wir am Rhein werden nie was von der Gegend hier begreifen, wenn wir immer nur ans Mittelmeer fliegen.

Ein kleines graues Automobil kam über die Dorfstraße geholpert. Vorm Dorfkrug blieb es stehen; eine junge Frau mit Pferdeschwanz stieg aus, nickte kurz zu uns herüber und verschwand in der Kneipe. Mit Softeis kam sie zurück, stieg ein und fuhr zu einem der nächsten Höfe weiter, wo das schnarrende Motorengeräusch abrupt endete.

Hörst du, sagte Jörn, wie jetzt die Stille wieder anfängt ... eine unwahrscheinliche Ruhe liegt im Land, und das nimmst du richtig erst wahr, wenn der Hund aufgehört hat zu bellen, das Flugzeug verschwunden und der Trabi vorbeigerattert ist. Diese Art von plötzlich eintretender Geräuschlosigkeit hörte ich zum ersten Mal im Krieg, wenn an einem heißen Sommertag die Sirenen mit ihren Tonkurven die Luft aufgejault hatten und danach eine Stille sich ausbreitete, die für den kleinen Jungen der akustische Zustand von Angst war. Der kleine Junge, hat er das so gesagt? Nein, sagte Jörn, das sage ich jetzt so. Empfindest du jetzt wieder Angst? Jörn schüttelte den Kopf. Mir wird nur bewußt, wie lange wir schon im Frieden leben, ich meine, wir in diesem Land. Und ich spüre mehr als daß ich ihn höre, den Unterschied ... noch in meinem abgelegenen Gehöft wird der stillste Abend nicht still, immer steht in der Ferne das Geräusch einer Stadt, sirrt eine Autobahn vom Horizont her. Hier geht vom Horizont die Stille aus, und sie umschließt, verschluckt sofort jedes Geräusch wie eine Wasserfläche den hineingeplumpsten Stein. Auf die Dauer nervt dich das nicht? Jörn grübelte eine Weile. Ich mag es ja, wenn die Geräusche laufen wie ein Film, wenn die Autobahn rauscht wie hinter den Dünen das Meer, die Wolken unter den Nachtflügen wummern ... vielleicht höre ich nur die Sehnsucht nach Stille, die hier angekommen ist.

Jörn schaute die Dorfstraße hoch. Hast du gesehen, daß der Pferdeschwanz uns gegrüßt hat? Du bist eben schon ein bekannter Mann hier. Wirklich, die ist heute zum ersten Mal vorbeigetuckert ... aber auch beim ersten Mal, im Dorf die Leute grüßen ... ich finde das so selbstverständlich nicht ... aber was grinst du so blöde, es geht nicht um den jungen Pferdeschwanz, ich bin einfach glücklich ... es gibt die Freundlichkeit im Dorf.

Herr Demuth trat vor den Eingang seiner Gastwirtschaft. Den blauen Kittel hatte er ausgezogen; das großkarierte Hemd umspannte ihn in seiner muskulösen Massigkeit. Für die Herren zwei Gedecke? Drei, sagte Jörn, zwei Weiße und ein Brauner. Herr Demuth drehte sich um und verschwand. Ein Brauner? Die Männer trinken hier braunen Schnaps, irgendsowas Weinbrandhaftes. Herr Demuth, er hatte die Schwingtür festgehakt, erschien im Eingang mit einem runden silbernen Tablett, schritt über die Straße und baute vor uns auf dem Tisch drei frische Biere, zwei weiße und den braunen Schnaps auf. Dann setzte er sich auf die Bank, und wir wußten, es wird ein langer Abend.

Jörn fragte nach den Pferden. Herr Demuth fragte in seinem brummenden Baß, ob er die Reihenfolge gesehen habe, voran immer das große, dahinter das kleine. Jörn nickte. Ob bald mal ein Pferd zum Beschlagen komme. Herr Demuth hob die Schultern und verzog das Gesicht in eine Unwissenheit, an die er sich seit langem gewöhnt zu haben schien. Diese Woche nicht mehr. Der Mann, der drinnen am Stammtisch gesessen hatte, stiefelte durch den Eingang hinaus zu seinem Fahrrad, versuchte aufzusteigen, schob es ein Stück über die Straße, versuchte es mit mehr Glück noch einmal, klingelte kurz und schlingerte um die Schmiede herum davon. Der hat auch sein Pferd verkauft. Muß er weit? Nach Korea. Wohin? In die Siedlung hinter der Kolchose. Herr Demuth zog die Mundwinkel herab, griff zum Bierglas und lehnte sich zurück. Wir haben zu unserer LPG immer Kolchose gesagt. Und Korea? Fünfundvierzig sind alle die aus dem Osten gekommen, bis neunundvierzig stand dann die Siedlung, alle die kleinen Höfe. Die meisten waren auf der Kolchose beschäftigt. Und jetzt? Rente, Baustellen bis Dresden, Heizungsbau, Genossenschaft, Schloßküche ... es geht eben so.

Jörn war anzumerken, daß ihn Fragen beschäftigten, die er nicht stellte. Ich weiß nicht, sagte er auf einem der Spaziergänge, die wir in den nächsten Tagen durch die Kiefernwälder unternahmen, ich weiß nicht ... mir fehlen alle die Erfahrungen, die jahrzehntelang die Leute hier gemacht haben, und nein, ich würde sie auch nicht gemacht haben wollen. Aber jetzt bin ich hier... in einem Dorf, in dem zweihundert Menschen leben; ich fahre kreuz und quer durch die Gegend, unterm Himmel zwischen Berlin und der Ostsee bin ich schon fast wie zu Hause... doch wo bin ich wirklich... vielleicht in einer wiedervereinigten Landschaft, aber das ist auch nur eine Art von poetischer Vorstellung. Wie die Lage ist, steht ja in den Zeitungen, da wissen wir Bescheid. Wissen wir Bescheid? Ich sehe den Leuten zu, ich versuche, ihnen ins Gesicht zu schauen, aber dann weiß ich eben nicht, ob ich überhaupt so etwas wie ein Recht habe, die Leute nach ihrem Leben, ihren Verhältnissen, ihren Vergangenheiten zu befragen. Ich bin nicht hergekommen als Reporter. Ich versuche nicht mal Neugier zu zeigen. Mit jeder Frage fängt ja gleich ein Fragebogen an. Wie leicht könnte sich ein Zwischenton mit einmischen, der nach Mitleid, Vorhaltungen, besserem Wissen klingt. Zwischen uns liegt so etwas wie ein Nebel, der alles unscharf macht, eine Zone der Fremdheit, die von der Geschichte zurückgelassen worden ist, und das Trennende dabei sind eben die unterschiedlichen Erfahrungen. Mitunter denke ich, diese Zone ist gar nicht da, ich rede sie mir bloß ein. Aber ich weiß, ich komme aus anderen Jahrzehnten als die Leute hier... nur wenn Demuth und ich zusammensitzen und feststellen, daß wir vom gleichen Jahrgang sind, wenn er anfängt von der Kindheit zu erzählen, daß er noch bei den Pimpfen und wie es in den kalten Kriegswintern war, wenn er mir das Wachspapier der alten Militärkarten beschreibt und sagen kann, was eine Luftlagemeldung im Drahtfunk zu bedeuten hatte, dann entsteht auf einmal Nähe, dann bewegen sich zwei Leben wieder aufeinander zu, dann berühren sich Gemeinsamkeiten, die dann ein Schnitt trennte, eine Grenze, jahrzehntelang. Verstehst du? Worauf ich warte und was ich nicht mehr erleben werde, ist eine ganz andere Zeit ... die Kinder, die jetzt geboren werden zwischen Oder und Rhein, in vierzig Jahren gehen sie vielleicht miteinander um wie ganz gewöhnliche Landsleute, die nicht mehr geprägt sind von der Geschichte unserer Trennungen.

Kommt es dir wie Zufall vor, daß du nicht gelebt hast auf dieser Seite der Grenze? Es hätte so sein können, sagte Jörn. Warum war es nicht so? Er grübelte eine Weile ... Zufall war es sicher nicht.

Im vergangenen Winter hatte Jörn erzählt, wie der Abschied von der Strundener Straße im Kölner Vorort Dellbrück seinen Anfang nahm. Er hatte nicht viel erzählt. Daß es ein Abschied von den ersten sieben Jahren seiner Kindheit war, wurde ihm bewußt erst Jahre später. Der Junge saß hinten, eng neben hochgetürmten Koffern, im neuen Auto des Vaters; durchs Rückfenster sah er die Großeltern vor dem weißen Gartenzaun stehen und winken; die Mutter hörte er ein paarmal schluchzen; den Vater, ein noch ungeübter Fahrer, sah er starr in die Fahrtrichtung blicken. Da hatte das Auto die dörflichen Ausläufer des Vorortes schon hinter sich gelassen. Die Fahrt ging ins Oberbergische, ins Heimatdorf des Vaters. Nicht weit entfernt, nicht mehr als eine Stunde. Die Sommerferien hatten angefangen.

Aber in diesem Jahr begann für den Jungen keine ewig lang erscheinende Zeit zum Spielen zwischen den Güterschuppen der kleinen Brölbahn, in der Scheune der Brenzinger Mühle, in der Leimfabrik des Onkels, in der

Baumlaube über den Uferwiesen des Brölbachs. Nach wenigen Tagen saß er wieder hinten neben den Koffern. Durchs Seitenfenster sah er vor dem hohen strengen Fachwerkgebäude im Schatten der Kastanien die Großmutter, die Tanten den Vater stumm umarmen, während die Mutter fröhlich die Windschutzscheibe wienerte und aus der Seitentasche der offenstehenden Tür den neuen Continental-Atlas herauszog. Ganz langsam lenkte der Vater das Auto über das Kopfsteinpflaster der Kaiserstraße, die endlos lang sich hoch durchs ganze Dorf zog. Zuvor, nach hundert Metern, hatte er vor Lückes Gasthof schon wieder angehalten. Dort stand die BP-Olex-Zapfsäule, dort stieg der Vater aus und zog ein paarmal an der Klingelschnur, bis Herr Lücke auf der Gasthof-Terrasse sich zeigte. Sogleich kam er die Treppe heruntergestiefelt, fing ein Gespräch mit dem Vater an, folgte dann seinem ausgestreckten Arm, trat seitlich an das Auto heran, klappte einen Flügel der Motorhaube hoch, suchte, fand und schraubte den Deckel des Benzintanks auf, hakte von der Zapfsäule das pistolenförmige Einfüllrohr los und führte es vorsichtig ins Tankloch hinein, griff zum Schwengel und begann zu pumpen. Er pumpte ewig und drei Tage. Ein paar Dorfjungens kamen das beigefarbene Auto besichtigen. Vom oberen Dorf her näherte sich ein Pferdefuhrwerk; bis das Geräusch der klirrenden Hufeisen wieder verklungen war, schwang Herr Lücke den Schwengel hin und her. Als Benzin aus dem Tankloch schäumte, hörte er mit Pumpen auf. Dann kam er mit dem Fensterleder, aber die Mutter, die während der ganzen Zeit im Autoatlas auf ihren Knien geblättert hatte, winkte ab. Der Vater überreichte Herrn Lücke abgezähltes Geld; nachdem sich die beiden Männer lange die Hand geschüttelt hatten, saß er wieder am Steuer und lenkte das Auto genau über die Mitte der Straße. Zwei, drei Mal hupte er, wo in den Fenstern und vor den Türen winkende Verwandtschaft hervorkam, und Jörn winkte heftig zurück. Eine Zeitlang zuckelte das Auto hinter einem Ochsenfuhrwerk her, bis der Vater das Überholmanöver wagte; danach, am Ende des Dorfes auf der Höhe, wo der Blick über die Waldhügel des Oberbergischen ging und die mit Apfelbäumen gesäumte Landstraße sich nach Hermesdorf hinabzuschlängeln begann, ließ er den Fuß nicht von der Bremse – das neue Auto, seufzte Jörn, es mußte ja, wie der Vater nicht müde wurde zu betonen, *eingefahren* werden, und das hieß für die kommenden Monate, nichts lief über fünfzig Stundenkilometer.

Als kleiner Junge, sagte Jörn, für den eine Fahrt mit dem Auto – Auto sagten wir, einen Wagen besaßen damals nur vornehme Leute – die größte Wunscherfüllung war, konnte ich die ganze Fahrt kilometergenau nacherzählen. Wieviele Autos uns überholt hatten, und an wie lächerlich wenigen Fahrzeugen – Dreiradlieferwagen, Treckern mit Anhängern dran, Kleinmotorrädern – wir vorbeigekommen waren, ich hatte sie alle mitgezählt, und wie gern ließ später sich der Vater belustigen, indem er mich vor einer im Wohnzimmer versammelten Erwachsenenschar ermunterte, die beschämenden Zahlen noch einmal preiszugeben. Längst ist alles verwischt und weg, ich weiß nichts mehr. Da ist noch stehengeblieben der Ortsname Laasphe. An diesem ersten Reisetag waren wir nicht weiter gekommen als bis ins Sauerländische hinein. Der Gasthof lag mitten im Städtchen, und ich fühlte mich von zu Hause noch nicht weit entfernt, als ich in der Frühe draußen die klirrenden Pferdehufe hörte. Der säuerliche Geruch von Bier hing in der Gaststube, wo wir am Frühstückstisch saßen. Plötzlich jaulte die Sirene auf, und kurz nach der folgenden Stille entstand draußen auf der Straße großer Lärm... Wagengerassel, im Laufschritt knallende Stiefel, Zurufe, Pfiffe, dann war der Lärm schon wieder weg, und im offenen Fenster tauchte der Helm eines Feuerwehrmannes auf. Was denn los sei, wollte der Vater wissen. Der Feuerwehrmann machte es sich, gestützt auf die Fensterbank, bequem, zündete sich eine Zigarette an und schaute in den Himmel, wo noch ein paar Sterne glitzerten und die rötliche Morgenfarbe langsam zu verblassen begann. Nichts, nur eine Übung. Was für eine Übung denn? Ach, so eine Luftschutzübung wieder, das komme jetzt bald öfters vor.

Der Vater, der meist in diesen Sommerwochen ein ernstes Gesicht machte, sah noch ernster aus, als er wieder am Steuer saß, und es dauerte eine Weile, bis es der Mutter, die nach tiefsten Traurigkeiten sich unversehens in ihrer rheinischen Fröhlichkeit auslassen konnte, mit Schokoladestücken, Verzällchen und angezündeten Zigaretten gelungen war, das Gesicht ihres Mannes aufzuhellen. Zwischendurch kündigte sie immer wieder die Namen der kommenden Orte an, wie sie der Autoatlas auf ihren Knien angab, und nur wenn sie meinte, diese oder jene Nebenstrecke führe doch durch besondere landschaftliche Schönheiten oder an Sehenswürdigkeiten vorbei, wurde der Vater wieder unwirsch; er hatte seit Tagen, und damit basta, die Reiseroute festgelegt. Und dazu gehörte ein ganzes Stück Reichsautobahn, eine dieser gerade freigegebenen Teilstrecken, die einen von der Pflasterstraße wegholten und auf das weiße leere Betonband übernahmen... ein Kunstwerk der Ingenieure, so hörte der Junge den Vater es sagen, modern und elegant, wie das sich durch unsere schöne weite Landschaft schwingt ... Jetzt rumpelte das Auto nicht mehr; jetzt rollte es dahin im Takt der Plattenfugen, die immer rascher aufeinanderfolgten und schließlich sich ins Unmerkliche auflösten, als der Vater, alle Einfahrregeln nicht länger bedenkend, das neue Auto beschleunigte, bis es seine Höchstgeschwindigkeit fast erreicht hatte. Jetzt brummelte der Motor nicht mehr; jetzt heulte er hoch, gleichmäßig und fein in einer Tonlage, die wunderbar der Leichtigkeit entsprach, mit welcher der Wagen dahinfloß, davonglitt. Dörfer und Städte waren weit zurückgewichen; Waldküsten traten heran und entfernten sich wieder hinter den gelben Flächen des Getreidemeers; Schluchten, Flüßchen, Täler blieben unter hochgewölbten Brückenbauten liegen, und ganz hoch schwebten Segelflieger zwischen den weißen wandernden Wolken.

Jörn saß aufrecht, der kleine Oberkörper kerzengerade; er fühlte sich eingenommen wie von einer langanhaltenden Andacht. Seine Augen schnellten hin und her zwischen der huschenden Landschaft und dem Tachometer, dessen Nadel zitternd auf der Ziffer Neunzig stand; darüber riskierte es der Vater ja nun doch nicht. Aber jetzt, nachdem wieder ein Horch, ein Mercedes vorbeigerauscht waren, konnte er in seiner Tabelle aufholen ... einen DKW abgehängt, einen Opel P4, einen offenen Kübelwagen mit drei schwarzen Uniformen drin, einen lahmen Hanomag, einen Omnibus mit zugehängten Fenstern, endloses Überholen einer feldgrauen Lastwagenkolonne.

Der Vater schien dann ganz erleichtert zu sein, als nach dieser Rennfahrt zwischen Hersfeld und Eisenach die nächste Baustelle begann und er sein Auto wieder zahm unter Birnbäumen dahinlenkte, die Landstraße nach Thüringen hinein. Das Grüne Herz Deutschlands, trällerte die Mutter und klappte den Autoatlas zu, als bald schon Gotha näher kam. Hast du die Wartburg gesehen? Wo? Die Wartburg, hoch über Eisenach, ein feste Burg ist unser Gott ... Ihr habt ja nichts gesagt, und gesehen habt ihr auch nichts ... Jörn maulte. Die Mittagszeit war fast vorüber, aber mitten in der Stadt beschloß der Vater, Rast einzulegen. Vor einem Gasthaus, auf dessen Terrasse hoch zwei seitliche Treppenflügel führten, fanden sie unter einem Sonnenschirm Platz ... ich war ja, sagte Jörn, immer ganz stolz, wenn ich mit den Eltern an einem Tisch im Gasthaus saß, trotz all der lästigen Tischmanieren ... Geradesitzen, nicht mit dem Stuhl wippen, erst bitte, dann danke sagen, nicht gähnen, ohne die Hand vorzuhalten, die Gabel in die linke, das Messer in die rechte Hand, beim Essen die Arme nicht aufstützen, nicht gleichzeitig kauen und sprechen – längst wurde Jörns Benehmen von diesem ganzen Reglement beherrscht, und solange ihn die Eltern beachteten, hielt er sich von extremen Verstößen zurück. Nur den Teller leer zu essen, wenn auf dem Teller lag, was er nicht mal riechen konnte, Sellerie zum Beispiel, womit er nicht zurande kam, ein Fisch etwa voll Gräten, dann wurde die Lage ernst, bedrohlich gar am Tisch zu Hause, wo der Vater losbrüllen und der Junge aufheulen konnte, wogegen im Restaurant, der anderen Leute wegen, der offene Kampf zwar ausblieb, die Strafe bei Wasser und Brot jedoch für den Abend angedroht war.

In Gotha aber glänzten die Augen des Jungen auf: eine große Schüssel Kopfsalat kam auf den Tisch, und sogleich war wieder nahe der rheinische Gemüsegarten, wo zwischen Kartoffelreihen und Erbsenstauden, um die Johannisbeerbüsche und das Frühbeet herum ganze Salatplantagen wucherten, und es war eines der Abendbilder des Sommers, wenn das Kopftuch der Dellbrükker Oma hinter den Stangenbohnen auftauchte und die kleine Frau im blaßblauen Kleid auf den knirschenden Sand des Gartenwegs eine Blechschüssel stellte, über deren Rand die langen Lauchhalme hingen und in der sich ein paar üppige Köpfe Salat hochtürmten. Und dann war es für ihn ein Küchenfest, wenn der Junge zwischen den Erwachsenen in seiner Bankecke saß und er zu den Bratkartoffeln, dem Spiegelei auf seinem Teller ein Fuder Salat häufte, angemacht mit Essig und Öl, Pfeffer und Salz, Zwiebeln und Schnittlauch, mitunter vermischt mit ein paar dünnen Scheiben Gurke.

So konnte es Jörn am Mittagstisch in Gotha kaum abwarten, bis der Kellner auch die Salzkartoffeln und die nicht weniger begehrten Frikadellen serviert, der Väter, nach einem Blick zu den Nachbartischen, leise das kurze Gebet gesprochen und die Mutter, was so regelmäßig gar nicht vorkam, ihm den Teller gefüllt hatte. Aber als er, nach dem ersten Kartoffelbissen, endlich ein paar mit der Gabel zusammengespießte Salatblätter in seinen Mund schob und zu kauen anfing, hörte er sofort wieder auf und erstarrte. Nach einer Weile verzog er das Gesicht, kaute einmal, zweimal weiter, versuchte zu schlucken, hörte dann endgültig auf und schaute vorsichtig zu den Eltern hin. Die Mutter hatte angefangen zu kichern. Der Vater hatte indigniert seine Salatblätter an den Tellerrand geschoben. Er schmeckte süß, der Kopfsalat, süß wie Apfelkompott, das der Kellner auch schon servieren kam. Na, mundets den Herrschaften nich? Sagen Sie mal, fing der Vater räuspernd an und zeigte auf den Tellerrand, während die Mutter den Kellner direkt anging: Wat is dat denn für ein Salat, bei uns im Rheinland nämlich essen wir den Salat ... Nu wie schon, bei uns, da muß er ehm sieße sein, näselte der Kellner und ging weiter.

Jörn war erleichtert. Was hat der Kellner gesagt? Sieße muß er sein ... die Mutter kicherte schon wieder, während der Vater etwas von damals in Zwickau grummelte und dem Mensafraß dort in der Maschinenbauschule, aber das sei ja schließlich Sachsen gewesen ... Jörn muckste. Was ist, du brauchst den Salat nicht aufzuessen. Ich will wieder nach Hause ... Da fahren wir jetzt hin, nach Erfurt ist es nicht mehr weit, da werden wir dann zu Hause sein.

Aber du bist dort nicht zu Hause gewesen? Doch, sagte Jörn. Ohne Heimweh? Acht Jahre lang ... aber als ich zum ersten Mal in den Ferien ins Rheinland zurückkam, da hatte ich Heimweh nach Erfurt. Und später, nach dem Weggehen? Da war, sagte Jörn, da blieb so eine Art Zerrissenheit; ich fühlte mich wie auseinandergenommen ... ein Teil von mir hier, ein Teil von mir dort, und seitdem, nun ja, wo komme ich her, wo gehört der Mensch hin. Das ist immer noch so? Lange Zeit nicht, sagte Jörn, aber dann, in den letzten Jahren, da ist vom Verlorengeglaubten so vieles wiedergekommen. Was denn alles? Das kann ich so rasch gar nicht sagen. Wir haben Zeit. Wir haben überhaupt keine Zeit, rief Jörn, was ich wiederzufinden glaube, und es ist ja immer wie ein Neuentdecken, das droht jetzt aufs neue wieder zu verschwinden. Das ist der Aufschwung Ost. Du sagst es, höhnte Jörn, im Kaufland draußen auf der Wiese fühlst du dich im Osten wie im Westen.

Wir waren nach Jüterbog und weiter nach Altes Lager gefahren, einem vorstädtischen Bereich, der auf den ersten Blick nur aus einer vielbefahrenen Durchgangsstraße zu bestehen schien, der Landstraße nach Treuenbrietzen. Jörn erinnerte sich, daß ihm auf der Herfahrt, von Treuenbrietzen kommend, längs der Chaussee, die eigentlich durch Waldgelände führte, kilometerlanges, mit Resten von Stacheldraht umwickeltes Gemäuer aufgefallen war, hinter dem rostende Wachturmanlagen hervorragten; stellenweise ließen offenstehende Toreinfahrten kurze Blicke auf halbzerstörte Dächer langer, fensterloser Reihenbauten frei – da lag der Russe drin bis vierundneunzig, hatte ihm Herr Demuth dann erzählt, und einiges mehr noch, nämlich daß schon preußisches Militär, genau seit 1860, im ganzen Altes-Lager-Gelände seine Baracken, Kasernen, Truppenübungsplätze, Schießplätze, Lazarette, Kantinen und Wohnungen untergebracht hatte, und das immer größer und weiter in die Landschaft hinein, bis zu den Schießständen der Reichswehr-Artillerie und den fliegertechnischen Schulanlagen der Luftwaffe ... der Russe, der hatte nur zu übernehmen brauchen, die ganze intakte Maschinerie, die nun kaputt und leer liegt, mächtiges Gelände, das auf die Investoren wartet.

An die Landstraße reichten gerade die Ausläufer des riesigen Gebietes heran, das im Wechsel der militärischen Epochen ewig gesperrt und vielleicht nur für Einheimische zu betreten war, die den Küchenabfall der Wehrmacht zu beseitigen oder die Dachrinnen der Roten Armee zu flicken hatten. Beiderseits der Straße hatten einige Länder begonnen, das Territorium zu besetzen, ein Möbelland, ein Teppichland, ein Selbstbedienungsland; ein ganzes Schilderarsenal richtete seine

Pfeile kreuz und quer auf Projekte, Konzepte, Baumaßnahmen; eine im Karree aufgestellte ehemalige Militärwohnanlage glänzte frischsaniert in freundlichen Farbzusammenhängen auf, und es sah aus, als blühte – Jörn sagte es ganz ernsthaft – auch den letzten, in lichtem Kiefernhain gelegenen Ruinenvierteln eine Zukunft mit hohen Freizeitwerten heran.

Sandstaub stieg auf, als der Geländewagen über eine Platzfläche kurvte, die an den Abzweig zur Go-Kart-Bahn und der Landstraße nach Niedergörsdorf grenzte. Wir standen vor einem hohen, ockerfarbenen Gebäuderiegel; in der Mitte des langgezogenen Walmdachs erhob sich aus dem First das schlanke Viereck eines Turms, dessen Vorderseite mit einem kleinen roten, von einem Kranz umrundeten Stern versehen war. Der Eingang, ein symmetrisch angeordnetes, bis zur Dachtraufe hochgezogenes Säulengeviert, führte in eine Halle und weiter dann in den Innenhof eines Gebäudequadrats; die der Eingangshalle gegenüberliegende Hoffront öffnete sich für eine breite Passage, die in eine endlos scheinende, zwischen Gebäudegruppen verlaufende Betonpiste überging.

Jörn rackelte an den Eisenstäben des Gatters, das den Zugang in die Säulenhalle versperrte. Herr Demuth hatte ihm offenbart, was in der Gegend lange keiner wissen wollte, nämlich daß dort sechsunddreißig die deutsche Olympiamannschaft im Trainingslager war, und wer da gleichzeitig die höhere Fliegertechnik trainierte, das waren Görings Piloten; dann kam der Russe und bildete seine Piloten aus ... die Wandjemälde in den Sälen, det sind russische Orijinale, der Denkmalschutz war ooch schon da, bloß wat aus alledem werden soll ...

Wir gingen zum Wagen, der im Schatten einer einzelnen Kiefer am Rand des leeren Platzes stand; es war heiß und still. Da sind sie wieder, die Zusammenhänge. Was für Zusammenhänge? Der Architekt heißt Albert Speer, und seine Säulenhalle krönt der Sowjetstern. Gebäude sind eben Gebäude. Sicher, sagte Jörn, nur haben sie das Junkerschlößchen drüben hinterm Wald gesprengt, die Sieger fünfundvierzig, aber hier die Bauschöpfung haben sie vom Dritten Reich übernommen und in den Dienst des Sozialismus gestellt... Jörn hob beide Hände, ich weiß es ja, ich weiß, Funktionen sind Funktionen, Bauten sind stumm und fragen nicht, für welche Funktionen sie da sind... Jörn begann zu grübeln. Dann öffnete er die hintere Tür des Wagens und wühlte im Fond herum, wo er zwischen Landkarten, Reiseführern und alten Zeitungen eine Kladde mit Fotografien herauszog. Es waren Bilder von der Insel Rügen, von einer ausgedehnten Dünenlandschaft, durch die sich eine Kette kilometerlanger Gebäuderiegel zog. Einige Gebäudeteile schienen nicht fertiggestellt zu sein; andere, mit denen die Kette endete, ragten als Ruinen zwischen wucherndem Grünzeug hoch; ein Foto zeigte eine durch Kiefernwälder führende Landstraße mit einem Ortsschild, auf dem der Name Prora zu lesen war.

Prora? Einen Ort mit diesem Namen, sagte Jörn, ein Fischerdorf, ein Hafenstädtchen oder so hat es nie gegeben. Da, dieser Höhenzug über der Schmalen Heide, das ist die Prora. Und draußen das Meer, diese Bucht zwischen Saßnitz und Binz, das ist die Prorer Wiek. Und das Straßenschild? Das ist neu. Die Straße ist alt, aber für ein paar Jahrzehnte kam sie auf keiner Landkarte vor. Und warum nicht? Die ganze Gegend, sagte Jörn, eine der schönsten auf der Insel, war eine unbetretbare Landschaft. Militärisches Sperrgebiet? So ähnlich und für lange Zeit ... jetzt wimmelt es von Umweltplanern, Baustrategen, Investoren. Was wird? Ich weiß nicht, sagte Jörn, nur die Geschichte geht weiter, der Zusammenhang. Welcher jetzt? KdF, NVA, Bund ... und was jetzt so alles läuft.

Vor einigen Sommern hatten Jörn und Lena, seine Frau, ein paar Architekten von der Berliner Akademie auf einer Reise durch Mecklenburg und zu den Inseln Rügen und Hiddensee begleitet. Zu besichtigen sollte neben Baudenkmälern sein, was sozialistisches Bauwesen hinterlassen hatte und nun der Stand der Reparaturarbeit, der Planungen und Projekte war. An einem diesigen Vormittag war die Reisegruppe auch durch die Dünen von Prora gewandert, bis sie das haushohe Ziegelgemäuer einer Kaianlage erreicht hatte, von deren Rampe aus der Blick über ein Gelände ging, dessen Dimensionen gar nicht zu erfassen waren. Mit dem Rükken zum tief unten gegen die Kaimauer schlagenden Meer stehend, schaute die Gruppe über ein ruinöses Nichts voller Betontrümmer, Zaunreste, Rohrleitungen, Schrott, das von Dünensand schon halb überweht und von Disteln, Sträuchern, Strandgewächs fast zugewachsen war. Ein Rest von Säulenhalle, der Schornstein eines Heizwerks ragten in die Luft; das Ganze schien als Entwurf einer riesigen Platzanlage nicht ausgeführt und einer jahrelangen Verwilderung überlassen worden zu sein; eine zentral gedachte, zwischen dem fernen Kiefernwald und den Kaianlagen sich ausdehnende Mitte, die den kilometerlangen Verlauf der beiden sechs Stockwerk hohen, parallel zum Meeresstrand liegenden Gebäudetrakte unterbrach.

Davon war wenig zwischen den hügeligen Dünen und hochgewachsenen Bäumen zu sehen, nur soviel, daß die Rohbauruinen des nach Norden verlaufenden Traktes in bizarre Trümmergebilde übergingen, während die Gebäudeflügel des südlichen Traktes sich in einem maroden, aber benutzbaren Zustand befanden.

Im zunehmenden Wind, der einzelne schreiende Möwen über das Dünengelände segeln und das Meer an die leeren, langen Strandflächen heranrollen ließ, waren die Baukünstler weitergegangen, jeder offensichtlich in Gedanken vertieft, die sich mit der Wahrnehmung eines Phänomens beschäftigten, für das keiner Worte hatte ... Der Ausflug nach Prora war ja reichlich improvisiert zustande gekommen, er hatte gar nicht zum Reiseprogramm gehört, wäre da nicht der Hamburger Kollege gewesen, Heiner Muldenscheidt, der unterwegs, abends im Bus nach Binz, plötzlich aufgesprungen und nach vorn zum Fahrer gestolpert war – ich weiß nicht genau, sagte Jörn, mit der Kladde auf den Knien im offenen Fond des Wagens sitzend, aber Freund Muldenscheidt war wohl der einzige, der Bescheid wußte, und so hatte er, als er am Straßenrand das Prora-Schild vorbeihuschen sah, den Fahrer zum Stoppen und gleich auch zum Weiterfahren veranlaßt, als der nämlich mit Spät-in-der-Nacht und Das-Hotel-wartet-schon anfing ... Während im halbschlafenden Bus ein gähnendes He-was-ist-denn-los laut wurde, war Heiner schon zwischen den Kiefern verschwunden und erst spät in der Nacht an der Hotel-Bar wieder aufgetaucht, wo er, ziemlich erregt noch, dann Kunde gab von KdF und Seebad und gigantischen Dimensionen ... nun ja, da wurde an der Bar gleich die Reiseroute geändert, und am nächsten Morgen sind wir hin.

Und noch am selben Tag, von Schaprode waren wir nach Hiddensee hinübergetuckert, fanden wir dort in Kloster, im Holzzelt der kleinen Inselbuchhandlung, einen Stapel Bücher liegen; der lag da wie bestellt für eine Berliner Reisegruppe, die ihre Bücher beim verwunderten Buchhändler dann auch abholen kam, bis aufs letzte Exemplar. Draußen, im Sand der Dorfstraße, auf den Gartenstühlen des Hotels Wieseneck, saßen alle dann und blätterten in den *Paradiesruinen* ... da hatten zwei kundige Leute, Jürgen Rostock und Franz Zadniĉek, schon die Geschichte vom KdF-Seebad der Zwanzigtausend auf Rügen erzählt.

Inzwischen, sagte Jörn, gibt es darüber ja jede Menge zu lesen, zu sehen und im Radio zu hören; zuletzt kam aus Berlin ein ganzes Konvolut von Plänen und Projekten ins Haus ... Gesellschaft für behutsame Stadterneuerung ... da wird nun, auf Landkreisebene bis hinauf zu den höchsten ministeriellen Spitzen, nach der Zukunft gesucht für eine Vergangenheit, die plötzlich in der Dünenlandschaft aufgetaucht ist ... aber was heißt plötzlich. Ich kenne ein paar Leute aus der Nalepastraße, damals draußen in Berlin zwischen Schrebergärten und Spree das Rundfunkgelände der DDR, und es sagte dort der eine: wir wußten nur, da war irgend etwas ... und es sagte die andere: wieso keine Ahnung, ick selber hab am Schlagbaum gestanden, da war mein Bruder doch Soldat; und noch einer wußte: warum auch immer, von Binz nach Saßnitz, det war ebend 'n riesiger Umweg.

Jörn zog mit dem Fuß ein paar Linien im Staub. Na gut, ein paar Zehntausend hatten ihr Quartier in der Militärgeschichte der DDR, ein paar Millionen fuhren den Bogen drumherum in Urlaub, aber nur die Alten auf der Insel hatten es im Gedächtnis, nämlich daß damals fünfunddreißig der Fürst nicht verlegen war, sein Land auf der Schmalen Heide herzugeben; daß sechsunddreißig dann von Holzmann bis Hochtief, von Dyckerhoff bis Siemens die Baukolonnen angerollt kamen; daß der Doktor Robert Ley halb Rügen Arbeit, Lohn und Brot gab, bis daß neununddreißig erst mal Feierabend war und fünfundvierzig dann der Russe, ha ha, unseren Stahlbeton mal zu sprengen versuchte und gleich damit aufhörte, weil er sah, daß ohne Gemäuer die Dächer einfach in der Schwebe blieben; daß lange Jahre erst mal Steinbruch und die halbe Insel sich herausholte, was nicht nietundnagelfest war; daß aber dann wieder Lohn und Brot kam mit Wiederaufbau, Ausbau, Weiterbau, zwar im Südflügel nur, im Nordflügel schweben jetzt noch in der Luft die Dächer; daß endlich dann die Jungens von Kasernierter Volkspolizei und Nationaler Volksarmee im operativen Gebiet die Errungenschaften unseres Staates gegen den Imperialismus verteidigen übten, bis, na ja, bis daß die Wende kam und die Bundeswehr ihre Sperrschilder an die Zäune hängte, aber die Herren zogen ja bald wieder aus für die Oberfinanzdirektion in Rostock, die schleppt jetzt die Falschparker im Kiefernwald ab ...

Jörn grinste und klopfte mit dem Schuh gegen einen Wagenreifen. Nach dieser Reise mit den Architekten sind Lena und ich noch einige Male nach Rügen gefahren und haben Prora aufgesucht – beim letzten Mal haben wir den Wagen auf einem Plattenweg mitten im Wald stehengelassen und sind über die Dünen zum Strand gegangen ... für die zwanzigtausend KdF-Urlauber hatte der Herr Doktor Robert Ley ja den schönsten Strand der Insel vorgesehen, und als wir nach ein paar Stunden Freikörperkultur zurückkamen, da war der Wagen weg. Nichts, nur schweigender Kiefernwald. Na ja, der schöne weiße Jeep wird jetzt unterwegs nach Polen sein, dachte ich, aber nach ein paar hundert Metern standen zwei Männer vor einem dieser abgelegenen Arbeitsfront-Häuschen, und die meinten, während sie an einem Rasenmäher herummontierten, Touristen aus dem Westen müßten sich im Halteverbot doch auskennen ... wieso Halteverbot? Einer der beiden zeigte nach Süden, und wirklich, nach einem Kilometer stand im Farnkraut ein nagelneues Halteverbotsschild, und nach einem weiteren Kilometer Plattenweg tauchte der Zaun um die riesige Betonpiste auf, über die man alptraumhaft sich zu den Hallen hinbewegte, in denen die Rostocker Oberfinanz ihren *Betriebshof* unterhielt. Waren hier Flugzeuge drin? Nee, Panzer. In seinem Büroverschlag hielt der übernommene Werkschutzmann kurz Vortrag über Pflichten und Rechte, schob mir den Quittungszettel über zweihundert Mark hin, bemühte sich um ein Lächeln, als ich mich für Aufmerksamkeit, Transport und Unterbringung in einem Parkhaus bedankte, und wandte sich der Frau aus Potsdam zu. Sie war den Tränen nahe. Da müsse sie jetzt den Urlaub abbrechen, nicht mal den Campingplatz könne sie mehr bezahlen. Ich schaute Lena und Lena schaute mich an, aber dann trauten wir uns irgendwie nicht, und das kreide ich mir immer noch an. Draußen hinter der Halle, wo alle die abgeschleppten Wagen auf ihre Besitzer warteten, fanden wir unser Gefährt ... daneben stand ein kleiner grauer Trabi mit dem Kennzeichen von Potsdam.

Früher bist du immer an die Nordsee gefahren. Ja, sagte Jörn, Ostende zum Beispiel ... aber nach der Wende, da begann auch dieser Sog von dort, *wo der Wind rauh und grau vom Meer kam.* Das ist aber die Gegend von Klütz ... oder Jerichow. Jörn lächelte. Als kleiner Junge war er einmal in Greifswald, auf Rügen gewesen.

Im vergangenen Winter hatte Jörn erzählt, wie er im Krieg mit seiner Tante Etta von Berlin nach Greifswald und weiter nach Rügen in die Ferien gefahren war. Am Rand eines Kiefernwaldes, hinter dem gleich der Strand begann, hatte er an jedem Morgen in einer grünen Kioskbude einen Becher Buttermilch getrunken, und seitdem hatte sich ihm, in all den Jahrzehnten danach, mit dem bloßen Buttermilchgeruch die Ostseeküste vergegenwärtigt, eine ganze Landschaft, die ihm verloren, wie weggenommen vorgekommen war.

Kurz vor ihrem Tod hatte Jörn die Patentante, die im Heimatdorf des Vaters als letzte von den alten Verwandten noch lebte, nach dem Architekten Clemens Klotz und vor allem nach dem Verhältnis der Familie zum Doktor Robert Ley befragen wollen. Aber wie so oft in der Geschichte seiner Versäumnisse hatte er die Gelegenheit dafür zu lange vor sich hergeschoben. Er selber war auf das Foto und den Namen des Architekten gestoßen, als er auf der Terrasse des Hotels Wieseneck in Kloster in den *Paradiesruinen* blätterte ... da kam so ein Moment, sagte Jörn, in dem du plötzlich weißt, jetzt beginnt eine Spur, die führt dich nach irgendwohin. Das Irgendwohin war rasch gefunden ... ins Rheinland ging die Spur, nach Köln, wo Clemens Klotz gearbeitet und gelebt hatte bis 1969, aber dort schien er schon vergessen zu sein, und auch den Baukunst-Kollegen von der Berliner Akademie sagte der Name zunächst einmal gar nichts ... ach, einer von diesen Nazi-Baumeistern. War er das?

Jörn blätterte, ohne hineinzusehen, in der Fotokladde auf seinen Knien. Sicher, diese Ordensburgen, Adolf-Hitler-Schulen, und es war sein Werk, das KdF-Seebad der Zwanzigtausend, und beauftragt hatte ihn dazu der Führer der Deutschen Arbeitsfront, der Herr Doktor Robert Ley ... Jörn unterbrach sein Blättern und schaute eines der Prora-Fotos an ... aber im Stil der Reichskanzlei ist da nichts entworfen, das sieht eher nach einem sachlichen Zweckbau aus, alles bedacht nach den Funktionen eines Massenhotels, geradezu elegant diese vorgebauten Pavillons ... Übrigens hatte auch Tessenow, der berühmte alte Tessenow, einen Entwurf eingereicht. Jörn schaute zurück zur Säulenhalle. Und Tessenow war der Lehrer von Albert Speer.

Lange Jahre nach dem Krieg, sagte Jörn, haben wir jungen Leute ja nicht wissen wollen, daß die Bauweise damals von diesem *Neuen Reich* gar nicht erfunden worden war. Brutales, Gewaltiges, Pathetisches, die Kulissen der Macht, die Symbole der Herrschaft ... die Baumeister der dreißiger Jahre brauchten doch bloß zitieren, was die Antike bis zur Gründerzeit ihnen vorgebaut hatte, und wie das politisch alles gemeint war, Gestein und Gemäuer verwittern in eine Zukunft hinein, die irgendwann nicht mehr weiß, wer die Gebäude errichtet hat, wann und für wen. Jörn zeigte nach Norden ... jetzt wissen wir es noch. Ernst Sagebiel hat in Berlin das Reichsluftfahrtministerium gebaut, für Hermann Göring. Aber auch die Minister des Arbeiter-und-Bauern-Staates konnten darin gut regieren, und was der Sozialismus hinterlassen hatte an Vermögen und Schrott, das verwalteten und verscheuerten von dort aus die Manager der Treuhand. Nun findet ein demokratisch legitimierter Finanzminister hier seinen Amtssitz und die Büros für seine Mitarbeiter. Nicht wahr, in unserer Welt der Widersprüche, da sind es wenigstens die Baumeister, die ein paar Kontinuitäten stiften.

Jörn legte die Kladde beiseite. Im Gedächtnis seiner Heimatstadt kommt Clemens Klotz nicht vor. Dabei hatte er in den zwanziger Jahren jede Menge in Köln zu tun, ganze Häuserzeilen, Wohnhausgruppen, Geschäftshäuser, Villen, das Wasserwerk, das Opernrestaurant ... Einiges steht ja auch noch, und da kannst du den schönsten Heimatstil besichtigen mit Erker, Sprossenfenstern, Klappläden, Walmdach, und zugleich die eleganteste Moderne, gläserne Sachlichkeit, fast schon Bauhaus ... nur weil er Parteigenosse und vom obersten Bauherrn zum Professor ernannt war, ein Feind der Progressiven, der *Unvölkischen* war er nicht, da gab es ganz andere unter seinen erdverwurzelten Kollegen.

Einmal auf die Spur gebracht, sagte Jörn, habe ich in der Buchhandlung König die Dissertation von Petra Leser gefunden, die gerade vor ein paar Jahren erschienen war, *Der Kölner Architekt Clemens Klotz.* Mit dem Werkverzeichnis unterm Arm bin ich ein bißchen in der Stadt herumgelaufen. Ich entdeckte Häuser wieder, Straßenecken, Siedlungen, die ich seit Kindertagen kannte, dazu ein paar Namen von Leuten, die einmal stadtbekannt gewesen waren. In einem seiner Häuser, als dort die Sportredakteure des damaligen Deutschlandfunks untergebracht waren, hatte ich selber einmal einen Job; es war einer seiner letzten Bauten, 1950 in der Parklandschaft Marienburgs errichtet für das britische Offizierskommando; zuletzt war es die Privatvilla vom Altbundespräsidenten Scheel.

Bis zu seinem Tod ein paar Wettbewerbe noch, aber kaum Aufträge und Bauten mehr, und die Spuren seines Lebens sind verwischt. Petra Leser hat da auch nicht viel gefunden. Anfang der Sechziger stöberte ihn eine amerikanische Journalistin auf, bei der beklagte er sich, daß er nach dem Krieg keine Aufträge mehr bekommen habe, dabei sei er doch total unpolitisch gewesen ... na ja, nur muß man sich vergegenwärtigen, wie nach dem Krieg die alte Kollegenschaft dann losgelegt hat, die ganze Clique aus dem Planungsstab von Albert Speer, die brauchten nur ihre Wiederaufbaupläne, die sie in sicherer Ferne vom Bombenhagel angefertigt hatten, aus den Schubladen holen, alle diese späteren Baudezernenten und Stadtbaudirektoren, die unsere Städte dann noch einmal verwüstet haben ... den alten Klotz haben sie nicht mehr mitmischen lassen, ich weiß nicht warum, vielleicht weil er der Spezi vom Ley war, und zum Reichstrunkenbold blieb man ja fein auf Distanz, da brauchte der Herr Rüstungsminister Speer nur die Augenbrauen hochzuheben, und im übrigen hatte keiner vergessen, wie Ley sie alle ausgetrickst hatte beim Prora-Wettbewerb.

Jörn hatte mit den Füßen den Sand zu ein paar wellenförmigen Hügelchen zusammengeschoben. Immer wenn wir auf der Insel sind, gehen mir ein paar Fragen und Vorstellungen durch den Kopf. Im kleinen Hotel, das ein paar Stockwerke im kilometerlangen Südflügel einnimmt, bewohnen wir eines der Zimmer, in denen die NVA-Offiziere ihren Urlaub verbrachten. Verschlissene Bemühungen um etwas, was nach Komfort aussehen soll; in der Ecke ein Waschbecken mit fließend kaltem und warmem Wasser. Wären wir, im Falle anders verlaufener Zeiten, als KdF-Urlauber hier untergebracht gewesen? Vor der Tür draußen der breite, endlos lange Korridor durch die Bettenhäuser, alle fünfzig Meter der Quergang hinaus in die Hallen der Waschanlagen ... stünden wir da, Zelle an Zelle neben hunderten von Volksgenossen, morgens unter den Duschen? Sähen wir uns, im Gemeinschaftsraum unten, wo junge Glatzköpfe aus Chemnitz jetzt überm Frühstücksbuffet näseln, bei Vollkornbrot und Rahmquark aus dem Warthegau wieder? Schallte aus den Lautsprechern draußen vom Thingplatz schmissige Marschmusik durch die offenen Fenster herein? Flanierten wir unter knatternden Fahnen zu den Kaianlagen hinaus und bewunderten die Manöver der Marine-HJ auf ihren weißen Segelschulschiffen? Besuchten wir abends eine Tonfilmschau im Lichtspielpalast mit einem alten Veit-Harlan-Streifen; gingen wir dann in den eleganten Glasgemeinschaftsbau Tango tanzen zur Harmonikamusik von Will Glahé?

Aber jetzt krieche ich auf allen vieren unter dem Maschendraht her, der die Ruinen des kilometerlangen Nordflügels einzäunt; ich springe über die Gräben zwischen den gesprengten Betondecken und balanciere über die rostbraunen Eisenträger, die in der Luft enden; ich klettere die eingestürzten Mauerreste hoch und rutsche die Schutthügel hinab in die riesigen Tiefkeller, in denen stilles und schwarzes Wasser steht und das Echo der Tropfgeräusche vom Gerücht geheimer Waffenarsenale und verborgener U-Boot-Standorte erzählt; ich strauchle und stolpere durchs Dornengestrüpp zwischen den niedrigen Mauerresten und reiße mir Hemd und Haut auf; im Gebüsch liegend erblicke ich hoch im blauen Himmel über mir die Betondächer, die, auf ein paar restliche Säulen gestützt, ins Nichts hinausragen; ich stapfe über endlose, überwucherte Dünenhügel und steige eine aufmarschbreite, sandüberwehte Ziegelsteintreppe hoch auf die Rampe der Kaianlage, in der Tiefe werfen sich die Meereswellen gegen die Mauern; ich schaue über die Ruinenlandschaft, die langsam von der Natur zurückerobert wird, und spüre mit der Genugtuung, daß dies so geschieht, ein stummes Entsetzen hochsteigen, das mir, während ich langsam weggehe und rasch weiter und weiter gehe, nachfolgt wie ein Schatten, dem ein nächster Schatten folgt, düster und lang, der Schattenzug der Faszination, die ausgeht von diesen Schrottgefilden unserer Geschichte.

Ein kleiner schwarzer Käfer war angekrabbelt gekommen und schaufelte sich zwischen den Sandhügelchen hindurch. Jörn zog die Füße, mit denen er das winzige Gelände hatte plattmachen wollen, zurück und schaute auf den Käfer hinab. Als kleiner Junge, sagte er, bin ich unter den Brombeerbüschen hergekrochen, die über die Eisenträger und das Gemäuer wucherten, und wenn ich auf der haushohen Bruchsteinrampe saß, die sich hoch überm Dorf an den Wäldern entlangzog, sah ich weit, ganz weit bis in den Horizont, unter dem sich die Weiden und Hügelketten des oberbergischen Landes ausdehnten. Wenn die Tante mitgegangen war, rupften wir Heidekraut zwischen den Kiefern oder saßen zwischen den Waldbeeren, die wir in die Milchkanne hineinpflückten, oder wir krochen unterm Stacheldraht der Weidezäune her, die bis an den Sockel des Gemäuers reichten, und suchten zwischen den breiten, vertrockneten Kuhfladen nach Champignons. Es war das still und verlassen daliegende Gelände, in dem Clemens Klotz mit seinem Bau der Adolf-Hitler-Schule nicht fertig geworden war.

Und manchmal sonntagnachmittags wanderten wir, die Männer in der Familie, hinaus zum Gut Rottland. Mächtige Hofanlage. Getobe von Schäferhunden. Hohe Sockel, breite Treppen, massige Mauern, alles in Bruchstein. Darüber schweres Fachwerk, alles Eiche. Wehranlage, murmelten die Männer, und der kleine Junge malte sich aus, wie er als Ritter in den Burghof galoppiert. Kriegsende Feuer und Trümmer, dann Wiederaufbau, jetzt sitzt die Bundeswehr mit einer Schule drin, Baujahr 1938, Baumeister Clemens Klotz, Bauherr Robert Ley.

Der Sohn Waldbröls, wie er sich nannte, und wenn im Dorf die Rede auf ihn kam, hieß es immer Derherrdoktorrobertley, er hatte ja noch Großes mit seiner Heimat in Sinn, nämlich den Bau eines Traktorenwerkes, einer ganzen Traktorenstadt, die ihm sein Architektenfreund in Köln für nach dem Krieg schon aufgezeichnet hatte, und wenn wir den Krieg gewonnen hätten, dann würde wie in Wolfsburg der Volkswagen in Waldbröl heute der Volkstraktor gebaut... nur, als der Dorfsohn mit seinem Arbeitsfront-Projekt durch die Gemeinde stiefelte, da schien es mit der Gefolgschaftstreue doch janz hööösch und langsam aufzuhören, da blockten sich zwei Drittel Evangelische und ein Drittel Katholiken zu einer Gemeindefront zusammen, die, nein, eine oberbergische Widerstandsbewegung erhob sich da nun nicht gerade, die aber doch ein mächtiges Räuspern hörbar werden ließ. Der Robert ist ein gottloser Junge... das Urteil der Großmutter hatte schon früh festgestanden, als ein paar Jungens in der Familie mit dem Robert noch kegeln gingen, heimlich übrigens, denn für die Familie gehörte es sich einfach nicht, daß man im Dorf ins Wirtshaus ging. Und der Robert hat immer im Wirtshaus gesessen, das wußte nicht nur Tante Etta, die ihre schmalen Lippen bekam, wenn sie sah, daß wieder einer aus der Gemeinde in der braunen Uniform der *Radaubrüder* anmarschiert kam; das halbe Dorf erzählte die Saufgeschichten weiter, mit denen der Robert nicht nur seinem alten Niederbreidenbacher Familiennamen schlechten Ruf antat, sondern seiner Partei auch, die ja immerhin viel Arbeit und Brot ins Dorf gebracht hatte mit Adolf-Hitler-Schule und Gut Rottland. So hätten es welche in der Familie auch ganz gern gesehen, wenn der kleine Jörn einmal da oben auf der Höhe ein Schüler geworden wäre, aber da hatte der Vater seine steile Falte zwischen die Augenbrauen bekommen, und die Mutter, sie hatte etwas von Umbringen geraunt, wenn man ihr den Jungen nehme.

Daß die Kirchgänger – und nicht nur die Kirchgänger, ein jeder im Dorf, der durchs Dorf ging, ging mitten auf der Straße – der Frau Doktor Ley auszuweichen hatten, wenn sie sich am Sonntagmorgen im offenen Zweispänner – auf Gummireifen! Heute noch empört sich Trudchen, Jörns alte Ferienfreundin – über die Kaiserstraße kutschieren ließ, es wurde im Sündenregister des gottlosen Gauleiters ebenso vermerkt wie das plötzliche Totsein seiner Frau, nicht wahr, da war doch nichts Natürliches dran. Als dann im Radio die Nachricht kam, der Robert habe sich in Nürnberg aufgehängt, da murmelte es im halben Dorf: das hat Gott für einen zugelassen, der ganz Waldbröl niederreißen wollte.

Auf der Baustelle in Prora hieß es ja immer, der Clemens Klotz, der ist ein feiner Mensch, aber dieser braune Stiefelknecht, von dem der Seewind die Schnapsfahne über die halbe Insel trägt, was ist das zusammen eigentlich für ein Gespann. Ich weiß nur, sagte Jörn, daß Anfang der Dreißiger in Köln der Klotz und der Ley miteinander bekanntgemacht worden sind; ob Klotz schon früh PG war oder wann ers wurde, keine Ahnung, Ende dreiunddreißig noch baute jedenfalls der Katholik in Köln zwei evangelische Gemeindehäuser, weswegen er schwer angeschossen wurde von der protestantischen Kollegenschaft. Klotzens Büro florierte schon in der Wirtschaftskrise, während sich die anderen mit Ausbauten in der Mansarde über Wasser hielten, aber richtig los, mit einem zweiten Büro in der Hauptstadt der Bewegung in München, ging es dann mit Ley und seinen Arbeitsfront-Aufträgen, für die der Architekt vielseitig genug war, die erwünschte und die zugleich eigene Stilrichtung zu finden, ganz traditionell und heimelig, rein sachlich und den Zweck im Auge, ein bißchen modern, ein bißchen kolossal, immer harmonisch ins Landschaftliche eingepaßt ... selbst das Prora-Monster schmiegt sich ja, unsichtbar zwischen Kiefern und Dünen, wie eine natürliche Biegung der langen Küstenkurve zwischen Binz und Saßnitz an.

Ehe wir weiterfuhren, grübelte Jörn noch eine Weile vor sich hin. Es gab ja Zeiten nach dem Krieg, da waren wir jungen Leute rasch fertig mit unserem Urteil über die im *Reich* Verbliebenen, die Angepaßten, die Mitläufer alle ... Mit dem Vater war ich deshalb jahrelang zerstritten. Ich meinte eben, ich könnte das alles so selbstsicher sagen, ohne die Empfindungen, die Skrupel, die Erfahrungen der Erwachsenen zu kennen. Dabei war ich selber bei den Pimpfen, zwar pflichtgemäß, aber sonst wäre ich freiwillig gegangen ... dagegen hatte der

Vater versucht, seinen Sohn da rauszuhalten, bis der Drohbrief kam vom Hauptbannführer. Es geht ja auch darum, daß wir alle verwickelt waren bis zum letzten Lokomotivheizer, und fast alle sagten dann, wieso verwickelt, wer wußte denn was, wir haben doch nur die Kohlen geschaufelt. Mag sein, und wenn der Klotz sich hinterher als völlig unpolitisch hinstellt, dann kann mich soviel Naivität heute werweißwie aufregen – er hat sich eben so verstanden. Ich kann nicht sagen, das adelt ihn, aber mit unserem gnadenlosen Räsonnement – *es gibt kein richtiges Leben im falschen* – erledigen wir im nachhinein eine ganze Existenz, die vielleicht aus vielen anderen Existenzen bestand – die eine wollte immer nur weiter, die andere paßte sich an, die nächste blieb einfach ahnungslos, die übernächste hatte immer nur Angst und wollte auch nur überleben, und von allen weiteren Existenzen dazwischen, den unbewußten, verborgenen, gesichtslosen, von denen wissen wir gar nichts.

Seit mir der Clemens Klotz, der auf dem Foto aussieht wie einer aus der eigenen Verwandtschaft, durch den Kopf geht, sehe ich dieses Geschichtennetz von KdF bis NVA und wieder zurück bis in die fernsten familiären Vergangenheiten. Gehe ich im Kölner Süden, wo Klotzens eigenes Wohnhaus noch steht, durch die Gegend, weiß ich, hier warst du mal zu Hause, hier hast du die allernächsten Freunde; gleich um die Ecke rum, da lebten damals in der gleichen Zeit die Schwiegereltern, da wuchs die Lena in ihre ersten Kinderjahre hinein ... Man hätte sich ja noch über den Weg laufen, auf einer der Marienburger Gesellschaften kennenlernen können: Ach, Herr Klotz, wie interessant, Sie sind, Sie waren, wie ich höre, haben Sie – nicht wahr, es hätte ein Gespräch auf der Terrasse anfangen können mit einem

Sagen Sie mal, wie war das eigentlich mit der Baukunst und dem Dritten Reich ... Nun ja, das war ein Riesenaufschwung für uns Architekten, da kamen Leute aus den verschiedensten Richtungen zusammen, nur der Giesler war ein Schuft, der nahm mir die Ordensburg in Sonthofen weg ... Ja, aber, diese ganze Ideologie ... Wissen Sie, ich habe nie als Ideologe gebaut, sondern immer nur als Handwerker, und dabei hatte ich es nie nötig, mich nach irgendeiner Seite hin auszurichten ... Gewiß, aber, mit Verlaub Herr Professor, Sie haben dann doch vor allem für die Deutsche Arbeitsfront ... Junger Mann, ich hatte viele Auftraggeber, ich habe privat und für Geschäftsleute gebaut, für die Provinzialverwaltung, den Verschönerungsverein und die britische Besatzungsmacht; ich bekam Aufträge vom Stadtparlament, der evangelischen Gemeinde, der Erzdiözese, der Genossenschaft und dem Israelitischen Sparverein, da war die Arbeitsfront nur einer meiner Auftraggeber, und der Ley hat mir da reingeredet wie jeder andere Baudezernent ... Sie waren befreundet mit, ähm, dem in Nürnberg als Kriegsverbrecher verurteilten Reichsorganisationsleiter der NSDAP ... Mit einem Auftraggeber, müssen Sie wissen, kann man nicht verfeindet sein, obschon mich Ley ja auch hat fallenlassen ... Wie war das, Sie mußten sich doch anpassen irgendwie ... Sie haben die Zeit nicht mitgemacht, junger Mann, Sie wissen nicht, wie es war, einen Rausch des Bauens, des Gestaltens, der großen Schöpfungen zu erleben, und wer sich da angepaßt hat, Sie kennen wohl nicht die Entwürfe vom Gropius, kleine Hakenkreuzfähnchen hat er da hineingezeichnet, um zu zeigen, nicht wahr, wie sich das Bauhaus mit dem Nationalsozialismus verträgt ... Ja, aber ... Oder in Amerika der Jude Richard

Neutra, der sagte doch dem Philipp Johnson, wie gerne würde er für Hitler bauen, und als der Johnson sagte, der Hitler verfolgt doch die Juden, da sagte der Neutra tatsächlich, ja, aber Hitler baut Gebäude ... Unglaublich, ja, aber Bauen bedeutete doch auch Zerstören, ich denke da an die Zerstörung des kleinen Waldbröl für Ihr Traktorenwerk ... Das hatte Ley so angeordnet ... Und die Zerstörung des großen Köln für Ihr Gauforum ... Projekte alles, Pläne für die Zeit nach dem Krieg, natürlich bei einem anderen Kriegsausgang, aber sehen Sie sich doch mal Ihr Dörfchen heute an, wer hat denn das zur Stadt, zum Ballungsgebiet verschandelt, oder hier im hilligen Kölle, wer macht denn jetzt die Stadt kaputt mit Domplatte, Nord-Süd-Fahrt, neues Opernhaus, nein, wissen Sie, junger Freund, diese Moderne heute, die erinnert mich doch oft an unsere alten Pläne, nur hat man mich ja nicht mehr bauen lassen ...

Der kleine schwarze Käfer zu Jörns Füßen hatte sich ein Loch geschaufelt, in das der Sand hinein nachgerieselt war. Er kam nicht mehr zum Vorschein, und Jörn scharrte mit den Füßen noch ein bißchen Sand dazu. Er setzte sich ans Steuer und fuhr im Kreis noch einmal über den Platz. Übrigens, der Klotz war Mitglied in der Berliner Akademie. Nein. Doch ... jedenfalls hatte Göring, der damals Protektor am Pariser Platz war, 1937 eine ganze Truppe von Kunstschaffenden in die Preußische Akademie berufen, Furtwängler darunter, Breker, Thorak, Gall, Giesler, Sagebiel, March, Speer, und auch unser kölscher Jung war dabei. Nur, weil dann nichts mehr passierte und deshalb der Klotz, im Briefkopf schon Akademiemitglied, bei den Berlinern nach drei Jahren einmal nachfragte, wie es denn mit seiner Mitgliedschaft nun weiterginge, schließlich wäre er ja zu aktiver Mitarbeit bereit, da schlawinerte man sich am Pariser Platz in Komplikationen hinein, deren Klärung erst nach Kriegsende zu erwarten sei ... nun ja, ob Schlamperei, ob klitzekleiner Widerstand, Görings Erlaß ist von der Akademie jedenfalls nie bestätigt worden, und wie die ganze Angelegenheit nach dem Prora-Ausflug herauskam, puuh, die Kollegen von der Abteilung Baukunst waren da ganz schön erleichtert.

Jörn stellte das Autoradio an, und der ORB meldete den Stau, in dem wir auf der Landstraße nach Jüterbog hinein dann standen. Offenbar der halbe Fläming schob sich auf die Parkplätze der Einkaufszentren zu. Jörn schaute zu den Kasernengebäuden unter den Kiefern hin. Seit ich in der Mark hier herumfahre, entdecke ich ewig Kasernengelände ... Im Stau ging es ein Stück weiter; das Ortseingangsschild von Jüterbog kam langsam näher, dann standen wir vor dem nächsten Schild ... sieh mal, Jörn zeigte auf das mit zwei Stadtwappen versehene Eisenblech, die Partnerstadt von Jüterbog, das ist Waldbröl.

Da oben im Regal! Herr Demuth warf den ausgestreckten Daumen nach hinten über die Schulter. Da stehen die Bierkrüge, die kommen aus ... die haben mitgebracht die Herren aus der Partnerschaft, unten im Rheinland, da kommt ihr doch auch her, nette Kumpels, vertragen einen ganzen Stiefel.

Es war Abend und bald dunkel draußen; wir saßen in der Fensterecke von Demuths Gaststube. Lisa hatte das Licht angeknipst, das den kahlen Raum in seiner angenehmen gelben Dämmerung beließ. Sohn Kuli hatte drei Gedecke an den Tisch gebracht; Frau Demuth stand in der Tür zur Küche ... wollen die Herren jetzt essen? Wir nickten und griffen nach den Gläsern.

Die Eckbank, auf der wir saßen, zog sich unter zwei Fenstern her bis nahe an die Schwingtür heran; vor der Bank standen drei Tische mit Stühlen drumherum. Der breite Schanktisch gegenüber kam ohne das Tresengeländer aus, an dem wir uns, sagte Jörn, in den rheinischen Kneipen festhängen ... der Tresen drüben ist ja eine westdeutsche Nachkriegsinstallation. Weeß ick, sagte Herr Demuth, aber als die westberliner Brauerei damit anrücken wollte, hare ick jesacht, nee, det bleibt hier, so wiet is. Jörn hob das Glas und prostete seinem Jahrgang zu. Und bloß keine Musik ... das war ja, sagte Jörn, noch einmal dieser wundersame Schock der Stille, als ich zum ersten Mal hier in der Ecke saß und dachte, das gibt es doch gar nicht, diese Abwesenheit von allem Kassettengelaufe, nur dieser Wasserhahn, diese Schwingtür, dieses Geräusch von Männerstiefeln auf Holzdielen, von Stühlerücken und Stimmen dann.

Es sah wie abgestellt und dann vergessen aus, das alte, verstaubte Radiogerät, im Gläserregal hinterm Schanktisch, und wo an der linken, halbhoch mit Brettern verkleideten Wand, zwischen Eingang und der Tür zur Küche hinaus, langer, einladender Platz wäre für blinkende, surrende Spielautomaten, da hing für sich allein das eiserne Gestänge der Kleiderhaken, das Demuth selber geschmiedet hatte.

Noch ohne Bestellung hatte Kuli ein Bier gezapft; er trug es zur Sitzecke vor dem hohen gelben Kachelofen, der den Winkel rechts neben dem Schanktisch einnahm. Der junge stille Mann setzte sich hinter sein Glas auf die Bank und sah zu uns herüber. Jörn schwenkte den Arm. Kuli stand auf und kam mit seinem Glas an unseren

Tisch. Schweigend ließ er sich zu einer schwarzen Zigarette überreden. Er paffte nicht lange, da flog die Schwingtür auf, und zwei verstaubte Overalls marschierten herein; sie steuerten in unsere Ecke, klopften kurz auf den Tisch und zogen sich dann jeder einen der Stühle zurecht, die rund um den großen Tisch in der Mitte der Gaststube standen. Kuli trug sein Bierglas hinter den Schanktisch zurück, und auch Herr Demuth stemmte sich hoch ... Essen kommt ja gleich.

Draußen vor den Fenstern war es fast dunkel, und der kleine graue Trabi röhrte vorbei. Jörn war aufgestanden; er durchquerte die Gaststube, bestellte bei Kuli noch zwei Biere und verschwand durch die Tür, die zwischen Schanktisch und Küchentür hinaus in den Saal und zu den Toiletten führte. Er blieb nicht lange; als er die gelbe Kassettentür hinter seinem Rücken zuklinkte, musterte er für einen Moment die breite Durchreiche, die in der Schrankwand hinter dem Schanktisch eingelassen war; ein Rolladen hielt sie verschlossen.

Kuli brachte uns die beiden Biere an den Tisch, und in der Küchentür tauchten Frau Demuth und Tochter Lisa auf. Sie brachten auf zwei silbernen Tabletts das Abendbrot ... Spiegeleier, Bratkartoffeln, einen Batzen Leberwurst, Schinken, Butter, Gurken, Tomaten, einen Korb voll Brot. Jörn rieb sich die Hände ... alles hausgemacht? Nicht alles, sagte Frau Demuth und setzte sich für einen Augenblick auf die Stuhlkante mit an den Tisch. Die Butter kommt aus Jüterbog, das Brot aus Schönewalde ... wir haben ja immer aus dem eigenen Garten gelebt und auch immer selber geschlachtet, all die Jahre, da konnten wir nicht jammern. Wenn wat fehlt ... Frau Demuth blickte über den Tisch, dann stand sie schon wieder und zog sich, während Lisa hinterm Schanktisch Gläser zu spülen begann, in die Küche zurück.

Wunderbar. Jörn legte los wie einer, der den ganzen Tag auf dem Feld war. Draußen vor dem Fenster wurden Stimmen und das Quietschen einer Fahrradbremse laut, danach flog die Schwingtür auf, und drei Männer in Arbeitsklamotten betraten die Gaststube. Jeder streifte an unserer Ecke vorbei, klopfte mit den Fingerknöcheln auf die Tischplatte und setzte sich dann zu den beiden Overalls mit an den runden Tisch. Kulis Zapfhahn begann zu laufen. Als die Gläser vor ihnen standen, begannen nach dem ersten langen Schluck die Männer laut und gleichzeitig zu reden. Jörn hielt den Kopf schief, als hörte er ihnen zu ... aber ich verstehe nicht immer. Der märkische klang nicht viel anders als der berliner Dialekt, doch das rauhe Durcheinander der Stimmen hielt einen, der sich als Meinungsforscher hätte versuchen wollen, schön auf Distanz.

Dieser Saal da draußen ... Jörn zerteilte auf dem Teller eine Tomate. Es ist, als wenn du die vor Jahrzehnten angehaltene Zeit betrittst. Du schaust dich um ... an den Wänden hochgestapelte Tische und Stühle, das Treppchen hoch auf die leere Bühne, ein altes Bühnengemälde, zugehängte Fensterreihen zum Hof hinaus, die mächtige Säule mit Spiegel auf der Tanzfläche, der breite Rolladen vor der Durchreiche, trübes Funzellicht unter der Decke ... und dann ruckt der Bilderstreifen an, im Sonntagsstaat stakst junges Volk herein, kichernde Mädchenscharen drängeln zu den Bankreihen hin, auf den Tischen stehen Blumenvasen und eine fällt um, kreischend rennen zwei Mädchen mit nassen Kleidern zur Toilettentür, auf der Bühne beginnt Geklimper, Geschepper, Gejaul und Gefiedel, protzig baut sich verlegenes Jungmännertum vor den Mädchentischen auf, Biergläser kreisen über den Köpfen, schwitzend und tanzend engt sich die Menge zusammen, Rauchwolken vernebeln den Saal ... ein Männerhaufen blickt stumm zur Bühne hoch, eine Fahne drapiert das Podium, der Kopf des Redners ruckt nach links, nach rechts, die Hände fliegen hinterher, beschwörend bleibt die eine Hand stehen, die andere ballt sich zur Faust, der Mund des Redners schießt pausenlos Parolen ab, der Saal steht auf und johlt, von hinten kommt ein Bierglas geflogen, ein Aschenbecher folgt, Stühle krachen gegeneinander, Tischbeine steigen auf, Lederjacken und Uniformhemden fallen übereinander her, das Licht geht aus, der Saal wird schwarz, ein Schuß, Geschrei, Getrampel ... ein paar Frauen rücken Tische und Stühle zusammen, Kinder und alte Männer schleppen Strohballen durch die Saaltür herein, einzeln kommen die Mannschaften ins Quartier gesichert, werfen Tornister ab, stellen geviertweise Gewehre zusammen, Zeltplanen bedecken das unter den Wänden verteilte Stroh, Kochgeschirre klappern und Feldflaschen gehen von Mund zu Mund, die Männer haken die Koppel und knöpfen die Uniformjacken auf, einer klettert auf die Bühne und beginnt auf dem verstimmten Klavier *Argonnerwald* zu klimpern, die Männer liegen im Stroh, und es wird langsam ruhig im Saal, bis die ersten zu schnarchen anfangen, ein einziges schweres Schnarchgerassel bringt den Dielenboden zum Beben, im Mondlicht glitzern ein paar Knöpfe und Litzen an den Uniformen auf, am Morgen rückt die Kompanie zum Stellungswechsel ab ... ein mächtiger Kanonenofen ist in der Mitte des Saals aufgebaut, das steile Ofenrohr knickt in mittlerer Höhe ab und zieht sich durch den halben Saal durch eines der Fenster hinaus, ein Haufen Kinder drängelt sich um den Ofen herum, nur dort dringt die Kälte nicht hin, zwei Frauen mit Kopftüchern sind zugange mit dem Suppenkessel auf der Ofenplatte, im Saal ist zum Rumlaufen nur im Gängegewirr zwischen den Feldbetten und Strohschütten Platz, Kinderwagen, Bollerwagen, ein paar Fahrräder machen alles noch enger, was auf den Feldbetten verpackt unter Mänteln und Decken liegt, ist alt, krank, gebrechlich und klein, alles hustet im Ofenqualm und Steckrübendunst, eine Frau reißt ein Fenster auf, gleich stürzt ein Kälteschwall mit zwanzig Grad minus herein, ein paar Backfische, pummelig bis hochgeschossen, posieren vor der Spiegelsäule, verstohlen wird ein Lippenstift weitergereicht, draußen rätscht ewig eine von zwei alten Männern hinundhergezogene Säge, das Grummeln der Geschütze am fernen Horizont ist beim Kindergekreisch im Saal nicht zu hören ... auf der Bühne am Klavier, hinterm Baß, über der Gitarre vornübergebeugt drei Bürstenfrisuren mit Sonnenbrillen, die rukkenden Hälse zur Seite gedreht, jammen sie eine Swingnummer nach der anderen ab, auf der Tanzfläche unten fliegen die Paare auseinander und wieder zusammen, die Jungens wirbeln die Mädchen um ihren Rücken herum, die Mädchen drehen sich unter den hochgeworfenen Armen der Jungens durch, ein paar von ihnen riskieren mit gebückten Oberkörpern den Überwurf, manchmal kracht ein Pärchen gegen die Tischreihen, hinter denen die älteren Jahrgänge ihre Weinpokale festhalten und verlegen auflachen, vorm Eingang und hinten an den Toilettentüren lümmeln Pickelgesichter und grellbunte Krawatten herum, eine Packung Chesterfield macht unter der Hand die Runde, die Zigarette wird hastig mit den Lippen gleich aus der Packung gezogen, Weinflaschen gehen von Mund zu Mund, ein Pärchen beherrscht plötzlich die neue Technik und wirbelt um sich herum die Tanzfläche leer, ein Kreis hat sich gebildet, der Saal klatscht und schwingt den Rhythmus mit, die Sonnenbrillen auf der Bühne fangen mit einem Refrain an, der sich nach *Hey Barberiba* anhört, zögernd und vereinzelt, dann alle im Saal fallen mit ein und gellen wie befreit, was damals unser neuer Schlachtruf war ... *hey hey hey ... yes, yes, I know ...*

Das war in Erfurt damals so? Überall, sagte Jörn, wo der Ami war. In Thüringen keine drei Monate. Aber Doubleyoudoubleyoudoubleyou, sagte Jörn, wußte Bescheid: der Ami kommt ja wieder. Haben viele so gedacht? Fast alle zwischen Werra und Elbe. Aber der Ami kam nicht wieder. Nein, sagt Jörn, und deshalb haben so viele gesagt, wenner nich kommt, dann gehn ehm wir.

Lisa war herübergekommen und setzte sich kurz an den Tisch. Hats denn geschmeckt? Na und wie. Noch ein Gedeckchen jetzt? Aber immer. Lisa räumte den Tisch ab und verschwand mit dem Geschirr in der Küche. Nacheinander hatten noch mehrere Männer die Gaststube betreten; einige, die in gebügelten Jeans erschienen, kamen offensichtlich von auswärts; sie hatten sich, ohne auf die Tischplatte zu klopfen, gleich um den Tisch neben der Schwingtür gruppiert, andere blieben am Kopfende des Schanktisches stehen. Es war ziemlich voll, rauchig und laut. Kuli hatte gezapft, und Herr Demuth brachte uns die Gedecke; einen Braunen hatte er dazugestellt. Später komm ick noch mal ... Essen war jut? Wir nickten und hoben die Schnapsgläser. Jörn musterte die Tischrunden, meist ältere Männer, die jüngeren saßen vor sich hinbrütend dabei; nur einer schwankte ein bißchen, als er hinaus in den Saal ging.

Im Kopf, sagte Jörn, ist gleichzeitig ja alles da, nur kann man es nicht gleichzeitig sagen. Man kann es vielleicht sehen, mit geschlossenen Augen, und dann geht, wie im Traum, ein Bild ins andere über. Und alle die Jahre, die Jahrzehnte, vergegenwärtigen sich in einem einzigen Moment, wie an einem magnetischen Zeitpunkt, der alle Vergangenheiten zusammenzieht. Hier, am Rand der Welt, versammelt sich in einem leeren, düsteren Wirtshaussaal für einen Augenblick die Geschichte so vieler Wirtshaussäle, und dabei kommt es mir vor, als habe ich wirklich erlebt, was einem die Imaginationen erzählen. Da kennt man Kneipen genug, aber dann plötzlich hier, wo jeder Thekenfreund in der Altstadt nach zehn Minuten sagen würde, hier ist ja nichts los, dann passiert es in einem Dorfkrug im Niederen Fläming, daß einem geradezu Erleuchtungen kommen ... na ja, Jörn schaute in sein leeres Schnapsglas hinein. Aber es ist wie im Kasernengelände von Jüterbog ... im Westen hat mich keine Bundeswehrbehausung darauf gebracht ... nun tauchen auf einmal diese braungelben Fassaden auf, dieses Gebröckel und Sandgewehe auf den Sammelplätzen mit dem Teergeruch aus den Fahrzeughallen und den ewig quietschenden Eisentoren, dieses Geklicke der Drahtschnüre an den Fahnenmasten, wenn der Novemberwind zwischen die Gebäudeblocks ging, dieses Sandaufwehen hinter den breiten Reifen eines Geländewagens ...

Im vergangenen Winter, wir saßen nachts im kleinen Atelier in seinem zugeschneiten Fachwerkhaus, hatte Jörn aus einem der Stapel in den Regalen ein paar kleine Fotos hervorgezogen und auf dem Tisch ausgebreitet. Es waren Fotos aus seiner Erfurter Kinderzeit ... Jörn auf Skiern, Jörn auf einer Treppenstufe mit einem Dakkel im Schoß, Jörn in der Pimpfenuniform; ein menschenleeres Foto zeigt eine Straße, die in eine breite Eingangsfläche zwischen zwei hohen, giebelseitig gegenüberliegenden Gebäudeblöcken mündete, eine Kaserne offenbar. Er hatte dazu etwas erzählen wollen, aber dann war er aufgestanden, hinunter ins Haus und hinaus unter die Remise gegangen, um Holz für den Kanonenofen zu holen ... weißt du noch, Jörn?

Ja. Es war Nachmittag, und der Vater steuerte nach zwei Tagen Fahrt das Auto um die letzte Ecke in eine kurze Straße hinein; es war eine wenig bebaute Straße, linkerhand die neu aussehende Häuserreihe mit ein paar Gärten dazwischen, rechterhand die niedrige Böschung, hinter der ein weites Gartengelände begann. Vor der Haustür mit der Nummer vier hielt der Vater an. Er stellte den Motor ab, seufzte und drehte das Gesicht zur Mutter, die sich mit einem Lächeln dem Jungen hinter ihr zuwendete, dann flogen die Türen auf. Jörn kletterte aus seiner Sitzecke hinter der Mutter her hinaus auf den staubigen, sonnenwarmen Asphalt; ihm fiel gleich auf, daß der Asphalt nicht weich, sondern hart wie Eisen war. Da oben unter dem Dach, das ist unsere neue Wohnung, sagte die Mutter und zeigte auf die lange Fensterreihe. Aber während der Vater die Koffer auf die Straße stellte, lief Jörn schon auf die breite Einfahrt zu, die nach ungefähr zweihundert Metern die Straße mit zwei Eisengittertoren, von denen eines offenstand, unterbrach.

Hinter den Toren setzte sich die Straße fort und führte zwischen den ockerfarbenen Giebelfronten von zwei gegenüberliegenden Gebäuden vorbei in ein weiträumiges Gelände. Linkerhand dehnte sich hinter einer kleinen Parkanlage ein riesiges Exerzierfeld aus; rechterhand verliefen zwischen Baumgruppen und Buschreihen breitangelegte Wiesenflächen und kleine Seitenstraßen; sie führten zu Gebäudegruppen hin, die sich im offenen Karree gegenüberstanden.

Die Dächerlandschaft der Hallen und Schuppen im Hintergrund schien unmittelbar in die Flanke eines langen und kahlen, einzig mit einer Kirche bebauten Hügelrückens überzugehen, der sich vom Stadtrand ins flache Land hinaus entfernte.

Jörn stand mitten auf der Straße zwischen den offenen Eisengittern. Im kleinen Vorbau des rechterhand liegenden Gebäudes sah er hinter dem breiten Fenster graue Uniformen sitzen, und dann sah er aus dem Säulengang daneben eine schwarze Uniform hervorkommen, die, das lernte er in den nächsten Tagen erkennen, ein Panzerleutnant trug. Das junge Gesicht unter dem schräg sitzenden Käppi begann zu lächeln ... Hier kann mein kleiner Kamerad aber nicht stehenbleiben, stell dir vor, da kommt gleich eine ganze Kolonne angebraust – nee nee, das olle Museumsstück rührt sich nicht mehr. Der Offizier legte seine Hand auf den Blondkopf des Jungen und führte ihn zu dem raupenhaften Eisengebilde, das zwischen den Büschen der Parkanlage sich hochreckte und zugleich zu verbergen schien – det issen alter Tank ausm Weltkrieg. Jörn schaute schon die ganze Zeit auf das Ungetüm. Er schaute und brachte kein Wort hervor. Ein Lastwagen näherte sich der Einfahrt, und der Leutnant ging mit dem Jungen zur Seite. Aber sag mir mal, wo kommste denn her? Jörn zeigt zurück in die Straße auf das Haus, in das er den Vater einen Koffer hineintragen sah ... Da wohnen wir seit eben. So so, seit eben ... Eine graue Uniform war näher getreten, baute sich vor dem Leutnant auf, fuhr mit der rechten Hand zum Mützenschirm und sagte etwas. Der Leutnant tippte mit den Fingern an sein Käppi und drehte sich auf dem Absatz herum ... Na, dann kannst du ja das 1. Panzerregiment bald wieder besuchen kommen – aber vorher bei der Wache melden dahier ... Er tippte noch einmal ans Käppi und schritt dann zum Säulengang zurück, da saß also die Wache drin.

Zwei Jungens, nicht viel älter als Jörn, begutachteten das am Straßenrand stehende Auto. Was issen das fürn Fahrzeuch ... Wie bitte? Sieht ganz wien Adler aus ... Dat is ene Adler Trumpf Junior. Wo kemmsten hergemacht ... Wie? Woher de kommen tust, IZ ... IZ, dat is Köln. Nu da, der Gellner Dom, was willst denn dahier? Hier, da wohne ich jetzt ... Da muß der Wachn ne neue Nummer ham, aber schloinigst, Ärfurt hat nämlich IM.

Jörn hatte das Kennzeichen auf einen Bierdeckel gekritzelt ... ich habe Eins M gesagt, aber auf dem Nummernschild sah die Eins wie ein großgedrucktes I aus. Hat das Bedeutung? Nein. Jörn zog Striche auf einer unbenutzt gebliebenen Serviette ... es entstand so etwas wie der Grundriß einer Wohnung. Wenn ich nachzähle, komme ich in meinem Leben auf ungefähr zwanzig Wohnungen, aber mit dieser Wohnung im Dachgeschoß in der zweiten Etage, da fing es an ... was fing da alles an? Das Badezimmer, die Kachelöfen, das eigene Zimmer, die Fensterreihen mit Blicken über die Stadt und Aussichten hoch in die Landschaft, die Radiogeräusche, die Verdunklung, die Einquartierungen, die zersplitterten Scheiben, die herausgerissenen Türen, die Einschüsse in der Wand, die Fahrräder im Korridor, das tote Mädchen in meinem Bett, das Weggehen, die Trennungen... Jörn strichelte weiter. Stell dir vor, für den kleinen Jungen begann mit zehn Metern Korridor die Endlosigkeit eines Raums. Bald machte mein Vater einen Schießstand daraus und brachte mir das Pfeilundbogenschießen bei, meistens schoß er selber, der Bogen reichte mir ja bis zum Scheitel, mörderisches Ding, nach einem Wutanfall der Mutter kapitulierte der Feind, der sich in meinem Zimmer hinter der Tür verkrochen hatte, ein paarmal hatte der Pfeil das dicke Strohgeflecht der Scheibe glatt durchschlagen, der Schreiner mußte kommen. Und dann pfiff Gisela, die Sportskanone unter den Pflichtjahrmädchen auf zwei Fingern zum Handball-Training, das sah aber so aus, daß der Junge unter die Tür ins Tor mußte und das Mädchen ihm den Kasten vollhämmerte, gnadenlos, mit Aufsetzern, Würfen hinterm Rücken her oder schräg aus der Hüfte, immer mit Augentäuschung, der Junge flog von Wand zu Wand, seinen geschwollenen Daumen nahm Gisela dann lange zwischen ihre nassen Lippen; wenn er sie beim Straßenbahnfahren wiedersah, in der Uniform der Schaffnerin, ließ die kräftige Blondine ihn umsonst mitfahren... aber obachtgehm, wenn vorn die Kontrolle einsteicht, machste hinten gleich raus.

Endlich hatte Kuli begriffen, daß Jörn ein paar Zettel brauchte vom Kassierblock der Berliner Brauerei, der lag unbenutzt im Gläserregal. Jörn meckerte. Im Rheinland gibts für jedes Bier ein Schrömchen auf dem Dekkel... kapiert, ganz einfach ein Strich; Kuli wischte sich mit dem Handrücken über die Stirn und brachte mit zwei Gedecken gleich den ganzen Block; die Getränke notierte er in einer großen Kladde auf dem Schanktisch.

Jörn begann noch einmal zu stricheln. Links zwei Türen für Badezimmer und Küche. Am Ende des Korridors die Tür in sein Zimmer. Rechts zwei Türen in die beiden Räume, an die sich zwei weitere Räume anschlossen ... eine lange, von gläsernen Schiebetüren unterbrochene Zimmerflucht, in der sich, sagte Jörn, anfangs meine Mutter immer hin- und herbewegte, langsam und wie in einem Traum verloren ... Sie hatte ja die Wohnung ausgesucht in einer Stadt, für die sich der Vater entschieden hatte, als seine Dellbrücker Firma mit Entwurf und Bau von Feuerlöschanlagen den mitteldeutschen Industrieraum zu gewinnen suchte – dies war der Auftrag an den Ingenieur, der sich zwar widerwillig von der Nähe zu seinem oberbergischen Heimatdorf trennen ließ, im Mitteldeutschen aber reichlich Selbständigkeit versprochen bekam, dazu lockte die Ausdehnung seiner Reisetätigkeiten vom nördlichen bis zum südöstlichen Ausland; das Münchener Abkommen war für ihn ja ein Segen. Der Junge verstand in diesem Sommer sehr wenig. Die Eltern hatten ihn mit Bedacht unbehelligt von allen bevorstehenden Veränderungen gelassen; er selber ließ von der Unruhe, die er um sich herum irgendwie wahrnahm, nichts eindringen in die Welt seiner Bauklötzchen und Gartenverstecke; so nahm er bewußt keine Kenntnis von den kurzen und plötzlichen Abwesenheiten der Mutter, die, wenn sie richtig aufgedreht zurückkam, Berichte hervorsprudelte, die offenbar etwas mit einer Zimmerflucht, Küchen- und Badezimmerkomfort, Kachelöfen, zwar schiefen Wänden, aber herrlichen Ausblicken zu tun hatten – Jörn konnte sich dabei nichts vorstellen, wollte es vielleicht auch nicht, denn – das wurde mir erst später klar, sagte Jörn – es war ihm bang zumute, in diesen Wochen der gedrückten Stimmungen und Ahnungen.

Herr Demuth hatte sich für ein Bier und einen Braunen mit an den Tisch gesetzt, und während Jörn weitersprach, sah er schweigend in die Rauchschwaden hoch, nickte ein paarmal und sagte nur zwischendurch, na wat hier von Jüterbog für Truppenbewegungen aus waren, allet zur Oder hin, wir hatten ja von hier nich weit zur Grenze ... Noch waren die Ferien nicht zu Ende, und auch der Sommer schien nicht aufzuhören; an den Badestränden von Nordsee und Ostsee tummelten und aalten sich die braungebrannten Sommerfrischler aus den Städten. Den Besuch aus dem Rheinland hatten die Eltern ins Auto gepackt; man war unter Apfelbäumen über die rumpelige Chaussee ins Nachbarstädtchen, nach Weimar, gefahren; unterwegs war das Auto von behelmtem Militär, dem über die Brust das silberne Schild der Feldpolizei hing, angehalten und nach ein paar Worten des Vaters weitergewinkt worden. Die Gartenwirtschaft hatte kaum mehr Tische frei; alles belegt von Feldgrau mit Bräuten und Verwandtschaft, bedrückte Gesichter, stummes Rühren in den Kaffeetassen; vor den jungen Uniformierten bauten sich die in Servietten gewickelten Kuchenreste auf; selbst die Kinder hockten still, Gewirbel kam nur von den hin und her flitzenden Kellnerinnen und dem Hühnervolk, in dem ein losgelassener Dackel herumfuhr; ein Trupp brauner Uniformen saß in gewichtiger Runde um seine Bierkrüge herum; kaum verstehbares Gesprächsgemurmel, aus dem immer wieder Wortbrocken wie Gleiwitz, Westernplatte, Korridor, Danzig herausfielen; es war ohnehin nichts zu verstehen unter den Lautsprechern, die in den Bäumen der Gartenwirtschaft hingen, pausenlos rasselte ein Marsch nach dem anderen aus dem dichten staubigen Blätterdach; jeder schien nur auf eine plötzliche Unterbrechung und die blechern klingende Stimme zu warten, mit der nächsten Bekanntgabe des Oberkommandos der Wehrmacht...

Eltern und Besuch hielt es nicht lange auf den grünen, eisernen Klappstühlen; die zwanzig Kilometer Heimfahrt zogen sich über eine Stunde hin, das Auto mußte ja immer noch eingefahren werden; kurz hinter dem Abzweig nach Büßleben stand schon wieder breitbeinig Feldpolizei auf dem Pflaster, dieses Mal wurde hin- und hergeschnauzt, Jörn hörte was von Benzinzuteilung und Wehrwirtschaft; ein Papier, das der Besuch aus der Brieftasche zauberte, ließ die behandschuhte Rechte schließlich zum Helmrand hochgehen und dann zur Weiterfahrt antreiben; ein entgegenkommender Kübelwagen mit nachfolgender Lastwagenkolonne zwang den kleinen Adler auf den abschüssigen Rand des Seitenstreifens, Staubwolken wirbelten hoch; die Mutter kiekste auf, als herunterhängendes Blätterwerk das Wagendach streifte; Jörn fuhr hoch, als er plötzlich sah, daß das Scheinwerferglas all der Lastwagen schwarz angestrichen war bis auf ein kleines Rechteck in der Mitte; in den nächsten fünf Jahren hatten alle Fahrzeuge diese Gesichter wie von Blinden... Es standen ja auch in der neuen Wohnung unter allen Fensterbrettern die mit schwarzem Tuch bespannten Rahmen bereit; die abendliche *Verdunkelung* brachte unbestimmte Ängste vor etwas Drohendem auf, das auch am Morgen noch, wenn Jörn in schwarzer Finsternis erwachte, vor den Fenstern draußen zu stehen schien... Einmal glaubte er sich von Geräuschen eines Traums verfolgt, als ihn Hammerschläge und das Scheppern von Dachziegeln weckten; er sprang aus dem Bett, tastete sich zum Fenster, fingerte es auf und stand geblendet von der Sonnenhelligkeit, bis seine Augen langsam sich zurechtfanden im panoramahaften, noch so neuen Fensterausblick, der über die Gärten hinterm Haus auf die riffelige Ebene der Dächerlandschaft weit hinein in die Stadt ging; dann suchten seine Augen nach der Herkunft der Geräusche ... Rechterhand schob sich das Kasernengebäude in den Blick, das mit seiner Giebelseite den Eingang der Kaserne flankierte; kurz bevor der First in der Spitze des Walmdaches endete, war eine Ziegelfläche herausgelöst und ein viereckiges Balkengerüst hochgerichtet worden, auf dem ein paar nackte, mit Hosenträgern überspannte Oberkörper in rasantem Tempo aus dunkelgrün gestrichenen Brettern eine Art Hochstand, eine Kanzel zusammenzimmerten, auf der abends schon ein Maschinengewehr stand mit seinem schräg zum Himmel hin gerichteten Lauf; der Schein der untergehenden Sonne schimmerte einmal auf den Helmen der beiden Soldaten auf, die an der Brüstung lehnten und Zigaretten rauchten, Flaksoldaten, hörte Jörn den Vater sagen, dann sank die Dunkelheit auf alle Dächer hinab, aus keinem Fenster mehr kam Licht; lange Zeit bis zum Einschlafen hörte Jörn die Schritte der auf den Holzplanken hin und her gehenden Soldaten, manchmal hörte er ihre Stimmen, ohne verstehen zu können, was sie sagten, in diesen Tagen lernte er nur eines verstehen: der Krieg hat angefangen, es ist Krieg.

Da warst du sieben Jahre alt, Jörn.

Jetzt, jetzt ist der Krieg aus... Der kleine alte Mann sagte es leise immer wieder und wischte sich verstohlen die Tränen weg. Er stand zusammengedrückt unter den Menschen, die alle in den offenen Fenstern des Zuges hingen, der sehr langsam durch das verwinkelte Grenzgebiet hinter Gerstungen rollte; die meisten waren eingestiegen in Gotha und Eisenach und passierten zum ersten Mal die Grenze, dabei schienen sie alle in der Gegend zu Hause zu sein und Freunden, Nachbarn, Verwandten zuzuwinken, die in den Gärten, den Fenstern, auf den Wegen standen, lachten, tanzten, Taschentücher flattern ließen, und auf den Straßen hupten und blinkten Kolonnen kleiner grauer Automobile. Während des langen Aufenthaltes in Eisenach hatten die Leute im Zug noch schweigend in den überfüllten Gängen und Abteilen verharrt; auf dem Bahnsteig draußen schlenderten an den Zugfenstern Uniformierte vorbei, zuvor waren sie noch durch die Zuggänge marschiert und hatten, als der Ansturm einsetzte, die Pässe dann gar nicht mehr sehen wollen; auf dem Grenzbahnhof Gerstungen war der Zug ohne Anhalten einfach durchgefahren, mit einer Langsamkeit, die fürchten ließ, im nächsten Moment würde er wieder anhalten und stehenbleiben, und die Grenzsoldaten tauchten wieder auf mit kurzen Anweisungen zum Verlassen des Zugs, aber das Wunder des unkontrollierten Grenzübertritts dauerte an, das Schweigen in den Abteilen und Gängen war einem aufgeregten Stimmengewirr gewichen, alles drängelte sich vor den trotz der Novemberkälte heruntergelassenen Fenstern, winkte und jubelte den draußen in ihren Gärten Winkenden und Jubelnden zu, Schluchzende lagen sich in den Armen, die meisten wollten ja gerade nur mal bis Bebra rüberfahren, höchstens bis

Kassel, um abends dann wieder zurückzukehren hinter die Grenze, die sie in den vergangenen Jahrzehnten hatten lernen müssen zu begreifen als Folge des Kriegs, Beschluß der Geschichte, irreversibel, Vorhang runter, Fakt.

Ich weiß nicht ... Jörn hielt die Augen unter einer Hand verdeckt, seine Stimme klang rauh. Dieser kleine, alte Thüringer da ... was hatte er gesagt, daß er so genau in meine Empfindungen traf; wie war sein Leben, seine Erinnerung, daß erst jetzt für ihn der Krieg zu Ende war und der Zug wie von der Front zurückfuhr in den Frieden ... im Frühling fünfundvierzig vielleicht so etwas wie Präriegeruch der Freiheit, drei Monate später Machorka, Steppe, Hammer und Sichel ... es war für mich der Satz der Stunde, der Epoche, und auf einmal war sie vorbei.

Jörn wischte sich über die Augen und ließ die Hand auf den Tisch fallen. Bei uns hat nischt nach Prärie gerochen, brummte Herr Demuth, bei uns waren gleich die Panjewagen da. Jörn versuchte etwas zu erklären, er schlängelte eine Linie auf den Block, das sollte die Elbe sein mit der Stadt Torgau, wo fünfundvierzig Amerikaner und Russen ... Herr Demuth wußte selber Bescheid mit den Konferenzen in Jalta und Potsdam und der dort beschlossenen Aufteilung Deutschlands in vier Besatzungszonen ... und wer da alles aus Sachsen und Thüringen im Sommer fünfundvierzig mit den Amerikanern gleich fortgemacht hat in den Westen ... er, Jörn, doch auch. Nein, zwei Jahre später. Herr Demuth winkte mit beiden Händen ab, dann faltete er die Hände zusammen und beugte sich über den Tisch: Wir hatten hier ne Menge zu verlieren, ihr hattet drüben allet zu jewinnen.

Die Brötchen kommen aus Schönewalde, aber früher haben wir auch selber gebacken. Frau Demuth blickte über den Tisch, auf dem Lisa das Frühstück ausgebreitet hatte ... Kaffee, Marmelade, einen Batzen Leberwurst, Käse, Butter, Tomaten, Gurken, die Brötchen. Sie lachte kurz auf, als Jörn die Eier in Augenschein nahm ... grüne Eier, müssense langsam doch wissen, unsere Hühner legen grüne Eier, Marmelade kommt aus dem Garten. Wenn wat fehlt ... Frau Demuth öffnete ein Fenster, nee, dieser Rauch.

Wir saßen in unserer Bankecke, die Gaststube war leer, Jörn sah reichlich mitgenommen aus ... wieso, werde ja schließlich älter, früher machte mir ein Stiefel Schnaps nischt aus. Es war ein langer Abend gewesen. Zuletzt hatten wir draußen auf der Dorfstraße gestanden, die von wenigen Laternen beleuchtet war. Im klaren Nachthimmel stand hoch über der Kastanie ein Scheibenstück Mond; so viele Sterne, sagte Jörn, siehst du über den Stadthimmeln nie. Im Nachbargehöft bellte der Hund auf, ein zweiter bellte mit, sonst war nichts zu hören.

Nach dem Frühstück gingen wir über den Sandplatz an der Schmiede vorbei auf die Straße, die durch das Gelände der Kolchose nach Korea und weiter durch die Felder nach Hohenseefeld führte. Rechterhand lagen flach und zementgrau die Reihen langer Stallgebäude; dazwischen erstreckten sich Betonpisten, die stellenweise geborsten und mit Grünzeug überwachsen waren. Die meisten Ställe standen offen und leer; die schweren breiten Tore schien seit langem keine Hand mehr bewegt zu haben. Wo die Rinder standen, drang schwaches Gemuhe aus den Ställen; hinter den Gebäuden häuften sich dunkle verschlammte Mistflächen auf. Linkerhand standen auf einer Hügelfläche Feldscheunen, Schuppen und Hallen; keines der verfallenden Gebäude schien mehr benutzt zu werden, ebenso nicht wie das herumstehende Anhänger-Fahrzeug, dessen verrostete Deichseln abgeknickt in den Brennesseln hingen. Von einer ins Nichts ragenden Betonrampe ging der Blick in die Tiefe der Gärten, die zwischen den Höfen und den Wiesen lagen; die Chaussee, die aus dem Dorf herausführte, verschwand mit ihren immer winziger werdenden Chausseebäumen zwischen den Getreideflächen im Horizont.

Was war denn das für eine Reise? Die Reise zurück von Leipzig nach Köln, sagte Jörn. Aber du warst doch nie ... Einmal doch, aber da hörte die DDR gerade auf zu existieren.

Wir saßen auf der Rampe und schauten einer kleinen Sportmaschine nach, die sich hinter den Kiefernwäldern erhoben hatte und über unseren Köpfen in den wolkenlosen Himmel hinein entfernte. Da hatte, sagte Jörn, ein Referent aus Düsseldorf angerufen, und ich hatte ohne Zögern ja gesagt. Daß ich jahrelang gewartet hatte, auf ein Zeichen, auf einen Schub, es wurde mir bewußt in diesem Moment. Und es schien vorbereitet durch in Bewegung geratene Bilder, eine sich wiederholende Folge von Träumen, durch diesen im inneren Dunkel spürbaren Sog, der Sehnsucht heißt. Die Monate zogen sich hin; Sommer und Herbst bereiteten Unruhen vor, die niemand gewagt hatte zu erwarten; da fluteten auf einmal Menschen auf Grenzen zu, die sich öffneten wie aus Nachlässigkeit; bloß schien dadurch das ganze Unternehmen in Frage gestellt ... das politische Umfeld sei nicht günstig für das Auftreten nordrhein-westfälischer Künstler im sächsischen Zentrum der laufenden Demonstrationen, doch Herr Krenz persönlich habe sich dann stark gemacht für den vor Jahresfrist in Gang gesetzten Kulturaustausch, und so bestieg ich denn frühmorgens im Kölner Hauptbahnhof den Zug nach Leipzig. Das Reisedatum stand schon lange im Kalender; zuvor die Arbeitswoche in der Berliner Akademie hatte ich der Eintragung im Visum wegen um diesen Tag verkürzt; in Tegel hatte ich den einstündigen Luftweg aus der ummauerten Stadtinsel angetreten, ohne zu ahnen, was die ganze zweigeteilte Welt nicht ahnte, nämlich daß am Abend dieses Tages, dem neunten November ... Jörn schaute dem im Gras verschwindenden Rampensockel nach; begreifen kann ich das immer noch nicht.

Die Zeitung am Morgen wußte auch noch nicht, was in der Berliner Nacht gelaufen war; den Menschen in den Bahnhöfen war nicht anzusehen, daß sie doch allesamt Zeitzeugen waren eines Ereignisses, für das die Geschichte keinen Propheten vorgeschickt hatte. Ich ängstigte mich noch der Grenze entgegen ... in meinem Visum stand ja die Paßnummer verkehrt; der Referent in Düsseldorf war deswegen geradezu ins Flattern geraten, nach telefonischem Hinundher mit der DDR-Botschaft in Bonn war Ort und Zeit des Grenzübertritts unabänderbar festgelegt, aber wie dann in Gerstungen der Grenzsoldat mit seiner vorgehängten Pulttasche schräg über mir im Abteil stand, verrunzelte dem nur Verständnislosigkeit das Gesicht: hier liecht nischt vor aus Bonn ... aber wissense was, da ändern wir einfach im Visum die Nummer, hier sehnse mit mein Kuchelschreiber, am besten ooches Fahrtziel gleich, oder wollense sich selber besuchen ... da hatte ich doch ins Einreiseformular meine Kölner Adresse als Fahrtziel hineingeschrieben, so was von Tölpel, zittert dieser BRD-Mensch mit seinen Papieren nur so herum, na dann weiter gute Fahrt.

Die ganze Zeit fuhren schon die toten Eltern mit, so wie sie mit dem Jungen aus den im Rheinland verbrachten Ferien immer zurückgefahren waren ins längst nun heimisch gewordene Erfurt, nicht mehr anzuhalten war der Film des Wiedererkennens, das in Dörfern und Städten die Schriftbilder der Ortsnamen unverändert fand, Eisenach, Gotha, Neudietendorf, Bischleben; die Erregung hielt mich nicht länger auf meinem Sitzplatz, ich rannte hin und her zwischen den Fenstern im Abteil und draußen im Gang, während der Zug am Fuß des Steigerwaldes, dem Bachstelzenweg und den Ufern der Gera entlang durchs Dreienbrunnengefilde langsam in die Stadt hineinrollte ... vielleicht, daß *du* sie noch einmal wiedersiehst, hatte der Vater gemeint, resigniert und bald sterbend, ein halbes Jahr wars her.

Vergessenes, im Zugfenster sogleich wieder Vertrautes; der schockhafte Anblick grauer Riegel, hoher Plattenbauten, die sich durchs flachgemachte Altstadtviertel zwischen Löberring und Hirschlachufer schoben; quietschendes Bremsen brachte mein Abteilfenster auf dem Viadukt genau über der Schillerstraße zum Stehen, in der ein paar hundert Meter weiter mit der Thomaskirche die Konfirmandenzeit beim Pfarrer Mebus und mit dem Langemarck-Gymnasium gleich gegenüber die letzten Jahre Schulzeit auflebten, und als ich dazwischen in der Mitte der Straße einen Straßenbahnzug der Linie 5 halten sah, tauchten unter den kahlen Straßenbäumen gespensterhaft die dunklen Winteruniformen eines

Jungvolktrupps auf, der zwischen Schienen und Bürgersteig auf den rutschend und kreischend zum Stehen gekommenen Straßenbahnzug zumarschierte ... Umwölkt vom Staub der Sandbremsen stand er plötzlich verstummt da, dann sprangen Leute aus dem Wagen und rannten nach vorn zum Führerstand; in Dreierreihen, vorneweg Helmut, der Jungzugführer, näherte sich der Trupp der Bahn, um die sich rasch ein Menschenpulk gesammelt hatte; Rufe wurden laut, ein Auto blieb stehen, das einzige auf der Straße sichtbare Auto; unwirsch traten ein paar Leute zur Seite, als der Jungzug an der Bahn vorbeimarschierte; einer nach dem anderen von uns sah dann, was passiert war: in einer Blutlache lag stumm eine Frau auf dem Pflaster; jemand hatte seinen Mantel über sie legen wollen, blickte aber unschlüssig noch um sich herum; einige von uns schlugen die Hände vors Gesicht, der Jungzug geriet aus dem Gleichschritt, ein paar schienen stehenbleiben zu wollen und wurden gleich vom Hintermann weitergeschubst; Helmut vorne hatte sich herumgedreht und marschierte rückwärts mit dem Gesicht zum Jungzug weiter, linkszweidreivier linkszweidreivier, stolpernd fanden die Zwölfjährigen in ihren Gleichschritt zurück; einer von uns, der zu schluchzen angefangen hatte, bekam vom Nebenmann einen Knuff; ich glaube, es hatte angefangen zu nieseln.

Auf dem Bahnsteig dann sah ich vor dem Eingang zum Wartesaal die ersten langen Mäntel wieder mit russischen Offizieren, die eingeknickte Papiroßy zwischen den Fingern hielten. Eine Minute lang stand ich draußen auf dem Bahnsteig auf Erfurter Boden; eine Woche schien es her zu sein, daß der Vierzehnjährige vor den gelben Kachelwänden zwischen den Gepäckkarren herumlungerte und auf den Zug wartete, der nach Leipzig zum Umsteigen nach Cottbus ging; dann fuhr der Zug schon wieder an, und ich sah in der Ferne im Süden der Stadt die vor den Fenstern unserer Wohnung ansteigenden Hügel, über die der Junge im Winter auf Skiern mit einem Rucksack voll Holz heruntergewedelt war; zwischen den Kiefernwäldern tauchten kurz die Dächer der Bergkaserne auf; ein paar Augenblicke lang standen in den Tiefen der Schmidtstedter Flur die gelben Blöcke der Artilleriekaserne, wo nach zwei Wochen der uk-Bescheid – das war die Zusicherung, daß er in seinem kriegswichtigen Zivilberuf *unabkömmlich* war – den Vater aus der feldgrauen Kanonieruniform wieder herausholte, in die ihn kurz nach Kriegsbeginn der Einberufungsbefehl hineingesteckt hatte, unterm Wehgeklage seiner Frau, das der Sohn in seinem Stolz überhaupt nicht verstand, waren doch alle die Jungens in der Nachbarschaft Söhne von Soldaten, was heißt Soldaten, Offizierssöhne alles, vom Major an aufwärts – aber als er an dem einen Sonntag dann mit der Mutter zum Besuch in die Kaserne kommen durfte und er den Vater vor seinem Spind in der Stube stehend wiedersah, brach aller Stolz in ihm sofort zusammen...

Die Stube war kahl und hell; vor der einen Wand standen vier Spinde, vor der anderen vier Betten, auf denen akkurat gefaltete Decken lagen; zwischen den beiden Fenstern gruppierten sich vier Stühle um einen Tisch, auf dem die Mutter gleich ein Deckchen, die Thermoskanne, drei Becher und den Kuchenteller, die Plätzchenschale, eine Tafel Schokolade, eine Schachtel Zigaretten, Äpfel und Birnen ausgebreitet hatte. Der Vater, den der Junge immer nur elegant im Zweireiher oder sportlich in Knickerbockers und Rollkragenpullover kannte, da stand er nun, der Einsfünfundachtzig-Mann, wie ein Kleiderständer, an dem das feldgraue Zeug schlapp und schief herunterhing; da half auch nichts, daß er den Waffenrock bis zum Hals hoch zuknöpfte, das Koppel umlegte und mit beiden Händen – alles dem Jungen zu Gefallen, der im Vater doch ein soldatisches Vorbild zu sehen wünschte – auch noch den Stahlhelm über die Geheimratsecken bis in Augenbrauenhöhe senkte, es blieb eine jämmerliche Witzfigur, die da aufrecht und starr in der Stubenecke stand. Daß die Mutter, nachdem sie mit ihrer Schluchzerei aufgehört hatte, beim Anblick dieses so miserabel verkleideten Zivilisten zu kichern anfing, beschämte den Jungen vollends; er drehte den Eltern den Rücken zu und blickte aus dem Fenster hinab in den leeren Kasernenhof. War es Verachtung, war es Mitleid, was er für den Vater empfand, er fühlte sich jedenfalls wie verraten vor der Horde der Nachbarjungens, die ganz lässig immer mit ihren Offiziersvätern die Kasernentore passierten; er fühlte sich alleingelassen mit seinen hitzigen Phantasien, die von nun an ihre eigenen Heldenfiguren zu erfinden hatten; bald begann ja auch die glorreiche Epoche der Ritterkreuzträger, die er für eine Weile aus der Zeitung schnitt und über sein Bett an die Zimmerwand pinnte.

Jörn war die Rampe heruntergerutscht und lag mit dem Rücken im Gras. Die Sportmaschine war zurückgekehrt und setzte zur Landung hinter den Kiefernwäldern an. In Leipzig, sagte Jörn, schaute ich mich auf dem Bahnsteig und in der riesigen Halle nach allen Seiten um ... als erwartete ich in der Menge das Auftauchen von Gesichtern, deren unendlich traurige Freundlichkeit unvergessen geblieben war, Gesichter längst verstorbener Verwandter, die in den hohen Raumfluchten einer alten Leipziger Wohnung gelebt hatten; sie standen immer im Bahnhof, wenn wir sie besuchen kamen, zum letzten Mal auch, als die Reise gleich weiter nach Cottbus ging. Aber es war wie die Sequenz eines Traums, die sogleich in die nächste überging und die man beim Erwachen schon vergessen zu haben schien, so wie das Erinnern dieser Gesichter nur Verschwimmendes, Verwischtes wiederfand, das sich zu keiner konkreten Situation mehr zurückbilden und in den Zusammenhang bestimmbarer Vorgänge bringen ließ. Ich stand auf dem Vorplatz des Bahnhofs und nahm mit dem Geräusch der Straßenbahnen einen Geruch wahr, wie er aus dunklen Kindertagen vertraut war, der Geruch von Brikettrauch, der im Nebel zwischen den Häusern hing, zwischen hohen, alten Hausfassaden, an denen, außer daß allein das Zeitvergehen sein verrottendes Werk getan hatte, seit Jahrzehnten nichts verändert worden war.

Es waren, sagte Jörn, drei Tage in der Stadt, und in diesen Tagen fing etwas an, das bis heute andauert: das Zurückkehren in Umgebungen, in Landschaften und Städte, von denen ich so lange Zeit getrennt gelebt hatte. Noch konnte ich mir nicht vorstellen, daß nur ein Jahr später unser Land wieder ein ungeteiltes wäre, aber ich spürte, daß die Reise in diesen Aufbruch hier etwas in mir aufbrach, in meiner ganz eigenen Geschichte, die mir wie durchgerissen und gespalten und irgendwann versiegelt und verblockt vorkam. Wo man mich eingewiesen und nach endlosen Formalitäten noch meinen Paß einbehalten hatte, im Hotel Stadt Leipzig, saß ich abends zur Nachrichtenzeit dann vor dem kleinen Fernsehgerät und sah in sprachloser Erregung mit an, wie in der vergangenen Nacht die Menschenmengen durch die geöffnete Mauer nach Westberlin hineingeströmt waren ... Es war die Nachrichtensendung des ostberliner

Fernsehens, und nur mit einem gewaltigen Gedankensprung vermochte ich mir begreifbar zu machen, daß ich, soeben zum ersten Mal in das Gebiet der DDR eingereist und zum ersten Mal wieder anwesend in einer Stadt Mitteldeutschlands, dort in der *Aktuellen Kamera* diesen Anfang vom Ende unserer Teilung sah. Wann ich zum letzten Mal regelrecht geheult hatte ... jedenfalls saß ich vor dem Bildschirm und heulte mit den Menschen, die auf dem Bildschirm vor den Kameras ihre Fassung verloren, die an den verstummten Grenzsoldaten vorbeigerannt waren und über die westberliner Straßen tanzten, die von beiden Seiten hoch auf die Mauer geklettert waren und da oben nun standen vor dem Hintergrund der Dunkelheit ... Wahnsinn, hörte ich eine Stimme in ein unsichtbares Mikrofon sagen.

Da war doch dann ein Interview in Köln ... Im DLF, sagte Jörn, wartete in der Live-Sendung die Interviewerin – aber bis nach Wuppertal kletterten ja noch die Thüringer aus dem Zug, auf jedem Bahnsteig immer wieder diese Szenen ... der Zug selber schien diese Momente anhalten zu wollen, er fuhr immer nur ganz langsam weiter. Und was hättest du sagen können?

Jörn saß aufrecht im Gras und sah auf die Ameisenstraße hinab, die sich unter seinen Beinen durch den Sand zwischen den Halmen schlängelte. Vielleicht war ich sogar erleichtert, daß wegen der Zugverspätung das Interview nicht mehr zustande kam. Ich kam ja wie ohne Sprache zurück; ich war, wie soll ich sagen, völlig aufgewühlt ... und mit solchen Gefühlen und Floskeln dann ganz cool ins Interview? Er zog einen abgegriffenen Notizblock aus der Hemdtasche. Während er blätterte, blickte er angestrengt auf die vollgekritzelten Seiten. Kann meine Schrift kaum lesen: ... Der Mann hinter dem Pflug, den ganz langsam ein Ochse zieht ... Hühnerställe in allen Gärten; Obstwiesen mit gelb leuchtenden Äpfeln unter den Bäumen ... Schichten der Dämmerung, die unendlich langsam auf die Stadt herabsteigen ... verklemmtes Hotelfenster, läßt sich kaum öffnen und dann nicht mehr schließen; die Geräusche vom Bahnhof gegenüber ... versuche mit Köln zu telefonieren, damit Lena nicht denkt, sie haben mich wegen der verkehrten Nummer im Visum aus dem Zug geholt; beim Anwählen schon besetzt, gehe zur Telefonzentrale hinunter, nette Telefonistin, anmelden könne ich ja mein Gespräch, aber vor Morgen keine Verbindung, Sie wissen ja, die politische Lage ... auffallend ruhige Straßen; vereinzelt Lärm vom Rädergerappel auf zerklüftetem Kopfsteinpflaster, Spuren von Einschüssen und Granatsplittern in sonst völlig intakten Fassaden aus der Jahrhundertwende, aber was heißt intakt, jede zweite Dachrinne tropft, die letzten Fenster und Türen sind wohl vor dem Krieg gestrichen worden; unaufhaltsam erscheinender Verfall, wenn nicht ganz rasch was passiert ... finde Haus der Verwandten nicht mehr; Vater schwärmte immer von den Rotweinvorräten des Onkels, Wörter wie Rotspon, Großbürgertum ... Objekt vorübergehend geschlossen, das sind kleine Läden, Frisörgeschäfte, denen das Personal nach Ungarn und Prag ausgereist ist ... lange, geduldige Warteschlangen vor den Eingängen in die Volkspolizei ... Buchhandlung mit Ausstellung von Demonstrations-Fotos; jeder Fotograf namentlich erwähnt ... Karl-Marx-Platz mit Litfaßsäulen voller Reformparolen; Zettelaufschrift: Rehabilitation für Reiner Kunze ... Warteschlangen vorm Ratskeller; zurück ins Hotel-Restaurant; warte eine halbe Stunde, bis der Kellner die Speisekarte bringt; nach einer weiteren halben Stunde noch immer nichts, stehe auf und gehe; im Zimmer die letzten Äpfel von zu Hause... höre jemanden erzählen: Mann sitzt in Straßenbahn und liest Bildzeitung; Volkspolizist steht hinter ihm und liest mit... im Gohliser Schlößchen Frau B.; im Gespräch stellt sich heraus, daß sich in Erfurt unsere Schulwege gekreuzt haben... kleines altes Auto, in dem mich D. mitnehmen; wir kommen an einer langen Schlange wartender Autos vorbei, die in eine Hofanlage einmündet; die stehn alle nach Benzin an, sagt U.... trüb beleuchtetes Treppenhaus, Geruch von zerkochtem Kohl und kaltem Rauch, Kohleneimer vor den Korridortüren; unterwegs nach oben geht das Licht aus; das kleine warme Zimmer voller Bücher und Plakate; Gesprächsversuche kreisen um zusammengekrachte Biographien, verlorene Hoffnungen; erste Selbstmorde in Parteikreisen; A. will nicht ausreisen, hat nur Sehnsucht nach Rom; wieso keine Hoffnungen, Fragen gehen ins Leere; nebenan schläft das neugeborene Kind... G. soll mit der Stasi gekungelt haben; Rechnungen werden aufgemacht... stundenlanges Herumlaufen in immer trostloseren Straßen; wage nicht mehr zu fotografieren; blauer Mercedes mit Düsseldorfer Kennzeichen irgendwie schamlos... im Hotel Merkur wimmelt es von westdeutscher Kunstszene; ganze Redaktionen aus Hamburg, Köln, Berlin walzen durch die Säle; sind wir überhaupt in Leipzig hier, ein Hotel geradezu wie in Frankfurt oder Boston; selten soviel Prominenz, die im Handumdrehen das Buffet leerräumt; da tritt ja auch der rheinische Ministerpräsident herein, und nun kommt Stimmung auf wie bei der Prinzenproklamation... nee, wenner det erlehm müßte, der Erich... kommense doch mit in die Bar, da gehnse heut nich solo zu Bette...

vor dem Dimitroff-Museum baut NVA Lautsprecheranlagen auf; Platz voll roter Fahnen und Transparente; Redner wechseln ab mit Selbstbezichtigungen, Anklagen, Aufrufen; SED schlägt zurück; Diskussionen mit westdeutschen Fernsehleuten, es hagelt auf die Linksliberalität herunter, Schieber und Geier, was wollt ihr eigentlich hier, von wegen zwölftes Bundesland, könnte euch so passen, Genscher der Verräter, geballte Fäuste recken sich hoch, Gesang schwillt an, die Internationale bäumt sich auf, nix wie weg hier ... morgens in kalter Frühe zum Bahnhof hinüber, der Zug nach Köln steht dunkel und leer ...

Undsoweiter. Jörn klappte den Notizblock zu und steckte ihn in die Hemdtasche zurück. Hastig geschriebenes Zeug, aber noch zehn Jahre, und alles ist vergessen. Wo sind die Jahre denn geblieben? Wer denkt denn noch an diese Turbulenzen zurück, ich frage dich, wer wagt jetzt noch einmal *Volk* zu sagen, wer spürt noch einmal den Erregungen in diesem Herbst nach, wer kommt denn noch mit einem Dankeschön an die Geschichte und sagt nur einmal: Respekt, ihr Leute, die ihr das alles weggefegt habt ... Komm, nun rede dich nicht in Rage.

Jörn stieß mit dem Fuß gegen einen Betonbrocken, der lose im Sandboden saß. Da hatte ich zum ersten Mal in meinem Leben das Gefühl, jetzt stimmt dein inneres Befinden, deine Bewußtseinslage endlich einmal überein mit dem Gang der Dinge; jetzt endlich bringt die Politik etwas zuwege, das dich regelrecht glücklich macht. Nur um mich herum, nicht wahr, unter Freunden, Kollegen, jüngeren Leuten zumal, da wurden die Augenbrauen hochgezogen und die Mundwinkel heruntergehängt ... daß die im Osten jetzt reisen können, na schön, daß die Mauer verschwindet, na gut, aber wieso denn gleich wiedervereinigen, gibt es denn keinen dritten Weg, tut es denn nicht auch irgendsoeine Föderation, da kommt doch nur wieder dieser unsägliche Nationalismus hoch, das ganze Ausland bekommt ja wieder das Zittern, umsonst haben wir den Krieg nicht angefangen und verloren, schließlich stecken wir noch tief in Schuld und Strafe drin, wer kann nach Auschwitz überhaupt noch an Einheit denken, von den beiden deutschen Staaten war ja nur die Demokratische Republik der wahrhaft antifaschistische, das Ganze läuft doch nur auf Anschluß, Annektion, Kolonie und billiges Schnäppchen hinaus, warum muß denn das alles so schnell gehen, wer denkt denn eigentlich an die Kosten, da kommen doch nur die Sentimentalitäten der Großväter hoch, jetzt behalten auch noch die Kalten Krieger recht, wir sind doch mehr in Mailand als in Leipzig zu Hause, und jetzt sollen wir auch noch in dieses Parademarschpreußen hinüber, von Berlin ist doch alles Unglück immer ausgegangen, was machen wir denn mit unsrem neuen Haus in Meckenheim, nein, die Mauer hatte auch was Gutes, am besten baut sie der Westen wieder auf, und dann doppelt so hoch...

Das Betonstück kollerte die kurze Böschung hinunter und blieb in den Brennesseln liegen. Ein Jahr später, sagte Jörn, habe ich mich noch einmal in den gleichen Zug gesetzt... es war der dritte Oktober, und um mir diesen Tag begreifbar zu machen, um das, was mir wie ein Wunder vorkam, als Realität zu erleben, bin ich nach Erfurt gefahren. Obschon es draußen noch dämmerte, sah ich in der langen Bahnschleife zwischen Deutz und Mülheim im Abteilfenster noch einmal die Türme des Kölner Doms auftauchen, und da sah ich wieder die

Mutter am Fenster stehen, wie damals, wenn wir aus den Ferien zurück nach Thüringen fuhren ... sie hatte dann immer feuchte Augen vom Verlassen unserer Heimatstadt, die ihr Stunde nach Stunde doch abhanden kam in der Freude auf lange Zimmerfluchten und helle Fenster mit Aussicht auf Gärten und Kiefernwälder, und wenn wir Eisenach, Gotha, Neudietendorf passiert hatten, die so vertraut gewordenen Stationen der Annäherung an ihr verändertes, neues Leben, dann glitzerte ihr die Fröhlichkeit aus den Augen, dann möbelte sie auch ihren Jungen auf beim Buchstabieren von Ortsnamen und Wörtern wie Gera, Unstrut, Steigerwald, Brunnenkresse, Bischleben, Löberfeld, Ilversgehofen, Krämerbrükke, Daberstedter Schanze ...

Da saß ein Mann im Zug und fuhr in die verloren geglaubten Provinzen der Kindheit hinein, begleitet von der Angst, es könnte wiederum nur der Traum sein, der jahrzehntelang wie ein Film durch seine Nächte gelaufen war, der Film vom Verlassen der hohen Bahnhofshalle und vom langsamen Gehen über den Bahnhofsvorplatz; gegenüber breitet sich das Gebäude des Hotels Kossenhaschen aus; seit er in den Fernsehnachrichten den Platz und das Gebäude wiedergesehen hatte mit dem im Fenster erscheinenden Willy Brandt, wußte er auch im Traum, daß sich das Hotel jetzt Erfurter Hof nannte; der Traum wiederholte sich ja jedes Jahr mindestens einmal, und mit jeder Wiederholung schien er an Realität zuzunehmen und die Passage der Bahnhofsunterführung, die Brücke über die Gera, die breite Treppe hoch in den Park der Daberstedter Schanze, die beiden links und rechts der Treppe einbetonierten Bunkereingänge, den vor dem Parkgemäuer aufgegabelten Verlauf der Straßen und Straßenbahnschienen mit einer Deutlichkeit wiederkehren zu lassen, daß in jedem folgenden Traum der Träumende sich sagte: jetzt träume ich nicht mehr, jetzt bin ich wirklich wieder da. Aber wenn der Traum dann erneut wie nach einem Filmriß endete, brauchte er lange Zeit, wachwerdend zu begreifen, daß das erneute Wiedererleben seiner Rückkehr nach Erfurt nur in der Imagination des Schlafes geschehen war. Dieser Traum vom Traum, der endlich eine wirkliche Erfahrung sei, hatte mit seiner Häufigkeit ein Realitätsbild entstehen lassen, das zunehmend die Genauigkeit seines Erinnerns bewirkte, auf eine Weise, daß in den Jahrzehnten, die ihn von seinen acht Erfurter Kinderjahren entfernten, diese Zeit ihm näher und näher kam und am Ende so nahe stand, daß in dem Augenblick, als er am Mittag des dritten Oktober neunzehnhundertneunzig aus der Bahnhofshalle hinaustrat, auf dem Platz zwischen Post, Reichsbahndirektion und Erfurter Hof stand, links in die Tiefe der Bahnunterführung und rechts in die Schlucht der Bahnhofsstraße blickte, die zurückgekehrte sich mit der nun beginnenden Zeit vereinigte. Die Bilder des Traums und der Erinnerung, in diesem Moment kamen sie ihm vollkommen identisch vor mit der wirklichen Erscheinung der Straßen und Häuser; sie stimmte mit seinen Imaginationen so überein, daß er durch die Stadt ging als ein fünfzehnjähriger Junge, der für eine Woche nur einmal verreist gewesen war. Eine Woche lang, sagte Jörn, ging ich durch die Stadt, und jeder Morgen, wenn meine Füße die Straßen spürten und meine Hände die Hausmauern anrührten, begann mit dem Ausbleiben der Angst und der sich wiederholenden Gewißheit: jetzt ist es kein Traum mehr, jetzt bin ich wirklich wieder da.

Und was sagte die Erinnerung, wenn sie auf die Veränderungen in der Stadt traf? Dann sagte sie, nein, hier stimmt alles nicht. Mußte sie das oft sagen? Manchmal an jeder Straßenecke, seufzte Jörn, aber dann hingen an unserer Haustür noch die alten Klingelknöpfe.

Wir hatten das Gelände der Kolchose verlassen und gingen ein Stück über die Straße nach Hohenseefeld. Jörn lachte einmal ... wenn ich wieder ins Rheinische fahre, nehme ich dort einen Kasten Bier mit. Wo? In Hohenseefeld ... da gibt es in einem kleinen Gehöft jetzt auch so einen Getränkemarkt, du weißt, wie im Westen – macht ein Bauernhöfchen, ein Kino, eine Tankstelle den Laden dicht, geht der Getränkemarkt rein. In Hohenseefeld, der hat natürlich alle Biere von Bayern bis Ostfriesland, aber zuerst hat er alle unsere Biere aus dem Osten. *Unsere?* Du hast unsere gesagt, Jörn. Er blieb stehen und sah zum Himmel in die Wolken hoch, die langsam nach Südwesten zogen. Das sind doch unsere Wolken auch.

Weitergehend hob er für jedes Wort die Hand ... Rex, Radeberger, Wernesgrüner, Hasseröder, Köstritzer, Rostocker, Lübzer, nicht wahr, dann weißt du, wie in Brandenburg, in Sachsen, im Harz, in Mecklenburg, auf Rügen das Biertrinken schmeckt. Im Rheinland weiß man nichts davon, in keinem Getränkemarkt, in keinem Supermarkt ... wenns hochkommt, findest du gerade mal ein Glas mit Spreewälder Gurken und Thüringer Blutwurst, die aus Niedersachsen kommt. Und wenn ich auf den Filialleiter treffe, immer dieses ja, Radeberger, Wernesgrüner, vom Namen her bekannt, aber wissen Sie, wir haben da so ein kompliziertes Vertriebssystem, und dann ist es natürlich die Marktsituation, verstehen Sie, unsere Lieferanten sind da etwas zurückhaltend ... verstehst du?

Links und rechts der Straße tauchten die ersten Häuser der Korea-Siedlung auf, schlichte Einfamilienhäuser, an die sich Schuppen, Stall und eine große querstehende Scheune anschlossen. Jedes der Gehöfte war von Gartenland umgeben, auf dem Obstbäume, Kartoffeln, Tomaten, Salat, Küchenkräuter und üppige Blumenbüschel wuchsen. Hier und da tauchte hinterm Zaun ein Huhn auf, lag ein Hund schlafend vor seiner Hütte. Einigen der Häuser sah man an, daß auch in der Abgelegenheit der Gegend die neuen Baustoffmärkte Kunden gefunden hatten, die zum Renovieren nicht nur was nötig war, ein paar Eimer Farbe oder eine Fuhre Dachziegel brauchten. Im Giebel eines Hauses standen die Ziffern des Baujahrs zu lesen: 1949.

Im Rheinischen, sagte Jörn, überall wo die Wohnungslosigkeit an den Ortsrändern Behelfsheime und Barackensiedlungen hervorgebracht hatte, hieß es bald Klein-Moskau, Sibirien, Kamerun, Mau-Mau-Siedlung. Das sind längst Gewerbeflächen, Wohnparks. Hier, das war die Bodenreform, und die Leute aus dem Osten hießen Neubauern – auch so ein Wort, in Gamstädt hörte ich es zum ersten Mal. Gamstädt? Das ist ein Dorfflecken an der Landstraße zwischen Gotha und Erfurt. Als wir damals im August im Auto dort vorbeikamen ... ich weiß nicht, ob mein Vater schon wußte, daß der Bauer Puhl dort bald mit seiner Landwirtschaft weitermachen würde, die er auf den Waldbröler Feldern hatte aufgeben müssen ... der Doktor Ley war eben schon so weit, daß er für seinen Volkstraktor sich das Bauland hergeben ließ. Die Puhls saßen seit Generationen auf ihrem Hof, aber nun hieß es: ostwärts, und ob die Puhls noch konnten oder schon mußten, jedenfalls siedelten sie sich im Thüringischen an, es war ihnen da ein Hof zugewiesen worden. Und bei allem im Nebenzimmer lautwerdenden Geschimpfe auf den heimatvergessenen Robert schien der Vater ganz glücklich zu sein, daß er die Puhls dann in der Nähe hatte; die Familien kannten sich ja ewig schon, jeden Donnerstag hatte man sich auf dem Viehmarkt getroffen; jetzt taten die Puhls zufrieden, daß sie flaches fettes Ackerland hatten nach den kargen Böden und Weiden die Hügel hinauf und hinunter.

Wir sind in all den Jahren manches Mal hinaus nach Gamstädt gefahren, sonntags, im Winter, im Sommer. Von Erfurt ging die Kleinbahn über Bindersleben nach Nottleben, ein gefährlich wackelnder Schienenbusbetrieb, den ich nun nicht mehr wiederfand. In Ermstedt kletterten wir über das Gleis hinunter auf den Feldweg, der ewige zwei Kilometer lang schnurgerade nach Gamstädt hineinging. Gelegentlich holte uns der Großvater Puhl ab, der meinen Großvater, den Leimsieder, noch kannte ... wie chedet denn met ührer Liemfabrik? Der Weg dauerte dann dreimal so lang, der Alte humpelte schwer, blieb ständig stehen und zeigte mit dem Stock über die Felder ... dat chehürt uns all.

Eine tischflache, baumlose Ebene. Im Sommer dehnten sich unendlich weit die Felder mit Getreide, Kartoffeln und Rüben; jeder Sommer schien der heißeste seit Menschengedenken zu sein; unter einer gnadenlosen Sonne flirrte weiß und staubig die Luft bis hin zum Horizont, und was sich bewegte, war alleine der Bussard, der hoch über der Stille kreiste. Riesige Wolkenmassen schoben sich im Herbst über das Land; tagelanger Regen hatte den Feldweg völlig vermatscht; der

Wind riffelte die Pfützenflächen auf zwischen den Furchen der leeren Äcker, auf denen ganze Geschwader von Krähen saßen. Der erste Frost verwandelte die Ackerseen in dünne, schmutzigweiße Eisflächen; zusammengefrorenes Schlammgeröll verkrustete die Furchen des Feldwegs; jeder Winter war dann seit Menschengedenken wieder der härteste; die Ebene schien im grauen Schneesturm blind zu werden; wenn der Feldweg unter den dünenhaften Hügeln der Verwehungen verschwunden war, stapften wir querfeldein auf die dämmrigen Umrisse des Dorfes zu, unter den schwarzen Geschwaderfetzen der Krähen her, die den andauernden Jaulton des Windes mit ihren scharfen, heiseren Schreien durchdrangen.

Das Gehöft der Puhls lag am Rand des Dorfes, ein von Wiesen und Gartenland umgebener Vierkanthof, der wie ausgegliedert von den dicht geschlossenen Hofreihen lag, die sich an der breiten Dorfstraße und an ein paar bis draußen zur Landstraße führenden Gassen entlangzogen.

Als ich dann, sagte Jörn, in der Erfurter Oktoberwoche den Hof wiedersehen wollte, stand ich vor einem zerfallenen Rest von Wohngebäude. Die Hofmauer, die beiden hohen Scheunen, die Stallgebäude, das Gesindehaus, der Garten, alles weg. Ich fragte zwei Männer, die sich in einer Trümmerecke zu schaffen machten; der eine zuckte mit den Schultern, der andere schwenkte den Arm irgendwie nach Westen. Mein Vater hatte mir ja noch erzählt, daß die Puhls ungewisse Zeiten durchzustehen hatten, damals sechsundvierzig ... nur ein paar Quadratmeter hatten sie vor der Enteignung bewahrt, die zum Zwecke der Überführung von Junkerland in Bauernhand, nicht wahr, ab hundert Hektar die Maßnahme der Bodenreform war. Erst später hatten die Puhls dann endgültig aufgegeben, in den Jahren der völligen Kollektivierung, als die letzten selbständigen Landwirte in die LPGs hineinsolidarisiert wurden. Und da fanden sich auch die Neubauern hier mit ihren Vierzig-Morgen-Gütern wieder ... Jörn schaute zurück ins Brachgelände der Kolchose.

Hinter der Siedlung bogen wir auf einen Weg ab, der über die Felder an den Rand der Kiefernwaldungen führte. Jörn rieb sich die Stirn. Erinnern ist die reine Quälerei, wenn man auf das Wahrnehmungsvermögen, das Gedächtnis eines kleinen Jungen angewiesen ist. Was hat er denn mitbekommen, was wächst im Gedächtnis beim Erwachsenwerden mit ... da saßen im Tabakspfeifenqualm der guten Stube ein paar Männer um den ovalen Tisch herum, und was dem Vater die Runde so heimisch machte, das *Verzällen* im vertrauten Waldbröler Platt, das kam dem Jungen, der anfangs in der Schule seines rheinischen Singsangs wegen von Lehrern und Schülern aufgezogen worden war, weshalb er unversehens rasch das *Ärfurtsch* annahm, mit welchem Dialekt ihn wiederum die rheinischen Lehrer und Schüler nach seiner Rückkehr aus der *Kalten Heimat* lange Zeit verhöhnten, inzwischen wie ein fremdes, knarriges Geräusch vor. Er verstand auch nie so richtig, um was es ging, und wenn er hörte, daß Zorn hochkam auf *Verbrecher* und *Bonzen,* wurde er nach draußen auf den Hof geschickt. Da saß dann Irmchen auf der Mauer, die den Misthaufen in der Mitte des Hofes umgab, Irmchen mit nackten baumelnden Beinen, nicht älter als Jörn, aber kräftiger und schneller die Heubalken hoch und wieder herunter, und wenn der Junge aus der Stadt mit dem Leiterwagen in den Wiesengraben gekippt war, mit ihren runden Armen stemmte Irmchen das Malheur spielend in die Balance zurück.

Spät im August nahm mich Puhls Tochter auf die gelben, abgeernteten Felder mit zum Ährenlesen. Ein großer Korb schaukelte zwischen unseren Händen, mit der anderen Hand kauten wir an den Klaräpfeln, die wir auf der Obstwiese aufgelesen hatten. Irmchen, barfuß laufend, war oft einen Schritt voraus und zog mit dem Korb den humpelnden Jörn hinter sich her, den seine Holzsandalen quälten, jahrelang, weil die Nägelchen in der Lederschlaufe, die den kurzen vorderen mit dem langen hinteren Teil der Holzsohle zusammenhielt, sich immer wieder in seine Fußballen bohrten. Auf dem Grasrand des Feldwegs versuchte er zwar, barfuß mitzulaufen, aber wenn Irmchen dann hinüber auf den krumigen Ackerboden zwischen die harten bleichen Stoppeln sprang, balancierte er nicht lange auf seinen bloßen, wunden Füßen hinter dem Mädchen her; er setzte sich einfach hin und rutschte auf seiner kurzen abgeschabten Lederhose durch die Stoppelreihen, bis Irmchen ihn zu hänseln anfing und die Scham, daß er diesem Blondzopf aber auch mit gar nichts imponieren konnte, und schließlich, daß ein deutscher Junge auf dem Hintern über einen Stoppelacker rutschte, ihn wieder auf die Beine brachte. Tapfer schnallte er sich seine Holzsandalen an, verbissen tat er es Irmchen nach, die flink nach den liegengebliebenen Ähren fingerte und sie in ihr hochgehaltenes Kleidchen warf. Verstohlen schaute Jörn mitunter zu ihr hin; er warf die Ähren gleich in den Korb hinein, der sich nur langsam füllte; mit ganzer Aufmerksamkeit richtete er sich auf, wenn im wolkenlosen Himmel ein helles Geräusch näher kam und er eine silbergraue, zweimotorige Maschine heranblitzen sah, eine Me 110, die zur Landung auf dem nahen Fliegerhorst in Bindersleben ansetzte. Solange die Kinder auf dem Feld waren, wiederholte sich das ein paarmal, Irmchen schaute dann gar nicht erst hoch ... nur einmal war sie zu Jörn hingelaufen, als ein schweres, unbekanntes, langandauerndes Brummen durch die hohe Sommerluft zog, ein gleichmäßiges, erregendes und zugleich drohendes Geräusch, das die weißen, endlos langen Wolkenstreifen begleitete, die von Westen her sich durch den Himmel schoben, bald unerreichbar fern über den hochgereckten Köpfen der sich jetzt an den Händen haltenden Kinder standen und dann weiter nach Osten davonzogen, während sie gleichzeitig stehenzubleiben schienen, ineinander übergingen und langsam eine Wolkendecke bildeten, die für eine Weile dünn und durchsichtig über dem Land schwebte, bis sie langsam zu verwehen und sich mit der Rückkehr der Sommerstille aufzulösen begann.

Es waren, sagte Jörn, die Kondensstreifen eines Bomberverbandes. Winziger noch als kleinstes Miniaturspielzeug waren die viermotorigen Maschinen an der Spitze ihrer langen Wolkenfahnen zu erkennen gewesen; in ungestörter Ruhe, an die keine Flugabwehr heranzureichen schien, hatten sie die Bläue des Himmelsraums durchquert, Zielen entgegen, die, aus der Höhe wahrgenommen, den Strukturen eines Bildes, einer abstrakten Komposition glichen ... Jahrzehnte später, während langer Luftreisen, Ferienflüge, wenn im Kabinenfenster auf der Erde dünn verschleierte Flecken auftauchten, die Stadtflächen von Hamburg, Frankfurt, München, Venedig und Rom, Amsterdam und London, dann kam es mir manchmal vor, als springe die Zeit zurück in einen Kabinenraum, in dem unter Sauerstoffmasken unkenntliche Gesichter Armaturen beobachten, sich über Landkarten beugen, Planquadrate, in denen Punkte eingezeichnet sind, zu erreichende Ziele, Objekte, für die in einem bestimmten Moment ein Knopfdruck vorgesehen ist, dem ein durch die Maschine gehender Ruck folgt, die Entladung, die Entsendung einer Last, die in kettenhaft langen Reihen ihren Weg hinab in ein Zeichensystem sucht, das aus Industrieanlagen, Bahnhöfen, Brücken, Kirchen, Krankenhäusern, Wohnquartieren und Menschen besteht.

Wir hatten den Kiefernwald betreten und gingen über weichen, federnden Nadelboden. Wo die Sonne die dicht zusammengewachsenen Wipfel durchdrang, fielen ihre Strahlen wie Scheinwerferarme in die grünverschatteten Räume zwischen den schlanken Stämmen. Wir erreichten einen Sandweg, den vereinzelte hohe Farnwedel säumten. Jörn kickte einen Kienapfel vor sich her. Vergessen habe ich, sagte er, ob irgendwo eine ferne Dorfsirene gegangen war. Thüringen war ja lange vom Luftkrieg verschont geblieben. Als die westdeutschen Städte schon brannten, schliefen wir noch in ruhigen Nächten, da holte ich noch Brötchen für die Flaksoldaten. Brötchen? Zur Flakkanzel auf dem Kasernendach ließ mich ja auch mein Offizierskamerad nicht hoch, aber wenn ich vor dem Zelt des MG-Nestes stand, das auf der Kuppe des Wiesenhügels plaziert war und das ich aus den Fenstern unserer Wohnung gut beobachten konnte, dann winkten die Soldaten den Jungen gnädig herein in die kleine, tarnfarbene Pyramide. Schickten ihn auch gleich wieder los in die Backstube des Kasinos unten in unserer Straße, wo er die Brötchen-Ration für den Flakposten oben in einem mitgegebenen Brotbeutel abholen durfte, und dann saß er wieder im Stroh unterm

Zeltdach und fühlte sich fast wie draußen an der Front, wenn ihm einer der Soldaten eine dick mit Leberwurst belegte Brötchenhälfte zwischen die Finger schob ... noch jahrelang vermischte sich der Geschmack des Leberwurstbrötchens mit Strohgeknister, dem Klacken der Munitionsbehälter und dem Geruch von Stiefelleder und Waffenöl. Draußen vor dem Zelt war das Maschinengewehr postiert, da durfte er nicht in die Nähe, nur einmal ließ ihn der sächselnde Unteroffizier den Holzschaft zwischen Schulter und Backe klemmen, die Hand um den Abzugknauf legen und einen Raubvogel anvisieren, der oben im leeren Himmel kreiste ... bald war ja so ein MG wie armseliges Spielzeug, als nämlich die mitteldeutsche Industrie drankam, Leuna, Buna, da übernahmen die Angelsachsen auch den Thüringer Luftraum. Die Kondensstreifen über den Gamstädter Stoppelfeldern, das war erst der Anfang.

Und ihr hattet auf den Feldern keine Angst? Ich weiß nicht, sagte Jörn, im nachhinein Gefühle beschreiben, was stimmt daran ... wir standen ja nur da, beklommen und andächtig fast. Was stimmt denn im nachhinein? Jörn grübelte. Das ist es ... nur wenn du mich lange danach fragst, kann ich gar nichts mehr sagen

Nirgendwo, sagte Jörn, ist mir friedlicher zumute als auf den stillen Sandwegen, die hier sich durch die Kiefernwälder ziehen, diese endlosen Säulenhallen, in denen der Boden so sanft und ein tiefer Spielgrund von Licht und Schatten ist. Bald lebt in dieser ganzen Berlin umgebenden Landschaft keiner mehr, der dabei war und es weiß, wie in den Wochen der letzten Schlacht um dahinten den Hügel, davorn die Bodendelle gekämpft worden ist. All das im Sand versickerte Blut, verendete jedes Grünzeug daran, wir gingen von Wüste zu Wüste.

Demuth kennt sich noch aus; er kann dir am Waldrand die Erdmulden zeigen, in denen die Me-109-Maschinen lagen; er weiß, was die Wälder erzählen. Wenn ich wieder in der Kölner Bucht bin, wir spazieren dann einmal durch die rechtsrheinischen Wälder zwischen Dellbrück und Brück ... unter den Kiefern versteckten sich die Baracken der aus Rußland deportierten Zwangsarbeiter; am Rand des Mielenforster Feldes, die Einflugschneise damals der Merheimer Nachtjäger, findest du im Unterholz die eingefallenen Laufgräben zwischen den Erdlöchern und Mulden, wo, strategisch bestens plaziert, die MG-Schützen und Panzerabwehrkanoniere das flache Ackerland bestrichen; jenseits vom Mauspfad, wo wir auf den Wiesen unsere Drachen steigen ließen, wächst auf verstreuten, kreisrunden Narbenflächen nur so ein komisches struppiges Krautzeug; im Wald hinterm Bach kriecht kurzes Gehölz aus den tief eingemuldeten Narbenlöchern ... da kann man ein paar Dutzend Schilder aufstellen mit der Aufschrift *Bombentrichter*; im Winter rodeln die Kinder mit ihren Schlitten hinein.

Einmal in den Dellbrücker Ferien hockten wir im Garten draußen im Erdbunker, den der Großvater zwischen den Betonplatten des Frühbeets angelegt hatte; Flakfeuer platzte in dieses nachtschwarze Dröhnen der Bomberstaffeln; die nahen Einschläge ließen den Sand zwischen den Betonfugen hervorrieseln ... am nächsten Morgen nahm mich der Großvater in den Wald mit. Da waren die Minen hineingegangen; die Gentlemen hatten zu früh ausgeklinkt, der Fliegerhorst lag ein paar Meilen weiter. Aber das Waldstück war kaputt. Der breite, vertraute Spazierweg endete in aufgewühlten Erdmassen zwischen Kratern, in die das Wasser des zerrissenen

Bachlaufs hinunterrieselte; ausgehebelte Baumriesen lehnten mit ihren Wipfeln aneinander; ganze Stämme waren in unzähligen Splittern auseinandergeflogen; zerspelltes Astwerk bedeckte alles umgerissene Unterholz; ein Baumstumpf hielt an einer Sprosse den Rest einer Leiter. Die braunen Uniformen, die uns nicht weitergehen ließen, schien der Großvater alle zu kennen; man nestelte nach einer Zigarre, gab einander Feuer, zeigte in diese und jene Richtung; ein Ledermantel gab dem Jungen ein rissiges Stückchen Eisen mit... so fing dann meine Bombensplittersammlung an.

Der Geländewagen stand vor der Scheune in Demuths Hof. Hinter der offenen Tür zur Küche saß Frau Demuth und schälte Kartoffeln; Lisa stand gebeugt über dem Kinderwagen, in dem der kleine Jakob lag. Es war heiß, und der in seinem Zwinger dösende Hund hob nur einmal den Kopf, als wir den Wagen bestiegen und Jörn zu rangieren begann. Draußen vor dem Tor stand Herr Demuth und schaute zum Dach des Anbaus hoch, auf dem Kalle, der Schwiegersohn, angefangen hatte die Dachpfannen zu lösen. Wir nickten einander zu, ehe Jörn in die Dorfstraße hineinkurvte. Die Hoftore waren alle geschlossen; kein Mensch war zu sehen; auf der Weide vorm Dorfteich grasten die beiden Pferde.

Nach einem kurzen Stück über die Reinsdorfer Chaussee bogen wir vor einem am Straßenrand liegenden Gehöft in den Feldweg ein, der in weites Getreideland führte. Linkerhand lag der Schloßpark, der unmittelbar in die ausgedehnten Wälder der Reinsdorfer Heide überging. Der Schotterbelag hörte bald auf, und es begannen Schlaglöcher, Bodenwellen und Furchen, die Jörn zu ständigen Bewegungen des Lenkrads zwangen. Nach einer Kreuzung hielt sich Jörn auf dem Weg, der den Kurven und Winkeln der Waldkante folgte. Er mündete in einer Straßenkurve, hinter der zwischen Ginsterbüschen ein asymmetrisch geschnittenes Schild hochragte mit der Aufschrift *Flugplatz Reinsdorf.* Am Feldrand begann eine Reihe hölzerner Leitungsmasten, der die mit Steingeröll bedeckte Straße folgte. In der Ferne bewegte sich im Getreide ein Mähdrescher. Jörn steuerte den Wagen im Slalom am Waldrand entlang, bis hinter einer Biegung eine Koppel auftauchte, auf der eine Herde brauner Pferde graste. Zwischen den Pferden ragten zwei große, armeegrüne Doppeldecker hoch.

Vor uns lag eine ausgedehnte, vom Kieferngehölz umgebene Wiesenfläche, auf der ein Wellblechhangar, ein paar Schuppen und Baracken standen. Ein niedriger Holzzaun trennte die Gebäude von der Flugpiste, die in weiter Entfernung Baumgruppen und Buschreihen unterbrachen. Jörn parkte den Wagen am Waldsaum, wo sich unter den Kiefern ein paar Holzhäuschen und Wohnwagen verstreuten. Ein riesiger schwarzer Hund kam herangesprungen und wartete schwanzwedelnd vor der Wagentür, die Jörn öffnete, nachdem der Mann im weißen T-Shirt seine Simba zurückgepfiffen hatte. Jörn kannte offenbar den Mann, der mit zu der von einem Rasenstreifen eingefaßten Baracke hinüberging. Ein schmaler Korridor führte in einen kahlen Raum, der mit Theke, Stühlen und Tischen als Gaststätte eingerichtet war; in einem kleinen Nebenraum sprach eine glatt zurückgekämmte Blondine in ein Funksprechgerät hinein, das mit Rauschen, Gefiepe und einer männlichen Stimme unverständlich antwortete.

Wir durchquerten den Raum und betraten eine große,

mit einem Flachdach überdeckte Terrasse voller Tische und Stühle. Wir suchten uns am Geländer vorne einen Platz, von dem aus ein weitgespannter Blick auf Himmel und Landschaft, das Flugfeld und die Gebäude ging. Ein Windsack hing schlaff an seinem Gestänge herab; daneben stand ein alter Geländebauwagen mit zwei Scheinwerfern auf dem Dach; hinter dem Zaun begann ein kleines quadratisches Steinfeld, das mit Zeichen und Farbflächen versehen war. Es war still in der Luft. Das einzige Geräusch kam von einem entfernten Traktor, der mit seinem Balkenmäher über die Grasnarbe ging, entlang einer weißen Reihe von Segelflugzeugen, die umgeknickt dalagen und aussahen wie hingefallene, ausgespreizte Riesenvögel. Ein buntes Dutzend einmotoriger Maschinen, einzeln oder in kleinen Gruppen aufgereiht, staffelte sich am Zaun entlang; aus dem Schatten des Hangars ragten die beiden klobigen Doppeldecker hervor, an deren Leitwerk das Schwarzrotgold der Bundesfarben zu erkennen war.

Das sind Antonow-Maschinen, sagte Jörn, die tun es schon seit fünfzig Jahren; der Russe hat sie geflogen, Transporte, Luftlandetruppe, mindestens dreißig Mann. Und woher weißt du das? Wesseling weiß das. Wer? Wolfi Wesseling, der Mann im weißen T-Shirt, der ist der Geländechef hier. Und wieso stehen die Russen da? Jörn grinste. Gehören vielleicht zur Beute ... Demuth weiß, wie das hier ein Feldflughafen der Luftwaffe war, dann rauschten für ein paar Jahrzehnte die russischen Düsenjäger hoch. Und nach der Wende gründeten ein paar NVA-Jagdflieger einen Luftsportverein. Jetzt, glaube ich, siedeln drei Vereine hier, Berliner, Oranienburger, Leute von der Elbe, und wer tagsüber angerollt kommt, das sind Fluglehrer, Flugschüler, Drachenflieger, Segelflieger, Fallschirmspringer, alte Kameraden. Wesseling organisiert den ganzen Betrieb, zusammen mit Frau Uschi, der Blondine am Sprechfunk, sie regelt den Flugverkehr, steht hinter der Theke, bäckt für sonntags den Kuchen.

Simba hatte sich vorm Nebentisch fallenlassen und haute mit dem Schwanz ein paarmal auf die Holzplanken, als Frau Uschi mit zwei Kännchen Kaffee heranbalanciert kam; über ihrem schiefgestellten Kopf wippte die Antenne des Funksprechgeräts, das sie zwischen Ohr und Schulter eingeklemmt hatte. Ein Schnurren näherte sich plötzlich in der Luft; es brachte eine großgekanzelte Maschine mit, die im Tiefflug das Rollfeld ansteuerte. Kurz nach der Landung schien der Motor auszusetzen, aber während das Flugzeug über die Grasnarbe rollte, brummte das Triebwerk wieder voll auf; die Maschine beschleunigte und hob mit einem kleinen Ruck dann wieder ab, ehe sie in einer langgezogenen Kurve hinter den Wäldern verschwand.

Wolfi Wesseling hatte sich ans Geländer gelehnt und aus dem Halswinkel seiner Frau das Funkgerät herausgelöst, das er, als es sich mit einer von Gekrächz und Gerausche unterlegten Stimme meldete, nun selber vor den Unverstehbares murmelnden Mund hielt. Kurz danach schwebte wie ein leise surrender Schatten ein kleines Fluggerät heran, das nicht ein regelrechtes Landemanöver auszuführen, sondern eher auf der Erde sich einfach hinzusetzen schien, wo es ein paar Meter weit noch übers Gras hüpfte, ehe es sich mit einem Ruck herumdrehte und langsam bis vor den Zaun hoppelte.

Dort stand es wie ein abgestelltes Insekt. Der grüne Flügel, ausgespannt zu einem Dreieck, dessen lange Seitenschenkel sanft sich einbogen, hing abgeknickt zur

Seite. Die Flügelachse hielt mit einem schräg heruntergespreizten, silbernen Gestänge eine kleine schwarze Wanne fest, eine Art Gondel, die mit ihrem Bug ein Instrumentenbrett umschloß und in ihrem Heck ein Plätzchen hatte für den hochgebockten Sitz des Piloten. Der fand für seine Füße zwei Pedale, die aus der Gondel herausragten, kurz entfernt vom Gestänge des Fahrwerks, dessen drei Räder, etwas größer als die Reifen eines Rasentreckers, vorn unterm Bug und seitlich weggebogen hinterm Heck hervorstanden. Frei in der Luft hing hinter dem Pilotensitz der offene Motor, der den Antrieb besorgte für die Propellerschraube mit ihren sechs spitzen Flügelblättern, die aufgereckt im Kreis standen wie gespreiztes Schwanzgefieder.

Der junge Mann, der von seinem Sitzbock heruntergeklettert war, hob den Sturzhelm ab und krempelte sich aus seinem Overall heraus. Er stand in Shorts und Turnhemd da und nickte kurz zu uns herüber, als er, sein Fliegerdreß hinter sich herschleifend, zur Baracke ging. Wesseling folgte ihm nach; Simba sprang mit einem Japser auf und setzte in großen Sprüngen hinterher.

Das ist Martin, sagte Jörn, Drachenflieger, Fallschirmspringer, Westberliner. Als ich zum ersten Mal am Zaun unten stand, war ich im Nebel durch die Heide hergelaufen, und plötzlich waren da die Pferde aufgetaucht und die beiden in der weißen Luft so riesenhaft erscheinenden Antonows, und hinter dem Hangar war der junge Mann zugange an so einem Winzling, daß ich dachte, ist das 'ne umgebaute Gondel von einem Kirmeskarussell ... aber der junge Mann lachte und erklärte mir sein Flugzeug weniger als Flugzeug denn als *Flugsportgerät* im Sinne eines Fliegervokabulars, das den Zweitakter vielleicht nicht so ernst nimmt mit seinem

Dreißiglitertank für neunzig Kilometer in der Stunde und seinen sechzig Pferdestärken bei einem Hubraum von sechshundert Kubikzentimetern; Österreich baut den Motor, das Gestell kommt aus der Ukraine.

Und dann war er über die Piste davongehoppelt und hoch in den Nebel hineingesurrt, wo man ihn eine Weile kreisen hörte, bis man nichts mehr hörte, dann stand er wieder da, nickte und sagte: Habe mal nachgeschaut, am Mittag ist der Nebel weg, wenn Sie wollen, nehme ich Sie mit.

Mittags war der Nebel weg. Martin klemmte mir einen Sturzhelm mit Brille auf und zeigte, wie ich auf den Sitzbock zu kommen und mich anzuschnallen hatte ... ich kann dir sagen, da war gerade Platz wie auf der Soziushälfte einer Vespa. Martin saß zwischen meinen Schenkeln einen halben Kopf tiefer; er ließ den Motor in meinem Rücken anschnurren und balancierte mit der Querstange, die er eine Armlänge vor sich hatte, den zur Seite abgekippten Flügel in die Waagerechte über unseren Köpfen. Langsam rollten wir in einer Kurve los, und für eine Weile dachte ich, auf meinem Rasentrecker überquere ich daheim die Wiese schneller auch nicht, aber dann hatten wir schon das Grasfeld der Startbahn erreicht, und Martin drückte den Gashebel durch. Mit seinen ausgebreiteten Händen hielt er die Querstange jetzt fest umklammert, und während ich die Grasbüschel unter meinen Füßen plötzlich nur so weghuschen sah, hatte der Vogel schon mit einem Ruck abgehoben in ein steiles Aufwärts hoch, daß es mir vorkam, jetzt liege ich mit dem Rücken zur Erde. Wir stiegen und stiegen, bis auf einmal das Angestrengte des Motorgeräuschs in ein gleichmäßiges Surren überging und das Gerät ganz ruhig in der Luft zu stehen schien.

Über Martins Helm hinweg sah ich, wie er mit der Querstange, die das Flügelsegel über unseren Köpfen bewegte, die Maschine steuerte, auf so unmittelbare Weise, daß es mir vorkam, Arme und Hände des Piloten gingen in eins mit der Schwinge, die seinen Körper in der Luft behielt und ihm seine Fähigkeit zum Fliegen gab.

Kreisend gewann die Maschine weiter an Höhe; Wolkenfetzen huschten durchs Gestänge und verwischten die Sonnenhelle ins Graue einer abgedämmerten Luft; die Erde unten war unsichtbar geworden; das Geräusch des Motors schien übergegangen zu sein in das Geräusch von einem Wind, in dem auch die beiden Greifvögel segelten, die unversehens aufgetaucht waren... aber Martin hatte sie schon längst wahrgenommen, denn indem er weiter anstieg, folgte er ihnen, die ohne einen Schwingenschlag kreisend dahinschwebten, folgte er auf ihrer unsichtbaren Spur dem thermischen Sog, der auch dem Menschenvogel seinen Auftrieb gab und ihn höher und höher über die Wolkenschleier hinaus ins reine Blau davonschweben ließ.

Ein Kältestoß traf den Körper, und zugleich sackte die Stellage in die Wolken zurück... es war wie das Fallen in ein Loch, so plötzlich, daß ich, während mein Körper fiel, noch wähnte zu schweben, für einen Augenblick lang, dem der Erkenntnisschreck folgte: das ist der Absturz... aber dann war die Schwinge schon in den thermischen Strom eingetaucht, in dem sie wieder die warme Segelluft fand, und auch die beiden Bussarde waren wieder nah. Martin ruderte in ihrer Spur, und das Manöver wiederholte sich mehrere Male, dieses Steigen, Schweben und plötzliche Fallen, ein fortgesetztes Auf und Nieder, das mir unversehens jenen Traum vergegenwärtigte, in dem ich einmal, verwachsen mit einem Flügel, mich über Hügel und durch Täler zu bewegen schien, in einer immateriellen Landschaft, die gebildet war aus Massen von Luft ... ein Traum, aus dem ich schweratmend im Sitzen erwachte, die Arme wie flügelschlagend ...

Und dann schnurrte hinter meinem Rücken auch wieder der Motor auf; Martin hatte den Bereich der Turbulenzen verlassen und steuerte sein Fluggerät über das wieder sichtbare Land. In der Ferne im Dunst sah ich Jüterbog liegen; ich entdeckte die grüne Punktreihe der Chaussee, auf der ich meinen Weg zum Schwieloch-See genommen hatte, überschleiert von Dunst auch Dahme; ich fand die im Getreidemeer liegende Kiefernwaldung wieder und verfolgte, wie über eine fließende Landkarte gebeugt, den Verlauf der Alleen, die von Reinsdorf, Nonnendorf und Hohenseefeld durch gelbbraune Feldflächen an die Küste der Wälder und in unser Dörfchen, nach Wiepersdorf führten; ich erkannte unsere Dorfstraßen, Demuths Schmiede, die Kastanie, den Dorfkrug, die Kolchose und Korea, die Schloßanlage und den Schloßpark wieder; die Struktur der Landschaft gab sich zu erkennen, die aneinander und ineinander geschobenen Fluren und Feldstücke, die, aus der Höhe gesehen, einer Komposition aus Farben und Flächen, einer topographischen Abstraktion glichen; die Freude des Wiedersehens kam auf, wenn sich Formen und Muster zurückübersetzen ließen in die vertrauten Bilder von etwas, das mir, dem Fremden, plötzlich wie neugefundene Heimat vorkam, die jetzt schon, da ich sie bald wieder zu verlassen hatte, das Heimweh hervorrief.

Nach einer letzten Kurve über den Wäldern der Reinsdorfer Heide, an deren Saum das Flugfeld auftauchte mit seinen Hangars und Baracken und dem Spielzeug der abgestellten Sportmaschinen, zwischen denen die beiden Antonows wie zwei dicke Fliegen saßen, steuerte Martin von Westen her die Einflugschneise an, in der nach Osten hoch eine rote Maschine, mit einem Segelflugzeug im Schlepptau, gestartet war. Ich sah noch, wie sich der Segler ausklinkte und das Motorflugzeug abdrehte, da näherte sich schon die Grasnarbe des Rollfeldes, dessen für Düsenjäger vorgesehene, geradewegs in den Horizont hineinzielende Länge sich mir jetzt erst eröffnete. Wir huschten über den Mann hinweg, der auf seinem Balkenmäher über die Piste ging und den Arm zum Winken hob; immer näher und niedriger sah ich über Martins Helm das Feld mit seinen braunen Radspuren kommen, und als es mir dann vorkam, auf meinem Rasenmäher daheim auch nicht höher über der Wiesenlandschaft zu sitzen, da setzte das Maschinchen mit einem kurzen Ruck auf. Der Motor brummte ein bißchen lauter und fiel gleich wieder ab, und Martin steuerte seinen Vogel langsam auf den Zaun zu.

Jörn war aufgestanden und mit zwei nachgefüllten Kaffeekännchen zurückgekommen. Wenn ich, sagte er, länger bleiben würde, ließe ich mir von Martin noch das Fallschirmspringen beibringen, und das Drachenfliegen auch. So alt ich bin, es könnte so etwas wie Leidenschaft entstehen, eine Sucht, den Körper der Luft auszusetzen, ihn steigen und schweben zu spüren, über mir das Nichts, unter mir das entschwundene Land, und dann zu spüren, wie es ist, wenn der Körper aus dem Nichts herabsinkt und auf das Land zuschwebt . . . die Sehnsucht, den Körper einem Zustand, dem Wiederholen von Bewegungen zu überlassen, die er aus eigener Kraft nicht vollziehen kann . . .

Jörn grübelte vor sich hin und faltete an einer Papierserviette herum. Der kleine Junge, der einmal Flieger hatte werden wollen ... und warum ist er es nicht geworden? Weil wir den Krieg zu früh verloren haben ... Jörn schüttelte den Kopf und grinste; er hatte ja auch Landwirt werden wollen, um mit Irmchen Puhl den Gamstädter Hof zu übernehmen und dann immer satt essen zu haben, oder Förster, um im Wald weit weg vom Fliegeralarm zu wohnen, nur kamen die Luftminen im Dellbrücker Wald dazwischen; oder Architekt auch, um Bunker zu bauen und schöne neue Häuser nach dem Krieg.

Aber der Vater, nachdem Jörn lange drum gebettelt hatte, war nachgiebig geworden und hatte, vielleicht auch, weil der Titel ihm sein in den Kriegsjahren aufgebocktes Auto nahehielt, die Luftwaffen-Illustrierte *Der Adler* abonniert, die der Junge, auf dem Teppich liegend, erst fiebernd verschlang und dann, Monat für Monat, in seinem Bücherregal zu ganzen Stapeln hochwachsen ließ, bis sie alle, als der Russe in die Wohnung kam, in den Kachelofen gingen. Zuvor hatte er sie alle ausgeschnitten und an der Wand über seinem Bett mit farbköpfigen Nädelchen, mit denen er auch auf der Europakarte über seinem Spielzeugregal die Frontverläufe markierte, wie er sie aus den Wehrmachtsberichten in der *Thüringer Gauzeitung* herausgelesen hatte, aufgepiekt, alle die Fotos der Jagdflieger, die das Ritterkreuz erhalten hatten, Mölders, Galland und Wick waren die ersten gewesen, später dann bald das Eichenlaub, das Eichenlaub mit Schwertern, das Eichenlaub mit Schwertern und Brillanten ... irgendwann, nachdem der Luftdruck einer

Mine das Fenster zerrissen und die Papierköpfe, von denen so viele schon Totenköpfe waren, weggefetzt hatte, war Schluß damit gewesen ... dabei vernichtet worden war ja auch die Luftflotte, die von der Decke des Kinderzimmers herabhing, alle die Ju 87, He 111, Me 109, Me 110, die es auf farbigen Modellbögen zum Ausschneiden und Zusammenkleben gab; langwierige Montagen, an denen sich jeder Hausfreund der Eltern, vor allem Gerstenberger, zu beteiligen hatte, denn Jörn war nicht der Geschickteste im Umgang mit Schere und Uhu, ewig verklebten ihm die Leimbrösel die Finger.

Die Papierserviette, die zu einer Schwalbe zu falten Jörn vergeblich versucht hatte, lag zerknüllt auf dem Tisch; vom Nebentisch fischte er sich ein Zeitungsblatt. Die Jahre der Tagträume, der Begeisterungen, die erst richtig angefeuert wurden durch das Geheul der abkippenden Maschinen im Radio, in Wochenschau-Filmen, in diesen zerflackerten Kinodunkelheiten ... Schon der Entrüstungen der Waldbröler Großmutter wegen war der Vater eigentlich gegen jeden Kinobesuch, was andauernd die filmselige Mutter gegen ihn aufbrachte, aber endgültig hatte er sich nie durchsetzen können, war dann selber manchmal mitgegangen, hatte sogar den Jungen nach dem Frankreich-Feldzug in *Der Sieg im Westen* mitgenommen, für den Achtjährigen das erste die Stürme der Phantasie anfachende Filmerlebnis, das er jedesmal zu erneuern suchte, wenn er sich, nach der Sonntags-Matinee mit den Eltern im Ufa-Palast, ein zweites, ein drittes Mal, heimlich allein oder mit einem der willigen Pflichtjahrmädchen in *Junge Adler* oder *D III 88*, *U-Boote westwärts* und *Stukas*, bis hin in *Wunschkonzert* und *Quax der Bruchpilot* mit Heinz Rühmann hineinschlich. Carl Raddatz, Joachim Brennecke, Hannes Stelzer, da leuchteten dann Marietta, Gisela und Jutta auf; Jörn blieb ewig Ilse Werner treu, aber die wahre Andacht überkam ihn, wenn es im Leinwandhimmel losging mit Luftkämpfen Mann gegen Mann, aufjaulenden Sturzflügen und dröhnend dahinziehenden, von rhapsodischer Filmmusik begleiteten Geschwadern.

Früher hast du nichts davon erzählen wollen? Jörn schaute auf das Flugfeld hinaus ... da war so etwas wie ein Erschrecken gewesen, und darüber bin ich dann verstummt. Was für ein Erschrecken? Der Junge in seiner Verführbarkeit ... war minded, wie der Engländer sagt. Es gibt Erfahrungen, die fehlen dir. Selbst für den Flakhelfer war ich zu jung, sagte Jörn. Du sagst es mit Bedauern? Was ich jetzt sage, sage ich mit der Stimme des kleinen Jungen, der ich einmal war. Die Stimme ist dir nicht fremd. Ich hatte sie vergessen, sagte Jörn, oder ich hatte sie nicht mehr hören wollen ... nur muß ich mich fragen, warum mich so ein Rudel Sportmaschinchen fasziniert. Die Erinnerung an den Luftkrieg? Eine Cessna, sagte Jörn, erzählt nichts vom Krieg.

Da hatte der Junge doch gedacht, der Großvater wühlte für ihn zum Kriegspielen das Frühbeet auf; er ließ ihn ja auch auf das Dach der Gartenlaube klettern, wo Jörn aus Latten und Stöcken eine Installation herrichtete, für die das Vorbild die MG-Stellungen auf Kasernendach und Wiesenhügel waren. Aber der Weltkriegspionier, der in Rußland mitgeholfen hatte, daß eine ganze Armee ihre Deckung in Schützengräben und Erdbunkern fand, baute keine Ferienhöhle aus; Jörn ahnte bald, daß der mächtige Erdhügel über dem mit Eisenträgern und Balken abgesicherten, metertiefen Betonschacht etwas mit den Ängsten und Bedrohungen zu tun hatte, die schweigend vor den verdunkelten Nachtfenstern standen.

Der Vater schien auch erst das Unterstand-Spiel, für das zum Entsetzen der Mutter Stühle und Bügelbrett, alle verfügbaren Decken und Kissen herhalten mußten, in den Ferien weiter mitzumachen, nur sollte jetzt endlich ein zünftiger Unterstand entstehen, in der Tiefe des Hohlwegs, der sich hinter Buschwerk im Hügelgelände der Brenzinger Mühle verbarg. Mit dem Leiterwagen hatten Vater und Sohn Balken, Bretter und Werkzeug herangekarrt, während der Bruder des Vaters, der mit der Mühle auch die daran angebaute Leimfabrik betrieb, den von Brennesselwäldern völlig zugewachsenen Hohlweg mit der Sense freischlug. Tagelang hackten und gruben die Männer einen Stollen in die Böschung hinein, unterfingen das Erdreich mit tragenden und stützenden Balken, schalten den Bau mit Bretterwerk aus und sicherten ihn nach außen mit Gebälk und einer blechbeschlagenen Tür. Der Junge sah Vater und Onkel mit zunehmendem Ernst bei der Sache; der Ingenieur wußte über etwas Bescheid, das mit Druck und Gegendruck zu tun hatte; der Weltkriegskanonier kannte sich mit Verschüttungen aus ... die Granate muß gar nicht in den Hohlweg gehen, ein Einschlag oben auf dem Böschungsrand, und der ganze Unterstand verschwindet unter einem Haufen Erde.

Zuletzt wurde aus Brettern eine Bank, ein Tisch gezimmert und vom Fabrikspeicher der rostige, herdförmige Kanonenofen heruntergeseilt, dessen Rohr dann neben der Tür herausknickte ... Jörn durfte – Streichholz weg vom Körper anreißen, rief der Vater – den Ofen anzünden, und es begann die Feriengeschichte von

Hohlweg und Unterstand, in dem sich der Junge für ewig verborgen fühlte und im Sichersein versteckt, geborgen unter Erde und Holz, entrückt in ferne Sagen und Märchen von Kriegen; ein leises Gruseln zog ihm durch die Brust.

Aus der festgestampften Erde stieg feuchter Wurzelgeruch auf; der Wasserkessel summte auf der Herdplatte; im offenen Feuer lagen ein paar Kartoffeln; die beiden Männer rauchten ihre Pfeifen. Daß der Unterstand bald später dem Onkel das Leben retten würde, als nämlich die täglichen Tiefflieger das Bröltal mit seinem Brölbähnchen kontrollierten und dabei mit ihren Bordwaffen den einzelnen Mann anzielten, der oberhalb der Böschung auf seinem Feld Kartoffeln ausharkte, bis das plötzliche Geknatter aus der Luft ihn sich hinwerfen, die Böschung herunterrollen und in den Unterstand hineinrobben ließ, im Ferienfrieden, nach all den Siegen im Westen und Osten, dachten wir an so was doch nicht.

Jörn hatte aus dem Zeitungsblatt so etwas wie eine Schwalbe gefaltet, die, als sie davonsegeln sollte, gleich auf die Holzdielen plumpste. Ich weiß nicht, sagte er, als Junge machte ich das besser ... Der Junge, in den ersten Erfurter Tagen, als er dem Vater im Keller ein paar Umzugkartons verstauen half, hatte am Ende des Kellergangs gleich die schwere graue Eisentür entdeckt. Sie stand offen. Sie führte über eine Stufe hinab in einen kurzen Korridor, der vor einer zweiten schweren, grauen Eisentür endete. Offen stand sie ebenso. Die beiden Türen, innen wie außen, waren mit zwei Hebelarmen versehen, unten und oben; an die oberen Hebel reichte der Siebenjährige noch nicht heran. Die Türkanten rundeten sich zu einer Wölbung nach innen; um die Wölbung herum, eingefaßt von einer Nute, verlief das Polster einer dicken Gummischnur, die, wie Jörn gleich feststellte, aus der Nute sich herauspolken ließ. Aber da stand der Vater schon neben ihm. Er zog ihm die Hand weg und fingerte die Schnur wieder in ihrer Kerbe fest.

Jörn verstand nichts, bis der Vater, als verriete er ein Geheimnis, leise sagte: das ist, mußt du wissen, das ist die Gasschleuse ... die was? Daß im Weltkrieg die Feinde mit giftigem Gas geschossen hatten, davon hatte der Junge einmal etwas raunen hören, und ihm fielen die Schulstunde und der Lehrer ein, der an die Tafel das Wort *Gelbkreuz* geschrieben und gesagt hatte, daß der Führer, als er Meldegänger war, davon blind geworden und lang im Lazarett als Schwerverwundeter gewesen war.

Immer dieser Weltkrieg, für den Jungen eine ferne Legende ... Biwak, Tanks, Franctireurs, Dicke Berta; nur Manfred Freiherr von Richthofen war sein Mann, der rote Kampfflieger, 81 Abschüsse. Er hörte auch nur halb zu, als der Vater in der Gasschleuse weiter nur flüsterte, aber dann hatte er genau hinzuhören und hinzusehen, als der Mann, nachdem er beide Türen zugehebelt hatte, dem Jungen vormachte, wie zunächst die erste Tür zu öffnen und, nach Betreten des Korridors, wieder zu schließen, daraufhin die zweite Tür zu öffnen und gleich wieder von außen, und das hieß jetzt im Inneren des um eine weitere Stufe vertieften Luftschutzkellers, mit Hebeldruck nach unten zu schließen sei. Und umgekehrt nach draußen genauso, nicht wahr, zuerst ... Jörn muckste; von innen, der Stufen hinab wegen, waren die oberen Hebelarme ja noch weiter weg ... später, als es darauf ankam, war Jörn groß gewachsen genug.

Der weißgetünchte Raum roch frisch nach Beton. Das Haus war kurz vor Kriegsbeginn fertig geworden, erbaut mit einer Maßgabe, die in Neubauten Luftschutzräume für die Bewohner vorsah. Der Raum war nichts als leer, aber Jörn sah, vor allem spürte er den Unterschied zu den höher gelegenen Kellerräumen draußen: eine von Eisenträgern gehaltene, mehrfach gewölbte Decke; stumpf tönende Wände; bakelitverkleidete Lichtschalter und mit Gitter und Glas umschlossene Glühbirnen; ein Fensterausstieg, der vor einer Eisenklappe endete; in der Ecke hinter einem Bretterverschlag füllte das Räumchen eine Wandkiste aus, die obenauf mit einem kreisrunden Loch und einem Verschlußdeckel versehen war.

Im Haus meinten dann einige Bewohner, der leere Raum ließe sich doch gut zum Abstellen von Fahrrädern, Gartenstühlen und leeren Koffern benutzen, aber das war gegen die Vorschriften, das sprach sich bald ein paar Häuser weiter zur Blockwartsfrau, die sofort dagegen einschritt, worüber sich Frau Benteler dann aufregte und ihren Mann, der vor der Beförderung zum Major stand, um Beistand anrief, aber der mußte auf Dienstreise gehen und schaltete sich gar nicht erst ein. Die Gartenstühle blieben stehen; es kamen sogar noch Liegestühle und ein paar andere Sitzmöbel dazu ... jede Familie im Haus war vom Luftschutzwart aufgefordert worden, für Sitzgelegenheiten zu sorgen, und so suchte sich die Hausgemeinschaft zögernd Plätze aus, wo sie, und zwar unmittelbar vor den Kellerwänden, ihre Bänke und Stühle postierte.

Dann flatterten Zettel mit weiteren Anweisungen durchs Haus, und nun legte sich der Vater, der ja Feuerlöschexperte war, ins Zeug. Bald standen, im Parterre neben der Hoftür und auf den Treppenabsätzen der beiden folgenden Stockwerke, mit Wasser gefüllte Fässer, Eimer voll Sand und mit großen Lappen versehene Besenstiele, Feuerpatschen, die als Spielgerät zu nehmen Jörn gleich untersagt wurde. Im Vorraum des Dachbodens, zu dem eine hölzerne Treppe hinaufführte, stand eine ganze Kiste voll Sand; der Dachboden selber, wo an einer Säule ein roter Zettel hing, der die totale Leere des Raumes vorschrieb, hielt auch nichts anderes bereit als das für die Feuerbekämpfung vorgesehene Material und Gerät. Dazu gehörte das Privileg einer *Sonderausstattung*, welche die Kölner Firma ihrem mitteldeutschen Büro hatte zukommen lassen, nämlich ein kleines Arsenal von Feuerlöschgeräten. Im ganzen Haus, vom Keller bis zum Speicher installiert, hingen oder standen die schlanken roten Behälter, und als der Vater der zunächst witzemachenden Hausgemeinschaft die Geräte vorführte und die unterschiedliche Wirkungsweise von Naßlöscher, Trockenlöscher und Kohlensäurelöscher erklärte, wobei er den Kohlensäurelöscher fast wie eine Geheimwaffe behandelte, indem er mit flüsternder Stimme den Inhalt der Flasche beschrieb, nämlich die Kohlensäure, bei der es sich in Wirklichkeit nicht um Säure, sondern um Gas handele, ein neutrales Gas, aber Gas, dessen Bezeichnung die chemische Formel CO_2 sei, da kam Stille auf, eine ehrfurchtsame Stille.

Von diesem *Gigant*, wie das bombenförmige Ding hieß, hatte der Vater gleich drei Exemplare in der Wohnung verteilt. Ein viertes, offenbar schon mal benutzt, stellte er in der Mitte des Wohnzimmers auf, und Jörn mußte kommen. Das Gerät reichte ihm bis an die Schultern. Der Vater hieß ihn mit der rechten Hand das Schaumrohr, das an einem langen Schlauch befestigt war, aus der Halterung herausklinken, mit der linken Hand den am Kopf des Gerätes angebrachten Schraubverschluß herumdrehen und mit der rechten Hand dann den Hebel des Schaumrohrs niederdrücken ... Es ging alles ganz einfach. Eine zischende, weiße Wolke schoß aus dem Rohr heraus; Jörn hielt es nach unten, und gleich breitete sich der Schneeschaum über dem Teppich aus. Jörn hielt das Rohr in die Höhe, schon hing die Lampe wie ein verschneiter Winterkranz herab. Jörn zielte hierhin, dahin, dorthin, und unter den Entsetzensschreien der Mutter wanderte über Tisch und Kommode, Stühle und Sessel gnadenlos der weiße, glitzernde Schaumstrom. Hebel loslassen, brüllte der Vater, aber Jörn zielte weiter, weshalb die Eltern zur Tür nur so flitzten; da wußte der Junge auch, was es hieß, die Feinde in Schach zu halten; sofort Stop, der Vater schien jetzt wütend zu werden; noch einmal ließ Jörn das Schaumrohr kreisen und dann endlich den Hebel fahren; aus dem Rohr tröpfelte es auch nur, das Gerät schien leer zu sein.

Mit dem Schlauch in der Hand stand er da und erwartete eine Tracht Prügel. Aber der Vater beruhigte nur die Mutter, die fassungslos in ein Wohnzimmer starrte, das für kurze Zeit in eine Winterlandschaft verwandelt worden war. Kohlensäure, dozierte er, ist das ideale Löschmittel, indem es nämlich dem Feuer den Sauerstoff entzieht. Kohlensäure verhält sich vollkommen neutral gegenüber anderen Stoffen und hinterläßt keine Rückstände ... du wirst sehen. Mit dem Finger fuhr er über Tisch- und Stuhlkanten, auf denen sich der Schaum schon zu verflüchtigen begann ... du siehst, nichts. Dann ging er mit der Fingerkuppe über die Bilderrahmen, besah sich den Finger und hielt ihn triumphierend in die Höhe: bitte sehr, sogar der Staub, jetzt kannst du erst mal staubwischen hier. Die Mutter schluchzte auf; Jörn schlich zu ihr hin, aber sie war schon unterwegs nach Staubwedel und Lappen, während der Vater das Fenster aufmachte, noch einmal mit Erklärungen und Warnungen vor Mißbrauch anfing – immerhin, jetzt weißt du, wie's geht – und dem Jungen das Gerät zum Transport in den Wandschrank überließ. Es war immer noch ziemlich schwer.

Als in der Eremitage, einem altmodischen Villengebäude, das vorn an der Straßenecke gegenüber dem Offizierskasino lag, die flachen grauen Schachteln abgeholt werden mußten, wurde Jörn gleich mulmig zumute. Die Eremitage, wo er im Gartengelände gerne herumturnte, hatte ihre Gastronomie bereits eingeschränkt. Ein paar Sonntagnachmittage lang saßen noch die Spaziergänger, die mit der Linie 3 aus der Stadt gekommen waren, um die Gartentische herum, tranken Muckefuck und gaben ein paar Brotmarken für ein Stück Streuselkuchen aus, aber jetzt standen lauter Luftschutzwarte, die der Wichtigkeit des Vorgangs wegen ihre Luftschutzhelme aufgesetzt hatten, hinter den zusammengeschobenen Tischen und händigten dem Zivilvolk die Pappschachteln aus.

Es lagen darin die Gasmasken. Die Mutter wollte die Schachteln gleich im Wandschrank verschwinden lassen, der Vater war ja gerade nach Leipzig verreist zum Onkel und seiner Maschinenfabrik, aber Jörn ritzte schon an den Klebestreifen herum. Da lagen sie dann auf dem Küchentisch, diese kopfgroßen grauen Gummihüllen, versehen mit zwei brillenrunden Augenscheiben, einer nasenförmigen Lasche und einer Schraubvorrichtung, an welcher der dosenförmige Blechfilter anzuschrauben war. Der Junge schaute die Mutter an, die eine Grimasse zog und ein paarmal durch die Nase schniefte, als sie in der Gebrauchsanweisung zu lesen und mit der anderen Hand wie beiläufig das Gummizeugs wegzupacken begann ... da schellte es, und die Blockwartsfrau kam mit der Spendenliste für das Winterhilfswerk. Frau Vogel übernahm nun alles. Sie hielt kurz einen Vortrag, von dem Jörn nichts verstand. Sie erläuterte die Zusammensetzung von Gummiüberzug und Luftfilter, und dabei, nachdem sie ihre Brille abgesetzt hatte, stülpte sie sich, vom Kinn an aufwärts über Nase, Stirn und den glatten Männerhaarschnitt die Haube über den Kopf. Von nun an klang ihre Stimme wie dumpfes Murmeln in einem zugestopften Rohr. Sie gestikulierte, als die Mutter mit einem Lachanfall auf den Küchenhocker sank; sie hielt ihr die wie eine Kasperlefigur über die Hand gestreifte Haube vors Gesicht, aber die Mutter spreizte ihr alle zehn Finger entgegen und rief, als hätte sie es mit einer Schwerhörigen zu tun, laut und deutlich artikulierte Wörter wie Vormittag, heute, Friseur, frische Dauerwellen, und dazu ließ sie ihre zehn Finger über ihrer neuen Hochfrisur kreisen. So wendete sich Frau Vogel dem Jungen zu, der nicht wußte, ob er mit seinem Gewieher noch das Gelächter der Mutter begleiten durfte ... ihm fielen die Bilder in einem Buch ein, in dem der Maler menschlichen Lebewesen grausige Köpfe aufgesetzt hatte mit Gesichtern wie von Gespenstern, hohläugige Fratzen, kahle Tierköpfe mit aufgequollenen Nasen, die wie abgeschnittene Rüssel aussahen. Er kicherte nur noch, als sich der glasäugige Gummikopf mit dem keuchenden Blechrüssel über ihn beugte und, ehe die Mutter dazwischenkam, ihm die kindskopfgroße Hülle vom Kinn an aufwärts überwürgte, und einen Moment lang war ihm auch weiter nach Kichern zumute, als er neben dem Blockwartsgespenst in der Glasscheibe des Küchenschranks den Gummischädel eines hohläugigen Gnoms widergespiegelt sah. Aber dann starb ihm das Kichern schon in der Gurgel weg, er wollte etwas sagen, aber was er sagen wollte, kam ihm wie Gemurmel unter einem Kissen vor, hören konnte er auch nur Dumpfes, Entferntes; daß die Mutter, die aufgesprungen war, Erregtes zu sagen schien, sah er durch die Haubengläser an der Bewegung ihrer Lippen; was er vor allem hörte, war das Rauschen seines Atmens, das sich zu beschleunigen begann und überging in die kurzen Taktstöße eines Keuchens, das sich weiter beschleunigte, bis auf einmal ein Sausen in seinen Ohren sich dazumischte, ein Heranpfeifen von ferne her, an das er sich später erinnern würde, als er zum ersten Mal die aus dem Nachthimmel herunterpfeifenden Bomben hörte, Nachtdunkel schien sich in der Küche auszubreiten, das Fensterlicht rückte in die Ferne eines kleiner und kleiner werdenden Vierecks, er spürte noch seine Hände am Hals sich hochtasten und unter der engen Gummihaut her an sein Kinn heranschieben, aber dann war die Mutter bei ihm; sie hatte, das wußte Jörn von ein paar Backpfeifen, kräftige Hände, mit einem Ruck spannte sie die Gummihaut an Kinn und Nacken weit auseinander und stülpte und zog ihm die Gasmaske herunter vom Kopf.

Aber im Krieg ist kein Gas eingesetzt worden ... An den Fronten nicht, sagte Jörn. Wußten die Erwachsenen, daß es Gaskammern gab? Jörn hob die Schultern. Die ich später danach fragte, die sagten alle, das wußten wir nicht. Hast du ihnen geglaubt? Zuerst ja, sagte Jörn, dann nicht immer, dann habe ich aufgehört zu fragen. Warum? Die ich kannte, sagte Jörn, logen sicher nicht ... aber die Wahrheit, die sie sagten, sagten sie wie zur Beruhigung. Du warst nicht beruhigt? Doch, sagte Jörn, ich wollte mich ja beruhigen lassen ... aber es wurde mir unheimlich dabei.

Als ich, sagte Jörn, in der Oktoberwoche Tag für Tag durch die Stadt ging, schaute ich oft in die Gesichter der Menschen hinein ... es war, als suchte ich ein Wiedererkennen von Gesichtszügen, die dem Jungen sich einmal eingeprägt hatten, einst junge Gesichter, Kindergesichter, die sich verlebt hatten in Gesichtern, wie längst Erwachsene sie trugen. Aber es gab kein Wiedererkennen. Es gab auch keinen mehr in der Stadt, den ich gekannt hatte, außer Kurt, den Klassenkameraden, von dem ich irgendwann gehört hatte, daß dem Sohn des Buchhändlers längst selber die Buchhandlung gehörte, durch alle volkseigenen Jahrzehnte hindurch, aber als ich dann am Anger vorbeischaute, das alte Geschäftshaus erkannte ich sofort wieder, war er gerade in seine Wiedervereinigung gefahren, nach Frankfurt am Main, zum ersten Mal in seinem Leben, zur Buchmesse.

So gingen in den Straßen immer nur Erinnerungen an Gesichter mit, vertraute und namenlose, und ein Gesicht tauchte auf, das hatte ich nur einmal gesehen. Das war, als der Junge durch den langen Tunnel der Bahnhofsunterführung zur Haltestelle der Straßenbahn ging. Auf der Straße kam ihm ein anderer Junge entgegen, der einen Handwagen hinter sich herzog, ein Junge in Jörns Alter. Was ihm auffiel, war sein kahlgeschorener Kopf, waren seine tiefen dunklen Augen, die Jörn im Vorbeigehen anschauten, mit einem Blick, der etwas zu sagen schien, was der kleine Pimpf nicht wußte. Der Junge war schon in der Dämmerung des langen Tunnels weitergezogen, als Jörn innehielt ... ihm war noch etwas aufgefallen, an der Joppe des Jungen, unterhalb des Revers, etwas Gelbes, etwas Sternförmiges, und so viele er zu kennen dachte von all diesen Abzeichen, wie sie auf Jacken, Blousons, Uniformstücken zunehmend sich zeigten, einen gelben aufgenähten Stern hatte Jörn noch nie gesehen.

Niemanden, die Eltern auch nicht, traute ich mich danach zu fragen. Nicht bloß, weil ausweichendes Antworten mir immer nur sagte: dafür bist du noch zu klein, das wirst du erst verstehen, wenn du groß und erwachsen bist ... ich hatte, sagte Jörn, eher ein unbestimmbares Gefühl, an der Joppe des Jungen etwas entdeckt zu haben, das nicht erlaubt war zu entdecken, und wenn doch, dann es nicht weiterzusagen, es könnte ja etwas Verbotenes – und Verbotenes fing schon zu Hause am Radiogerät mit dem Schildchen an, das feindliche Sender zu hören verbot –, etwas Verschwiegenes, Geheimnishaftes sein, über das zu sprechen gefährlich, wie Verrat sei. Nur war ich dabei im ungewissen, für wen der Verrat gefährlich sein könnte, für den Jungen mit dem gelben Stern oder für den Jungenschaftsführer, vielleicht auch für beide, weshalb sie ja dann zusammenhalten und wie Kameraden sein müßten – was aber hätten sie, die beiden Versteckspieler, Heimlichtuer, dann zu befürchten? Ich weiß nicht, sagte Jörn, hatte ich es noch überlegt, oder war ich zu bange, dem Jungen nachzulaufen und einfach ihn zu fragen, nu sach mal, was issen das fürn Stern ... und hätte ich dann schon erfahren, was seine Kindheit von meiner Kindheit trennte?

Irgendwo in der Nähe, sagte Jörn, Richtung Weimar hin, schien etwas zu sein, wovon die Erwachsenen später sagten, davon hätten sie auch nichts gewußt, jedenfalls nichts von diesem Ausmaß, diesem Schrecklichen. Nur Edeltraut, das einzige der Pflichtjahrmädchen, das der Junge nicht leiden konnte, schien da mehr zu wissen ... Einmal, als Jörn die Zankerei mit der Sechzehnjährigen wieder nicht lassen konnte, machte sie eine Kopfbewegung nach Osten hin: wennste nich bald stille bist, kommste ins Konzertlager dahier ...

Wieder so ein Wort, das Jörn für sich behielt, bis er ein anderes Wort zum ersten Mal hörte, das nicht solche Vorstellungen von zeltenden Männerchören, von lagernden Geigespielern und Trompetern hervorrief, sondern eher ahnen ließ, der Onkel, der weiß, was das für ein Wort ist. Der Onkel war ein entfernter Onkel, aber die Mutter, nach der Scheidung, nahm den Jungen manchmal mit, wenn sie am Wochenende mit dem Zug von Erfurt über Langensalza nach Mühlhausen fuhr. Der Zug war dann oft voller Soldaten, die ihre Kasernen für den Wochenend-Urlaub verlassen hatten, fröhlich näselnde Burschen, die sich auf die Holzbänke in den engen Abteilen hinlümmelten, dem Jungen übers Blondhaar fuhren und eine Stulle aus dem Brotbeutel mitabgaben, und so lange flachsten sie mit der verheult aussehenden Frau aus dem Rheinland herum, bis sie, na endlich, auflachte und ein paar Witze von Tünnes und Schäl und von ihren beiden Brüdern erzählte, die draußen im Feld standen, der eine in Rußland und der andere jetzt an der Westfront.

Wenn im Zugfenster die Flußwiesen auftauchten, durch die sich die Unstrut schlängelte, erwartete Jörn den Moment, in dem er hinter der Biegung des Bahndamms die Rieselfelder und Wasserbecken, Obstwiese, Garten und die gehöftähnlichen Gebäude erblickte, wo im Hof an der Gartentür die Tante stand und dem oben auf dem Bahndamm vorbeidampfenden Zug zuwinkte.

Auf dem Bahnsteig in Mühlhausen gab es dann noch einigen Verabschiedungsklamauk mit den feldgrauen Jungens, ehe Mutter und Sohn durch die Sperre auf den alten Mann zugingen, der freundlich und verständnisvoll auf sie wartete. Es war ein ziemlich langer Fußweg, bis sie durch die verwinkelten Gassen des Städtchens das freie Land und über den Wiesenweg an der Unstrut entlang das Gehöft erreicht hatten. An der Gartentür erwartete sie die Tante; vorbei an Wirtschaftsgebäude, Schuppen und Scheune ging es über den Hof ins Haus, wo in der Wohnstube der Tisch gedeckt stand mit Kaffeegeschirr und einem Berg Streuselkuchen. Aber Jörn war dann gleich draußen; im Schweinekoben besah er sich das quiekende Gewimmel der Ferkel; im Hühnerstall tastete er in den Strohnestern nach frischgelegten Eiern; die Obstwiese betrat er zögernd, denn dort kam mit Geschrei und Flügelschlagen die Gänseherde auf ihn zumarschiert. Sein Wochenendglück stand auf der Rampe ... drei, vier Kipploren waren da abgestellt, von denen Jörn die nächststehende abkoppelte und mit dem Druck seiner Schulter in Bewegung brachte. Kurz bevor das Gleis in die abschüssige Neigung der Rampe kippte, enterte er mit einem Sprung das hintere Stoßgestänge der Lore, die, hinreichend mit Schwung versorgt, schwankend und klackend die schmale Schienenspur herunter über eine lange Betonpiste vorbei an den Klärgruben ins Rieselfeld rollte. Der Junge war nicht kräftig genug, um das schwere Eisending wieder aufwärts zurückzurollen, dafür war dann Franzmann da, der

Kriegsgefangene aus Metz, der das Wochenende still in seinem Zimmer im Wirtschaftsgebäude verbrachte und montags wieder in die Schlammumwälzung ging; Jörn durfte die Lore stehenlassen, er durfte sogar ein zweites und drittes Mal von der Rampe herunterstarten, aber dann stand auch schon der Onkel da, fragte, ob er auch immer Obacht geben würde, denn einmal zu Anfang war Jörn hinter der abrollenden Lore ins Leere gesprungen und mit aufgeschlagenen Knien wimmernd – als der Onkel angerannt kam, hatte er mit Wimmern gleich aufgehört – auf der Rampe liegengeblieben, händigte dem Jungen seinen zweiten Spazierstock aus und zog mit ihm zu einem langen Gang unter den Kopfweiden am Flußufer her ... mal nachsehen, was die Ratten so treiben, da muß man Obacht geben, die zerwühlen sonst den ganzen Damm.

Der Onkel war ein stiller und ernster, gutwilliger Mann. In der Wohnstube über dem Sofa hing ein Bild des Führers. Im Flurschrank hing eine braune Uniform. Für Jörn holte er einmal vom Bord eine braune Mütze herunter, und weil sie mit ihrer silbernen Kordel wie eine Offiziersmütze aussah, behielt sie Jörn den ganzen Sonntag auf dem Kopf. Zum Abschied abends gab ihm der Onkel die Mütze mit; zu Hause nur beim Vater, der irgendwas von Parteihut murmelte, kam er mit seinem Stolz nicht an ... sie war ja auch viel zu groß und zu steif, ließ sich vorne nicht einknicken und schief aufsetzen wie die blaue Jungvolkmütze. Kurz nach dem Krieg brachte die Mutter dem Jungen bei, nach Mühlhausen könnten sie nun nicht mehr fahren, warum denn nicht, ganz schrecklich, der arme Onkel lebte nicht mehr, war er denn krank, nein, nein, der Onkel hat, vor Scham und Kummer hat sich der Onkel auf dem Speicher aufgehängt, die Fremdarbeiter hätten dann die ganze Kläranlage ausgeplündert, und auch den Franzmann, der sie nicht reinlassen wollte, hätten sie fast totgeschlagen, und die Tante sei schlimm krank geworden...

Sonntagmittags, wenn aus dem kleinen schwarzen Radiogerät das Volkskonzert kam, hatte der Onkel manchmal den Gesang von Wilhelm Strienz mitgesummt. Den Nachrichten hatte er aufmerksam zugehört... einmal, nach irgendwie nicht guten Nachrichten, hatte er ein Gesicht gemacht, das Jörn an ihm nicht kannte, ein zorniges Gesicht... der Kampf müsse weitergehen, bis zum Endsieg, und als Tante und Mutter das Geschirr hinaus in die Küche trugen, hatte er zum Führer hochgeschaut, der Kampf gegen alle Feinde, draußen und im Land, was denn für Feinde im Land, gibt es denn Feinde im Land... nein nein, hatte der Onkel den Jungen gleich beruhigt, die sind alle eingesperrt, sicher und fest, die sitzen im Konzentrationslager.

Jörn behielt auch dieses Wort für sich, und er hörte es auch niemanden mehr sagen, bis wenige Tage später, nachdem die amerikanischen Truppen auch die Nachbarstädte Erfurt und Weimar eingenommen hatten, hohlwangige, kahlgeschorene Männer in gestreifter Kleidung auf dem Bahnhofsvorplatz auftauchten... Da schien sich das Wort auf einmal aus seinem Verschweigen befreit zu haben, da sprachen es die Erwachsenen auf eine Weise aus, als erinnerten sie sich einer längst bekannten Sache... Manche machten aber auch ein unglückliches Gesicht dabei, wiegten bedenklich den Kopf, manche schienen regelrecht zu erschrecken, wie im nachhinein, wenn man von einem Unglück hört, von dem man selber gottlob nicht betroffen war, manche taten verärgert, das alles hat der Führer nicht gewußt, manche senkten nur den Kopf und sagten gar nichts; den Vater hörte er im Hausflur seufzen, dafür werden wir noch lange büßen.

Aber Jörn wußte auch, noch ehe er die Bedeutung des Namens dann kannte, daß in der Nähe von Weimar Buchenwald lag ... er wußte es nach einem warmen, wolkenlosen Sommertag. Da war wieder einmal das Vollalarmgejaule der Sirenen über die Dächer der Stadt gegangen; die Hausgemeinschaft war mit ihren Taschen und Köfferchen in den Keller hinuntergestiegen und hatte es sich auf ihren Stammplätzen bequem gemacht; einige Frauen schälten weiter an ihren Kartoffeln; die Türen der Gasschleuse standen offen; der Vater hielt sich noch oben im Treppenhaus unter der offenen Haustür auf und schaute in den leeren stillen Himmel hoch ... Manchmal, wenn die Leere und Stille sich hinzogen und der Dackel hinaus aufs Sträßchen mußte, durfte Jörn sogar neben ihm stehen und den Luftraum beobachten; er trug ja auch um seinen Uniformärmel gewickelt die blaue, mit einem M versehene Armbinde eines *Melders,* welche Funktion ihm vom Luftschutzwart übertragen worden war, ohne daß der Vater die Beförderung sonderlich ernst genommen hatte, was soll es denn hier zu melden geben, soll der Junge vielleicht auf dem Dach oben sitzen und die paar Flaktreffer zählen, der gehört runter in den Keller, und runter in den Keller hatte er auch gebrüllt, als einmal über dem Haus Jagdbomber aufgetaucht waren, ein halbes Dutzend in der Sonne glitzernde Maschinen, die im Sturzflug auf das Steigerwaldgelände hoch oben hinter der Bergkaserne niedergingen, aber Jörn hielt sich hinter dem Rücken des Vaters versteckt, der den Jungen durch die Armbeuge dann auch das Schauspiel mitsehen, mithören ließ, dieses seitliche Abkippen einer Maschine nach der anderen in den gezielten Sturz, das Ausklinken zweier winzig erscheinender Bombenkörper, die für einen Moment unter den Flugzeugrümpfen mitzuschweben schienen, bis sie ihren Weg alleine machten hinein hinter die Kiefernwipfel; das kurz darauf folgende Geräusch der Detonationen; die wie Auspuffrohren entströmenden Doppelreihen kleiner schwarzer Rauchbällchen, denen nicht ganz gleichzeitig ein mechanisch rasendes Bellen nachkam, das Jörn gleich in den Satz übersetzte, den er aus dem *Adler* kannte: die Bordwaffen sprechen; das Sichauffangen und der schräg in die Höhe kurvende Abflug der Maschinen, denen Jörn mit Erleichterung, fast mit Genugtuung nachsah, konnten die Jabos doch nicht das erregende Geheul nachmachen, wie es die Stukas anstimmten im Stukas-Film; reichlich spät hatten sich in den Wäldern die Ratterstöße einer Vierlingsflak eingemischt, da sollten doch ganze Batterien liegen, so klang es ein bißchen hilflos, wie das Gemecker hinter Abgehauenen her, aber eine Maschine schien es getroffen zu haben, sie zog, ehe sie hinter den Wäldern verschwand, eine Rauchfahne hinter sich her.

An diesem Sommertag sah es aus, als sei wie so oft rein gar nichts los; man verlor ja nur wieder Zeit mit Herumsitzen und Warten auf die Entwarnung, aber dann hatte der Drahtfunk aufgeregt zu ticken begonnen und die gleichmäßige Stimme der Sprecherin den Raum Weimar genannt; der Vater hatte aus der Luft entferntes Brummen herandrohen hören und war die Kellertreppe heruntergerannt gekommen; er hebelte noch an den Türen der Gasschleuse herum, da drang das Brummen schon in die Kellertiefe hinein, als liege die Flugschneise genau über dem Haus; es dauerte auch nicht lang, und in der Ferne begann ein ruhiges, ununterbrochenes Wummern, für ein paar endlos scheinende Minuten, dann verebbte es rasch.

Nach der Entwarnung stand alles auf der Straße. Jeder atmete, hielt das Gesicht in die Sonne. Jörn saß auf der Eingangsstufe und hatte seinen Dackel auf dem Schoß. Auf einmal sah er, daß die Erwachsenen alle in eine Richtung schauten, zur Kaserne hin, über die Kaserne hinaus, und als er dann unter ihnen stand, sah er zwischen den beiden Gebäudeflügeln, hinter dem Kasernengelände und weiter noch hinter dem Hügelrücken und der Melchendorfer Kirche eine Rauchwand den Himmel verdunkeln. Sie schien sich nicht zu bewegen, obschon der obere Rand der Wolke weiter in die Bläue des Himmels hineinwuchs.

Niemand sagte etwas, dann wurden halblaut ein paar Vermutungen ausgetauscht... Gneisenaukaserne und Blumenthalkaserne zu dichte bei, Artilleriekaserne zu nördlich; überhaupt Kasernen, schienen die gar nicht zu interessieren, nach Kriegsanfang hieß es ja immer, also die Zivilbevölkerung da zwischen den Kasernen, aber nischt, die Flakkanzeln auf den Dächern waren ja auch schon längst geräumt... Zwei Offiziere hatten den Eingang der Löberfeldkaserne verlassen und kamen langsam näher. Sie gingen, unterwegs zum Kasino, mitten auf der Straße. Miteinander sprechend schienen sie die fragenden Gesichter der Zivilisten nicht wahrzunehmen, aber dann, sie hatten die kleine Ansammlung bereits passiert, drehte der eine, der Oberleutnant, den Kopf noch einmal zurück und rief, die Amerikaner haben Buchenwald bombardiert.

Da dachte ich, sagte Jörn, an große lichte Wälder, die voll hoher Buchen stehen, und mir fielen die zerfetzten

Bäume im Dellbrücker Wald ein ... aber die Erwachsenen taten dafür zu verwundert, da schien kein Wald zu brennen, sondern ich weiß nicht was, sie schauten sich nur alle an, schüttelten den Kopf, ungläubige Gesichter wandten sich erschrockenen Gesichtern zu, betretene Gesichter blickten zu Boden, empörte Gesichter begegneten frohlockenden Gesichtern, ahnungslose Gesichter wußten nicht wohin, im Gesicht der Blockwartsfrau zuckten alle Gesichter durcheinander, jemand murmelte was von Ettersberg und dem deutschen Dichter Goethe, dann fing der Dackel an zu bellen und wir wurden ins Haus geschickt, ich bin gleich weiter auf den Speicher gestiegen und über die Leiter zur Dachluke hoch, auf der Straße unten sah ich die Erwachsenen stehen, und dann schaute ich über die Kasernendächer nach Osten hin über die Hügel hinweg, hinter denen die schwarze Rauchwand stand, aber sie schien sich nicht weiter auszudehnen, an den Rändern wurde sie dünn und durchsichtig, und ein wenig Bläue trat hervor.

Für eine Weile sagte Jörn nichts. Auf der Terrasse hatten sich ein paar Sportsfreunde niedergelassen. Der Großvater aus Wittenberg verhandelte mit Frau Uschi die nächsten Möglichkeiten eines Rundflugs bis zur Elbe rüber, versprochen ist versprochen, die beiden halbwüchsigen Enkelkinder lungerten am Zaun an den abgestellten Maschinen vorbei; ganz tief sollte es runtergehen im Kreis über Schulhof und die Eltern auf der Wiese hinterm Haus. Eine Maschine, die gerade gelandet war, startete gleich wieder durch und gewann tiefbrummend rasch an Höhe; ein Trupp junger Männer in roten Springeranzügen hüpfte hinter der Baracke im Kreis herum. Vor einem kleinen roten Doppeldecker leuchteten Shorts und T-Shirt auf, tauchten dann ein paarmal unter der Maschine her, dann winkte Wolf Wesseling nach dem Großvater, der sich langsam in Bewegung setzte. Ein weiteres Rot bewegte sich von den Buschreihen her, beim Näherkommen ein Berliner BMW, der einen Segelflieger hinter sich herzog; zwei Männer gingen an den Flügelenden mit und hielten den Apparat in der Balance. Jörn war aufgestanden und mit Frau Uschi in die Gaststätte gegangen; als er zurückkam, balancierte er auf einem Tablett zwei Kännchen Kaffee und zwei Teller mit Streuselkuchen.

Im vergangenen Winter, als wir eine Schneenacht lang in Jörns Fachwerkhäuschen saßen, hatte er den Namen Buchenwald schon einmal erwähnt. Er hatte von einer dieser Razzien erzählt, mit denen der Russe, nachdem er die Stadt von den Amerikanern übernommen hatte, ein paar Monate später begann ... Tagelang hielt Ausgehverbot die Leute in den Häusern fest, die eines nach dem anderen von Trupps der Roten Armee durchkämmt wurden, auf der Suche nach, wie es hieß, Waffen, Werwölfen, Parteigenossen, natürlich waren Kreisleiter und Hauptbannführer längst getürmt, wen sie dann mitnahmen, waren oft gar nicht die kleinen Blockwarte und PGs, sondern irgendwelche technischen Funktionäre, Ingenieure, die zunächst im ehemaligen Gestapo- und späteren Stasi-Gefängnis eingeliefert wurden, nicht für lange, das wußten bald die Frauen, die tagelang in der Andreasstraße vor dem roten Ziegelgebäude herumstanden in der Hoffnung, das Gesicht des verschwundenen Mannes hinter einer der vergitterten Fensterluken auftauchen zu sehen ... aber die saßen dann schon in Buchenwald, das schien jeder zu wissen, obwohl es Offizielles gar nicht zu wissen gab, einige sprachen deshalb nur vom Ettersberg, bald lag wieder jahrelang das

Schweigen über dem Lager, nur wurde in diesen Tagen darüber geredet wie nie zuvor.

Je weniger wir wußten, desto unbefangener lebten wir, sagte Jörn. Nur deshalb hat mich der Vater so oft aus dem Zimmer geschickt ... er wollte mir die Unbefangenheit bewahren; er hat es später einmal so gesagt. Und lange ist es ihm gelungen. Bloß die Ahnungen, die unbestimmten Empfindungen, die durch den Kopf des Jungen schlichen ... am Ende wartete ja immer eine Wirklichkeit darauf, einem das Hören und Sehen beizubringen.

Einsteigen, anschnallen, anlassen, das ist alles ... der Großvater, alter Fliegerkamerad, wußte Bescheid. Er schob die Enkelkinder auf den Doppeldecker zu; Wesseling saß schon im Cockpit, wartete noch, bis sich die Wittenberger hinter ihm verstaut hatten, dann startete er den Motor. Schwanzwedelnd schaute Simba der zur Startbahn rollenden Maschine nach, dann kam das große Tier mit ein paar Sprüngen zur Terrasse zurück und ließ sich unter dem Nachbartisch fallen.

Willst du keinen Hund mehr haben? Jörn schaute auf ... wieso, zu Hause wartet der Kater, das Hannchen. Als Junge hattest du den Dackel ... es gibt das Foto, der kleine Pimpf auf dem Treppenabsatz, auf seinem Schoß der Dackel. Den hatte mir die Mutter dagelassen, sagte Jörn. Als sie fortging? Als sie fortging, sagte Jörn.

Und deshalb hatte ich ja auch die ewigen Probleme mit dem Hund, sagte Jörn, nicht eigentlich mit dem Hund, aber mit dem Vater und seiner neuen Frau, die wollten den Hund nicht in der Wohnung haben. Im Krieg ein Hund, wo wir selber nicht genug zu essen haben! Der Hund war ein Zwergdackel; von seinem Schulbrot schmuggelte Jörn immer die Hälfte mit nach Hause zurück; oft hatte er den halben Mampf der Schulspeisung im Kochgeschirr. Eine Zeitlang lief der Vater mit provisorischen Zähnen herum, da konnte er die Brotrinden nicht kauen; Jörn sammelte die Brotrinden ein und titschte damit die Essensreste von den Tellern auf. Im Haus tat der Junge den Frauen leid, dann steckten sie ihm ein paar Wurstzipfel zu. Die Rettung schien Karlchen Tümmler zu bringen ... der kleine Unteroffizier aus Aachen war in die Mansarde neben unserer Wohnung einquartiert; drüben in der Eremitage kochte er fürs Panzerkasino, und weil er Hunde und den Jungen mochte, durfte Jörn täglich mit dem Kochgeschirr hinüberlaufen und Essen fassen für den Hund. Abgespülte Tellerreste, ausgekochte Knochen ... aber manchmal holte Karlchen auch eine ganze Kelle Graupensuppe, Nudeln, Reisbrei aus dem Kessel; nur wenn der Vater das spitz bekam, war das gleich kein Hundefutter mehr, da ließ sich dann das Abendessen mit verlängern. Jörn heulte vor Wut, täuschte Bauchschmerzen vor und verweigerte jeden Bissen, aber er traute sich auch nicht, bei Karlchen zu petzen, und so ging das Hundefuttertheater weiter. Von alleine hörte es in den letzten Kampftagen auf. Vom Steigerwald aus bestrich die amerikanische Artillerie die südlichen Ausläufer der Stadt; in Feuerpausen flitzte Jörn dann los, aber einmal, im Kochgeschirr schwappte eine feine dicke Hühnerbouillon, pfiffen ein paar Granaten über die Straße und schlugen vor dem Eingang der Kaserne ein, genau um den Kübelwagen herum, der gleich hochging und mit seinen vier Mann

Besatzung dann auseinanderflog ... Jörn hatte sich, wie im Jungvolk beim Geländespiel geübt, flach auf die Erde geworfen und war im Schutz der Böschung weitergerobbt, auf einem Arm, im anderen hielt er sein Kochgeschirr festgeklemmt, dann sprungaufmarschmarsch quer über die Straße in die offene Haustür hinein, wo ihm der Vater schon entgegenkam; in den nächsten Tagen, dann war der Amerikaner da, ließ er den Jungen nicht mehr auf die Straße.

Jörn knabberte an seinem Streuselkuchen, dann schob er den Teller wieder zur Seite. In den Waldbröler Sommerferien hatte es mir der Vater beigebracht ... und als mich die Tante dann heim nach Erfurt schleppte, war die Mutter nicht mehr da. Die Wohnung war ein bißchen umgeräumt, ein paar Sachen und Möbel fehlten, und in der Ecke neben dem Kachelofen saß in einem Pappkarton der Hund. Der Förster aus Arnstadt hatte ihn gebracht und auf den feinen Stammbaum verwiesen ... Freifrau von Moltke, aber es sei schon ein kleiner Schuft, und so heiße das Hündchen denn auch. Schuft? Nicht Lumpi, Waldi oder Purzel vielleicht? Die Leute im Haus machten entsetzte Gesichter, aber Jörn war gleich trotzig geworden, und wenn einer ankam und es mit Schufti, Schuftl, Schuftemann probierte, packte er sich den Hund auf den Arm und zog ab ... aber Obacht mußte gehm, nich wahr, das is ne Hündin.

Als der Junge seinen Dackel zum ersten Mal bluten sah, erstarrte er. Der Vater druckste tagelang herum, sperrte den Hund ein und verumständlichte mit ernstem Gesicht die Tatsache, daß der Hund *läufig* sei, *heiß*, wie Tante Anneliese sagte ... Jörn begriff nichts. Er begriff nur soviel, daß von dem Hunderudel, das in solchen Tagen unten vor der Haustür herumstrich und, wenn er, strengstens angehalten, den Dackel ja nicht von der Leine zu lassen, mit ihm durch die Gärten zog, um die beiden herumjiffelte, keiner dieser Burschen in Schufts Nähe kommen durfte ... das *Fräuleinchen* würde sonst bald Hundekinder bekommen, und das sah Jörn sofort ein, das wäre das Ende, soviel Futter kriegte er ja nie zusammen.

Am Wochenende, sagte Jörn, durfte ich die Mutter besuchen, und den Dackel nahm ich dann mit. Für kurze Zeit lebte sie mit dem Mann, der den Grund gegeben hatte für ihr Weggehen; wenn ich kam, war er nicht da in dieser Wohnung *wie im Film,* die Mutter sagte es ganz verlegen, am Bett im Schlafzimmer ein weißes Telefon ... Dann verließ sie den Mann und wechselte ein paarmal die möblierten Zimmer in der Stadt. Manchmal, vor allem in der letzten Wohnung im Gartenhaus, ließ ich den Hund bei ihr, die Mutter hatte ja immer Hundekuchen im Haus, der Vater witterte dann gleich eine Intrige, trotz aller Kräche war es ja schließlich so, daß er selber an dem Kerlchen hing ... na, wo ist denn unser Schuftikus, so kam er morgens in die Küche und lugte in den Lattenverschlag hinein, den er eines Tages um die vier Beine des Beistelltisches herumgezimmert hatte; Chris, seine Frau, hatte dazu ein flaches Kissen genäht und eine alte Decke herausgerückt; im Winter, wenn es früh dunkel wurde, trabte er selber mit dem Hund auf die Straße hinab; zuvor hatte der Vater nur sein Sträßchen-Pfeifen angestimmt und der Kleine war ein paarmal durch den langen Korridor gewetzt und dabei, in der Kehre wegrutschend, gegen die Türen gebrummt; mit quiekendem Gebell ging es die Treppen hinunter, das ganze Haus wußte gleich Bescheid und meckerte ein bißchen in den Küchen ... und dann kam es zum ersten

Mal vor, daß der Vater lange auf der Straße blieb, sehr lange, daß man ihn erst pfeifen und bald rufen hörte, erst vor der Haustür, dann immer weiter weg, bis Jörn es nicht mehr aushielt und die Treppen, vor jedem Treppenabsatz gleich drei Stufen, hinuntersprang ... auf der Straße war es völlig duster, ein paar Leuchtplaketten waren unterwegs; Fußgänger, damit sie nicht gegeneinander prallten in der verdunkelten Stadt, trugen an ihren Mantelaufschlägen kleine, mit Leuchtstoff beschichtete Plaketten; Jörn rannte zur Eremitage hinüber, da hörte er den Vater schon auf dem Weg zur Bergkaserne hoch pfeifen, dort in den Hängen der Böschungen wühlte der Dackel immer die Mauselöcher auf, Jörn pfiff und rief längst mit, bis ihm das Schluchzen die Stimme wegnahm ... die Hundemarke kam aus dem Dunkel nicht herangeklingelt, Schuft war weg. Schlimme Nacht. Jörn schlief nicht. Im Wind draußen hörte er die Drahtseile gegen die Fahnenmasten der Kaserne schlagen. Der Vater blieb lange auf, hing über dem Reißbrett und strichelte in seinen Sprinkleranlagen herum; zwischendurch machte er die niedrige Tischlampe aus, öffnete das Fenster und pfiff in die Nacht hinaus; ein paarmal schlich er durchs Treppenhaus hinunter vor die Haustür, beim letzten Mal war Chris aufgestanden und im Trainingszeug der Sportlehrerin mitgegangen; die Nacht verging ohne Alarm.

Was issen los mit dir, is wer fürn Führer gefalln ... In der Schule hatte Jörn ein paarmal vor sich hingeweint; Nachbar Leo hatte die Hände wie zwei Hundepfoten hochgezogen, da schüttelte es den Jungen erst richtig durch, mit dem Kopf war er in die Armbeuge hinabgetaucht, der Geschichtslehrer ließ sein Räuspern hören, dann stand er vor der Bank, kerzengerade, Verwundetenabzeichen aus dem Weltkrieg, nun nimm dich mal zusammen, ein Hitlerjunge heult nicht.

Am Abend das Telefon. Der Vater schien Unglaubliches zu hören, dann lachte er auf und wurde gleich wieder ernst. Deine Mama hat angerufen ... Kopfschütteln und tiefes Durchatmen, aber es war wirklich so: Der Hund war durch die ganze Stadt getrabt, dann hatte er vor der Tür gewinselt, und jetzt lag der Schuft im Sessel und schlief. Was für ein Wunder, wie war das möglich, woher wußte das Kerlchen den Weg ... Jörn druckste; um das Fahrgeld für die Straßenbahn zu sparen, war er mit dem Hund ein paarmal zu Fuß gegangen ... dann hatte ihm die Mutter ja auch das Fahrrad organisiert, frisch lackiert, aber doch eine uralte Mühle von Herrenrad, auf das der Junge kaum hochkam; der Vater schaute mißtrauisch hin, wenn er mit dem Dackel im Körbchen, das er auf dem Gepäckträger festgeklammert hatte, losbalancierte; eigentlich wollte er ihn gar nicht auf die Straße lassen, aber dann hatte die Mutter durchs Telefon gefaucht, soll der Junge nie erwachsen werden ... wie immer, seufzte Jörn, der Hund, er kannte den langen Latsch hinaus in die Mittelhäuser Landstraße, und als ich in der Oktoberwoche auch diesen Weg noch einmal ging, da mußte ich schon ein bißchen schlucken beim Erinnern an den kleinen Schuft, und wie er nachts allein zu meiner Mutter unterwegs war.

Warum sie dem Jungen den Dackel dagelassen hatte ... ich weiß nicht, sagte Jörn, ob es reine Niedertracht war, ein dauernder Affront, eine feine Art von Rache dafür, daß der Vater vor dem Scheidungsrichter gesiegt und den Jungen für sich behalten hatte ... seitdem fühlte er sich mitten im Krieg in diesen Krieg zwischen Vater und Mutter verwickelt: sie wollte den Jungen haben, aber er rückte ihn nur am Wochenende heraus; Jörn wollte dann bei der Mutter bleiben, aber die Mutter durfte ihn nicht dabehalten, und wenn sie es auf sein Bitten und Drängeln doch tat, tobte am Telefon der Vater. Zu Hause hielt sich der Vater zurück; er sah dem Sohn an, wie es um ihn stand, wenn er seine Lippen nach innen kniff, wenn er sich seiner Hand entzog, an ihm vorbei sah und in sein Zimmer ging, wo es dann still blieb.

Oder, sagte Jörn, daß sie mir den Hund zum Trost dalassen wollte ... nur, weil gleich nach der Scheidung die Verzweiflung bei ihr durchbrach, bedurfte sie selber des Trostes, und wenn, vielleicht, sie meinte, der Hund vergegenwärtige mir ihre Nähe, dann brachte mir der Hund nur bei, daß die Mutter nicht mehr da war ... und wenn er nachts ausriß zu ihr, dann tat er etwas, was ich nicht wagte mit ihm zu tun. Nie hatte ich mir ja auch einen Hund gewünscht ... später, als Förster, dann würde ich einen Dackel haben; Tiere bloß zum Spielen, fürs Spazierengehen, davon wußten wir damals nichts. Nicht wahr, Simba ... die Rute klopfte auf die Dielen, und aus dem mächtigen Kopf glubschten wie ewig schuldbewußt die Augen hoch, du mußt den Flugplatz hier bewachen, sonst klaut die Mafia alle die Maschinchen weg.

Damals auch so ein Wort ... Scheidung. Für Jörn klang darin etwas Reißendes, etwas Abgespaltenes und Klaffendes. Daß Ehepaare, Elternpaare überhaupt auseinander, weg voneinander sein und sich *scheiden* lassen konnten, Julietta hatte damit heimlichgetan; Gisela, mit einem Blick zur Korridortür, hatte es fast schnippisch gesagt ... Nich wahr, Frau Feustel nebenan, die Frau von Oberstleutnant Feustel, die is ne Geschiedene. Kurz darauf war Tante Anneliese unten im Haus 'ne Geschiedene, wegen, weil, also Onkel Eberhard, der Kriegsverwaltungsrat, ihr Mann, der war dann mit Frau Feustel weg. Das waren die Schläge ins Kontor... Jörn hatte gerade die Sage vom Graf von Gleichen gelesen, der war nach langer Zeit aus dem Morgenland mit der Frau heimgekehrt, die ihn gerettet und gesundgepflegt hatte, und seine Gemahlin auf der thüringischen Burg hatte die Nebenbuhlerin huldvoll aufgenommen... Treue war unser Wort, nich wahr, Treue hielt die Volksgemeinschaft doch zusammen; die Männer im Feld, die Frauen an der Heimatfront, da stand sogar Strafe drauf, wenn ein Zivilist einem Mann von der kämpfenden Truppe die Frau wegnahm; die Blockwartsfrau erregte sich: wenn das erst der Führer wüßte.... nich wahr, in diesen Zeiten gab es sowas nicht, wo immer mehr Frauen, denen der Mann gefallen war, in schwarzer Trauerkleidung durch die Straßen gingen und anderen Frauen begegneten, die dann wegsahen, jede könnte ja die nächste sein und zu Hause im Briefkasten die Feldpost vom Kompaniechef vorfinden; täglich nahmen in der Zeitung ja die Todesanzeigen mit den schwarzen Eisernen Kreuzen zu.

Seit den Affären in der Nachbarschaft lebte Jörn in der Angst, die Eltern könnten sich scheiden lassen. Nur, sagte Jörn, ich fürchtete dabei, der Vater könnte abhauen hier. Er war ja schon so oft weg. Manchmal hockte der Junge im großen Wandschrank, in dem auch die Reisekoffer untergebracht waren. Er roch dann den Geruch von altem Leder und fingerte an den zerschabten, verblichenen Hotel-Etiketten herum. Die Städte Skandinaviens, die Niederlande, der ganze Balkan. Jetzt im Krieg pendelte der Vater zwischen Berlin und Dresden; oft hörte er die Städtenamen Chemnitz, Dessau, Bitterfeld,

Halle an der Saale, und dann für Wochen hieß es wieder Oslo, Göteborg, Helsinki. Die Mutter sah er manchmal weinen. Wenn der Vater zurückkam, meist spät in der Nacht, schmückte sie den Frühstückstisch, und dazu hatte sie immer ein Stück Leberwurst aufgetrieben und ein Ei für ihn gekocht, vier Minuten und keine Sekunde länger, aber der Frühstückstisch war dann auch wieder der Schauplatz lauter Auseinandersetzungen ... um was es immer ging, ich weiß es nicht mehr, sagte Jörn, ich wurde ja auch gleich in mein Zimmer geschickt; ich hörte den Vater dann nur brüllen, im ganzen Haus war zu hören, wenn oben die Kölner wieder Krach hatten, dabei waren das doch so nette und gesellige Leute, wie oft kam die Hausgemeinschaft zum Feiern hoch, die Geburtstage, Nikolaus, Sylvester, oder die Mutter erfand irgendeinen Anlaß, ein Fläschelchen zu öffnen, charmante Frau, galanter Mann, überhaupt himmelten die Frauen im Haus den hochgewachsenen Mann nur so an, der hielt ihnen die Tür auf, zog beim Grüßen den Hut, half den Damen in die Mäntel ... Jörn wunderte sich immer, wenn dem ernsten Vater irgendwie ein Lächeln ins Gesicht zog, wenn er ihn über die Hand einer Dame sich beugen oder gar diese Hand in die Nähe seiner Lippen führen sah, wenn er mit geschlossenen Augen seine Nase nach dem Parfum in einem Pelzkragen schnuppern ließ ... aber dann züngelten dem Jungen auch die Ängste ums Herz, dann traute er dem Vater das Sichscheidenlassen zu ... der Mutter nie, die konnte er ruhig schäkern sehen mit den Soldaten, von denen so oft welche aus den Kasernen ins Haus kamen, für jeden Obergefreiten hatte sie ein paar Plätzchen parat; manchmal nahm sie den Jungen mit, wenn sie hinüber ins Lazarett Verwundete besuchen ging; die schauten dann aus ihren bandagierten Köpfen wie auf einen Engel, wenn die Tür aufging, und zum Abschied humpelten immer welche auf ihren Krücken bis zum Ausgang mit ... Jörn wußte, wie die Mutter bangte um die beiden Brüder draußen, den Erich und den Hans.

Nur machte er einmal die Augen zu, als er hinter der Türspalte stand. Die Hausbewohner waren alle wieder oben; es wurde Bridge gespielt; aus der Stadt waren ein paar Hausfreunde gekommen, der große blonde Herr war dabei, der irgend etwas mit polnischen Adelsfamilien zu tun haben sollte; es war laut in den Zimmern geworden, Gelächter hinter den Türen, Akkordeonmusik zog plötzlich durch den Korridor, Jörn mochte die weiße Hohner nicht, der Vater hatte sie einmal von einer Reise aus den Hohner-Werken mitgebracht; unmusikalisch, wie er war, hatte er trotzdem eine Zeitlang versucht, *Kein schöner Land* und im Dezember die Weihnachtslieder aus dem Kasten herauszuziehen, auch Jörn war angehalten worden, die schwarzen Lederschlaufen sich über die Schultern zu hängen; mit einem Finger hatte er versucht, die Melodie von *Die kleine Stadt will schlafen gehn* auf den weißen Tasten zu finden, aber mit dem gleichzeitigen Aufziehen und Zudrücken des Faltenapparates kam er sowenig zurande, daß er den Quetschebüggel, wie Onkel Hans, der Leutnant, das Ding einmal genannt hatte, ein für allemal stehenließ ... Nun wiegte sich ein Tango durch den Korridor, Jörn war aus seinem Bett gestiegen und hatte sich im Dunkeln zur Tür getastet, plötzlich war der Tango stehengeblieben, der Junge drückte langsam die Klinke herunter, und da sah er durch den Türspalt, wie ganz hinten, am Ende des Korridors, wo die Mäntel alle hingen, der große blonde Herr, dem das Akkordeon vor der Brust hing, sich über die zu ihm hochschauende Mutter herabbeugte ... unendlich langsam, mit geschlossenen Augen, machte der Junge die Tür wieder zu, als wollte er auch für später nicht wissen, was er wahrgenommen hatte und vielleicht erahnt, und was der Schmerzstich der Erinnerung war, als er das weiße Telefon am Bett auf einem Nachttisch stehen sah.

Einige der Frauen im Haus waren für den Jungen wie Tanten ... Tante Tiny, Tante Ines, Tante Amanda, Tante Anneliese, und wie sie nach dem Weggehen der Mutter mit ihm umgingen, das gab mir, sagte Jörn, so etwas wie ein Gefühl für große, traurige Freundinnen ... sie waren immer da; sie ließen ein stilles Verstehen spüren, fast eine Art von Respekt, die gar nicht erst nach Tröstungen suchte; sie schienen vom Schreck der Trennung getroffen, als wären sie selber verlassen worden, von einer, die doch zu ihnen gehörte ... daß sie untreu geworden war, sie ließen es den Jungen nicht spüren, weder durch Mitleid noch mit hinterhergesagter Entrüstung. Sie wußten ja Bescheid und hatten, während der Vater so viel unterwegs war, das Unglück herannahen sehen, und der Strauchelnden hatten sie aufhelfen wollen ... viel später, sagte Jörn, erst später wußte ich davon, und da wußte ich denn auch: diese Gewißheit von Nähe und Verstehen, das war einmal keine Täuschung gewesen. Und die Familie, die Verwandten? Jörn winkte ab. Da standen so viele Gerechte beisammen, so viele Richter ... die Trennungen gingen weiter, eine Geschichte für sich, es waren ja immer zwei Familien.

Im vergangenen Winter, als wir in Jörns verschneitem Fachwerkhäuschen zusammensaßen, hatte er in diese Richtung schon einmal eine Andeutung gemacht ... Zwischen der strengen Dörflichkeit der väterlichen Herkunft und der von Erichs Künstlervölkchen aufgelokkerten Umgebung der Mutter war nie die große Herzlichkeit ausgebrochen, um die sich eine Zeitlang die Mutter wohl bemüht hatte ... das rauhe Felsgestein unter den oberbergischen Hügeln, der leichte Sand im Rechtsrheinischen der Kölner Bucht: Jörn versuchte sich in landschaftlichen Vergleichen, um die gegensätzlichen Bewußtseinslagen der beiden Familien zu umschreiben, aber er winkte schon wieder ab, so kann man es auch nicht sagen, sagte er, mit einander fremdbleibenden Erwachsenen hatte die Kindheit eben angefangen, es waren die ersten Klassen in der Schule der Anpassungen gewesen, für den Jungen gab es in beiden großelterlichen Häusern jederzeit ein Zuhause – nur, nach der Scheidung kam der Riß, man hatte miteinander keinen Umgang mehr, allein der Junge pendelte, was heißt pendelte, er schwankte, es riß ihn zwischen den verlorenen Paradiesen hin und her ... Um diese Zeit, sagte Jörn, verglimmte mir das Heimweh nach dem Rheinland; das Zuhausegefühl wurzelte sich zwischen Gera und Unstrut, drüben unter den Kiefernhängen des Steigers und hinterm Haus in Dressels Garten ein; die Straßenbahngeräusche der Linie 3, der Grasgeruch des Schützenplatzes, der Blick von der Bergkaserne hinab auf die sich ausdehnenden Flächen der Stadt, das Gassengewinkel um die Krämerbrükke herum, im Winter das Kufengeklirr auf der Eisbahn im Stadion – mit allen Sinnen nahm Jörn seine Umgebung ein, und wie sie in ihm weiterlebte, das erzählten ihm für lange Zeit die Filme seiner Träume.

Und dann war ja auch Rosi plötzlich da. Es war ein Regentag im Herbst, als Jörn mit seinem Dackel quer über die Straße kam und auf den Hauseingang, der zwischen den beiden Rasenstücken des Vorgartens lag, zuging, zögernd, denn im Fenster rechts neben der Haustür hatte er ein Gesicht auftauchen sehen, das kannte er in diesem Fenster nicht und vergaß er nicht mehr seit diesem Augenblick ... und er hatte das Vergessen doch gesucht, bald später, nachdem das Mädchen ohne Abschiednehmen wieder verschwunden war.

Das Fenster gehörte zum Zimmer von Tante Amanda, der jungen Dame aus Duisburg, die in Reitstiefeln und Breecheshosen ging und das rote Cabriolet fuhr, in Gesellschaft von Tante Ines, der die geräumige Wohnung gehörte mit diesem Zimmer, das Tante Amanda nicht mehr benutzte, seit sie in Halle an der Saale eine von Tante Ines Buchhandlungen führte. Eine Zeitlang war für Einquartierungen das Zimmer vorgesehen, und so hatte sich die Hausgemeinschaft auch rasch an den stillen dunkelhaarigen Offizier gewöhnt, der, wenn man sich im Luftschutzkeller traf, neben Tante Ines saß. Gelegentlich, wenn es im Luftraum ruhig blieb, sah ihn Jörn mit seinem Vater im Hausflur stehen, offenbar in Gespräche vertieft, die in der Kellerrunde nicht jeder zu hören brauchte; dann war Hauptmann Ebeling wieder tagelang unterwegs. Zuletzt war er von der Ostsee zurückgekommen, aus Pommern, wo seine Familie lebte ... Indem Jörn immer noch, mit verzweifelndem Trotz, auf seiner Landkarte die Frontverläufe markierte, sah er die Rote Armee den östlichen Reichsgrenzen immer näher kommen; an manchen Tagen wimmelte es vor dem Bahnhof von Frauen, Kindern und alten Männern, die, in Decken gehüllt, auf Koffern und Kartons saßen, suppelöffelnd und umschwirrt von Rote-Kreuz-Schwestern; in der Unterführung vor der Straßenbahnhaltestelle hatte er einen gleichaltrigen Jungen in Winteruniform, an dessen Ärmel ihm das Gaudreieck unbekannt vorkam, nach der Herkunft gefragt: Oppeln ... Jörn hörte zum ersten Mal den Namen der schlesischen Stadt; das Lied vom fliegenden Maikäfer, dem Vater im Krieg und der Mutter im abgebrannten Pommernland ging ihm gleich durch den Kopf, als er dann hörte, was Tante Ines im Hausflur den Frauen erzählt hatte, nämlich daß ihr Hauptmann, schon wieder unterwegs an die Front, aus dem bedrohten Pommern, da bleibe noch krank die Ehefrau zurück, seine kleine Tochter mitgebracht habe, zur Verwahrung bei ihr; Amandas Zimmer bleibe jetzt das Zimmer allein für unsere Rosi ...

So oft ließ sich der Dackel fürs Sträßchengehen gar nicht begeistern, wie Jörn es nun hinunter vor die Haustür zog; er lungerte dann bloß im Hauseingang herum, pfiff Schlagermelodien, hockte auf dem Mauerpfeiler des Vorgartenzauns, mit Blicken wie zufällig zum Fenster neben der Haustür hin ... Tagelang blieb die Gardine zugezogen, der Vorhang. Die Nachricht, daß Hauptmann Ebeling gefallen war, schien das ganze Haus dunkel werden zu lassen; Tante Ines ging in Trauerkleidung umher, ein schwarzer Flor hing vom Knauf der Korridortür herab, und dann verstummten auch die Hausflurgespräche, Rosis Mutter lebte nicht mehr.

Tagelang hatte es nach einer Beruhigung der Luftlage ausgesehen, aber dann nahmen die Bomberverbände aus dem Raum Hannover-Braunschweig wieder ihren Kurs über Thüringen auf, und die Hausgemeinschaft fand sich regelmäßig im Keller wieder. Das dunkelhaarige Mädchen saß dann neben Tante Ines. Sooft Jörn hinschaute, das Mädchen las ein Nesthäkchen-Buch. Jörn fiel auf, daß Tante Ines eine Trillerpfeife um den Hals hängen hatte; da hing sie schon seit Jahr und Tag, jetzt aber ging er zu ihr hin und ließ sich erklären, warum ...

um Hausbewohner wachzupfeifen, wenn einer mal den Vollalarm verschläft.

Im Keller war es enger geworden. Anstelle von Gartenstühlen und Bänken standen längst bequeme Sitzmöbel an den Wänden, ganze Sesselgarnituren waren aufgereiht, kleine Regale, elegante Rauchtischchen zwischen die Armwülste geschoben worden; in einer Ecke stand das Kinderbett für Elke und Antje, die kleinen Töchter von Tante Tiny und Onkel Fietje; bis zum Holzverschlag reichte die breite, moderne Couch, die Chris in ihre junge Ehe mitgebracht hatte; vorschriftswidrige Teppichstücke lugten unter den Sesseln hervor und sorgten dafür, daß endlich das Gescharre der gepolsterten Fußbänkchen auf dem Betonboden aufhörte. Und auch für seinen Schuft hatte Jörn eine Höhle eingerichtet, unter dem breiten Kopfpolster der Couch, dessen üppig ausgewölbte Rundung sich an die Seitenwand des benachbarten Sessels preßte. Wenn Jörn dann in der Couchecke saß, wußte er den Dackel, der den mit einer Holzkiste, alten Kissen und einer Decke ausgestatteten Hohlraum gleich angenommen hatte wie ein natürliches Versteck, in einer Sicherheit, für die er einen trotzigen Kampf hatte führen müssen. Zu Anfang gab es ja welche unter den Hausbewohnern, die meinten es vorschriftsmäßig, daß ein Tier im Luftschutzkeller nichts zu suchen habe, und auch der Vater, der ausgerechnet hatte, wie lange soundsoviele Kubikmeter Luft für wieviele Menschen reichten, meinte das nicht anders. Jörn, sobald Alarm war, hatte dann unheimlich viel Zeit, seine Sachen für den Keller zusammenzusuchen; die Sirenen hatten längst ausgejault, da trödelte er immer noch in seinem Zimmer herum, suchte nach verlegten Schulbüchern, klemmte sich den Finger in seinem Koppelschloß ein ... in der Luft draußen war es still, aber in der Kölner Etage oben ging der Kampf zwischen Vater und Sohn, mit Gebrüll und Geschrei; die Sirenen hatten dann gerade zur Entwarnung angesetzt, da hebelte der verheulte Pimpf, größer geworden, schon die erste Schleusentür auf und rannte zu seinem Dackel hoch ... zu Hilfe war ihm schließlich die Maus gekommen. Eine Maus schien sich in den Keller verirrt zu haben; Frau Benteler war schreiend auf ihren Sessel gesprungen, als das Nagetier unter dem Holzverschlag, dessen Tür Jörn gerade hinter sich zugezogen hatte, hervorgehuscht und gleich wieder verschwunden war. Im allgemeinen Tohuwabohu hatte sich Jörn davongeschlichen und war mit seinem Schuft gleich wieder zur Stelle; der Jagdhund hatte vor der Holztür auch sofort die Spur gewittert und lautgegeben und jiepend unterm Holz gekratzt ... das Tierchen blieb verschwunden, aber Frau Benteler blieb dann nicht alleine mit der Meinung, wenn ein Jägerhund schon gegen die Mäuseplage einzusetzen sei, gehöre das Kerlchen auch in den Luftschutzkeller mit hinein ... Jörn tat ganz gelassen und gnädig; es war ein langwieriges Abenteuer gewesen, die von der Mutter irgendwie organisierte Maus in ihrer kleinen Käfigfalle ins Haus und weiter in den Kellerverschlag zu schmuggeln, und nur Tom Sawyer hatte mit seinem Vorbild geholfen, daß Jörn seine Ängste durchstand. Nach langer Zeit bekam am nächsten Sonntag die Mutter wieder einen Lachanfall.

Zwischen den wie stillstehenden Wolkeninseln zog im Himmel der Drachenflieger davon. Der erste Start schien mißlungen zu sein; der junge Mann mit der

Baseballmütze, den weißen Segelrahmen hinter sich herschleifend, war über die Piste zurückgehumpelt, und auch Martin rollte mit seinem Fluggerät wieder zurück. Er startete ein zweites Mal; die Leine zwischen der Maschine und dem Segeldrachen spannte sich, und der daran angeschnallte junge Mann rannte hinter dem abrollenden Fluggerät her. Als es vom Boden abhob, warf er sich mit einem Hechtsprung waagerecht in die Luft, die ihn mit seinem Segel sogleich aufnahm. Nur ein kurzes Stück zog die Maschine ihr Anhängsel noch hoch, dann klinkte sie sich aus, und der Drachen lag wie ein großes, mit ausgespreizten Schwingen segelndes Flugtier in der Luft. Er stieg und stieg, er wurde kleiner und kleiner, dann zog er eine Kurve und schwebte in südöstlicher Richtung ab. Martin war inzwischen gelandet und von seinem Sitzbock heruntergestiegen; er schaute dem Drachenflieger noch einen Moment lang nach; dann zog er den Reißverschluß und stieg aus seinem Overall heraus. Er schien in Eile zu sein. Als er an der Terrasse vorbeitrabte, nickte er nur kurz und rief: zur Elbe ... Jörn wußte offenbar, daß Martin im Landrover unter seinem Drachenflieger herfahren und ihn irgendwo am Rand einer Flußwiese aufsammeln würde. Im Himmel stand noch eine Weile ein winziger Punkt, der sich entfernte, bis er nicht mehr zu sehen war.

Jörn ließ das Geschehen auf dem Flugplatz und in der Luft nicht aus den Augen, zugleich erzählte er weiter, und dabei schien es, als ginge in seinem Kopf die Gegenwart, wie er sie augenblicklich wahrnahm, neben den vergangenen Zeiten her, von denen er erzählte. Mitunter war es so, als bringe ihn eine Wahrnehmung auf die Spur zu einer Erinnerung hin, und dann konnte es sein, daß sich zwischen der Erinnerung und dem gegenwärtigen Augenblick eine Beziehung zu erkennen gab. Aber nicht immer waren solche Korrespondenzen offenkundig, meistens entstanden sie auf vage, unbestimmte Weise, ohne daß ein unmittelbarer Zusammenhang sie erklärte. Was denkst du jetzt? Was soll ich schon denken, sagte Jörn, ich versuche so etwas wie ein Netz zu knüpfen, aber immer hängen ein paar Enden ins Leere hinein.

Der Junge damals, sagte Jörn, wuchs nicht auf mit dem Gefühl, daß die Zeit so rasch vergeht ... darüber klagen ja schon heute, die noch jung sind. Die vergangenen acht Jahre: als wäre man in ein Kino gegangen und wieder hinausgegangen, und draußen geht man weiter und fragt sich, was ist da alles vorübergehuscht an Bildern und Geräuschen. Die acht Kinderjahre Erfurt kommen mir dagegen vor wie eine unendliche, stehengebliebene Epoche. Was alles geschehen konnte, es geschah. Aber ein Sommertag schien nie aufzuhören. Die Ferien versprachen das Vergessen und Verschwinden aller Schulzeit. Im Winter wurden unvorstellbar die Rückzüge des Schnees. Der Krieg ... bald war der Krieg eine Gewohnheit geworden. Der Junge kannte gar nichts anderes mehr als das, was die Lage war, und die war dann so alltäglich und normal, wie sie ernst und spannend, aufregend und bedrohlich war. Bis er seinen Teller leergegessen hatte, waren ganze Straßenzüge ausgebrannt. Zukunft, das war die Zigarette morgens, die der Vater nur zur Hälfte rauchte, die andere Hälfte kam dann nach dem Mittagessen dran. Daß der Krieg einmal zu Ende sein würde, so oder so dachten die Erwachsenen daran ... für den Jungen kam er lebenslang vor; ganz sicher würde er bald oben aus der Luke lehnen, wenn sein Panzer, am Haus vorbei, die Kaserne in Richtung Front verließe.

Jörn schaute in die Landschaft. Nichts kommt mir unwirklicher vor als so ein Flugsportfeld, das einmal Feldflughafen, Front war. Front war mitten in der Heimat, Front war draußen zwischen den Schlachten die Wiese voller Löwenzahn. Ewig waren Front die äußersten Ränder des Erdteils, dann nach endlos langen Jahren kamen die Einbrüche, Durchbrüche, Rückzüge, Kessel, bis auf der Landkarte quer durchs Reichsgebiet alle die Pfeilspitzen zeigten und zwischen Donau, Elbe, Weser, Werra, Oder, Rhein die letzten Frontreste zerfetzten ... Aber noch immer umgab blühendes Gartenland die Kaserne, die unbeschädigt und gepflegt in den Fluren des alten Löberfeldes lag; trotz Jagdbombern, Bombentrichtern und Nachtjägerabstürzen jäteten, düngten, harkten und gruben Mütterchen und weißhaarige Männer in ihren Schrebergärten, die bis an die Gitter des Kasernengeländes reichten. Wo Gemäuer Militär und Kleingärtner trennte, ruhten sich hier die Pappkameraden vom Schießstand an den Ziegeln aus, standen dort die Schubkarren und Spaten angelehnt und ragten Bohnenstangen hoch. Dünner Rauch und Bratkartoffelgeruch lag über den grüngestrichenen Lauben, und auf den Gartentischen sammelten sich neben Blechkanne und Kaffeetasse die Flaksplitter, die Flugblätter und silbernen Stanniolstreifen, die nachts vom Himmel heruntergesegelt waren; manche blieben flimmernd hängen in den Kirschbaumzweigen, da störten sie das Radar-Meldesystem nicht mehr, vielleicht helfense de Spatzn vertreim ...

Und Jörn hatte das Terrain, das mit der Böschung und

den Gärten auf der anderen Straßenseite begann, in Besitz genommen als sein Spielgelände, und dazu gehörte ganz selbstverständlich das Löberfeld und die darin eingebetteten Gebäude und Anlagen der Kaserne. Sein Offizierskamerad hatte ihn ein paarmal mitgehen lassen über das, wenn es leerlag, alptraumhaft sich ausdehnende Exerzierfeld, aber manchmal war richtig was los. In einer Ecke übten Rekruten das Vorbeigehen am Vorgesetzten mit vorschriftsmäßigem Grüßen; in der Ecke gegenüber robbte in voller Ausrüstung ein Zug über Sandsackhindernisse hinweg; in der dritten Ecke ließ ewig und drei Tage der Unteroffizier Gewehr über und Gewehr ab wiederholen; manchmal spielten zwei Mannschaften Handball, die eine in weißen Turnhemden, die andere mit nacktem Oberkörper, beide in blauen Turnhosen; in der äußersten Ecke übte die Regimentskapelle *Die blauen Dragoner* und den finnischen Reitermarsch; zu irgendwelchen Anlässen gruppierte sich, der Mittelblock in schwarzer Panzeruniform, die beiden Flügel in Feldgrau, der ganze Regimentsrest im Karree um Kommandeur und Adjutanten herum; manchmal standen dann die Fahnen auf Halbmast...

Das Exerzierfeld endete vor der gläsernen Fassade einer riesigen Halle, der Turnhalle, die mit ihren Recks und Barren, Kletterstangen und Seilen, Ringen und Balken, Sprungböcken und Medizinbällen ganze Nachmittage lang dem Jungen gehörte. Für seine Eins im Turnunterricht rollte er bis zum Schwindligwerden die Kniewellen und Bauchwellen am Reck, riskierte er solo den Schulterstand auf dem Barrenholm, hangelte er sich die Kletterseile hoch und ging im Grätschsprung über den Pferdebock. Das hintere Viertel des aus kleinen Holzwürfeln zusammengesetzten Hallenbodens war eine Sandfläche, eine fein gerollte Düne, auf der Jörn mit den anderen Jungens, den Majorssöhnen aus der Straße, in griechisch-römischen Ringkämpfen raufte; hier fanden die großen Wüstenschlachten statt zwischen Rommel und Montgomery, zerfielen Tobruk und El Alamein, fegten die Panzer durch die Cyrenaika bis zu den Küsten des Mittelmeers; hier kehrte, siegreich mit den Tragflächen wackelnd, der Jagdflieger Marseille von seinen Einsätzen zurück; vor seinem letzten, tödlichen Einsatz mußten die Jungens immer nach Hause.

Hinter der Halle staffelte sich das weite Terrain der Fahrzeughangars, Reparaturwerkstätten, Lagerschuppen, Verpflegungssilos, der unterirdischen Treibstofflager, Munitionsdepots und Waffenarsenale, alles flachgehaltene Gebäude mit viel Verglasung und Metallschiebetoren; dazwischen helle, lichte Birkenreihen und tiefgrüne Taxushecken, Wacholdergruppen, die mit Rasenstreifen und Blumenrabatten dem Zweigsystem der pflasterharten Plätze und Straßen etwas Alleenhaftes, Parkähnliches gaben. Jörn kannte sich da aus, mindestens so gut wie Hansi Bickel, der Sohn vom ewigen Kasernenspieß, dem Hauptfeldwebel Bickel; der lebte in einem kleinen Seitenflügel bei den Gartenmauern, wo auch die anderen Standortkräfte wohnten, Verwaltungsleute, mittlere Ränge... Hansi tat immer wichtig und geheimnisvoll, na klar, der Jörn kam unten von der Maginot-Linie her, nein, Westwall, bellte Jörn, egal, das Westvolk suhlte immer noch in Bohnenkaffee, Sekt und Seidenstrümpfen, Hansi wußte genau Bescheid, den rechten Zeigefinger auf den Lippen ging er mit dem linken einem grünen Hügelrücken nach, ich kann dir flüstern, da liegen ganz andere Sachen drin...

Da hielt sich Jörn lieber an seinen Offizierskameraden, dem öffnete sich jedes Hallentor, jede Schreibstubentür, der winkte auch gleich ab, wenn der UvD, der Unteroffizier vom Dienst, während seiner Meldung nicht aufhörte, Männchen zu bauen, der stellte den Jungen immer als seinen kleinen Kameraden, einmal auch als seinen Neffen vor, als nämlich ein Oberleutnant angeblafft kam, was macht der Bengel auf dem Panzer da... Meistens standen die Hangars ja leer, aber zwischendurch reihten sich auch wieder ein paar nagelneue Serien auf, vom leichten Panzer I bis zu den schweren Kolossen vom Typ III und IV, und dann half ihm der Leutnant auch auf den Turm hoch und durch die Luke in den Turm hinein auf den Sitz des Kommandanten, wo er ihm die Kurbeln, Hebel und Knöpfe für die Bedienung erklärte und den Jungen auch mal machen ließ ... dann drehte sich der Turm, hob und senkte sich das Geschützrohr.

Am *Tag der Wehrmacht*, wenn sich einmal im Jahr die Erfurter Kasernentore für die hereinströmende Zivilbevölkerung öffneten, befand sich Jörn in schwankender Stimmungslage. Er stolzierte dann zwischen den Erwachsenengruppen umher wie einer, der sich hier auskannte und Bescheid wußte und offenbar zu Hause war hinter den hohen Gitterstäben, die sonst das Zivilvolk draußen hielten. Jetzt walzten sie alle in ihren Sonntagskleidern an der Wache vorbei, als ginge es zum Schützenfest; es waren ja auch überall Buden, Stände, Kinderkarussells aufgestellt; da drehte sich wahrhaftig ein Hoppehoppereiter-Zirkus auf dem Exerzierfeld; da wurde mit Bällen nach Blechbüchsen geworfen und mit Luftgewehren auf Tonhülsen gezielt, in denen Papierblumen steckten; in der Turnhalle war im Sand der Cyrenaika-Wüste eine Bühne aufgebaut worden, wo

Akrobaten und Musikclowns herumalberten, Spektakel alles, für die Jörn ja immer auch auf den Schützenplatz zum Vogelschießenfest hinüberrannte, hier, im Standortgelände des 1. Panzerregiments, ging er mit Verachtung durch den Rummel. Er verschmähte auch die Gulaschkanone, wo es nach Linsensuppe und Erbsensuppe roch, da knubbelten sich alle die Hüte, Regenschirme, Stöckelschuhe und Lodenmäntel, die dann ehrfürchtig auch durch die Hangars und Hallen schritten und sich von schnarrenden Oberfeldwebeln doch nur Märchen erzählen ließen, denn das wäre ja glatter Verrat, all das, was Jörn als geheimes Wissen für sich behielt, vor diesen Spaziergängern auszuquatschen.

Mißmutig und gelangweilt trieb er sich herum, bis die Nachmittagsstunde am Schießstand kam. Da stand dann auch das Zivilistenvolk herum, aber die Unteroffiziere ließen vor allem die Jungens an die Karabiner und die LMGs in den Erdlöchern heran. Und ein Panzer, der kleinste vom Typ I, stand in einer Mulde, und einmal hatte Jörns Kamerad die Rolle des Anweisung gebenden Offiziers übernommen, und es kam ihm wie eine riesige Auszeichnung vor, als der schwarze Handschuh den zehnjährigen Pimpf aus einer Horde fünfzehnjähriger HJ herauswinkte und auf den Panzerturm heraufzog ... Im Kommandostand kannte er sich ja ein bißchen schon aus; jetzt lag sein Gesicht im Gummipolster des Visiers, in dem er hinter Erdwällen das aufgemalte Gebälk eines Unterstandes und die grünen Helme feindlicher Pappkameraden erscheinen sah; mit der Linken und zugleich mit der Rechten kurbelte er hin und her, bis der Unterstand genau im Mittelpunkt des Fadenkreuzes lag, dann zog er mit den Fingern der rechten Hand den Abzugshahn am Drehholm durch, und seine Hand, sein Arm, sein ganzer Körper vibrierte unter den Feuerstößen der Zweikommazwei ... kleinstes Kaliber, aber Jörn wußte, die Kanone holte auch die Spitfires und Ratas vom Himmel; das halbe Magazin ließ ihn der Kamerad leerfeuern; natürlich wußte Jörn, daß nicht scharf geschossen wurde, Platzgranaten, Manövermunition, aber das wußte ja jeder.

Schießt du immer noch so gern? Jörn blickte verdutzt. Wieso, ich schieße überhaupt nicht. Und zu Hause die Flinte im Schrank? Luftgewehr, sagte Jörn, noch nicht mal Kleinkaliber. Spielzeug, Scheibenschießen? Nein, sagte Jörn, das war in dem Jahr, als die Vögel auch nicht eine Kirsche übrigließen. Da hast du in die Bäume hineingehalten? Jörn blickte unwirsch ... Ja, jeder Schuß ein Treffer, reinstes Jagdfieber, aber seitdem steht die Flinte im Schrank ... das Schießabzeichen wollte ich nicht noch einmal machen.

Jörn fingerte in den Taschen seiner Hemdjacke nach einer neuen Packung Zigaretten. Jeder Junge, sagte er, entdeckt irgendwann einmal die Klamotten, auf die es ankommt. Ich weiß nicht, was die, wie sagt man, die Kids heute so anziehn, welche Turnschuhmarke gerade dran ist ... hast du vorhin die Wittenberger Jugend gesehen? Bomberjacke, T-Shirt, Jeans, Turnschuhe, Baseballmütze mit Schirm nach hinten ... mit achtzehn waren uns die Ringelsocken, Kreppsohlen, Cordhosen und Nickipullover ein Vermögen wert. Im Krieg fiel alle Kindermode aus. Ewig die kratzenden Bleylehosen; ein paar in der Schule trugen noch, was der Matrosenanzug war. In München, da hatte der Vater ein paar Monate lang zu tun, lief ich mit Sepplhosen, Janker und Stutzenstrümpfen herum. Die Sehnsucht ging nach Lederhose, und als sie endlich da war, kam abends ans Bett die

Mutter zum Nachsehn, ob ich sie auch ausgezogen hatte. Dann diese grausamen Jahre, da strickten die Mutter und die Großmütter die Pudelmütze und den Schal, die Fäustlinge, die Ohrenschützer, die Pulswärmer, die Strümpfe und den Pullover. Alles kratzte. Die Tanten nähten die Hemden, da lag noch grobes Leinentuch in der knarrenden Kommode, Hemden steif wie Bretter, ein frisches weißes jeden Sonntag, der Sonntagsanzug überdauerte mit seinen immer kürzer werdenden Ärmeln und immer engeren Schultern den ganzen Krieg; einmal, als Vetter Fritz in Afrika in englische Kriegsgefangenschaft kam, brachte ein Paket aus Leipzig ein paar abgelegte Sachen; die Jacke wurde aufgetrennt und passend kleingeschneidert; das gleiche geschah mit Großvaters altem Paletot; ewig surrte die Singer-Nähmaschine...

Kleiderkarten, Schuhbezugscheine, das war die Saison. Immer seltener gingen die Erwachsenen aus, langsam verschliß die alte Eleganz. Der Vater brachte aus dem Heimatdorf manchmal ein paar Lagen Sohlleder mit. Ein Sack Hautleim aus der Leimfabrik gegen einen Stapel kuhhautgroßes Leder aus der Lohgerberei, die Fabrikantenfamilien berührten sich ja in entfernten verwandtschaftlichen Zweigen; streifenweise bekam dann jeder in der Familie seinen Anteil zugeschnitten, und der alte Erfurter Schuster konnte es kaum fassen, wenn Jörn mit seinen zerlöcherten Schnürstiefeln in der Werkstatt auftauchte und zwei handgroße Stücke Sohlleder mitbrachte, die hielt er vor die schnüffelnde Nase und zog die harten Kanten tief durch die Daumenkuppe, verbog sie mit zitternden Händen; das is ja noch wie mitten im Frieden.

Als plötzlich in der Stadt die Schülermützen auftauchten, murmelten ein paar der reaktivierten Lehrer, die jüngeren standen im Feld, auch was von alten Friedenszeiten, aber damals schien nur *Parteiengezänk* geherrscht zu haben, so verlautbarte der weltkriegsverwundete Geschichtslehrer, und seit Überwindung der *Systemzeit* und Deutschland erwacht war, trage auch der deutsche Schüler keine Schülermütze mehr. Welcher Hutladen noch alte Bestände gehortet hatte, ich weiß es nicht, sagte Jörn, jedenfalls liefen auf einmal die ersten Primaner mit den tellerrunden Mützen herum, und da sah man auch gleich die Unterschiede: die vornehmen weißen, das waren wir vom Langemarck-Gymnasium, die grünen und roten trugen Himmelspforte und Humboldtschule, und auch für jede Klasse waren eigens Farben vorgesehen, Farbbänder um den Mützenrand herum; wer keine Mütze abbekommen hatte, trug wenigstens sein Bändchen im Knopfloch.

Dann kam aber auch bald der Knatsch. Die höhere Führerschaft von Jungvolk und HJ stolzierte geschlossen mit Dienstmütze über den Schulhof; der Streifendienst begann auf dem Anger zu patrouillieren; wo er auf Schülermützen traf, wurde freundlichst aufgefordert, das Tragen unvorschriftsmäßiger Kopfbedeckung zu unterlassen, aber schleunigst bitte, ein bißchen Beeilung ... Da habe ich, erzählte Rochus, doch nur gegrinst und wollte einfach weitergehen, von wegen, die Hand vom Streifenführer flappte nur einmal hoch, und die Mütze kollerte im Rinnstein ... Der Hauptbannführer schaltete sich persönlich ein, dann sah die Schulleitung sich gezwungen, man hatte ja ein Auge zugedrückt, gerade bei den Jungens von der Oberprima, die standen doch mit einem Bein schon an der Front ... Rochus, der Oberprimaner in unserem Haus, war dann auf Nimmerwiedersehen auch bald weg; die Mütze hatte er mit Kniff und schief wie die jungen Offiziere getragen; ganz stolz und ein bißchen verlegen war ich mit ihm den Schulweg gegangen; er ließ mir die Mütze zum Abschied, in meinem Zimmer setzte ich sie noch ein paarmal auf; der weiße Stoff war ein bißchen schmutzig geblieben vom nassen Laub ...

Jörn zündete sich die nächste Zigarette an; im Kännchen war noch ein Schluck Kaffee. Und endlich dann hatte der Zehnjährige die Uniform erreicht, die kurze schwarzgeriffelte Hose, das braune Hemd mit den aufgesetzten Taschen, schwarzes Halstuch, Lederknoten. Nur, als mein Jahrgang dran war, mußte ich ein ganzes Jahr noch warten ... Der Vater hatte herausgefunden, daß den Jungen drei Monate vom Eintrittsalter trennten, Jörn wollte es nicht wahrhaben, aber nach einem Schriftwechsel mit der Geschäftsstelle im Bann hatte es der Vater durchgesetzt, daß der Neunjährige erstmal zu Hause blieb, mittwochs und sonnabends, wenn Peter, der Majorssohn nebenan, auf dem Schützenplatz beigebracht bekam, die Augen links, die Augen rechts, die Augen geradeaus zu halten ... Spät nachmittags, wenn Peter heimkam und Jörn auf seinem Mäuerchen die Beine baumeln ließ, baute sich das Braunhemd mit den Händen an der Hosennaht vor ihm auf, Jörn schaute dann gelangweilt zum Kasernentor hin, na kennste das denn alles nich schon ...

Nun mußte Rupert nicht mehr warten, daß Jörn in seine *Piratenschaft* kam. Rupert hatte von uns allen die kühnsten Visionen; er war schon in der HJ, da kniff er meistens vorm Dienst, für ihn war das ein viel zu lascher Haufen. Rupert operierte absolut geheim; geheim war die Zahl der Mitgliedschaften, sie ging in die Millionen, daß keiner sie kennen und mal sehen durfte, es hatte mit den Tarnungen zu tun, die er ihnen anbefohlen hatte. Er traf sich nur mit seinem engsten Stab, das waren ein paar ausgewählte Jüngelchen, von denen keiner mehr einfacher Pirat, sondern schon Kämpfer, Oberkämpfer, Hauptkämpfer war; dann änderte er plötzlich das Beförderungssystem und schrieb mit einem roten Stummel die Urkunden für die Hochpiraten, Oberhochpiraten, Haupthochpiraten aus; für Jörn erfand er den Haupthochadjutanten. Seine Anweisungen verfaßte er in unleserlicher Geheimschrift, nur im engsten Stab waren Winkel, Kreuz und Doppelkreuz, Pfeil und Haken als Botschaften bekannt; was sie bedeuteten, durfte keiner dem anderen sagen. Lag ein roter Schnipsel vor der Wohnungstür, hieß das: Oberstes Piratenquartier; dort hatte man sich hinzuschleichen, einzeln auf Geheimpfaden, es war eine Delle hinterm Hohlweg, der hoch zur Bergkaserne führte. Die Truppe, die Rupert im Kreis um sich versammelte, hatte in Trainingsanzügen dazustehen; wer keinen Trainingsanzug besaß, wurde zum Unterpiraten degradiert, für eine Stunde, dann konnte er sich wieder bewähren. Rupert blickte jedem lange in die Augen, bis man die Augen niederschlug, dann faßte er jedem an die Hose, nickte beifällig oder murmelte was von kann ja noch werden. Dann erstattete er Bericht von den Kampfaktionen der Piratenschaft, dabei raunte er etwas von der Hölle in den Alpen, vom Sieg in Masuren, von den Opfern in den Ebenen von Sandramiloff. Wo liechten das? Schnauze! Er selber kämpfte nachts allein auf sich gestellt ... der mit dem Fallschirm abgesprungene Engländer, im Steiger die hochgegangene Munition, der rätselhaft kreisende Flakscheinwerfer ... vielsagendes Schweigen, Rupert schwörte uns auf tiefste

Geheimhaltung ein. Manchmal brach er abgelegene Gartenlauben auf, weil Jörn zu bang war, an solchen Einsätzen teilzunehmen, wurde er zum Unteradjutanten degradiert. Rupert glaubte das Oberste Hauptquartier verraten; grobe, rotgezeichnete Skizzen wiesen die Wege zu den wechselnden Hauptquartieren, das waren die aufgebrochenen Lauben, wo Rupert neue Skizzen verteilte, die Standorte von Zeltlagern der HJ, die waren auszukundschaften und von den Höhen her anzugreifen, falls die Verräter auszumachen wären. Einmal hob der Besitzer einer Gartenlaube das Hauptquartier aus. Mit den drei verhafteten Piraten marschierte er zu den Eltern. Jörns Vater war unschlüssig; er wollte sich den Rupert mal vorknöpfen. Aber Rupert ließ sich in der Straße nicht mehr sehen. Einer der Jungens flüsterte Jörn zu, der Rupert kämpft jetzt bei den Edelweißpiraten ... bei wem? Weißte doch, die ausm Fähnlein 66 rausgeflogen sind, die Messerstecher vom Schlageterplatz. Jörn verbrannte heimlich alle Skizzen. Er war ganz froh, daß Rupert verschwunden blieb. Später einmal stand seine verheulte Mutter mit ein paar Frauen vorm Haus, der Rupert ist in Rumänien jetzt, was macht er denn da, nu ja, er ist doch freiwillig zur Waffen-SS.

Als es der Vater mit der Rückstellung noch einmal versuchte, kam ein Brief vom Bannführer, der klang irgendwie bedrohlich; er mußte den Jungen ziehen lassen. Er selber hatte sich in seiner Jugend nicht mal im Christlichen Verein Junger Männer sehen lassen, zum Verdruß der streng protestantischen Eltern; in die Partei war er nur eingetreten, um es mit dem Personalchef der Firma nicht zu verderben; nie sah ihn Jörn mit einem Abzeichen am Revers oder die rechte Hand zum Gruß erheben ... daß er überhaupt PG war, erfuhr der Junge erst, als der Vater fürchtete, bei einer dieser Razzien vom Russen mitgenommen zu werden.

Jörn begriff dann erst auch gar nicht, was er sah, als Heiligabend unterm Weihnachtsbaum die nagelneue Winteruniform lag. Die Sommerkluft mit Hemd und kurzer Hose hatte die Kleiderkarte ja noch hergegeben, aber für das blaue Winterzeug halfen selbst die Bescheinigungen vom Fähnleinführer nichts... alles leer, die Dame vom Uniformengeschäft in der Neuwerksstraße, sie zeigte auf die Kleiderständer und Regale, nischt, bloß noch die Flicken zum Aufnähen dahier.

Schulterklappe, Rune,Gaudreieck... Jörn trug seine Dienstabzeichen, was heißt hier Flicken, aufgenäht auf der Bluse seines alten Trainingsanzugs. Ausgeleierte Hose, Gummibündchen, Reißverschluß, alles andere als Jungvolkuniform, aber mit der kalten Jahreszeit liefen in der ganzen Stadt alle die Zehnjährigen als Behelfspimpfe herum, nur die älteren Jahrgänge trugen das vorschriftsmäßige Tuch, auch schon reichlich verschlissen, manche hatten die Klamotten ihrer großen Brüder an, die draußen im Feld standen, auch von Onkel Hans waren ein paar zerwaschene Sachen gekommen, Chris lachte kurz auf, neunzehnvierunddreißig, das sieht ja wie nach Pfadfindern aus.

Es war Chris gewesen, noch nicht lange Vaters zweite Frau, die den dunkelblauen Blouson und die Überfallhose organisiert hatte. Als halberwachsenes Mädel war sie Mädelführerin gewesen, aber weil sie sonntags in den Gottesdienst ging und wegguckte, wenn Frau Doktor Robert Ley im Zweispänner vorbeirollte, hatte sie ein paarmal in der Geschäftsstelle der Untergauführerin antreten müssen, da wechselte sie dann aus dem Oberbergischen an den Rhein und verlegte sich auf Handarbeit und Leibesübungen. Eine der Freundinnen im Lehrerinnenseminar kam als Tochter aus einem Bonner Bekleidungsgeschäft, das hortete noch im Keller ein paar friedensmäßige Qualitäten, und weil die Stiefmutter um das Gefallen des angeheirateten Jungen zu kämpfen hatte, tat sie alles mit langen lieben Briefen, um Henriette, die inzwischen den Laden führte, als Freundin wiederzugewinnen. Es schien ihr gelungen... Jörn fiel ihr Heiligabend um den Hals; vom Christkind, das bislang die Geschenke brachte, war ja schon keine Rede mehr; nur nachts im Bett ging der Kampf mit seinem Gewissen los... hatte er denn jetzt die Mutter nicht verraten?

Am zweiten Weihnachtstag druckste er unterm Weihnachtsbaum der Mutter herum; sie war in leitende Stellung gekommen in einem evakuierten Verlagshaus und hatte ein Verlagswerk dem Jungen zum Weihnachtsfest geschenkt: Geist und Seele in der Dichtung... Für später, wenn du erwachsen bist, hatte sie als Widmung hineingeschrieben. Wie immer weinte sie ein bißchen, Jörn weinte mit, aber dann huschte ihr wieder die Fröhlichkeit ins Gesicht und, als bereitete sie ihn aufs Kavalierleben vor, mahnte sie mit erhobenem Finger: Sei lieb und nett zu Tante Chris, gib keine Widerworte und laß das Böckchenspielen sein, hilf ihr beim Tragen aus dem Keller und halte ihr die Türen auf, und wenn ihr was herunterfällt, dann bückst du dich und hebst es auf.

Wohin und zu wem gehöre ich... in seinen Tagträumen erfand sich Jörn ein Alleinesein, das ihn von so ewig quälenden Fragen zu befreien schien, ein Leben außerhalb der täglichen Wirklichkeit, und doch ganz wirklich ausgedacht mit einem Haus am See und einem Garten, der zum Seeufer hinführte und einem Kranz von Wäldern um den See herum, und hier lebte er ohne

Krieg und fast schon erwachsen mit der Mutter von morgens bis abends in Schneewintern und heißen Sommern; wenn der See zugefroren war, lief er stundenlang mit seinen Schlittschuhen auf der endlosen, blitzenden Fläche; die verschneiten Wälder erkundete er in ausgedehnten Langläufen auf seinen Skiern; für den Sommer hatte er ein Boot, dessen Segel gebläht im Wind stand, wenn es schräg über die Wasserfläche huschte und einen jungen Mann und ein dunkelhaariges Mädchen, das Rosi hieß und ein blaues Kleid anhatte, zur kleinen Insel hin entführte, die mit dichtem Wald überwachsen in der Ferne mitten im See lag...

Wann und wo sich Jörn seinen Tagträumen überließ, und sie wechselten das Haus am See oft gegen Orte aus, wie sie Gelesenes in seiner Phantasie entstehen ließen, es konnten die gleichen Zeiten und Orte sein, die in seinen Imaginationen vorkamen, weshalb beispielsweise der Junge, der sich mit seinem Rucksack voll Holz keuchend durch dichtes Schneetreiben quälte, gleichzeitig leicht und unbeschwert durch lichte Kiefernwälder wedelte – in jedem Fall halfen ihm seine Tagträume Wirklichkeiten bestehen, die im täglichen Leben zu bestehen eine Last, eine sich hinziehende Schwierigkeit war.

Der Zwiespalt in seinem Leben schien unauflösbar zu bleiben, und sich darin einzurichten gelang ihm umsoweniger, als die Trennung seiner Eltern in ihm weiterwirkte und seine Gefühle zerteilte; eindeutig blieb ihm allein die Empfindung von Ohnmacht, wie er sie immer aufs neue verspürte, wenn von Erwachsenen der Zwang ausging, ihre Entscheidungen hinzunehmen, ihren Anordnungen zu folgen, ans Unbegriffene ihrer Handlungen sich gewöhnen zu müssen.

Einmal in der Schule hatte Jörn den Geschichtslehrer

mit einer vermeintlichen Ungehörigkeit gegen sich aufgebracht. Vor die Klasse zitiert, sollte er dem verhaßten Mann gegenüber *Farbe bekennen* ... Jörn hatte diesen Ausdruck noch nie gehört, und während er herumdrucksend verzweifelt überlegte, für welche Farbe er sich augenblicklich zu entscheiden habe und wieso überhaupt, erregte sich der Lehrer in einen solchen Zorn hinein, daß er die Hand zu einer Ohrfeige ausschwingen ließ. Aber der Schlag, den Jörn mit geschlossenen Augen erwartete, kam nicht; als er die Augen öffnete, sah er nur, daß ihn die bebende Hand in die Bank zurückwies.

Siehste, wärste nich in Uniform gewesen, hättste eine gescheuert gekriegt ... Jörn fühlte sich vom zischelnden Banknachbarn noch verspottet, bis ihm dämmerte, daß er ja in seinem neuen braunen Hemd zur Schule gekommen war, ohne den verfügten Anlaß eines Gedenktages, einer Feierstunde. Obschon es sich die Schule zugute hielt, daß ihr Name das Andenken wachhielt an die siebzehnjährigen Pennäler, die mit dem Deutschlandlied auf den Lippen vor dem belgischen Langemarck kompanieweise in den Heldentod gestürmt waren, bewahrte sie sich weiterhin das Selbstverständnis eines altsprachlichen, eines Humanistischen Gymnasiums – was immer das noch heißen mochte; dem Vater jedenfalls leuchteten die Augen, wenn er vom Elternsprechtag heimkam und mit den alten Oberstudienräten gesprochen hatte, alle promoviert, selbst Mathematiklehrer und Deutschlehrer sprachen fließend lateinisch und griechisch; er erging sich dann immer in hellenistischen Idealen und abendländischen Traditionen ... Diese, so begann es ab Quinta zu lästern, diese alten Knacker schienen denn auch die Nase zu rümpfen, wenn unten die Kindsköpfe schon anfingen, was oben die jungen Herren sich herausnahmen, nämlich in voller Montur im Unterricht zu erscheinen; die ehemaligen Weltkriegsteilnehmer trugen zwar alle ihre verkleinerten Kriegsauszeichnungen am Revers, dazwischen rundete sich auch das eine und andere Parteiabzeichen hervor, doch keiner zelebrierte vor Beginn der Schulstunde den deutschen Gruß, wie es so andächtig wie stramm der Geschichtslehrer tat; die meisten strichen sich erst über die hohe Stirn oder rückten die Goldrandbrille zurecht, ehe sie die rechte Hand einmal hochknicken ließen; unnachahmlich blieb die Geste von Dr. Wolterstorff, der mit dem Pausengeklingel den linken Arm, der rechte hing ihm seit Ypern zerschmettert herab, hochfahren und mit einer Bewegung zur Tür hin kreisen und dann wieder fallen und dabei den immergleichen Singsang hören ließ: aufstehnheiitlerhinausgehn.

Was in den Köpfen dieser Männer an Widersprüchlichkeiten vor sich ging, ich weiß es nicht, sagte Jörn ... der kleine Junge aber begann zu spüren, daß mit der Pimpfenuniform er etwas trug, das ihm wie schützende Haut vorkam und zugleich wie das Merkmal einer Besonderheit, die ihn vor der Willkür der Erwachsenen zu bewahren schien. Sein Selbstbewußtsein als Pimpf hatte er erst mit der *Pimpfenprobe* gefunden, die zu bestehen ebenso anreizend wie selbstverständlich war: den Sechzigmeterlauf, der zwölf Sekunden verlangte, schaffte er in zehnkommaneun, im Weitsprung übertraf er die geforderten zweikommafünfundsiebzig mit fünfmeterundnochwas, der Schlagball flog über die Fünfundzwanzigmetermarke glatte vierzig Meter weit; Tornisterpacken und Zeltaufbauen waren längst vertraute Handgriffe; das Horst-Wessel-Lied sang im Radio ganz

Deutschland sowieso wie die zweite Strophe des Deutschlandliedes mit, und wie Jungvolkjungen zu sein hatten, nämlich hart, schweigsam und treu, die *Schwertworte* waren leichter zu behalten als die Regeln der lateinischen Grammatik.

Monatelang waren die Zehnjährigen ja noch als *Neulinge* herumgelaufen, erkennbar daran, daß an ihrer Montur der Schulterriemen und das Fahrtenmesser fehlten; nicht nur hatte der Junge mit der Pimpfenprobe Kennzeichen erhalten, die ihn mit einer neuen, so verkündete es Jochen, der Jungstammführer, Würde und Ehre versahen, Riemen und Dolch galten ja auch als Waffen, mit denen in der *Kampfzeit* die Hitlerjungen sich auf der Straße und in Wirtshaussälen gegen die *Roten Jungpioniere* gewehrt hatten; den Mord an Herbert Norkus mahnten ja alle die nach dem Berliner Kameraden benannten Plätze, Straßen, Badeanstalten an ...

Mittwochs und sonnabends, bevor an den Nachmittagen der *Dienst* stattfand, erschienen in der Schule die meisten Jungens schon uniformiert. An diesen Tagen sah es aus, als behandelten die Lehrer ihre Schüler mit einer Zurückhaltung, die nicht eben Respekt verriet, aber doch eine gewisse Vorsicht ... Backpfeifen, Rohrstockhiebe fielen ganz sicher aus, Hausaufgaben gab es auch keine, und wer schon, kenntlich an Schnüren, Litzen, Sternen, Dienststellung und Dienstrang vorzuweisen hatte, dem mutete kein Lehrer eine Blamage zu, indem er etwa den matheschwachen Fähnleinführer nach vorne an die Tafel holte. Ganz klar, das nutzten wir aus, sagte Jörn ... keine Klassenarbeit ohne Uniform, und wenn ich wußte, Montag kann es heikel werden, dann trat am Montag der Jungenschaftsführer an. So ein rotweißes Schnürchen von Knopfloch zu Knopfloch, zwei Winkel am Arm ...

da beeilte sich selbst die Blockwartsfrau, Frau Vogel, den deutschen Gruß, nein, nicht gnädig bloß zu erwidern, schneller als meiner klappte ihr der Arm hoch.

Ohne seine Uniform blieb Jörn der Junge in der alten, abgewetzten Lederhose, der in seinem Zimmer auf dem Boden lag und aus Kissen, Klötzen und Kartons Städte und Landschaften erbaute, durch die sich die Schienenstränge seiner elektrischen Eisenbahn zogen. Seit Vetter Fritz im Afrikakorps kämpfte, gehörte ihm die Anlage, die er in der Wohnung der Leipziger Verwandten bewundert und die ihm der Vater dann nach und nach von seinen Reisen mitgebracht hatte ... Er stromerte an den Ufern der Gera und in den Wäldern des Steigers herum; er kletterte über den Hofzaun hinterm Haus und versorgte sich in Dressels Garten mit Äpfeln und Pflaumen; er saß unten in der Garage im aufgebockten Auto und steuerte den Adler, nachdem ihm der Vater das Motoranlassen, Kuppeln, Schalten, Fahren, Bremsen, Lenken vorsimuliert hatte, ganze Nachmittage lang über eingebildete Straßen und Reichsautobahnen ins Rheinland zurück; stundenlang stand er neben Wim, Louis und Gerrit, den holländischen Straßenbahnfahrern, das waren bei den Fahrgästen richtig beliebte Fremdarbeiter; sie erlaubten den Erfurter Jungens, die plötzlich vom Straßenbahnfieber befallen waren, auch das Mitfahren von einer Endstation zur anderen, von der Jägerstraße in die Nordhäuser Straße, vom Schützenplatz zur Blücherstraße, von der Hochheimerstraße nach Ilversgehofen, ließen sie auch mal den Richtungsanzeiger, die Bremskurbel und mit den Füßen den Klingelknopf bedienen, was natürlich alles verboten war und mit der drohenden *Sabotagegefahr* zusammenzuhängen schien; nur konnte sich Jörn, wenn er neben dem großen blonden Gerrit stand, gar nichts Gefährliches vorstellen; in der viel zu großen, mit zwei Pullovern ausgestopften Windjacke des Vaters zog er mit seinem Schlitten zur Rodelbahn oder kurvte auf seinen Schlittschuhen über die Eisfläche im Stadion ... dagegen hielt sich der uniformierte Junge von Spielen und Spielplätzen zurück; der Pimpf klaute keine Äpfel und fuhr auch nicht schwarz mit der Straßenbahn.

Wir kleinen Jungens haben da schon mitgemacht, sagte Jörn, und nur die Eltern seufzten dankbar auf, wenn der Sohn zu jung für die Flakhelfer, den Arbeitseinsatz am Westwall oder für den Volkssturm war. Aber *Einsatz* war ja auch, wenn der Jungzug ausschwärmte und an den Waldhängen des Steigers Holunderblüten und Huflattichblätter rupfen ging ... Heilkräutersammeln hieß das, und Schädlingsbekämpfung hieß es, wenn die Jungenschaften in Zehnerreihen die Furchen der Melchendorfer Kartoffeläcker durchkämmten auf der Suche nach Kartoffelkäfern. Kein Haus in der Stadt blieb verschont, wenn im ganzen Thüringer Gau wieder ein Tag angesetzt war für das Sammeln von Altpapier und Altmaterial; jedes Fähnlein verteilte sich über seinen Standort, seinen Stadtteil; jungenschaftsweise polterte es die Treppenhäuser hoch und in die Kellerräume hinab, Sturmgeklingel ließ die Haustüren auffliegen, eilfertig lieferten die alten Leutchen aus, was sie an zerquetschten Zahnpastatuben, leeren Konservendosen, Stanniolpapier und alten Zeitungen bereitgelegt hatten; auf der Straße stelzten die Jungzugführer zwischen den Handkarren hin und her; Gemecker kam auf, wenn ein zerlöcherter Eimer gleich eine Ladung Porzellanscherben mitgeliefert hatte, soll de Kriegswirtschaft vielleich de Tassn widder zusammkittn ...

Wir Jungens, sagte Jörn, haben ja nur alte Sachen abgeholt... aber vor jeder Wohnungstür haben wir gestanden. Und es gab Tage, da schien uns die Stadt zu gehören, und als ich in der Erfurter Oktoberwoche durch die alten Gassen zum Domplatz ging, wo ich in ein paar Jahren so viele Uniformen hatte durchziehen sehen, nach den feldgrauen, panzerschwarzen, fliegerblauen Monturen den khakifarbenen Dress der Amerikaner und die speckigen Blousons der Russen, nach den braunen Hemden der HJ die blauen Hemden der FDJ, wobei das Nacheinander wie im Traum sich zu einem verwirrenden Bild der Gleichzeitigkeit zusammenschob, da kam es plötzlich wie ein gespensterhaftes Echo zurück, dieses Geräusch, das wir waren, dieser in den engen Schluchten aufsteigende Fanfarenschrei, dieses Trommelgewummer, diese hell und schneidend singenden Kinderstimmen, dieses unaufhörliche Ratschen und Scharren der im Gleichschritt marschierenden Stiefelchen, diese dann wie mit dunklen, schweren Ahnungen beladene Stummheit der auf dem Domplatz zusammengeschlossenen Kolonnen, nur das im Wind knallende Fahnentuch war zu hören...

Und auch das Geschepper war wieder da; es drang durch die Bahnhofshalle über den Vorplatz in die Restauranthallen des Hotels Kossenhaschen ein; in seiner Winteruniform hatte sich der Junge endlich getraut, die dunklen, vornehmen Räume zu betreten; mit seiner roten Sammelbüchse rasselte er von Tisch zu Tisch und nuschelte um eine Spende für das WHW; als Wolfi, der Hauptjungzugführer, am Vormittag im Heim die Büchsen unter den Jungenschaftsführern verteilt hatte, waren sie noch leer und leicht gewesen; die Gewitzten hatten von zu Hause ein paar Groschen mitgebracht, schon klirrte es wie nach ersten Opfern, die an der Spendenfront einzuheimsen wären; der ganze Winterhilfswerk-Einsatz war doch wie ein Wettbewerb angelegt, weshalb sich die erfahrenen Jungens mit regelrechtem Hausiererkram, mit Bleistiften, Kämmen, Spiegelchen eingedeckt hatten; in früheren Jahren gab es ja noch die legendären WHW-Abzeichen, eine ganze Palette kunstvoll gestalteter Medaillons, Plaketten, Anstecknadeln, aber dann hatte die Kriegswirtschaft ihrerseits Opfer bringen und sich auf die Fabrikation militärischer Orden und amtlicher Ehrenabzeichen konzentrieren müssen; Chris, die sich noch auskannte seit ihrer Jungmädelzeit, war auf die Idee mit den Laubsägearbeiten gekommen, und so hatte Jörn tagelang am Tisch in seinem Zimmer aus den Sperrholzplatten, die der Vater manchmal aus den Holzfabriken im Thüringer Wald mitbrachte, die Formen für Kerzenständer und Schlüsselbrettchen gesägt, darin war er ja ein kleiner Meister, unzählige der dünnen feinen Sägeblätter hatte er schon zwischen den Holmen des Sägebügels eingespannt und ganze Serien von Kerzenständern und Schlüsselbrettern fabriziert, die zu allen Geburtstagen und Weihnachtsfesten regelmäßig an die Eltern, Großeltern, Tanten und Onkels gingen; so viele Kerzen und Schlüssel waren in den Familien gar nicht aufzutreiben, wie Jörn immer neue Variationen sich ausdachte; vor allem umgab er die Schlüsselhäkchen mit einer Welt aus Bäumen, Blumen, Vögeln, Schafen, Rehen, Zwergen, Schneewittchen und Gänselieseln; Bilderbuchvorlagen alles, die er auf die Sperrholzplatte durchpauste und fein säuberlich mit immer kürzer werdenden Sägeblättern – die zersprungenen benutzte er wegen zunehmender Knappheit mehrmals – anging. Für die Ozeane seiner Phantasie fertigte er flottillenweise

U-Boote an; der komplizierten Schiffsaufbauten wegen stellte er die Produktion von Zerstörern und Kreuzern gleich wieder ein.

Als Clou aber hatte sich Chris ein Puppenbett ausgedacht, wofür der Vater eine regelrechte Konstruktionszeichnung lieferte und seine Frau aus einem rotweiß karierten Stoffrest die Bezüge für Kissen und Plumeau schneiderte. Jörn kramte die dicksten Sägeblätter für das Kistchenholz hervor; der Vater fand noch ein paar Nägelchen und gab aus dem Wandschrank eine Tafel des wertvollen Hautleims her, den ihm der Bruder gelegentlich ins Thüringische lieferte; im Farbkasten, den Maleronkel Erich zurückgelassen hatte, fand sich ein schlummerdunkles Blau für den Anstrich des Gestells, aus dem sich am Ende das mit Stoffschnipseln ausgestopfte Bettzeug rund und wohlig hochwölbte. Nu mußte sehn, wiede anne Anerkennung von der Reichsschlafmütze kommst, oder gehste verwechselweise mitter Kückenschar ... Wolfi höhnte ein bißchen, aber Jörn verstand nicht so recht, Jungmädelgruppen waren doch gar nicht ernst zu nehmen; mit seinem Holzzeug unterm Arm und der leeren, roten Büchse in der Hand trabte er los im beginnenden Regen.

Nach Stunden unter dem Bahnhofsvordach fühlte er sich elend. Er rührte sich kaum von der Stelle; er traute sich nicht, mitten unter die Leute zu gehen, sich ranzumachen, er stand bloß da und murmelte mechanisch sein Eine Spende für das WHW; pfennigweise, groschenweise hatte es in den Schlitz der Büchse hineinzuklicken angefangen; mürrisches Zivilvolk alles, das furchtbar eilig durch die Bahnhofshalle machte, ein braver Volksgenosse hatte einen Fuffziger spendiert, eine Frau in Trauerschwarz war noch einmal zurückgekommen und hatte dem Jungen einen Kerzenständer für ganze zwei Reichsmark abgenommen, aufundabschwenkend hörte er es in der Büchse also mächtig rasseln, trotzdem alles Niete, er überlegte schon, zurück in die Zeppelinstraße zu latschen und vorm Offizierskasino sich aufzubauen, da flog ein scharfer Zweifingerpfiff über den Platz, und an der Haltestelle vor der Unterführung sprang Gisela aus der Linie 4, die liebe alte Gisela, das Pflichtjahrmädchen, die Handballkanone, jetzt stand sie mit Schiffchenmütze auf dem Blondhaar und in der blauen Uniform der Schaffnerin vor dem verlegenen Jungvolkjungen, er war ja richtig größer geworden, nu laß dich doch mal innen Arm nehm, warum mußte denn gleich heuln, mit deinen Eltern, das war aber ooch ne Schose, deine Mutter is jetzt mal mit mir gefahrn, sah totschick aus mitm weißen Fuchs ummen Hals... nu warte doch... der Jan, der is der reinste fliechende Holländer; ungeduldig hatte der Straßenbahnfahrer zu klingeln begonnen, aber bevor Gisela wieder aufs Trittbrett der anfahrenden Tram sprang, hatte sie ein Markstück aus ihrer umgehängten Fahrscheinkasse geklickt und Jörn in seinen Büchsenschlitz gesteckt und dabei ihre Lippen auf seine nasse Nase gedrückt; vom Trittbrett winkend hatte sie noch gerufen, nu mach doch mal ins Kossenhaschen rein, dann war die Bahn um die Ecke gequietscht und am Hotel vorbeigerattert; Jörn sah noch, wie Gisela bis zum Verschwinden der Bahn ihren Daumen zu der langen Fensterfront hochschnellen ließ.

Er stand ein bißchen benommen, aber es war schon mit dem Pflichtjahrmädchen so gewesen, daß es den Jungen, wenn er sich knatschig aus der Küche drehte, rasch wieder auf Trab brachte... Jörn, mit seiner Sammelbüchse gewaltig rasselnd, marschierte am goldroten

Livree des Portiers vorbei in die Halle und gleich weiter die breite Treppe hoch ins Restaurant. Beschreiben, sagte Jörn, kann ich es nicht; ich hatte gar keine Augen für dieses filmhaft unwirkliche Interieur mit seinen Säulen, Palmenkübeln, Sesselecken und Tischgruppen, an denen dunkle Anzüge, Pelzjäckchen und lange Kleider mit großen Ausschnitten saßen, dazwischen blaues Tuch von Luftwaffe mit aufblitzenden Schnüren und Litzen; weißbefrackte, silberhaarige Kellner schwebten hin und her zwischen den Tischen und Flügeltüren; ein südländisch aussehender Geiger stand auf einem Podest vor einem weißen, aufgeklappten Flügel und dehnte, begleitet von Piano, Baßgeige und Akkordeon, die Melodie von *Sing, Nachtigall, sing* in schmachtende Länge ... Jörn schien kein Gespür dafür zu haben, wie sein Büchsengerassel das Geigenspiel übertönte; der Oberkellner war hinter einer Säule hervorgetreten, hatte seine Hand auf die Schulterklappe der Uniform gelegt und den Jungen sanft zur Drehtür schieben wollen, da fuhr hinter einem Ecktisch ein schwarzer Ärmel hoch und winkte den Jungen mit einem knappen Ruck heran. Es war eine hochgewachsene Gestalt, die am Kopfende der kleinen Tischgesellschaft saß; über der steilen Stirn scheitelte sich das straff zurückgekämmte schwarze Haar in zwei ungleiche Hälften, die schmale Nase begleiteten die Falten des scharfgeschnittenen Gesichts, aus dem die hellen, belustigt blitzenden Augen auf den Jungen schauten. Na, der Herr Jungenschaftsführer sorgt ja mächtig für Getöse hier. Jörn nahm Haltung an und schluckte; er fühlte sich beklommen vor der schwarzen, vornehmen Uniform, die das Deutsche Kreuz in Gold und das Kriegsverdienstkreuz I. Klasse dekorierte; silbernes Eichenlaub schimmerte auf den Kragenspiegeln, sonst fehlte alles Lametta; ganz sicher stand er vor einem hohen Dienstgrad; in den Rangabzeichen der SS kannte sich Jörn nicht so aus.

Nun mein Junge, was hat er denn da unter seinem Arm? Jörn stellte die Büchse auf den Tisch und zeigte sein Puppenbett vor. Es wanderte gleich durch die Tischrunde, begleitet vom Schmunzeln der Herren und den Entzückensrufen der Damen. Sieht fast nach eigener Fabrikation aus ... Jawoll. Na, was meinst du, meine Teure, da hätten wir doch was für unsere Karin ... Der hohe Dienstgrad wandte sich gegenüber dem geflochtenen Haarkranz und dann wieder dem Jungen zu. Unsere Karin ist ja fast so groß wie du, aber bis zu den Jungmädeln ist noch ein bißchen Zeit, deshalb kann sie ja noch mit ihren Puppen spielen ... hat unser Jungenschaftsführer denn auch ein Schwesterchen? Bedaure gehorsamst, nein. Die Gesäßtasche gab eine flache braune Geldbörse her; Jörn hielt den Atem an, als er ein Fünfmarkstück aufglänzen sah und in die Büchse hineinklacken hörte, und sein Atem blieb stehen, als sich zwischen schmalen langen Fingern ein Zwanzigmarkschein zusammenrollte und in der kleinen runden Öffnung unterhalb des Schlitzes verschwand. Die Herren haben natürlich heute alle ihre, ha ha ha, Spendierhosen an ... Die Büchse machte die Runde, und jeder der schmunzelnden Herren schüttelte sie nach einer kräftigen Spende so eifrig, daß die Damen anfingen zu applaudieren; selbst von den Nebentischen hatten sich einige Zivilisten erhoben und, nach einer Verbeugung in die Runde, ihr Spendenopfer der in der Tischmitte leuchtenden Büchse zugehen lassen, dabei ging dann auch der ganze Rest an Laubsägearbeiten mit weg ... Jörn glaubte ein Wunder zu erleben; als er die Büchse aus den Händen der schwarzen Uniform wieder in Empfang nahm, sackte sie ihm erst einmal weg, so schwer war sie geworden ... Schluck Apfelsaft zur Stärkung? Danke gehorsamst. Name? Jörn Winter. Ha ha, Winter wie Sommer ... Standartenführer Sommer, hat mich kolossal gefreut, machs gut, mein Junge, und Sieg heil. Jörn salutierte und trat ab.

Zu Hause, sagte Jörn, habe ich dann erzählt, das Puppenbett sei an die Luftwaffe gegangen, und da räusperte sich der Vater, und Chris strahlte auf ... ich wußte nicht, wie sie auf den Standartenführer reagieren würden, in der entfernten Verwandtschaft hatten wir ja selber einen, aber in diese Richtung wurde immer auf eine Weise geschwiegen, daß ich mich nicht traute, die Tischrunde im Kossenhaschen näher vorzustellen. Ein bißchen schlechtes Gewissen deshalb, auch als beim nächsten Appell der Fähnleinführer die drei Sieger des Wettbewerbs vor die versammelte Front rief ... das Sieger-Abzeichen ging an die beiden Hordenführer, die mit einem Sack voll Kriegs-Heftchen als Sammelgemeinschaft losmarschiert waren, und dann stand schon der kleine Jörn vorn, er begriff erst gar nicht, als der Fähnleinführer seinen Namen aufrief, der Hintermann mußte ihn richtig anschubsen, hundertfünfzehn Reichsmark waren in seiner Büchse drin.

Der rote Doppeldecker war wieder gelandet und bis vor den Zaun gerollt. Wesseling sprang aus dem Cockpit; Großvater und Enkelkinder kletterten hinterher und steuerten gleich in die Gaststätte hinein; mit Bier- und Cola-Dosen kamen sie heraus und setzten sich an den Tisch zu den Sportsfreunden, von denen einer, ans Geländer gelehnt, zeitweilig von Frau Uschi das Funksprechgerät übernommen hatte. Die Enkelkinder, nach ihrem Flugerlebnis befragt, nuckelten an ihren Strohhalmen und brachten ein paar Wortstummel hervor, die der Großvater nachsichtig ins Flugtechnische übersetzte; er schien sich auszukennen, Jahrgang 26, wie Wesseling später erwähnte, von der Flieger-HJ freiwillig zur Luftwaffe, ein paar Einsätze noch mit der Ju 88, jetzt kommt er wieder zum Segeln und spart sich einen Vogel zusammen, vor der Wende hatten wir ja keinen Flugsport hier, dann sprangen die Kinder plötzlich auf und rannten über die Wiese zum Zaun, wo der kleine Trupp Fallschirmspringer über die Piste zu einem blauen Hochdecker ging.

Wesseling hatte inzwischen das Funksprechgerät übernommen; er hielt es am Ohr und sprach etwas hinein, ehe er sich vom Tisch der Sportsfreunde löste und sich kurz an unseren Tisch setzte. Für die Herren alles ein bissel interessant? Wir nickten. Nun ja, unsere kleine Welt hier ... Jörn wollte wissen, er beobachte es ja schon die ganze Zeit, warum so viele Maschinen nach der Landung gleich wieder durchstarteten. Datschengau. Datschenwas? Touch and go ... Wesseling erläuterte knapp das Manöver ... Starten und Landen für den Flugschüler das Entscheidendste, und mit dreitausend Metern Piste ganz ideale Verhältnisse hier, in der Luft geht dann alles so gut wie allein, wie wärs denn mal, ich hab 'nen Flugschüler hier, der ist über siebzig ... Sein gebräuntes, jungenhaftes Gesicht lächelte uns an, dann blickte er mit zusammengekniffenen Augen, die in ihren Winkeln in winzige Fältchen übergingen, wieder ins Gelände hinaus; das blonde, kurzgeschnittene Haar fiel seitlich über seine Stirn; im Weiß von T-Shirt, Shorts und Reeboks sah er wie ein Tennislehrer aus.

Jörn druckste an Fragen herum, die er nicht zu stellen

wagte, denn Wesseling war anzusehen, daß er sich auf das Geschehen im Flugbereich konzentrierte. Die Fallschirmspringer, sechs junge Oranienburger, waren einer nach dem anderen in die blaue Cessna geklettert, die aufbrummend sich langsam und schaukelnd in Bewegung setzte. Ein Monteur winkte kurz; er hockte unter dem robusten Motorkopf der maisgelben Maschine, die mit ihrem hochgestelzten Fahrwerk und der langen aufgesetzten Kanzel wie ein veraltetes Kampfflugzeug erschien... Wesseling schüttelte den Kopf, Z-37, tschechische Agrarmaschine.

Vielleicht, sagte Jörn später im Wagen, kommt noch mal die Gelegenheit für ein langes Miteinanderreden. Ich weiß ja nicht, was Wesseling meinte ... er hatte, als ich zum ersten Mal hier saß, ein bißchen erzählt und nach einem Schweigen dann gesagt: irgendwann holt einen die Vergangenheit ein ... Er hatte noch etwas sagen wollen, aber Sportsfreunde standen plötzlich am Tisch, und alles brach ab ... Für eine Weile hatte ich ganz allein auf der Terrasse gesessen, ein paar Fotos, ein paar Notizen, dann war Simba angewedelt gekommen, gleich hinterher dieser drahtige Junge im Tennisdress; er setzte sich zu mir an den Tisch, und es schien nur kühle Aufmerksamkeit zu sein, mit der er auf mein Interesse reagierte; für einen Moment hatte er gedacht, ein Mann von der westlichen Fliegerei wartete auf seinen Piloten hier. Aber dann war er richtig aufgetaut; von den Vergangenheiten des Platzes seit 1936 hatte mir ja schon Demuth erzählt, und Wesseling schien daran nichts auszusetzen zu haben, Flieger waren Flieger, hier tauchten eben immer wieder Vereinskameraden auf, die das Gelände noch seit ihren Kriegseinsätzen kannten, Söhne auch von alten Luftwaffenpiloten; für ihn, den Hochschulingenieur, war Fliegerei Beruf, Berufung, Leidenschaft, dreitausend Flugstunden war er für die NVA geflogen, mehr als die Hälfte in Strahlflugzeugen, als Oberstleutnant war er von der Bundeswehr ja auch übernommen worden, mit seiner Qualifikation als Navigations-Fachoffizier, nun ja ... ein paar Sekunden lang hatte er die Augen noch enger zusammengekniffen, aber dann hatte es fast trotzig geklungen, der Sprung eben ins kalte Wasser, die Selbständigkeit, der Flugsportverein mit den Kameraden vom Jagdgeschwader Holzdorf, noch lag ja auch der Sowjetrusse mit seinen Maschinen hier, trotzdem, der Genosse Kommandeur war ungeheuer großzügig gewesen und hatte den alten NVA-Kollegen die ersten privaten Starts erlaubt, jetzt betreibe der Flugplatz eine regelrechte GmbH, technisch alles o.k., trotzdem täglich alles Improvisation, wer einmal hier war, der kommt wieder, erstrebenswertes Ziel für ihn, daß hier 'ne heile Welt bleibt.

Es war später Nachmittag. Unsere Tochter lebt jetzt im Rheinland, sagte Wesseling, als wir uns von ihm verabschiedeten ... Wenn Sie morgen in Berlin sein wollen, ich fliege mit der Antonow nach Tempelhof ... nach Tempelhof? Jörn machte ein ungläubiges Gesicht; ihm war die Luftbrücke und alles eingefallen, und jetzt mal einfach so mit einer russischen Maschine ... Ja, und abends vor Sunset wieder zurück, kein Problem. Jörn versprach, ich komme bestimmt wieder. Am nächsten Sonntag steigt hier unser Flugsportfest ... Jörn nickte, aber er sagte dann auch, wie aufregend schon ein normaler Flugtag sei. Na soviel war ja heute auch nicht los ... das Funksprechgerät rauschte auf, und Wesseling nahm es zum Ohr hoch. Simba kam uns in großen Sprüngen entgegen, als wir in die Gaststätte zum Bezahlen gingen. Frau Uschi kam aus der Küche, sie sah ein bißchen abgespannt aus. Jörn lobte ihren Streuselkuchen. Simba lief uns bis zum Wagen nach.

Jörn fuhr langsam der vielen Schlaglöcher wegen; vor der Pferdekoppel, hinter der die beiden russischen Doppeldecker hochragten, hielt er noch einmal an und machte ein Foto. In der Luft war das leise Geräusch eines Flugzeugmotors zu hören, das plötzlich zu einem tiefen Brummen anschwoll und dann ebenso plötzlich abbrach; es kam von der blauen Cessna, die sich in die Dreitausendmeterhöhe hinaufgeschraubt hatte, in der sie nur mehr wie ein winziger Metallkörper aussah. Mit dem abgebrochenen Motorgeräusch schien die Maschine für wenige Augenblicke still zu stehen, in denen sich, nacheinander, sechs winzige Punkte in schrägem Fall von der Maschine entfernten. Nicht lange, und die Fallbewegung schien aufgehalten, als wie plötzlich aufgefaltete Blüten sechs winzige Schirme in der Luft hingen, die sich torkelnd und pendelnd zu einem schwebenden Kreis zusammenfanden. Es waren die sechs Oranienburger, die aus dem hohen klaren Blau herabsanken, unendlich langsam, daß es aussah, als hielten sie inne und trieben auf einer Luftfläche daher, wo sie auseinanderschwebten und wieder einander näherkamen, bis die Fläche in eine schiefe Ebene überging, auf der sie rasch in die Tiefe sackten, wo sie gleich wieder ein warmer Luftstrom auffing und für eine Weile in einer Schwebe hielt, die das Schicksal, nie wieder zur Erde zurückzukehren, ganz selbstverständlich wie einen natürlichen Zustand vortäuschte. Aber dann ging alles rasch, und man konnte das leise Rauschen und Flattern der bunten Segel hören, die alle nicht die pilzrunde Form eines Schirms hatten, sondern eher raupenhaften Wülsten glichen, aufgeblähten Flügelstümpfen, an denen rote, pendelnde Figürchen hingen, die während der letzten Meter im senkrechten, langsamen Fall sich der Erde näherten; sanft setzten die Springer einer nach dem anderen ihre Füße ins Gras, auf dem die nachsinkenden Schirme zu flachen Bündeln zusammenfielen.

Auf der Straße zwischen Schmiede und Dorfkrug stand Herr Demuth und schlug mit den Armen um sich. Kalle hatte die Dachpfannen und alten Sparren des Anbaus heruntergerissen, dabei war er auf ein Hornissennest gestoßen. Es schien fast leer zu sein, aber ein paar der schwarzgelben Riesen summten gefährlich um die Männer herum; Kalle war es noch gelungen, eine Flasche voll Zuckerwasser an einem Balken aufzuhängen; unter dem Hoftor stehend wartete er, daß sich die erste der Hornissen auf dem Rand der Flaschenöffnung niederließ; Herr Demuth war in die Schmiede geflüchtet, wo in der dunklen Kaminecke ein kleines Feuer brannte.

Die Sonne war hinter den Bäumen des Schloßparks verschwunden; es war ein warmer Abend. Wir saßen unter der Kastanie an unserem Tisch, von wo der Blick über den kleinen Sandplatz auf die beiden Dorfstraßen und die dazwischenliegende Weide ging. Am Zaun trabten die beiden Haflinger hin und her, dann blieben sie stehen, schüttelten schnaubend die Köpfe und wieherten einmal kurz auf. Herr Demuth, mit einer blauen Mütze auf dem Kopf, ging mitten auf der Straße zur Weide hin, wo ihm die Pferde ihre langen Hälse über den Zaundraht entgegenreckten.

Die Hornissen schienen verschwunden, aber Kalle hatte die Arbeit auf dem Dach für den Rest des Tages eingestellt. Vor dem Anbau lagen Ziegel- und Dachlattenreste, die er mit dem Fuß zusammenschob; dabei äugte er zu der Flasche hoch, aber im Zuckerwasser schwamm nur eine Wespe. In der Tür zur Gaststätte tauchte Kuli mit einem Tablett voller Biergläser auf, das er über die Straße zum Nachbartisch balancierte, an dem ein paar Männer in blauen Overalls saßen; die beiden letzten Gläser stellte er vor uns auf. Ein alter Traktor kam tuckernd die Dorfstraße hoch und blieb dann auf dem Sandplatz mit laufendem Motor stehen; der junge Mann mit Gummistiefeln und kurzer Hose sprang herunter und wechselte mit dem Nebentisch ein paar Sätze, offenbar ging es um eine ausgebliebene Fuhre Stroh, dann schwang er sich wieder auf seinen wippenden Eisensattel und tuckerte in Richtung Korea weiter. Lisa stand jetzt neben Kalle, ihrem Mann, der mit den Füßen noch ein paar Ziegelreste wegbeförderte und dann durchs Tor im Hof verschwand; Lisa rief ihm etwas nach, verschränkte die Arme und wechselte, die Straße hinauf- und hinabblickend, unter die Kastanie. Eine Bemerkung für den Nebentisch, die Männer lachten auf; uns fragte sie, wies denn mit dem Hunger steht... Mächtig. Kotelett, Kartoffeln, Salat? Wunderbar. Lisa zeigte in den wolkenlosen Himmel. Det bleibt noch ein paar Tage so.

Jörn blätterte in seinem Notizblock. Auf ein paar Seiten waren Zeichnungen zu sehen, Kritzeleien, die nach Lage- und Wegeskizzen aussahen. Verlegen lächelnd schaute er auf und nahm einen Schluck... Ich kann wirklich nix, aber im Niederen Fläming genügt ja schon ein Strich, und du hast eine Horizontlinie. Du magst die Gegend? Jörn schaute zum Schloßpark hinüber. Vor ein paar Tagen war Inger wieder da, die Dänin, eine wunderbare Dichterin ... sie hat mal ein paar Monate im Schloß gelebt, und als sie jetzt zu Besuch kam, saß sie auch im Krug hier. Wir erzählten ein bißchen, und sie sagte, die Gegend hier bringe ihr die Kindheit zurück, ihr komme alles wie damals vor, die Seltenheit der Autos, die Stille, die Gärten, die Sehnsucht nach der Ferne ... Jörn blätterte wieder und las: die Landschaft der Kindheit öffnet sich; unterwegs in der Geschichte der Kiefernwälder, die Geschichte der Tarnungen und Verstecke, der Fluchtbewegungen und Kämpfe; die Fortsetzung der Zeitlosigkeit ...

Jörn steckte den Notizblock weg, als Lisa mit dem Essen kam; Kuli trabte mit dem Bier hinterher. Den Salat und die Kartoffeln haben wir im Garten; wenn was fehlt ... Frau Demuth stand in der Tür zur Gaststätte und schaute zu uns herüber. Die Koteletts waren riesig; bevor Jörn loslegte, zögerte er einen Moment ... ich habe wirklichen Hunger, ich bin geradezu gierig auf was der Garten hier hergibt ... hast du Hunger auf Kartoffeln, wenn du in Düsseldorf oder Frankfurt essen gehst, bestellst du im Schloßhotel Lerbach etwa ein Kotelett? Du zelebrierst die Speisekarte und läßt die Nase überm Weinglas kreisen; die Zeche wickelt die Kreditkarte ab ...

Jörn begann schnell zu essen, fast hastig, als fürchtete er, es könnte ihm einer den Teller wegnehmen. Vom Vater hatte er mitbekommen, wie es war, zwischen zwei Zuganschlüssen, in einem überfüllten Bahnhofsrestaurant, wo die einzige, hoffnungslos überforderte Kellnerin fünf Minuten vor Zugabfahrt den Eintopf brachte, die Terrine noch leerzulöffeln. Erst im Alter, sagte Jörn, sah ich ihn langsam und in Ruhe speisen ... bei mir tickt sie immer noch ein bißchen, diese Beeilungsmaschine: das Gedränge in der Kantine, Vokabeln durchgehetzt in der Schulpause, die Handvoll Kirschen ist geklaut, es schellt und wer riecht jetzt die Heimlichkeiten aus der Schwarzschlachterei, ins Mittagessen jaulen die Sirenen hinein...

In der Oktoberwoche in Erfurt, sagte Jörn, als ich alle die täglichen Gehwege des Jungen so selbstverständlich wiederaufnahm wie eine kurz unterbrochene Gewohnheit, kam ich an ein paar Läden vorbei ... sie erschienen mir unverändert seit den Wochen vor und nach dem Ende der Kämpfe, da war die zuvor so eingeschränkt wie perfekt funktionierende Versorgung zusammengebrochen und in lauter Chaos, Improvisation und Zufall übergegangen: Nachrichten von plötzlichen Zuteilungsschüben mobilisierten die Hausgemeinschaften aus den Kellern heraus; wo eine Brotladung, ein Kessel Wurstsuppe, ein Fuder Spinat zu erwarten war, formierten sich, ob Alarm oder nicht, rasch die Warteschlangen, und da standen sie dann und ruckten in Dreierreihen zentimeterweise weiter, die Frauen alle mit Kopftüchern, die Humpelgreise mit stinkenden Tabakspfeifen, die zu keinem Appell mehr antretenden Pimpfe, und dazwischen mit Rucksäckchen der kleine Jörn ... Chris hatte die Beschaffungsaktionen organisiert: wenn sie vorm Fleischer stand, lehnte er am Zaun der Gemüsegärtnerei; wenn sie auf ein Stück vom Butterklumpen wartete, hockte er mit seinem Dackel auf der Rinnsteinkante vor der Bäckerei ... den Vater hatte noch der Volkssturm geholt.

Ein paar Mal hatte der Jungenschaftsführer sich vorzudrängeln versucht, aber in diesen von Trümmerstaub durchwehten Tagen machte seine Uniform nichts mehr her, im Gegenteil, Mißmut zischte auf das Braunhemd herab, unsanft wurde der Kleine an seinem Schulterriemen zurück in die Schlange befördert; die Drohung eines Parteiabzeichens, ihn bei seinem Fähnleinführer zu melden, brauchte Jörn nicht mehr ernst zu nehmen... Wolfi, gerade befördert, weil Helmut an die Front ging, war ja auch schon bei der Flak; beim nächsten Mal aber stand er in seiner Lederhose mit an, zwischen nervösen, übernächtigten Gesichtern, alle wie auf dem Sprung; eine zukrachende Haustür, und jeder zog den Kopf ein; ein paarmal lag die ganze Schlange flach, weil Tiefflieger über die Dächer jaulten, anfangs waren es ja noch die eigenen vom Fliegerhorst in Bindersleben, aber vor denen war man auch nicht mehr sicher seit den Abstürzen im Stadtgebiet... Einmal hatte es Jörn aus dem Bett geschmissen; ein scharfes Rauschen, als ziehe es über seinem Kopf das Dach mit weg, hatte die Nacht zerrissen; Sekunden später war die Maschine in die Gärten geplatzt und das Fenster war ins Zimmer geflogen; im offenen, schwarzen Viereck hatte Jörn die Feuersäule sich ausbreiten sehen; in der Frühe war er gleich hingerannt und hatte, wo vor Stunden noch ein weißes Gartenhäuschen stand, am Rand eines schwelenden Trichters gestanden; eine blaue Uniform hatte ihn gleich weggezogen hinter die Leute, die zwischen Laubentrümmern, zerfetzten Obstbäumen und den Resten der Ju 88 herumräumten; aus der Dachlattenasche hatte er noch einen angekohlten Fetzen Fallschirmseide herausgezogen und dann gleich wieder fallengelassen, als der Dackel, der aufgeregt mitgelaufen war, mit einem blutigen Knochenstück aus den Erdbeeren kam.

Bald nach den letzten Kampftagen standen die Schlangen wieder an; sie schienen länger geworden, langsamer; sie kamen mir, sagte Jörn, fast gelassen vor, entspannt, wie erlöst. Zu oft hatte sie Luftgeheul auseinandergetrieben, nach verlorenen Stunden, denn die Brotregale, Blumenkohlstiegen waren wieder oder immer noch leer. Nun hielten die Frauen ihre Gesichter in die warme Frühlingssonne, einige hatten Strickzeug zwischen den Fingern, und neugierig schauten sie den Jeeps und Lastwagen nach, aus denen die amerikanischen Soldaten lässig ihre Beine heraushängen ließen. Wildes Durcheinander kam nur auf, wenn aus den offenen Geländewagen glitzernde Packungen geflogen kamen; dann fischte und grabschte es quer durch die Menge, rollten kreischende Bündel von Kindern auf dem Asphalt, und durch die Luft wehte ein Hauch von noch nie gerochenem Benzin. Nur einmal war die Schlange ganz betreten gewesen; alle Gesichter, als suchten sie etwas in den leeren Einkaufstaschen, hatten sich heruntergebeugt ... ein Militärlastwagen war kurz stehengeblieben, und hinten hatten kahlgeschorene Männer in gestreiften Sachen heruntergeschaut. Zwei Monate später, als die russischen Panjewägelchen vorbeizockelten, standen die Schlangen stumm und wie erstarrt, mit dem Rücken zur Straße, die Gesichter abweisend, zusammengekniffen die Lippen; Frauen mit Fahrrädern klammerten die Hände fest um die Lenker.

Und dann sah man sich ein paar Tage lang wieder, als es an die Depots in den Kasernen ging. Ich weiß nicht, sagte Jörn, wie und wann in der Stadt überall die Plünderei ausbrach, da hieß es zuerst, die losgelassenen Ostarbeiter räumen jetzt die Stadt leer ... ich sehe nur, wie alle die Hausgemeinschaften mit Kisten, Kartons und Stoffballen auf den Schultern durch die Straße ziehen, und auch der Vater wuchtete einen Karton nach dem anderen die Treppen in die Wohnung hoch ... er war ja wieder zu Hause; mitten in der Nacht war er mit seinem Köfferchen aufgetaucht, so etwas wie Panik in den Augen; im Steigerwald, wie fern sich hinziehendes Gewitter, rollte Geschützdonner auf und ab; ein Ritterkreuzträger hatte Verteidigung bis zur letzten Patrone befohlen, aber von Wehrmacht waren in den Kasernen nur ein paar Verwundete und letzte Reservistenreste übriggeblieben; seinen Offizierskameraden hatte Jörn zuletzt vor Monaten gesehen, er war zweimal befördert und bis zum Deutschen Kreuz in Gold ausgezeichnet worden, er hatte immer noch sein jungenhaftes Lächeln und grüßte, als er aus dem Kasino kam, mit dem linken Handschuh, der rechte Arm fehlte ... Der Vater hatte die Panzerfaust einfach in die Ecke gestellt und gesagt, er gehe jetzt nach Hause. Mit ein paar Leuten von der Partei war es zu Wortwechseln gekommen, aber von den alten Zivilisten war es keinem mehr nach Endsieg zumute; still und heimlich hatte es einer nach dem anderen dem Vater nachgetan, und nachdem auch die Parteileute, plötzlich in Zivilanzügen, in einem zugehängten Audi verschwunden waren, hatte sich das letzte Aufgebot an Volkssturm restlos verkrümelt.

Chris, sagte Jörn, hatte ja noch die Geschichte von der stolzen Waldbröler Pfarrersfrau hervorgeholt, die in den letzten Weltkriegswochen regelrecht an Hunger gestorben war: sie hatte darauf bestanden, nur von den zugeteilten, den gottgewollten Rationen zu leben, und dabei waren die Bauersleute, die ein paar Eier, eine Speckseite dem Pfarrershaushalt angeboten hatten, nur gute Christen, keine Schwarzhändler gewesen ... und auch der Vater hatte lange schweigend gegrübelt. Aber dann hatte er angefangen zu argumentieren, bis er am Ende seines Monologs sich zu der Erkenntnis durchgerungen hatte, daß jetzt nicht unter die Räuber fallen dürfe, was die geschlagene Wehrmacht zurückgelassen habe, herrenlose Fabrikate der Kriegswirtschaft, all das sei nunmehr unser Eigentum, von Deutschen, von unserem Steuergeld bezahlt ... Und damit schienen seine Skrupel widerlegt, hatte er sich vor der Verachtung seiner selbst bewahrt, als er mit der Hausgemeinschaft loszog.

Jörn war ganz erleichtert gewesen, daß ihm der Vater verboten hatte, mitzugehen und dabei das vertraute Interieur seines Kasernengeländes in einem Zustand wiederzusehen, von dem er noch nicht wußte, ob es ihn beschämte oder belustigte. Er hing oben in einem der Fenster; die fehlenden Scheiben ersetzten Pappdeckel mit eingeklebten Glasscherben; er schaute in die Straße hinab und zum Kaserneneingang hinüber. Am Tag zuvor hatte vor dem Wachhäuschen ein Jeep und ein mit zerschrammten Luftwaffen-Kennzeichen versehener Opel-Blitz gestanden, von dem zwei abgerissene feldgraue Uniformen heruntergeklettert waren. Die über das Opeldach ragende Leiter hatten sie gegen die Gebäudefassade gelehnt, und während der eine Gefreite die Leiter festhielt, stand der andere hoch oben unter den ausgebreiteten Fittichen des Reichsadlers, der auf einem Mauersockel vor der Gebäudekante saß. Außer dem schwarzen Amerikaner, der seine Beine aus dem offenen Führerstand baumeln ließ, und den beiden Jeep-Fahrern, die mit hinterm Nacken verschränkten Händen in ihren Sitzen lehnten, sah niemand dem Feldgrauen zu, der mit Hammer und Meißel das von einem Steinkranz, den die Fänge des Adlers umkrallten, eingefaßte Hakenkreuz anging. Es war ein sonnenwarmer, stiller Vormittag, und Jörn hörte nichts als die Schläge des Hammers und das gelegentliche Klirren des Meißels, wenn er von einem der granitharten Kreuzbalken absprang; der Landser ließ dann seine Arme herabsinken; einmal, bevor er den Meißel, von oben nach unten, wieder ansetzte, hatte er seine Feldmütze dem Kameraden unten zugeworfen; der zündete sich gerade die Zigarette an, die aus dem Jeep zu ihm hingeflogen war.

Was hast du denn dabei dir gedacht? Ich weiß es nicht mehr, sagte Jörn, so viel, was ich gesehen habe, fällt mir jetzt erst wieder ein ... ich weiß auch nicht, wie es mir vorkam, als ich unten, in der Mitte der Straße, die vielen Leute hin und her ziehen sah; einige kannte ich, alle die Offiziersfrauen, die Blockwartsfrau, die Luftschutzwarte; einzeln oder in kleinen Gruppen gingen sie an den weit offenstehenden Gittertoren vorbei in die Kasernenstraßen hinein, nach einer Weile sah ich sie wieder herauskommen, alle beladen wie bei einem Umzug, die Frauen meist paarweise einen großen Karton oder einen zugepackten Wäschekorb zwischen sich tragend, einige schoben hochbeladene Kinderwagen vor sich her; die aus der Stadt herangeströmten Leute, viele alte Männer darunter, waren mit Leiterwagen oder zweirädrigen Handkarren gekommen; zwei größere Jungens, die Jörn von einem Bunten Abend der HJ her kannte, hatten einen Wehrmachts-Anhänger organisiert ... Es lief alles wie normal, richtig ordentlich, ganz ähnlich dem Getrage und Geschiebe auf den Parkplätzen vor dem Eingang in den Selbstbedienungsmarkt, Jahrzehnte später.

Am nächsten Tag, sagte Jörn, bin ich dann doch losgelaufen ... die Kasernentore waren zugezogen, und davor stand wieder der Jeep. Da bin ich das Stück in die Gärten hoch, wo sich der Eisenzaun unbemerkt überklettern ließ, und während ich dann zwischen den Gebäuden über die Straßen, Wege und verwilderten Grünstreifen rannte, die Buschreihen als Sichtschutz vor dem Jeep draußen benutzend, begann ich zu ahnen, daß dies der Abschied von meinem Spielgelände und einer Zeit war, die der Junge rasch hinter sich bringen müßte – er wußte nicht warum, aber er spürte es. Er rannte nicht mehr; er ging jetzt langsam, manchmal blieb er stehen, umgeben von einer Leere, wie er sie noch nie wahrgenommen hatte. Das weite Terrain der Hallen und Garagen, der Werkstätten, Schuppen und Hangars lag da, wie es ihm vertraut war, und es kam ihm fast selbstverständlich vor, daß es verwüstet war. Es war nicht sehr verwüstet. Es war ein verlassenes Terrain; stellenweise war es mit Glasscherben übersät; die Hallentore standen offen; Kistenreste, leere Kartons lagen in kleinen Haufen herum; aus einer der Hallen kam leichter Brandgeruch. Ein paar Gebäude waren von Granaten getroffen; Splittereinschläge verteilten sich auf Wände und Mauern. Ein paar der Birken lagen umgeknickt, dazwischen klafften kleine Trichter, aus denen sich zerborstene Leitungen hochkrümmten. Der Bunkereingang in ein Munitionsdepot stand offen; als Jörn davorstand, wehte ihm kalte Luft entgegen. Er tastete sich ein paar Schritte in die Dämmerung hinein, aber er kam nicht weit, seine Füße standen im Wasser, und nachdem sich seine Augen an das Dunkel gewöhnt hatten, sah er, daß es rotgefärbtes Wasser war, eine ganze Wasserfläche, die sich weit, bis zum kaum sichtbaren Ende der riesigen Betonkammer ausdehnte, und das einzige Geräusch, das er hörte, war das Tropfen von Wasser, das Rinnen von Wasser, aber er konnte nicht sehen, woher das Wasser kam, von der Decke, aus den Wänden, aus einem Rohr, einer Leitung; er sah es nicht, er drehte sich um und stelzte mit hochgestaksten Schuhen in die gleißend helle Sonne hinaus.

Auf der Straße draußen kam ihm Peter entgegen, der Majorssohn von nebenan ... Jörn hatte einmal seinen Wiener Dialekt verspottet, da hatte ihn der Vater zurechtgewiesen, Major Czyskowicz sei noch Offizier der alten k.u.k. Armee gewesen; nachmittags in einer kleinen Teerunde hatte er Frau Czyskowicz sagen hören, als Ostmärker habe man immer deutsch gedacht; kurz nach den Kämpfen saß der Major in Zivil schon wieder zu Hause, nicht lange, dann war die Familie wieder in Wien; zuvor, bei den ersten Hausdurchsuchungen, hatte die Bescheinigung vom Townmajor, dem amerikanischen Stadtkommandanten geholfen, man war ja gottlob Ausländer, Österreicher ... Peter schleppte ein paar Wehrmachtsklamotten, schwarze Marine-Lederjacke, pelzgefütterte Fliegerstiefel: dös is a Beute aus der Gauhalle, wenns dich a bisserl beeilst ...

Jörn wechselte am Kasino, wo auf den Treppenabsätzen amerikanische Offiziere saßen, durch die Blosenburgstraße an der Endhaltestelle vorbei in die lange Gerade der Schützenhausstraße. Auf den Wiesenstreifen, die sich unter den Bäumen des Südfriedhofs entlangzogen, standen pulkweise zusammengeschoben gepanzerte Fahrzeuge, Jeeps, kleinere Lastwagen; Stränge dünner Telefonkabel schlängelten sich aus einem hausförmigen Zelt heraus auf die Straße nach beiden Richtungen; aus einem zweiten Zelt kam der federnde Rhythmus von Swingmusik, wie Jörn sie manchmal beim heimlichen Radio-Luxemburg-Hören mitbekommen hatte; mitten auf der Straße flog zwischen zwei hochgewachsenen, khakiuniformierten Jungens mit Bürstenschnitt ein kleiner Lederball hin und her, den die beiden GIs abwechselnd mit einem riesigen, in der Handmulde tief ausgehöhlten Handschuh nicht eigentlich auffingen, sondern in seinem Flug regelrecht stoppten, aus der Luft einfach wegpflückten; dabei machte es ein floppendes Geräusch, bevor der Ball aus der Handschuhmulde in die andere Hand tropfte, die ihn dann, mit einem Armschlenker aus der Hüfte heraus, im weiten Bogen zurückwarf. Das Geräusch, in seinen regelmäßigen Abständen, folgte Jörn nach bis zu den in einem Parkgelände hochgestaffelten Gebäudegruppen des Lazaretts; vor dem Pavillon des Eingangs schäkerten ein paar Amerikaner mit einer Rote-Kreuz-Schwester, die einen Luftwaffen-Feldwebel vor sich herschob, der ohne Unterschenkel im Rollstuhl saß.

Am Ende der Anlagen zog sich, vorbei an einem von mächtigen Sockeln und Säulen eingefaßten Metallzaun, ein Sandweg hinauf ins Gartengelände der Löberflur. An warmen Sommernachmittagen war Jörn oft da hochgewandert, eine Decke, einen Ball unterm Arm. Mitten in der Gartenkolonie breitete sich, umgeben von einem hohen schwarzen Bretterzaun, eine Wiesenfläche aus. Der Eingang führte unter das Vordach einer kleinen Baracke, in der sich ein paar Umkleidekabinen befanden; hinter dem quietschenden Schiebefenster saß ein grauer Wuschelkopf und nahm den Groschen für Eintritt oder einen Becher Brause entgegen. Die Wiesenfläche war das Luftbad. Jörns Mutter hatte es bald entdeckt, und manchmal war auch der Vater mitgegangen. In der Mitte standen drei Bäume für den Schatten; hinter dem Zaun ragten die Obstbäume der Gärten hoch; vor dem Zaun in einer Ecke standen ein paar rostige Kletterstangen und ein Reck; eine Holzlattenreihe schirmte die beiden Duschen ab. Im Luftbad geschah nichts, außer daß an Sommernachmittagen ein paar junge Frauen in der Sonne lagen. Die gelegentlichen Männer daneben waren

Fronturlauber oder Leichtverwundete aus dem Lazarett. Manchmal hingen ein paar Kinder am Reck; der Ball, der zwischen die Liegenden rollte, wurde schlaftrunken weggeschubst; wenn er über den Zaun in die Gärten flog, dauerte es eine ganze Weile, bis er wieder zurückkam.

Sabine war immer da. Wenn sie nicht da war, hörte Jörn sie im Garten pfeifen auf der anderen Seite des Zauns. Sie war doppelt so schnell, wenn sie nebeneinanderher die Kletterstangen sich hochzogen. Am Reck machte sie spielend jedes Kunststück vor; Jörn brachte sie bei, was er in der Turnhalle vergeblich probiert hatte, die Sitzwelle und die Kniewelle vorwärts. Sabine drehte ihre Wellen nicht weniger als zehnmal nacheinander; wenn ihr Körper durch die Tiefe kreiste, fegten ihre hellen Haare durch den Staub. Sabine lief immer barfuß; mit ihren Zehen pflückte sie die Gänseblümchen auf der Wiese. Wenn sie auf Jörn herunterlächelte, hielt sie den Kopf ein bißchen schief; die Haare reichten ihr bis wo die braungebrannten Beine anfingen. Einmal war Jörn nach der Turnerei auf der Wiese eingeschlafen; als er wach wurde und die Augen aufmachte, war es dunkel von den Haaren über ihm.

Manchmal stand er mit ihr in den Beerensträuchern. Danach, in der kleinen Küche des Gartenhauses, saß er am Tisch und zog mit einer Gabel die Johannisbeeren vom Strunk oder knibbelte die Stengel von den Stachelbeeren ab. Sabine stand pfeifend am Herd und rührte in den Töpfen, in denen die Beeren schmurgelten; im Regal standen noch Gläser mit Eingemachtem vom vergangenen Jahr. Wenn sie die neuen Gläser hoch ins Regal schob, sah er ihren langen Körper in dem kurzen Kleid noch länger werden. War der Sommer vorbei, wohnte

Sabine unten bei den Eltern in der Stadt. Dann sah er sie lange nicht. Selten kam es vor, daß Sabine auch an einem Sommertag in der Gartenstraße blieb. Beim letzten Mal, als Sabine nicht im Luftbad war, und als es auch im Garten nebenan still blieb, dachte Jörn, das ist so ein Tag. Nach einer Weile ging er den Wuschelkopf fragen. In der Nacht zuvor war ein Luftangriff gewesen, nicht lange ... Waren ja nur ein paar Minen, sagte der Wuschelkopf und drehte das Gesicht weg, aber die eine in der Gartenstraße und gleich so viele Tote.

Unterhalb der Gartenkolonie breitete sich bis zur Schützenhausstraße eine Grünanlage aus ... es schien ein kleiner, von Baumgruppen bewachsener Park zu sein mit einem Bauwerk hinten in der Mitte; Genaues, sagte Jörn, konnten wir hinter Zaun und Gemäuer nicht sehen, es sah auch nie einer hin, wir standen immer mit dem Rücken davor, wenn sich der Jungzug vor dem Eingangstor zum Appell formierte; eigentlich war das gar nicht unser Appellplatz; keiner wußte, warum zwischendurch immer mal gerade hier und nicht gegenüber auf dem riesigen Schützenplatz vor dem Stadion, der Mitteldeutschen Kampfbahn, wohin es dann sowieso zum Exerzieren ging ... war es höherer Befehl, wars 'ne Marotte vom Jungzugführer, der, die Reihe abschreitend, die ausgestreckten Hände auf saubere Fingernägel hin inspizierte?

In der Oktoberwoche, sagte Jörn, ging ich noch einmal durch die Schützenhausstraße, die jetzt Werner-Seelenbinder-Straße hieß, am Lazarett vorbei, wo vorm Pavillon des Eingangs zwei russische Posten saßen; der Sandweg hoch in die Gärten war zu einer Straße ausgebaut worden, und während ich noch überlegte, schau ich mal nach, was ist übriggeblieben vom Luftbad, überfiel mich plötzlich das Gefühl von Déjà-vu ... aber es war nicht diese Art von Imagination, die einem scheinhaft ein Erlebnis nahebringt, das man gar nicht erlebt hat; es war die Erinnerung an etwas Wirkliches, die Erinnerung, die einen Ort und das Geschehen an diesem Ort aus dem Vergessen hervorholt, die Erinnerung an eine Reihe Winteruniformen, die den Rücken zu etwas undurchsichtig Grünem wendet ... und dann stand ich vor dem Eingang des kleinen Parks, und ein Schild sagte mir, daß ich vor dem jüdischen Friedhof stand. Ich blieb eine Weile dort stehen. Ein paar Jahre lang war es ja auch der Schulweg gewesen. Das Eingangstor war verschlossen. Dann kamen ein paar Leute; eine Frau hatte einen Schlüssel und schloß das Tor auf. Als ich den Leuten nachgehen wollte, war das Tor schon wieder zugefallen, und die Frau schloß es von innen ab.

Einige Schritte weiter, und zwischen hohen Bäumen tauchte das Ziegelgemäuer der Gauhalle auf. Den stillgelegten Rohbau der späteren Thüringenhalle kannte Jörn von ein paar Handballturnieren, aber dann war er ewig verschlossen gewesen. Als Jörn über die Sandhaufen der Baustelle stieg, sah er, wie aus den aufgerissenen Bretterverschlägen der Eingänge Gestalten hervorstolperten, die zugepackt waren von Mänteln, Jacken, Decken und Stoffballen; manche konnten kaum mehr gehen; einige balancierten schwankende Kinderwagen vor sich her oder zerrten vornübergebeugt an den Deichseln hochbeladener Leiterwagen; vorsichtig, über einen mit Brettern bedeckten Graben, lenkte der Geschichtslehrer ein Wägelchen, das zwei tief gebückte Frauen schoben.

Die Eingänge führten in einen Säulengang, der sich um das Innere der riesigen Halle zog. Breite Betontreppen staffelten sich hoch zu den oberen Geschossen, die für die

Zuschauerränge vorgesehen waren. Es dauerte eine Weile, bis Jörn im Dämmerlicht der Halle das Geschehen wahrzunehmen begann. Er war eine Treppe hochgestiegen und sah über eine Mauerbrüstung in die Tiefe der Halle hinab. Was sich dort in einem geordneten System von Gängen und Gassen an turmhohen Packen und Stapelreihen befunden zu haben schien, lag umgestürzt, aufgerissen und zerwühlt in einer hügelig ausgebreiteten Klamottenlandschaft, die sich unter den Händen von ein paar hundert Menschen fortwährend durcheinanderbewegte. Stellenweise konnte Jörn den nackten Betonboden sehen; dort standen die Leute, die sich drei Jacken und drei Hosen übereinander angezogen hatten und dieselbe Prozedur noch mit zwei Mänteln versuchten. Andere hatten mit Pullovern angefangen und probierten Militärstiefel an ... das ganze Lager, das sich in den Gängen der oberen Geschosse fortsetzte, bestand aus nagelneuem Militärzeugs. Die Stille in der Halle wurde durch gelegentlich aufkommendes Stimmengemurmel unterbrochen, durch das Knarren einer Deichsel, Zurufe und unterdrücktes Lachen. Die Leute wühlten langsam, sie schienen konzentriert; manche Frauen, die auf Bergen von Bettwäsche standen, breiteten die blauweiß karierten Laken erst aus und betrachteten sie mit schiefgelegten Köpfen, ehe sie das Leinentuch wieder zusammenfalteten und in den mitgebrachten Koffern verstauten. Ohne Hast wurden die Lederhandschuhe, Socken, Pulswärmer, Ohrenschützer, die Unterhosen und Unterhemden erst gemustert und dann in die Kopfkissen- und Plumeaubezüge gestopft; die weißen, sorgsam zusammengeknüpften Schlaufen standen wie Sonntagsschleifchen von den Sackwülsten ab, die sich die Frauen auf ihre Schultern wuchteten.

Jörn fand dann nicht mehr, was er suchte; die Marine-Lederjacken und die Fliegerstiefel waren schon ausgegangen. Er fischte sich ein paar Bettbezüge heran und machte es den Erwachsenen nach. Den olivfarbenen, mit einem Krägelchen besetzten Pullover zog er gleich wieder aus; er kratzte auf der Haut, und Jörn verabscheute nichts mehr als kratzende Pullover. Auch die grauen Fliegerhemden kratzten, die Pulswärmer, die Kopfschützer, die Socken; alles wanderte in die blauweiß karierten Säcke. Die leichte khakifarbene Uniformjacke des Afrikakorps behielt er an; sie hing ihm bis zu den Knien hinab. Den Haufen Luftschutzhelme ließ er unbeachtet, wie alle es taten. Das Koppelschloß, auf das er trat, beförderte ein Fußtritt weg. Im Seitengang lagen Reihen umgestürzter Kisten, aus denen schwarze Schatullen quollen; viele waren aufgesprungen, und Jörn sah auf dem Betonboden die ganze Palette der Kriegsauszeichnungen liegen, die Nahkampfspangen und Sturmabzeichen, die schwarzen, silbernen und goldenen Verwundetenabzeichen, die Krimschilder und Panzerabschußstreifen, die Kriegsverdienstkreuze erster und zweiter Klasse, die Deutschen Kreuze in Silber und Gold, die Eisernen Kreuze bis zum Ritterkreuz ... Jörn zögerte, dann stopfte er sich ein paar Schatullen in die Taschen der Afrikajacke, das Ritterkreuz lag eingebettet in einem Polster aus rotem Samt.

Dem Jungen, der auf die einsam daliegende Kartentasche zusteuerte, kam er zuvor; beim Geländespiel war es nur der Fähnleinführer gewesen, dem eine Kartentasche am Riemen von der Schulter hing. Zum Ausgang stolpernd, kam er an Bergen von Brotbeuteln, Feldflaschen und silbernen Kochgeschirren vorbei. Die Kochgeschirre, die er kannte, waren alle feldgrau gewesen. Er löste den Riemen der Kartentasche und zog ihn unter den Henkeln von ein paar Kochgeschirren her. Als er entdeckte, daß die Feldflaschen, auf deren Schraubverschlüssen schwarze Becher festgeschnallt saßen, ebenfalls an Lederriemen hingen – seine eigene, für die es keinen eigenen Becher gab, hatte er bei Ausmärschen ans Koppel gehakt –, hängte er sich ein paar der mit braunem Filzstoff überzogenen Blechgefäße um den Hals; einen Haufen Brotbeutel knüpfte er an ihren Schlaufen an einem der Lederriemen auf. Kurz vorm Ausgang rollte ihm ein runder Ballen weißer Stoff vor die Füße... Jörn wußte nicht, warum er sich niederkniete und den Ballen über den gesenkten Kopf in seinen Nacken schob.

Ich weiß nicht mehr, sagte Jörn, wie ich heimgekommen bin, am Zaun der kleinen Parkanlage, am Lazarett, an den kampierenden Amerikanern vorbei... mein Vater später, wenn ihm die Erfurter Erinnerungen hochkamen, hatte dann das Bild des kleinen Jungen vor Augen, wie er um die Ecke vom Kasino angewankt kam. Er hatte außer sich vor der Haustür gestanden, seit Mittag war der Junge nicht mehr gesehen worden, nachmittags waren Schüsse zu hören gewesen, die Sperrstunde war schon überschritten... und da war er dann herangetorkelt, umschlottert von dieser Afrikajacke, vollgehängt mit Feldflaschen, Kochgeschirren und Brotbeuteln, den Kopf tief herabgesenkt, die Arme hoch um die blauweiß karierten Bettsäcke auf seinen Schultern und den riesigen weißen Ballen in seinem Nacken geklammert, was schleppt der Bursche denn da heran, was ist denn das für Zeug, sieht ja ganz nach Zellstoff aus, was sollen wir denn damit...

Lisa hatte das Geschirr vom Tisch geräumt und hinüber ins Haus getragen. Wir waren sehr satt und warteten auf die ersten Gläschen Nordhäuser Korn. Kuli brachte sie auf dem silbernen Tablett. Der erste Schluck kratzte immer ein bißchen in der Kehle, aber, sagte Jörn, der zweite schon nicht mehr ... Vater und Sohn haben da manches Gläschen zusammen gekippt. Wenn ich ihn besuchen kam, er hatte dann meist einen Nordhäuser im Kühlschrank stehen. Thüringer Korn, sagte der Vater ... irgendwann war er bei Kaiser's oder Stüssgen aufgetaucht. Aber dann hieß es in den Geschäften auch wieder: die DDR liefert zur Zeit nicht ... Nu ja, in so Zeiten ham wir ihn dann selber getrunken, bei uns standen ja die Regale auch oft leer, da wußten wir nur, jetzt beschafft uns der Nordhäuser wieder Devisen aus dem kapitalistischen Ausland ... So hörte ich es Doktor Rübenau sagen, bei Gelegenheiten, die dem Gesandten vom Rundfunk-Komitee die Reise in eine der westlichen Metropolen erlaubten, wo man sich auf internationalen Tagungen traf. Die Frotzeleien – wenigstens 'nen trinkbaren Korn kriegt ihr zustande – gingen nicht über die Grenze hinaus, an der die ideologischen Waffen dann hätten sprechen müssen ... und eben, ich mochte den Mann, er kam ja aus Gotha, er kannte sich im Steigerwald aus und lächelte, wenn ich Dorfnamen wie Gamstädt, Apfelstädt, Nottleben, Neudietendorf aus meiner Vergangenheit holte; nur war der Junge aus der Nachbarstadt zu klein für die Pimpfe gewesen, er war gleich in den neuen Staat hineingewachsen und hatte seine Ideen mitgetragen, von denen er freundlich lächelnd meinte, sie würden mehr Chancen haben für die ferne Zukunft ...

Und manchmal dann war Vera Binz dabei, seine Kollegin, sie hatte nicht das regelmäßige Visum, um so mehr genoß sie es, einmal zwischen den Faraglioni-Felsen im Mittelmeer zu schwimmen; ihre braune Sommerhaut hatte sie vom Fischland mitgebracht. Vera kam aus Rudolstadt, und wenn ich manchmal dann bei meinen beiden Thüringern saß, tat es weh zu wissen, was uns alles trennte ... es kam mir auch vor, als hätte ich mit meiner Erwähnung der gemeinsamen thüringer Kindheit etwas Unpassendes, irgendwie Peinliches gesagt; ein scheinbar erstauntes Ach ja war die Antwort gewesen; fast schien es, als interessierte sie die eigene Kriegskindheit gar nicht; nur einmal, als Vera mit einer Jugenderinnerung kam, die mir fremd erschien und ich nicht verstand, bemerkte sie kühl, ich habe ja auch *rübergemacht* ...

Was uns dazu gebracht hatte, siebenundvierzig wieder ins Rheinland zurückzukehren, ich traute mich gar nicht erst, die Gründe dafür plausibel zu machen; ich stellte mir vor, die beiden Thüringer würden in mir sogleich den Abtrünningen sehen, den Verräter an einer Sache, die sie nach allem Desaster angefangen hatten zu glauben und als Versprechen anzunehmen für ein neues, aufzubauendes Leben ... Daß der Junge damals, eben nach allen Desastern, schon so weit war, überhaupt keinen Glauben mehr anzunehmen, am wenigsten den Glauben an Parolen, wie sie gleich mit den Panjewägelchen sich auszubreiten begannen, daß es ihn schauderte vor dem Händedruck der neuen sozialistischen Einheitspartei, daß es ihn verstörte, wie er alle die Jungzugführer plötzlich im blauen Hemd der FDJ herumlaufen sah, daß er regelrecht Angst bekam vor der wie Blei sich ausbreitenden neuen Macht, die mit ihren Hämmern, Sicheln, Sowjetsternen ihm klarzumachen anfing, welchen Mächten unterm Hakenkreuz er gerade, unwissend, fast ahnungslos, entkommen war, daß er einen der ersten Witze, den die Leute sich damals zuflüsterten: Herrgott schenke uns das Fünfte Reich, denn das Vierte ist dem Dritten gleich, als die vielleicht erste bittere Nachkriegserkenntnis begriff, all das brachte ich später vor, wenn in den Jahren nach der Wende ich meine Thüringer wiedersah, in der Hoffnung, jetzt sei die Zeit gekommen, jetzt könnten wir uns unsere Lebensläufe erzählen ...

Nun ja. So freundlich sich die Verständigungsversuche mit Doktor Rübenau fortsetzten – immer wenn ich in Berlin bin, fahre ich mal nach Karlshorst hinaus; da sitzen wir in alten Sesseln im Wohnzimmer und trinken Rotspon; im Eßzimmer essen wir am Eßzimmertisch, was in den feineren westdeutschen Küchen kaum mehr zustande kommt, ein regelrechtes bürgerliches Abendessen, wie es Frau Renate nur, als habe sie immer in zeitloser Umgebung gelebt und gewirtschaftet, anzurichten vermag –, mit Vera Binz kam es zu Auseinandersetzungen und Streit, der alle die alten Gräben aufriß und die Mauer wieder hochzog.

Jörn schaute vor sich hin. Aber es darf nicht aufhören, man muß es immer wieder anfangen, dieses Sprechen, dieses Erzählen, und ich hoffe ... nur in der letzten Regennacht, wir gingen auf und ab vor ihrem Haus in Pankow, da war aus der Genossin, die seit der Wende doch keine mehr war, alle Wut und Verzweiflung hervorgebrochen, und danach war nur noch Schweigen, und das Schweigen dauert an ...

Jörn wollte nicht weitersprechen; er war aufgestanden und ging über die Dorfstraße, die in die Kiefernwälder führte. Der Trabi röhrte vorbei, und der Pferdeschwanz nickte uns zu. Es war noch hell, und wir betrachteten die mächtigen Sonnenblumen, die in den Bauerngärten standen. Vom Horizont her kam über die Felder ein Geräusch, das uns in den nächsten Tagen begleiten würde, das Geräusch von riesigen uralten Mähdreschern, die kilometerlang ihre Schneisen durch das Getreidemeer zogen; die Ernte war in vollem Gang, und Jörn sagte, da fallen mir die Frontseiten vom *Neuen Deutschland* ein, die riesigen Fotos vom Erntekampf, und wie dabei so etwas wie Heimweh hochkam nach Landschaften, die Thüringen, Sachsen, Brandenburg und Mecklenburg heißen... aber nie knüpfte sich daran die Vorstellung, diese Landschaften könnte ich einmal wiedersehen; eben die Zeitung, die ihre Bleiwüsten mit ein paar Bildern von weiten Feldern und Himmeln belebte, sie führte mir immer aufs neue vor Augen: dies ist und bleibt das eine Land in Deutschland, und ich bin und bleibe in dem anderen Land.

Der rissige Asphalt der Dorfstraße war hinter den letzten Höfen in einen Sandweg übergegangen. Er führte durch weitläufige Wiesen, in denen Reihen von Pappeln standen; dahinter begannen einzelne, durch Schneisen getrennte Waldstücke, dann tauchte der Weg in die Tiefe der Kiefernwälder ein. Wir gingen ein Stück und bogen in den nächsten Seitenweg, der nach einer Weile am Rand der Felder aus dem Wald herauskam.

Daß Vera Binz auf Jahr und Tag genauso alt wie Jörn war, er hatte darin eine biographische Nähe entstehen sehen wollen, die vielleicht ihre Erfahrungen vergleichbar machte. Den gemeinsamen Geburtstag hatten sie auf der Insel Capri herausgefunden, wo berufliche Parallelen sie hingeführt hatten. Aber die Grenze verlief auch über die Hotel-Terrasse, und sie blieb bestehen vor der gemeinsamen Kindheit in Thüringen. Wenn Jörn auf deutsche Befindlichkeiten zu sprechen kam, antwortete die Bürgerin der DDR. Vom Krieg schien sie nur behalten haben, daß er ihren Staat begründen half. Dabei hatte den Kindern der Himmel immer dieselben Bomberverbände beschert... Jörn blickte in die Wipfel hoch, schüttelte den Kopf und lächelte... nein, in der Blauen Grotte denkst du an Luftschutzkeller nicht...

Wenn du dir ein Haus jetzt bauen würdest... Jörn winkte gleich ab; du willst nur fragen, ob mit einem Luftschutzkeller? Den Tick hast du doch weg. Aber es kommt kein Krieg mehr, sagte Jörn. Bist du sicher? Ich habe die Angst nicht mehr.

Manchmal, sagte Jörn, höre ich Jüngere fragen, ob ich damals aus dem Rheinland nach Erfurt *evakuiert* worden sei. Die jungen Leute wissen immerhin, daß es auch diese Art von Menschentransporten gegeben hat, aus dem Westen nach dem Osten. Ein paar Wochen nach Kriegsanfang kamen in Erfurt solche Leute an, die Evakuierte hießen. Das Saarland wird geräumt, hörte der Junge die Erwachsenen sagen. Im Haus wurde eine Familie verteilt, und Jörn mußte für kurze Zeit zum ersten Mal sein Zimmer hergeben. Das hochgewachsene Mädchen hieß Denise und kam aus Zweibrücken. In Darmstadt gab es Verwandte, die sie aufnehmen sollten, aber dann telefonierte Denise mit Darmstadt, und danach hörte Jörn sie seufzen, daß Darmstadt auch geräumt werden sollte. Nach ein paar Wochen kehrten die Saarländer nach Hause zurück.

Erst Jahre später ging es richtig los. Das Grüne Herz Deutschlands galt ja lange als sicher. In der Klasse saßen plötzlich zwei Jungens aus der Reichshauptstadt, Skowronnek und Richter – das waren Jungens, sagte Jörn, vor denen wir uns ziemlich klein vorkamen; sie waren schneller, konnten mehr und wußten alles besser, kannten sich in jeder Waffengattung aus. Die Berliner saßen meist in Uniform; im Dienstgrad standen sie zweimal höher als wir. Skowronnek stotterte ein bißchen und hatte jeden Karl-May-Roman gelesen; Richter experimentierte mit Pulver und Patronenhülsen und hatte immer eine Hand, ein Knie verbunden. Die Väter waren Offiziere; Generalstab, Divisionskommandeur. Jörn hätte sie gern in die Kaserne mitgenommen, aber nach der Schule fuhren sie immer nach Kölleda. Er fand, es waren feine Jungens.

Als das Rheinland evakuiert wurde, kam in der Stadt so eine Stimmung auf von Jetzt wirds aber enge hier. Klassenzimmer und Turnhallen wurden leergeräumt und mit Feldbetten und Strohsäcken wieder vollgeräumt; die daran beteiligten Jungens waren erst ganz eifrig zugange bei diesen Flüchtlingseinsätzen, aber dann kam während eines Heimabends der Fähnleinführer mit der Frage an: wer redet hier überhaupt von Flüchtlingen ... Evakuierte, na ja, der angloamerikanische Bombenterror, aber da wird mit unseren V-Waffen am laufenden Meter zurückgeschlagen, also dieses defätistische Gequatsche von Flüchtlingen, die nächste Offensive, dann ist auch Aachen wieder in unserer Hand ... Aber die Stimmung wollte in keinen Siegesrausch mehr hochsteigen, nach Stalingrad war sowieso nichts mehr los, in den Ardennen war auch alles im Schnee steckengeblieben, der Feind stand auf Reichsgebiet, und jetzt dieses Westvolk hier wie der leibhaftige Vorwurf, daß es in Thüringen noch so gemütlich zugeht; diese Jüppchen und Mariechen, wieso lächeln die immer nur müde, wenn hier die Minen herunterrauschen ...

Was Jörn in dieser Zeit empfand, es war ein Gemisch

aus Wut, Niedergeschlagenheit, trotzig wiederauferstehendem Heimweh nach dem Westen. Er war richtig glücklich gewesen, als durch die Straßenbahnwagen plötzlich der rheinische Singsang zog; in der Klasse hatte er als einziger ganz selbstverständlich gewußt, wo Jülich und Düren, Troisdorf und Siegburg liegen. Der Junge aus Düsseldorf, neben dem er im Zeichenunterricht saß, hatte den Jungen aus Köln zwar ziemlich von oben herab betrachtet, aber dann hatte er Jörns Strichmännchen mit ein paar Tupfern Farbe richtige Kleider und Mäntel angezogen.

Als beim Vater Toni Impekoven, ein alter Monteur der Kölner Firma, auftauchte und verkündete, mer hanene Komitee jebildet: mer wolle zurück no Kölle, hatte Jörn zu heulen angefangen. Mer kütt sich ja vor wiene Ausländer hier... da fing er an sich zu wundern; der rheinische Junge war doch auch hier zu Hause, die Hänselei wegen seiner komischen Aussprache war längst vergangene Zeiten her, Ausland war doch, wo der Vater immer hin verreist war, Finnland, Balkan, Türkei... Aber was er zuerst gar nicht wahrhaben wollte, er bekam es bald dauernd zu hören, zu spüren, richtigen Haß auf die geschminkten Weiber, die rauchen auch noch wie die Schlote, die waschen sich ja nicht und stinken nur nach Parfüm, die liegen wie die Säue im Stroh in unseren Klassenzimmern, die Turnhalle das reinste Franzosenlager, das Westvolk muß weg, aber schleunigst... Jörns Faust war genau unter Voglers Nase gelandet, die blutete auch sofort, aber dann lagen sie gleich zu dritt über ihm...

Und dann waren auch die Kölner Großeltern aufgetaucht, zusammen mit Schwiegertochter Lotti und ihrer alten Mutter. Der Großvater war ganz klein und zittrig geworden; die Großmutter blickte nur stumm vor sich hin und strich sich ewig den Rock glatt; die Frauen trugen tiefstes Schwarz, der Hans war ja gerade gefallen, Volltreffer an der Rhône. Sie waren alle bei der Mutter untergekommen, die hatte nach hinten hinaus zwei Zimmer in Untermiete in einem alten Haus in der Moltkestraße; Jörn schauderte es, aufs Klo ins kalte Treppenhaus hinunter zu müssen, da saß immer schon einer von den anderen Mietparteien drin, aber der Vater ließ Jörn auch an den Wochentagen zur Mutter, der Großeltern wegen, der Verkehr war mit der neuen Ehe ja endgültig abgebrochen.

Die Großeltern blieben nicht lange und zogen weiter zur Verwandtschaft nach Mühlhausen und dann in die Gegend von Coburg. Sie waren nicht freiwillig aus dem Haus in der Strundenerstraße gegangen; seit sie nach dem Weltkrieg dort auf dem großen Wiesenstück gebaut hatten, waren sie niemals über eine Nacht hinaus weg gewesen, schon der Hühner und des riesigen Gartens wegen. Der Zug nach Erfurt war schon nicht mehr in einem der Kölner Bahnhöfe eingesetzt worden, sondern in Opladen ... In den letzten Ferien hatte Jörn mitbekommen, wie es im Hauptbahnhof, in Deutz, in Mülheim aussah; seitdem hatten die Angriffswellen weiter zertrümmert, was schon ein halber Trümmerhaufen war; in den Jahren zuvor, als in Erfurt noch kein Dachziegel verrutscht war, hatte er im Zugfenster die ersten Häuser vorbeihuschen sehen, auf deren altdunklen Dächern einzeln oder flächenweise hellrote neue Ziegel aufleuchteten, instandgesetzte Dächer, aber dann ragten bald nur verkohlte Dachbalken in die Luft, und dann waren ganze Häuser und Häuserzeilen weg, gab es hinter hohläugigen Fassaden bloß Ausgebranntes, Eingestürztes zu sehen, ein langsam sich beschleunigender Ruinenfilm, der in Hamm, in Dortmund anfing und sich über Barmen, Elberfeld, Solingen bis in die Kölner Vororte fortsetzte.

Im Radio gab das Oberkommando der Wehrmacht immer häufiger die Namen der westdeutschen Städte bekannt, die jetzt, knirschte der Vater, ausradiert werden wie Coventry von uns. Nicht bloß die westdeutschen, aber wenn Jörn über seiner Landkarte lag, starrte er nur aufs Stadtgewimmel des Ruhrgebiets, ging sein Finger ein Stückchen rheinauf nach Süden bis in die Kölner Bucht. Die Telefonrechnung stieg immer höher, der Vater besprach sich ernst und lang mit der Firma; die Mutter, als sie noch zu Hause war, fing schon in der Frühe an, auf die Verbindung mit Köln zu warten; je länger die Anmeldung sich hinzog, desto aufgeregter wurde sie, jetzt sind also die Leitungen im Rechtsrheinischen schon unterbrochen, aber dann war der Großvater vom Nachbarn ans Telefon gerufen worden, in Merheim liegen ja unsere Nachtjäger, hier draußen kracht es nur in die Wälder, dann meldete sich auch Lotti noch, et hätt jo widder jot jejange...

Wir hatten den Feldweg erreicht, der am Waldsaum entlang nach Hohenseefeld führte. Die Sonne war untergegangen, aber zwischen den Wipfeln leuchtete auf dem Holz der Stämme noch ein rötlicher Schein. Vor uns dehnten sich die flachen Hügel der Getreidefelder aus, die in der Ferne die lange Linie der zu winzigen Punkten zusammengeschrumpften Bäume der Nonnendorfer Chaussee unterbrach. Auf der anderen Seite des Feldwegs versteckte sich in einer vereinzelt dastehenden Robinie ein Hochstand; Jörn prüfte die Sprossen der Leiter, dann stiegen wir hinauf und machten es uns auf den breiten Sitzbrettern bequem. Irgendwo im Unsichtbaren zog noch ein Mähdrescher seine Bahn; zunehmend entfernte sich das Geräusch, es schien einen Hauch von Staubgeruch zu hinterlassen.

Jörn schaute übers Land. Der Hohlweg, in den wir unseren Unterstand hineingebaut hatten, führte dann weiter zu einer kleinen felsigen Anhöhe, auf der ein paar Eichenbäumchen standen. Ins Geäst einer Eiche hatte der Vater hineingezimmert, was er die Baumlaube nannte. Sie hing hoch über dem Felsgestein, das an dieser Stelle das Steilufer der Bröl bildete, ein Flüßchen nur, dessen Lauf durchs Brenzinger Wiesengelände der lange Damm anhielt, hinter dem die Mühle und die Leimfabrik lagen. Vor dem Damm staute sich die Bröl zu einem breiten Teichgewässer, das nach den Wiesen hin in Sumpfland überging; seinen Ablauf fand es am Ende des Damms, wo ein kleines Wehr – das Wehr, erklärte Jörn, war ein Balkengerüst, und quer darin war eine hölzerne Walze montiert, an der, festgehalten von zwei Ketten, die Bretterverschalung des Schütts hing – den Wasserstand des Teichs regulierte.

Wenn nach langen Regenfällen der Teich an den Kamm des Dammrückens heranstieg, hatte sich der Onkel zu beeilen; er stand dann überm Wehr, hangelte nach der eisernen Kurbel, die aus der Walze herausragte und wuchtete sie mit beiden Armen in eine schwere, so langsame Drehung, als hinge an den beiden Ketten, die klackend sich um die rotierende Walze spannten, das Gewicht der ganzen Erde. Je höher sich das Schütt hob, desto massiger schwoll der Wasserstrom an, der mit Brausen durch die Öffnung hinunter in die Tiefe schoß; dort zerplatzte er auf dem flachen Felsplateau und verlief sich danach zwischen den Kanten des Gesteins in den Mulden, Rinnen und Armen eines rasch schäumenden Deltas.

Jörn klickte sich eine Zigarette an. In den letzten Ferien, sagte er, als die Bahnfahrt von Köln nach Waldbröl der Tiefflieger wegen vier Stunden dauerte, habe ich noch einmal in meiner Baumlaube gesessen und an das Kind gedacht, das dem Vater beim Sägen und Hämmern und der Mutter zugeschaut hatte, wie sie im Gras auf dem Bauch lag und in das Feuerchen blies, das zwischen den hochgeschichteten Steinen unter einer Pfanne glimmte, in der ein paar Spiegeleier schwammen. Kaffeeduft hing in der Luft, und Ameisen hatten angefangen, die steile Schnittfläche des Brotlaibs hochzuklettern, der aus dem Korb gekollert war. Der Junge im Baum war nicht traurig gewesen; indem er an Vieles in seinen Kinderzeiten dachte, imaginierte er die Jahre, in denen noch nichts in seinem Leben zerschnitten und zertrennt war, wo Bedrohliches nur von den Wolken kam, die an schwülen Sommernachmittagen dunkel über den Gärten aufstiegen. Er hatte nur so etwas wie eine Ahnung verspürt, daß jetzt lange Jahre vergehen würden, bis er zurückkehren könnte ins Paradies der Ferien, das dann schon längst seine schwebende Stille, das Sichere der Wiederholbarkeit, das in der vertrauten Landschaft und in den alten Dörfern unveränderbar Erscheinende verloren haben würde.

In diesen Ferien, sagte Jörn und lächelte ein bißchen dabei, hatte mir Chris noch einen Denkzettel verpaßt, den ich vor allem dem Vater übelgenommen habe, denn er stand dahinter, und jahrelang noch schien es ihn zu belustigen, dieses weißt du noch, wie du *gefährlich* gelebt hast ... so hieß der Film: *Herr Sanders lebt gefährlich,* und gleich zu Anfang kam eine Szene, in der sich eine riesige, geschwungene, hin und her schaukelnde Messerklinge immer tiefer auf einen halbnackten, gefesselt daliegenden Mann herabsenkte, der, um der Klinge sich zu entziehen, den Leib immer tiefer einzog ... Aber nicht so sehr diese Szene, sondern das Drohende danach setzte dem Jungen tagelang zu: obschon der Film erst für Jugendliche ab vierzehn zugelassen war, hatte sich der Zwölfjährige nachmittags ins fast leere Dorfkino gemogelt, und weil der Vater dabei war, hatte das Mädchen an der Kasse nur ein bißchen gegrinst ... Aber danach war ihnen vor Lückes Tankstelle Chris entgegengekommen, bedenklich den Kopf wiegend, also der Herr Jaschek, der Ortspolizist, sei eben bei ihr gewesen, er müsse nun leider beim Hauptbannführer in Erfurt Meldung erstatten, nicht wahr, auch in den Ferien habe sich ein Jungenschaftsführer an die Disziplin zu halten ...

Noch drei Tage, in denen Jörn allein imstande war sich zu fragen, woher der Jaschek denn seine Dienststellung kannte, die Uniform hing doch in Erfurt im Kleiderschrank, und überhaupt, er, Jörn, hatte vorm Kino keinen Jaschek auftauchen sehen ... Chris und der Vater taten jedenfalls entsetzt, bis am letzten Ferientag Chris vor Freude strahlend ins Haus kam, also, sie habe nochmal mit dem Herrn Jaschek gesprochen, und der habe gesagt, er werde dann keine Meldung erstatten, wenn der Jörn versprechen würde, nie mehr seinen Vater zu drängeln, ihn mitzunehmen in einen für Kinder unter vierzehn Jahren nicht zugelassenen Film.

Zu Hause in Erfurt fing Chris am nächsten Tag gleich an, die Wohnung auf den Kopf zu stellen. Wahrscheinlich, sagte Jörn, sieht es bis heute noch bei mir so total chaotisch aus, weil ich den Hausputz so hasse ... schon mit dem Wort kannst du mich jagen, bei Sonnenschein die Fenster wienern, im Sonnenstrahl den Staub flirren sehen, wenn jedes einzelne von tausend Büchern auf der Stuhllehne erst abzuklopfen und dann abzustauben ist; die Möbel verrücken, die Teppiche aufrollen, die über die Schultern gewuchteten Teppiche in den Hof hinunterschleppen und dort über die Teppichstange bugsieren, in der Hitze mit dem Teppichklopfer auf das schwere Gehänge einschlagen, vom wackeligen Hökkerchen aus die riesigen Lappen mit der Teppichbürste schrubben, bis die Fingerkuppen anfangen zu bluten ... Die Mutter war da immer viel lässiger herangegangen, mit den Pflichtjahrmädchen wurde erst mal lange Kaffee getrunken, dann ein bißchen der Staubsauger, dann der feuchte Lappen für den *kölschen Wisch*, der reichte einer Kölnerin doch völlig, damit immer alles picobello aussah ... Chris ging unerbittlich vor, der Putzzwang trieb sie aufgeglüht durch einen Putzkampftag; ohnmächtig prügelte Jörn seine Wut in die Teppiche hinein, dabei hatte ihn Chris auch noch belobigen wollen, mit einem Preis für braven Fleiß, das mit dem Jaschek also war doch nur ein Schabernack ...

Unten im Hof war Jörn aber dann abgelenkt worden; er hatte entdeckt, daß in die hohe Holzwand, die den Hof von Altmanns Garten trennte, eine Klappe eingelassen worden war, die nur zwei Häkchen verschlossen hielten; dahinter, nach einem kurzen Sprung, fing gleich das Paradies der Beerensträucher an. Und in der langen Zaunreihe, die an der Längsseite des Hofs an Dressels Garten vorbeiging, waren ein paar Latten herausgelöst und auf der anderen Zaunseite nur ganz lose an die beiden Querbalken wieder angenagelt worden; ein paar sanfte Tritte, und die Latten kollerten die Böschung hinab, und ein mannsbreiter Durchgang führte bequem ins

Schlaraffenland voller Äpfel und Birnen, Kirschen und Pflaumen.

Jörn mochte sich nicht vorstellen, daß man ihm seine immer aufs neue verbotenen Klettereien über Holzwand und Zaun ersparen wollte; er hatte noch die andere in den Ferien vorgenommene Veränderung entdeckt. Vor dem Kellerfenster, dessen Eisenklappe und die darüber mit weißer Leuchtfarbe auf die Wand gepinselten Buchstaben LSR anzeigten, daß sich dahinter in der Tiefe der Luftschutzraum befand, war aus Betonblöcken eine zwei Meter hohe Mauer aufgestapelt worden; die Eisenklappe sah jetzt regelrecht gepanzert aus mit einer zentimeterdicken Platte, die mit einem aufgeschweißten Kreuzeisen bewehrt war. Die Mauer stand einen Meter von der Kellerwand entfernt... wenns Dach runterkommt, braucht sich bloß 'ne Latte zwischen Mauer und Eisen zu klemmen, und der Keller sitzt in der Falle. Gerlach war herangeschlendert; er sog an seiner Zigarettenkippe und blickte mit zusammengekniffenen Augen an der Fassade hoch zum Dach... Gerlach war ein ewig verschlafen aussehender Luftwaffenfunker, der seit kurzem in der ersten Etage einquartiert lag und bald der Schwiegersohn von Bieners war; die wohnten, nach Tante Annelieses Scheidung und Auszug, auch noch nicht lange im Haus, und Tochter Jenny hatte Gerlach aus Bindersleben mitgebracht, da saß sie tagsüber in der Leitstelle im Bunker mit Kopfhörern über ihren roten Dauerwellen.

Gerlach hatte lange Haare, die über den offenen Hemdkragen fielen; aus seinem Zimmer drang oft Tanzmusik von Schallplatten, und beim Vater war er aufgetaucht, um in den Büchern nach Zane-Grey-Romanen zu schnüffeln; manchmal suchte er, was er was Wissenschaftliches nannte. Den Vater hatte er mit seinem Genuschel dann regelrecht elektrisiert ... natürlich, eine Falle! Daß er nicht selber das Verhängnishafte des gutgemeinten Bauwerks entdeckt hatte, ärgerte den Ingenieur noch, als die Mauer längst aufgelöst war und die Betonblöcke, den Panzerausstieg umrahmend, unmittelbar vor der Kellerwand aufgetürmt standen. Immerhin, er hatte die Fluchtwege aus dem Hof in die Gärten erfunden, und beruhigt klopfte er im Keller gegen die beiden mächtigen Baumstämme, die als Stützen zwischen Decke und Fußboden eingeklemmt standen; fast täglich zogen jetzt die Bomberverbände durch den Thüringer Luftraum, und nicht nur zwischen den Kasernen, in der ganzen Stadt breitete sich mit der Angst die Gewißheit aus, daß im Grünen Herzen Deutschlands der Frieden im Krieg zu Ende ging.

Wie oft, sagte Jörn, kam es jetzt vor, daß ins abschwellende Sirenengeheul sich schon das Brummen der anfliegenden Bomber mischte; die Flak bellte schon los, während ich durch die Wohnung raste und meinen Schuft suchte, der sich wieder unter irgendeinem Bett versteckt hatte; brüllend stand der Vater in der Wohnungstür, er wußte, ohne den Dackel bekam er mich nicht in den Keller; Chris kam dann die Treppe hoch zurückgerannt und fuhrwerkte mit dem Besen unter den Schlafzimmerbetten herum; ein paarmal, bis wir den Keller erreicht und der Vater die beiden Schleusentüren zugehebelt hatte, waren schon die ersten Einschläge zu hören gewesen; Tante Ines am Radiogerät wartete noch immer, daß der Drahtfunk die feindliche Fliegertätigkeit über der Stadt endlich meldete; meist war, was sich wie Gewitter anhörte, bald verflogen, aber ewig ließ die Entwarnung auf sich warten, ein trügerischer Sirenenton, denn eine halbe Stunde später konnte es wieder losgehen, wenn die über Bitterfeld kreisenden Verbände unversehens einen Kurs aufnahmen, der zurück in den Luftraum zwischen Harz und Thüringer Wald führte.

Wir verbrachten dann oft ganze Nächte im Keller... Die Erwachsenen hatten beschlossen, daß am frühen Abend dort die Kinder sich gleich zum Schlafen legen sollten; Elke, Antje und der kleine Benteler hatten ihre Kinderbetten; Rosi und Jörn kamen auf die Couch. Nein, nicht nebeneinander, hatte der Vater angeordnet, gegenüber; das Mädchen lag auch immer schon unter seiner Decke, wenn Jörn mit dem Hund in den Keller kam; er setzte sich erst auf die Couch, nestelte umständlich an seinen Schuhen herum und legte sich dann kerzengerade auf die äußere Kante; Rosi, das Gesicht zwischen den Polstern versteckt, schien schon zu schlafen; wenn er wie zufällig ihre Füße berührte, berührte er dicke Socken und den weichen Stoff der Trainingshose.

Jörn schaute in die beginnende Dämmerung, die vom Waldrand auszugehen und für eine Weile noch vor der Helligkeit der Getreidefelder sich zurückzuhalten schien. Es war völlig still geworden, und unter den Bäumen tauchten drei Rehe auf. Ein paar Augenblicke lang standen sie unbewegt und sicherten mit hochgereckten Köpfen zum Weg hin, dann stelzten sie durchs hohe Gras ein paar Schritte weiter zu einem Busch, an dessen Blättern sie zu knabbern begannen. In der Luft näherte sich ein leises Brummen, und bald sahen wir über den Wipfeln eine kleine Sportmaschine, die mit blinkenden Lichtern den nahen Flugplatz anflog; an diesem Abend war es die letzte Maschine.

Bis heute, sagte Jörn, kommt Drohendes aus der Luft noch immer in den Träumen vor. Sie wiederholen sich, ohne Anlaß, ohne Kriegsbilder im Fernsehen, plötzlich dröhnen Bomber heran, in schwarzen Himmeln springt Feuerschein auf, schon fahre ich im Bett hoch, will hinausspringen ... Dabei war die Angst, die langsam in ihm hochgewachsen war, ein Zustand geworden, an den sich der Junge auf eine Weise gewöhnt hatte, daß er ihn gar nicht mehr richtig wahrnahm; er gehörte zu einem Alltag, dessen Gewöhnlichkeit ihn nicht einmal mehr an frühere, angstlose Zeiten erinnern ließ. Als der Krieg nicht weiterging, hatte er das Gefühl, daß ihm etwas fehlte, und wären da nicht bald andere Arten von Angst entstanden, es hätte eine Erfahrung aufgehört, in die er sich hineingewachsen fühlte wie in einen unbestimmbaren Raum, der einen nicht freiließ und zugleich offen war für alles Eindringende; der eine Umgebung war, die sich fortwährend mitzubewegen schien. Es war nicht die Angst vor dem eigenen Tod, sagte Jörn, nicht die Angst, daß er plötzlich kommen könnte, auch daran hatte ich mich gewöhnt ... eher spürte ich die Angst, etwas zu verlieren, etwas Entscheidendes, wie immer, ich wußte es nicht genau.

Er wußte aber, daß er seine Ängste nie zeigen durfte, daß er einen Verrat beginge, würde er jemandem etwas davon sagen. Keiner der Jungens, mit denen er im Zelt, im Heim, in der Klasse zusammen war, zeigte Angst. Den Erwachsenen stand auch nur der Ernst, vielleicht auch die Sorge im Gesicht, sie erschienen erleichtert, wenn es etwas zu lachen gab. Im Krieg gab es immer etwas zu lachen. Ganz selbstverständlich kam ihm die Pflicht zum Mutigsein vor. Als ein paar Stabbrandbomben hinterm Haus in Dressels Garten fielen, war er einer der ersten draußen, der mit Sand und Handfeuerlöscher gegen den schwelenden Phosphor vorging. Und zögernd ließ er den Stolz hochkommen, der auch in den Gesichtern der anderen Jungens leuchtete, als nämlich ein paar Luftangriffe Erfurt in die Wehrmachtsberichte brachten... jetzt konnte man endlich mitreden, da wurde auch das Westvolk stumm.

Als in einer Nacht das Dach herunterkam, brach nach dem Schrecken am nächsten Morgen eine trotzige Aufräumestimmung aus, die durchs ganze Haus, durch alle Häuser der Straße ging. Es war eine Nacht wie jede andere zuvor gewesen; die Sirenen waren längst verhallt, und Stille lag über der Stadt. Der Vater stand in der offenen Hoftür und schaute in den dunklen Himmel hoch; Jörn hatte sich neben ihn gestellt, und beide standen noch, als sie das Brummen des Bomberverbandes hörten. Es war nicht das ferne Geräusch, wie es in großer Höhe sich hinzog und langsam wieder entfernte; es war ein tief sich näherndes Brummen, das in der Luft über der Stadt heranrollte und allmählich in ein flächenhaft breites Dröhnen überging; hinter den Dächern sprangen plötzlich die ersten weißblauen Scheinwerferarme auf, kurvten und kreisten in der Nachtschwärze herum, erfaßten die weißen Ränder einzelner Wolkenfelder, suchten in kreisenden Bewegungen weiter und trafen sie dann, die aufleuchtenden Rümpfe und Tragflächen der viermotorigen Maschinen, von denen die ersten den Lichtarmen gleich wieder entkommen waren; im Dunkel der Zwischenräume sprühten einzelne Explosionsgestirne auseinander, entfernt hatte die Achtkommaacht-Flak angefangen zu wummern, dann konnte Jörn auf einmal das Gesicht seines Vaters im Widerschein der ersten roten *Christbäume* sehen, die im rumorenden Himmel aufgleißten, und als die beiden endlich die Kellertreppe hinuntersprangen, wußten sie es: die Ziele des Angriffs waren markiert, und sie lagen gleich in der Nähe.

Im Kellergang noch hörten sie dieses feine dünne Pfeifen, an das sich Jörn in jeder späteren Sylvesternacht erinnern sollte, wenn die Nachbarn ihre Feuerwerkskörper in den Himmel hochzischen ließen... es gab darunter immer eine Sorte, die mit einem feinen dünnen Pfeifen ihren Weg begann, der mit einem kleinen dumpfen Knall endete – nur geschah es jetzt umgekehrt: das Pfeifen zielte aus der Höhe herab, es schien die Gestalt eines langen spitzen Pfeils zu haben, der rasch und hörbar anschwellend in die Tiefe schoß, bis es plötzlich wie abgeschnitten aussetzte und gleichzeitig fast das Geräusch der Explosion aufkrachte.

Im Keller saß alles mit heruntergezogenen Köpfen; die beiden Eisentüren waren schon verschlossen gewesen; fluchend hebelte der Vater die erste Tür auf, Jörn sprang in die Schleuse, und während der Vater die beiden Hebelarme herunterrammte, riß Jörn die Hebel der zweiten Tür hoch und stand schon in der Tiefe des Kellers, als der Vater nachgerannt kam, sich mit der Schulter gegen das graue Eisen warf und gebückt mit seinen beiden Händen oben und unten an die beiden Hebel ging.

Draußen schlug es mehrere Male in die Gartenerde ein, so rasch nacheinander, daß die Detonationen in einer ganzen Geräuschkette erfolgten; Jörn kam es vor, als gingen Stöße unter seinen Füßen her; er schwankte und spürte den Betonboden vibrieren und fiel auf die Couch, die sich wie ein Kahn im sanften Wellengang auf und ab zu bewegen schien. Chris hatte ihm, sobald er in seiner Couchecke saß, eine Decke über seine Schultern und seinen Kopf gehüllt, aber er machte das Gesicht, in das er den Schirm seiner Jungvolkmütze tief herabgezogen hatte, gleich wieder frei und horchte zu dem Geräuschkessel hoch, in den sich draußen die Umgebung und über ihm der Raum verwandelt zu haben schien.

Es war wie Traumgeschehen, in dem er alles gleichzeitig wahrnahm, das fortwährende Dröhnen der Bomber, in das sich vereinzelt schweres Flakgebell und das Geratter der Zweikommazwei mischte; das Pfeifen der Bomben, das zunehmend übertönt wurde von einem Jaulen, wie es Jörn noch nie gehört hatte, dann setzte ein schweres Rauschen ein, das in eine breit gestaffelte Detonationskette überging; Jörn kam es dabei vor, als rauschten reihenweise riesige Kofferladungen herab, aber es waren, wie er später wußte, Luftminen, die in Kettenabwürfen heruntergingen; zwischendurch, und dabei guckten aus ihrer Deckung ein paar Gesichter ahnungsvoll hoch, splitterte und klirrte es immer wieder auf die Hofplatten herab, da holte der Luftsog die breiten Schiebefenster aus den Wintergärten heraus, und dabei fiel Jörn ein, daß die Mutter, wenn sie durch die weiträumige Wohnung gegangen war und die herrliche Aussicht vorn zum Steigerwald hoch und hinten über die Stadt hinweg gepriesen hatte, ein bißchen immer traurig blieb, daß unterm Dachjuhé keine Veranda, kein Wintergarten vom Architekten vorgesehen war, und während er an seine Mutter dachte und betete, lieber Gott, laß die Mama sicher tief unten im Luftschutzbunker in der Moltkestraße sitzen, begann zwischen zwei Detonationen der Keller wieder zu wanken, flackerte das Licht und fing in der Höhe ein Rutschgeräusch an, das Jörn zunächst an die Tauwetternächte erinnerte, wenn er wach wurde vom Geräusch der Schneemassen, die, vom Dauerfrost erlöst, in breiter Front die Dachschräge herunterzurutschen begannen, aber dann ging das Rutschen in ein schubhaftes Rauschen über, dem heftiges Poltern und schließlich ein ewig nicht nachlassendes Geprassel und Aufplatzen folgte ... das ist jetzt das Dach, hörte der Junge den Vater seufzen, der, als er dabei zum Kellerausstieg hochschaute, plötzlich aufsprang und mit einem Satz die drei Schritte zur Stehleiter nahm, die vor dem Ausstieg aufgerichtet stand.

Die Hausgemeinschaft hatte es ein paarmal üben müssen, den Notausstieg in den Hof zu benutzen; das war immer mit viel Gejuchze und Gekreisch der Frauen vor sich gegangen, nur Onkel Fietje stöhnte dabei und bekam Angstanfälle, mit seiner Körperfülle im Viereck des Gemäuerausschnitts steckenzubleiben; Jörn war allein und heimlich oft die Leiter hochgehuscht, hatte sich in den offenen Schacht hineingelegt, den Hebel hochgehievt, die bunkerhafte, mit einer Gummidichtung umrandete Klappe aufgestoßen und sich mit den Händen an den Mauerkanten ins Freie hinausgezogen.

Jörn war mit aufgesprungen und sah, wie sich, wie von einer unsichtbaren Hand bewegt, der Hebel der Klappe ganz langsam aufwärts schob. Viel später noch hatte der Ingenieur immer wieder darüber gegrübelt, wie es, ob durch Erschütterung oder einen unerklärbar wirkenden Luftsog, überhaupt möglich geworden war, daß der Hebelarm sich selbsttätig bewegte ... jetzt raste der Vater die Leiter hoch, und Jörn sah, daß er schon zu spät kam: der Hebel stand senkrecht hoch, und die Klappe, geisterhaft und unaufhaltsam, drehte sich hinaus in die Nacht.

Der Blick in die Nacht ging in einen Himmel, der feuerrot flammte, und aus der Nacht, wie ein Strahl, schossen durch den offenen Mauerschacht die zu einem einzigen Schwall zusammengeballten Geräusche in den

Kellerraum hinein, wo sie, gegen die Wände prallend, zu zerplatzen und fetzenhaft herumzuwirbeln schienen. Gewimmer und Schreie mischten sich ein; ein paar Bewohner lagen flach auf dem Boden; Tante Tiny hatte sich übers Kinderbett geworfen, leise jaulte der Dackel in seiner Höhle vor sich hin; Jörn war zur Schleusentür und mit den Füßen auf den unteren Hebelarm gesprungen, mit den Händen hielt er sich am oberen Hebelarm fest, aber die Geisterhand hatte bis dort nicht hingereicht; er sah jetzt den Vater, über dessen Rücken der rote Feuerhimmel stand, im Schacht des Ausstiegs liegen und mit den Händen draußen nach der gegen die Betonklötze gepreßten Klappe hangeln; endlich hatte er den Hebelarm erreicht, und während noch eine Serie Dachziegel auf dem Hof zu Scherben ging, sah Jörn den Vater ruckweise sich zurückbewegen, und da tauchte auch die Klappe langsam vor der Öffnung auf, der Feuerschein draußen verschwand, und der Geräuscheschwall riß ab, einen Moment noch, in dem er den heruntergestemmten Hebelarm nicht aus den Händen ließ, blieb er im Schacht liegen, dann kroch der Vater rückwärts die Leiter hinab, bis er aufrecht neben der Baumsäule stand und vorsichtig nach Hals und Hinterkopf tastete. Chris stand neben ihm und besah sich seine blutenden Hände, dann stand sie schon vorm Rote-Kreuz-Kasten, der neben der Schleusentür an der Wand hing, und holte mit sicheren Griffen heraus, womit sie die Wunden ihres Mannes versorgte, Jod, Mullbinden, Pflasterstreifen.

Dann war es plötzlich still. Der Dackel kam aus seiner Höhle heraus und sprang Jörn auf den Schoß. Keiner sagte etwas, alle warteten, aber es geschah nichts mehr, außer daß nach einer Weile der Dauerton der Entwarnung kam. Durch die zersplitterte Hoftür sah man den roten Himmel; der Hof fußhoch zugeschüttet mit Glas- und Dachziegelscherben; der halbe Zaun lag in Dressels zerwühltem Garten, in den auch die Fenster hineingeflogen waren. In der Wohnung oben hingen in den Fensterrahmen noch ein paar Holzreste, fast alle Türen waren herausgerissen, Möbel lagen herum, Jörn fand sein Zimmer verwüstet. Zum Verdunkeln der Fenster gab es nichts mehr, aber es gab auch kein Licht; der Strom war ausgefallen; die Nacht war hell von den brennenden Gebäuden, der rote Widerschein leuchtete in die Zimmer hinein, Brandgeruch lag in der Luft.

Jörn war gleich in den Speicher hochgerannt; es kam ihm vor, als steige er in den brennenden Himmel hinein; er hatte sich zwischen zwei Dachlatten hindurchgeklemmt und war über die Latten bis zum Dachfirst hochgeklettert; er begann die Brandstellen in der Nähe und hinter den Kasernendächern zu zählen, bis ihn der Vater herunterbrüllte; nach und nach fand sich die Hausgemeinschaft auf dem Dachboden ein; mehr Ziegel als erwartet waren auf den Latten hängengeblieben, vor den Dachrinnen stauten sich ganze Reihen hoch... Am nächsten Morgen, sagte Jörn, waren wir wieder alle oben, ein paar Landser waren aufgetaucht und halfen, einer war gelernter Dachdecker und kam aus Gelsenkirchen, er machte vor, wie man auch halbe Dachpfannen verlegt, mittags kam heiße Suppe hoch, Jörn sah in den Gärten die Kleingärtner ihre Bombentrichter zuschaufeln, ständig wurde gelacht, aber dann kam der Regen, und bald lief an den Wänden der Wohnung das Wasser herunter.

Jörn blies den Rauch seiner Zigarette in einen Schwarm tanzender Mücken. In der Stadt sah es ein bißchen schlimmer aus, und in den nächsten Nächten ging es weiter. Als es morgens hieß: die Moltkestraße brennt, hielt mich nichts mehr fest. Es brannten bloß ein paar Häuser, aber man ging nur über Glasscherben und abgedeckte Dächer. Mitten auf der Straße, die Scherben vor sich herklirrend, sah ich Gerrit gehen, den großen blonden Holländer, der mein Schwarm unter den Straßenbahnfahrern war. Gerrit winkte mir zu und lachte; er hörte nicht auf zu lachen, während er mitten auf der Straße ging, er raufte sich die Locken und rieb sich die Hände, und ich hatte nicht das Gefühl, daß ihn Wut auf die Bomber so fröhlich machte. Später wußten es ein paar Jungens in der Klasse, daß der Gerrit nicht mehr fuhr und nicht mehr da war, wieso nicht mehr da, nu ja, der Gerrit warn Widerständler, da hamsen ehm abgeholt.

Oben in der Wohnung schoben Lotti und ihre alte Mutter eine riesige Sperrholzwand durch den Korridor. Ja Jung, et hätt noch schlimmer kumme künne. Meine Mutter stand mitten in ihrem Wohnschlafzimmer und schaute in den Baum, der aus dem Hinterhof hochwuchs. Sonst waren von dem Baum nur ein paar Zweige im Fenster zu sehen, jetzt stand er in seiner ganzen Pracht vor dem Zimmer, dem mit dem Fenster gleich die Außenwand fehlte. Zehn Jahre später, sagte Jörn, möblierten Nora und ich das Gartenhäuschen draußen am Kalscheurerweg mit Mutters übriggebliebenem Hausrat. Das Holz von Tisch und Bett, von Küchenschrank und Kleiderschrank war völlig zersiebt, und wenn Licht darauf fiel, glitzerten in den Türen unzählige silberne Glassplitter auf.

Nora? Im vergangenen Winter, als Jörn angefangen hatte, seinen Erinnerungen nachzugehen, hatte er den Namen Nora schon einmal erwähnt, im Zusammenhang mit Erfahrungen, die in die fünfziger Jahre reichten. Er hatte nicht viel erzählt, und mir, seinem Zuhörer, war klar geworden, daß Jörn zögerte, die Spuren in diese Phase seines Lebens aufzunehmen. Sie erschien ihm zu nah, um nach ihr zu suchen wie nach einer verlorenen Zeit. Er war nach der Schule von zu Hause fortgegangen und hatte, gegen alle konventionellen Einwände, gleich geheiratet; beruflich ohne Ausbildung, versuchte er, was er eine offene Existenz nannte, offen immer gerade für den kommenden Tag; den vergangenen vergaß er so rasch, daß er glaubte, gewissermaßen schattenlos zu leben, ohne daß ihn Vergangenes berührte und behelligte. Mit dem Rücken zum Gestern dachte er viele Jahre lang, die Jahre der Kindheit und des Krieges verlassen zu haben wie ein Land, in das man nicht mehr zurückkehrt, nicht einmal in der Erinnerung, und mit Heimweh schon gar nicht. Als plötzlich zwei Erfurter Klassenkameraden auftauchten, waren sie ihm wie Besucher aus einem anderen Leben vorgekommen; kaum mochte er ihre Sprache verstehen, wenig Erinnerbares wollte sich austauschen lassen, Vergangenes sollte Vergessenes sein. Es ist, sagte Jörn, eine Geschichte für sich, was ich mir in diesen Jahren vorgemacht und wie ich mich selber getäuscht habe ... vielleicht ist es die Geschichte einer Flucht, eines Fluchtversuchs, der bei allen Ortswechseln aus den endlosen Räumen des Ichs nie hinausgeführt hat.

Und vielleicht war es auch der Versuch, das Grab in Cottbus zu vergessen. Der Vater, inzwischen zum dritten Mal verheiratet, mit Elly, der jungen Offizierswitwe aus dem Harz, hatte es übernommen, Geld und kleine Pakete nach Cottbus an den Pfarrer Stief zu schicken; der hatte die Mutter beerdigt und kümmerte sich jetzt um die Pflege des Grabs. Nichts war Jörn ferner und fremder als das, was in der *Ostzone* vor sich ging; er schaute und hörte und fühlte nur nach westlichen Horizonten hin; für eine Weile trampte er mit Nora nach Paris, aber dann kamen nachts die ersten Träume, die ihn nach Erfurt zurückholten; im Gartenhäuschen saß jetzt oft ein amerikanischer Student herum, der Geschichten über die Schwierigkeiten beim Häuserbauen schrieb; der war in Erfurt geboren worden und in der Schule zwei Klassen höher gewesen; beide Jungens hatten im Süden der Stadt gelebt und suchten jetzt auf Jörns altem Stadtplan nach Straßen, Gebäuden und Plätzen, die ihnen, ohne daß sie voneinander gewußt hatten, das Gemeinsame der Erfurter Jahre vergegenwärtigten. Sie buchstabierten Ortsnamen wie Bischleben, Ilversgehofen, Daberstedt und Sömmerda und zeigten dabei mit den Fingern in wechselnde Himmelsrichtungen; einmal begann der Student von seinem verschollenen Freund Manig zu erzählen; es waren ja viele junge Männer damals über Nacht verschwunden gewesen; es schauderte ihnen bei der Vorstellung, dort geblieben zu sein beim Russen und nichts von dem sehen und hören, denken und sagen zu dürfen, was hier unter den westlichen Freundesmächten jederzeit möglich, denkbar und machbar war; sie atmeten dann auf in der Gewißheit, die Luft einer Freiheit zu atmen, von der sie gerade ein paar Wochen nach Kriegsende den ersten Hauch in Erfurt mitbekommen hatten. Daß der Russe auch einmal am Rhein stehen könnte ... lieber wollten sie, entschiedene Pazifisten, sogar mit der Waffe kämpfen oder tot sein, als diese Horrorvision zu erleben, selbst mit dem Geschenk der Wiedervereinigung nicht, nein, sagte Jörn, so frei wir uns fühlten, so wenig wollten wir von einem Osten wissen, wo es ja inzwischen unsere eigenen Leute waren, die dort ihre Diktatur des Proletariats errichteten. Der Freund, er ging ja dann auch nach Amerika zurück ... noch freier, sagte er damals, bist du nirgendwo.

Als mein Vater wortlos mir ein Foto weitergab, das einem Brief vom Pfarrer Stief aus Cottbus beigelegen hatte, da spürte ich, daß alles Vergessen nur ein vorläufiges gewesen war ... der Anblick von Grab und Grabstein, der mit dem Namen der Mutter die Daten ihrer Geburt und ihres Todes verzeichnete, hatte das Gedächtnis aus seinem Schlaf gerissen. Indem es für alle Zeit wach blieb, versah es jeden Moment meines Lebens mit Herkunft und Hintergrund, hielt es die Zusammenhänge offen, in denen ich mich aufhielt ... aber dieses ganze Netzwerk begann sich erst zu verknüpfen, als ich nach Leipzig fuhr und ein Jahr später eine Woche lang durch Erfurt lief.

Das Kind, nach dessen Spuren Jörn dort suchte, hatte er im Gedächtnis als einen Halbwüchsigen behalten, der mit dem Ende des Krieges das Ende von Illusionen und Ängsten, Hoffnungen und Begeisterungen erfahren hatte. Wie gefährlich sie ihm geworden wären, wenn mit dem gewonnenen Krieg für das Land der Verursacher eine gloriose Zukunft begonnen hätte, es wurde ihm dann später bewußt. Den Vater, als nach dem 20. Juli die ersten Generäle gehängt worden waren, hatte er noch fassungslos angeschaut ... er hörte ihn doch wirklich was von Helden und wahren Patrioten murmeln, für die wird mal ein Denkmal gebaut – zugleich hatte er ihn erschrocken zur Seite blicken und den Zeigefinger auf die Lippen legen sehen ... der Pimpf, er hätte doch beim nächsten Heimabend den Mund auftun können. Aber Jörn war ein *schweigsamer* Pimpf – in der vergangenen Winternacht hatte er erwähnt, wie ihm die Zeit als Schule des Schweigens vorgekommen war; er hatte nicht einmal das Foto herumgezeigt, auf dem er zusammen mit dem einzigen Waldbröler Ritterkreuzträger zu bewundern war; ihn selber schmückte das gerade errungene Jungvolk-Leistungsabzeichen. Und zu Hause hatte er auch seine Beförderung zum kommissarischen Jungzugführer verschwiegen; er selber hatte es schon kaum mehr ernst genommen, als diese allerletzte Krücke von Fähnleinführer, der bisher nur auf der Schreibstube vom Bann herumgehockt hatte und den sie mit seinem krummen Rücken und wegen ewiger Hüstelei nicht zu den Flakhelfern gezogen hatten, ein paar Wochen vor dem Ende der Kämpfe angewackelt gekommen war, vor Jörn sich aufgebaut und mit einer Sicherheitsnadel den Silberknopf auf seiner linken Uniformschulter angeheftet hatte: 'ne grüne Schnur kriegste noch nich, aber mitm silbernen Knopf, da biste gleichsam nu der jüngste Jungzuchführer im ganzen Bann dahier ... Der ganze Bann, das war doch schon ein völlig versprengter Haufen, kein Aas ließ sich im Heim mehr sehen, die Appelle mittwochs und sonnabends waren wegen ständiger Feindeinwirkung auf nachem Endsieg verschoben worden; statt dessen kam der Artillerie-Beschuß immer näher; die Tiefflieger scheuchten die Straßen noch leerer; Schule fiel einfach aus; in den Schulklassen türmten sich Verwundete und Evakuierte aus Schlesien hoch; kein Volksgenosse mehr wagte sich aus freien Stücken aus dem Keller raus; Jörn vergrub in einer Kampfpause seine Spielzeugsoldaten in Dressels Garten; in den Kasernen war so gut wie kein Fetzen Uniform mehr zu sehen; in der letzten Nacht schienen in den Gärten um die letzten Widerstandsnester wilde Kämpfe zu toben, jedenfalls war stundenlange Schießerei zu hören, bis in der Frühe plötzlich eine Stille ausbrach, die alles Kampfgeräusch für immer zu beenden schien.

Jörn hatte sich zur Dachluke hochgeschlichen. Er schaute über die zerschossenen und wie friedlich daliegenden Gärten auf den Wiesenhügel, der die Hänge und Böschungen hoch in den Steigerwald überging, an dessen Rand die Bergkaserne lag. Die Mutter hatte nie aufgehört, von der Aussicht zu schwärmen, deretwegen sie vor sechs Jahren sich für die Wohnung entschieden hatte, und in diesen Jahren hatte sich auch der Junge in die wie eine Sucht wirkende Gewohnheit hineingelebt, an einem Fenster zu sitzen, vor einem Fenster zu stehen, an Fensterreihen vorbeigehen, ein Fenster zu öffnen und hinauszuschauen, ziellos und träumerisch in weite Himmel hoch, genau und wahrnehmungsbereit für die Vorgänge unten auf der Straße, traurig und verlassen sich fühlend nach Abschieden, Trennungen ...

An diesem Morgen hielt er sein Fernglas vors Auge ... es war die abgetrennte Hälfte eines Feldstechers, die ihm sein Offiziersfreund geschenkt hatte; die andere Hälfte, zertrümmert von einem Granatsplitter, war in einem Kieferngehölz bei Winniza liegengeblieben. Der Weg, der vom Plateau vor dem ersten sichtbaren Kasernengebäude in die Tiefe hinabfiel, war nur stellenweise einsehbar; er führte hinter Dornenhecken durch Mulden hindurch an Gartenzäunen vorbei und verschwand schließlich in einem Hohlweg, der zwischen Kasino und Eremitage als gepflasterte Straße wieder zum Vorschein kam ... Jörn kannte das Gelände genau, als Pirat wie als Pimpf; im ersten Kriegswinter hatte ihm der Vater beigebracht, wie man auf Skiern die Steilhänge im Grätschschritt und Treppenschritt nahm und wie es im Stemmbogen oder in rasender Schußfahrt zu Tal ging; für Spaziergänger ein mühsamer Weg in den Steiger, zumeist sah man nur die keuchenden Bewohner der Gartenhäuser oder schwitzende Wehrmachtsangehörige, manchmal Kübelwagen und Panzerfahrzeuge, danach öfter die amerikanischen und danach ziemlich selten die russischen Jeeps – und dann, als Jörn ein Jahr nach der Oktoberwoche mit Lena wieder nach Erfurt gefahren war, hatte ihn der Hohlweg wie ein Sog angezogen. Entsetzt war Lena aus dem Wagen gesprungen. Jörn aber war losgefahren und hatte den jaulenden Geländewagen den steilen Hangweg hochgeschraubt; oben auf dem Plateau war er noch eine Weile am Steuer sitzen geblieben und hatte, während sein Blick sehr langsam über die in der Ebene liegende Stadt bis zur Fensterreihe der alten Wohnung ging, in seinen Händen ein Zittern gespürt.

Jetzt sah Jörn die ersten amerikanischen Soldaten von der Bergkaserne herab in die Mulde steigen und wieder hochkommen und den Hang herunter in den Hohlweg sichern. Durch sein Fernglas konnte er ihre mit Tarnnetzen bespannten Helme, die khakifarbenen Uniformen und ihre vorgehaltenen Maschinenpistolen erkennen. Dem vorausspähenden Trupp folgte im Gänsemarsch der nächste, schließlich war es eine ununterbrochene Reihe, die Jörn sich in den Hohlweg hineinbewegen sah. Der einäugige Blick durch sein Fernglas kam ihm wie der Blick durch ein Zielfernrohr vor, aber er dachte nicht mehr an Schießen; er spürte, nach dem Artilleriebeschuß der vergangenen Tage, so etwas wie Erleichterung, wie Erwartung auch von Abenteuerlichem, das der Heranmarsch der Amerikaner zu verheißen schien. Er besann sich, wie er meinte, denn er trug ja noch die um den Uniformärmel gewickelte Melderbinde, seiner letzten Pflicht: er sprang die Treppen hinab in den Keller und meldete stammelnd der verstummt dasitzenden Hausgemeinschaft: die Amerikaner sind da.

Der Vater war ungeheuer aufgebracht wegen Jörns Alleingang, aber dann hielt es ihn nicht länger im Keller; Jörn schlich ihm nach, und da sah er, unter dem Treppenpodest vor der Hoftür hochlugend, zwei amerikanische Infanteristen, die Maschinenpistolen im Anschlag, das Treppenhaus betreten. Sie richteten ihre Waffen auf den Mann, der mitten im Flur vor ihnen stand. Jörn erstarrte. Aber dann sah er den Vater beide Arme über den Kopf hochheben und hörte ihn, zum ersten Mal, zwei englische Wörter sagen: I surrender.

Die beiden Soldaten schienen etwas im Mund zu haben, unablässig kauten sie darauf herum, mit einer gleichmäßigen Bewegung ihrer Kinnladen. Das folgende Hin und Her der amerikanischen Fragen und englischen Antworten, Jörn verstand davon nichts; er hörte nur, daß es einen Unterschied gab zwischen dem hervorgekauten, lässig schleppenden Tonfall der Amerikaner und der harten, fast jeden Buchstaben betonenden Sprechweise des Vaters ... Später wußte er, daß es um Waffen, Fotoapparate und deutsches Militär gegangen war, wobei der Vater offenbar ein Stoßgebet gen Himmel hatte schicken müssen, denn Gerlach hatte sich nur ein Zivilhemd angezogen, und gleich vorn in Onkel Fietjes und Tante Tinys Wohnung stand in einer von zwei geöffneten Türen zugehaltenen Korridorecke Onkel Max, der ein Jahr danach mit Tante Ines verheiratet und einen Tag zuvor in voller Montur ins Haus hinein desertiert war.

Als die beiden Amerikaner in den Keller heruntergetänzelt kamen, saß Jörn schon wieder in seiner Couchecke; sie standen nur kurz in der offenen Schleusentür und warfen einen Blick auf die stumm vor den Wänden sitzenden Zivilisten, die weniger verängstigt als verwundert, neugierig fast, zu ihnen hochschauten. Die Amerikaner hatten kaum kehrtgemacht, als Bewegung in die erstarrte Runde kam; alles sprang auf und drängelte durch die Tür nach oben hin; der leere Keller war seit diesem Augenblick kein Luftschutzkeller mehr.

Jörn war sitzen geblieben. Der Dackel kam aus seiner Höhle hervor, sprang auf die Couch und legte seinen Kopf auf den Schoß des Jungen. Jörn streichelte ihn. Dann verzog sich sein Gesicht, und er begann zu schluchzen. Die Augen des Hundes schauten zu ihm hoch; Jörn streichelte ihn weiter und heulte leise vor sich hin. Er wußte nicht, warum. Er dachte nur an die Brüder seiner Mutter, die um den gefallenen Hans und den verschollenen Erich trauerte; er dachte an seinen einarmigen Offiziersfreund, an Rosis gefallenen Vater und das tote Mädchen in der Gartenstraße, und wenn er, wie alle die Erwachsenen, immer geglaubt hatte, die Toten müßten sein, damit wir weiterlebten, dann war dieses Glauben jetzt weg, ganz plötzlich, wie eine ausgeblasene Flamme. Er sah vor sich hin, und es kam ihm vor, als schaute er in Dunkles und Leeres, in dem etwas herandämmerte, so etwas wie ein Wissen, daß der Kampf vorbei und der Krieg wirklich verloren war, und daß sein bebendes Miterleben in all den Jahren umsonst, vielleicht ganz falsch gewesen war. Er wußte es nicht so genau wie später, aber er begann zu spüren, daß alles nicht gestimmt hatte, was von den Erwachsenen gesagt und von ihm geglaubt worden war... er hatte ihnen ja auch dann vertraut, wenn er nichts verstanden hatte, und so oft er sich von ihnen verstört und eingeschüchtert fühlte, er war sich beschützt und aufgehoben vorgekommen; nur wußte er noch nicht, daß er aufwachsen und mitleben würde im Schatten ihrer Schuld.

Jörn hatte aufgehört zu heulen. Er stand auf, und der Dackel sprang von ihm weg. Er hakte den Schulterriemen los, schmiß ihn auf den Boden und zog sich langsam, nachdem er die silbernen Knöpfe einen nach dem anderen durch die Knopflöcher genestelt hatte, die Bluse seiner dunklen Winteruniform über den Kopf. Er streifte den braunen Lederknoten vom Halstuch ab und riß sich das schwarze Dreieck vom Hals. Das Braunhemd folgte der Bluse nach, dann hakte er das Koppelschloß auf und zog das Koppel, an dem das Fahrtenmesser hing, durch die Schlaufen; das Fahrtenmesser klirrte auf den Boden. Er setzte sich wieder, zog das Messer aus der Scheide und begann, von den Ärmeln seiner Uniform alle Dienstabzeichen abzutrennen, vom linken Ärmel Jungvolkrune und das Gaudreieck, vom rechten Ärmel die Oberhordenführerwinkel, alles zweimal, erst Bluse, dann Hemd, dann kamen Schulterknöpfe und Schulterklappen dran, Fähnlein 12, Bann 71, alles runter damit, zuletzt hakte er die Abzeichen von den Brusttaschen ab, Jungvolkabzeichen, Sportabzeichen, Leistungsabzeichen, Schießabzeichen, klickendes Blechzeug, das, zusammen mit den zerfransten Flicken, seine Füße unter die Couch beförderten... fröstelnd stand er im Turnhemd und sah auf seinen Armen eine Gänsehaut entstehen; mitten auf dem weißen Turnhemd prangte noch in Schwarzweißrot der HJ-Rhombus, beim Abtrennen zerlöcherte er den Stoff, den Rest des Lappens riß er ab, die Nähte blieben jahrelang sichtbar.

Jörn zögerte einen Moment; als ihm richtig kalt wurde, zog er Hemd und Bluse wieder an. Dann kletterte er die Leiter zum Ausstieg hoch, legte sich in den Schacht, stemmte den Hebel hoch und stieß die Klappe weit auf. Durch die Latten des Hofzauns sah er in Dressels Garten, daß aus den Zweigen der Obstbäume die jungen aprilgrünen Blätter wuchsen. Er blieb einen Moment im Schacht liegen, hielt den Kopf ins Freie und atmete tief die frische, kühle Luft ein. Dann kletterte er zurück, ohne die Klappe wieder zu schließen. Er nahm seinen Hund, der auf den Hinterpfoten vor der Leiter stand, unter den Arm und verließ den Keller.

Oben standen sie alle gegen den Vorgartenzaun gelehnt. Als Chris und der Vater Jörn sahen, sagten sie nichts. Der Junge sagte auch nichts. Die Erwachsenen hatten alle ganz frohe Gesichter und redeten durcheinander. Aus der Eremitage kam über die Straße Karlchen Tümmler mit seiner weißen Kochmütze und einer großen weißen Schürze, die er um seine Unteroffiziersuniform gebunden hatte; er ging ins Haus und kehrte, ohne die Jacke, im weißen Hemd zurück. Dann näherte sich auf der Straße Frau Vogel, die Blockwartsfrau. Die Hausbewohner redeten weiter. Als sie an der Gruppe vorbeiging, nickte sie kurz mit dem Kopf und sagte Heil Hitler. Alle verstummten. Nach ein paar Schritten blieb Frau Vogel stehen, wendete sich um und zwang sich ein Lächeln ins Gesicht... Ach ja, guten Morgen, das kann man wohl jetzt wieder sagen.

Ein Jeep jaulte um die Ecke vom Kasino und fuhr rasch auf die Kaserne zu. Es war der erste amerikanische Jeep, den Jörn sah, und er starrte auf das Gefährt wie auf eine wunderbare Erscheinung. Auf der Motorhaube prangte ein großer weißer Stern. Das Gesicht unter dem Helm des Fahrers war schwarz, und auch die Hände am Steuer waren schwarz. Als der Wagen an den staunenden Zivilisten vorbeifuhr, wendete sich der Kopf des Fahrers ihnen zu. Er hatte große, lustige Augen, und zwischen den breit geöffneten Lippen glänzten die zwei Reihen seiner weißen, makellosen Zähne.

Es war dunkel geworden, und wir kletterten von unserem Hochsitz hinab. Auf der Dorfstraße kam uns der Trabi entgegen; bevor er ins Gehöft einbog, blinkten seine Scheinwerfer zweimal kurz auf. Hinter einem Hoftor bellte ein Hund in die Stille hinein. Eine Kette klirrte herab, dann gab es kein Geräusch mehr. Im Dorfkrug schummerte nur der Lichtbalken der Brauereireklame, die über dem Schanktisch hing. Herr Demuth lehnte am Schanktisch; am runden Tisch saßen Kalle, der Schwiegersohn, Berti aus der Korea-Siedlung und Sascha, der junge Förster. Unterm Stuhl lag sein Hund. Wir klopften auf die Tischplatte und setzten uns dazu. Kuli kam aus der Küche herein und begann die Biere zu zapfen.

Kalle hatte am Nachmittag im Wald Pfifferlinge gesammelt, aber weil es lange nicht geregnet hatte, war die Ausbeute mager gewesen. Es war eine trockene Gegend, ganze Landstriche nichts als Sandböden, und darum auch kein Weideland für das Vieh, das aus den Ställen der Kolchose nicht herauskam. Das Dorf hatte seine eigene Wasserversorgung ... Der Bürgermeister damals in den siebziger Jahren, det warn Kerl, der wollte Unabhängigkeit, der war einfach zum Russen marschiert, und der

Russe war auch gleich mit Bagger und Planierraupe gekommen, aber Telefon schaffte er auch nicht ... im ganzen Dorf drei Telefone nur, bis zur Wende, heute hat hier jeder Telefon. Technische Probleme? Nischt, ach wat ... wir sollten einfach nicht, bloß stille bleiben. Die Männer erhoben gleichzeitig das Bierglas und lachten kurz vor sich hin. Kam der Russe schon mal in die Kneipe? Schon mal die Offiziere, die soffen die halbe Nacht durch, draußen im Wagen saß der Chauffeur, der saß draußen bei zwanzig Grad minus, und wenn ich – Herr Demuth winkte zur Tür – ihn reinholen wollte, nix, draußen bleiben, Chauffeur ist Chauffeur; der Junge war dann der glücklichste Russe, wenn wir ihm 'ne heiße Bockwurst brachten.

Jörn bestellte eine Runde Nordhäuser. Die Herren waren beim Militär? Die Herren nickten. Ich war nicht mal in der FDJ, brummte Herr Demuth, bloß Verteidiger beim Fußball. Aber Kalle war zusammen mit Berti Grenzsoldat bei Salzwedel gewesen, und Sascha war erst Pionier, dann Flugabwehr. Grenzsoldat ... so etwas wie Grenzverletzungen erlebt? Gott sei Dank nee, aber vorbereitet waren wir auf allet. Auch auf uns ... die Gegner? Gegner? Kalles kurzes Lachen kam gellend ... Feinde! Kapiert das mal: Feinde, Klassenfeinde, Imperialisten! Nee, nee, so wat von Wahnsinn! Berti schüttelte den Kopf ... Wahnsinn, allet Wahnsinn, Feinde. Sascha strich sich über das kurze, glatt gescheitelte Haar ... unsere Uniformen, die sahen aus wie die Uniformen von der Wehrmacht, bloß die Helme ... Kalle schüttelte sich, als er seinen Korn herunterkippte ... nee, nee; dann kam Kuli an den Tisch, hielt seinen Wehrpaß vor Jörns Gesicht und sagte: war aber nich ... Er setzte sich wieder hinter sein Bier und sah stumm vor sich hin, während Berti, halbe Sätze verschluckend, rasend losberlinerte, begleitet von Kalles Dazwischengemecker, das langsam fast bösartig klang. Jörns Gesicht war anzusehen, wie er sich anstrengte, etwas mitzubekommen, aber fast nichts war zu verstehen von dieser Tirade, bei der es um Dienstvorschriften, Vorgesetzte, routinemäßig Bekloпptes und ein verfranztes Bundesgrenzschutzfahrzeug zu gehen schien. Kalle sprang schließlich auf und kurvte hinter den Zapfhahn; Gläser klirrten, und Bier zischte los; Berti drehte sich auf seinem Stuhl ein paarmal nach hinten in den leeren, halbdunklen Raum hinein; nach ein paar wegwerfenden Armschlenkern stützte er das Gesicht zwischen die Hände und verstummte. Sascha strich sich über die Haare. Nur jut, wiet denn jekommen is... Herr Demuth grummelte ins Sälchen hinaus.

Sascha saß wie immer im grünen Hemd und in seiner Kniebundhose. Förster wollte ich ja auch mal werden, sagte Jörn. Offizier hätte ich auch werden können, sagte Sascha und winkte nach der nächsten Runde Bier. Nach der Wende hatte er eine Weile unten im Rheinland in der Forstverwaltung gesessen. Hier fühlte er sich jetzt zu Hause und kannte jeden Quadratmeter in den Wäldern. Über Prora wußte er Bescheid. Er kannte auch genau die versteckte Lage der russischen Raketenstellung. Wie finde ich dahin, wollte Jörn wissen, und Sascha begann den Weg zu erklären... am Waldrand entlang wie zum Flugplatz, dann aber geradeaus weiter in den Wald hinein bis zum Siebenwegekreuz, und dann... Dann weiter geradeaus und dann links, und dann wirds kompliziert, also ick weeß nich, mitm Wagen 'ne Viertelstunde, aber drei Tage, wennde suchen tust... Herr Demuth war aus dem Sälchen zurück und stand am Tisch: fahrn wir morgen vormittag doch mal hin. Jörn nickte und bedankte sich und ließ sein leeres Gläschen kreisen; Kuli stand auf und sah fragend in die Runde, drei Braune und vier Weiße.

Am nächsten Morgen schaukelten wir über den Feldweg, der zum Flugplatz führte. Vor der Biegung, die dem Waldrand folgte, hob Herr Demuth, der neben Jörn saß, den Arm und zeigte nach vorn; über den Sandweg fuhren wir mitten in den Wald hinein. Zwischen den Kiefernstämmen wölbten sich dünenhafte Sandhügel hoch; als wir vorbeifuhren, sahen wir, daß es Erdwälle waren, die alle die flachen, zum Weg hin offenen Mulden umgaben. Herr Demuth nickte ... Tarnplätze für Jagdmaschinen, Me 109, bis zur Wende parkte der Russe drin.

Jörn kurvte langsam um jedes Schlagloch herum. Herr Demuth zeigte zum Fenster hinaus und erklärte die Grenzverläufe zwischen Saschas aufgeräumtem Forstbereich und dem mit zahlreichen Hochständen bestückten Revier des Försters in Hohenkuhnsdorf; zwischendurch drehte er sein Gesicht nach Waldstücken hin, die schon ins Anhaltinische gehörten. Hinter einer Biegung wies er Jörn in einen schmalen Weg hinein, der auf einer kleinen Lichtung endete. Sie war frisch planiert worden; Ziegelstaub bedeckte den Waldboden; ein sumpfiger Tümpel verlief sich zwischen Buschwerk, die Reste einer Teichanlage. Nu hamse allet abjetragen. Herr Demuth hatte uns die Ruine eines Jagdhauses zeigen wollen, das zu Schloß Ahlsdorf und bis fünfundvierzig der Familie von Siemens gehörte ... Soll jekauft sein von der Deutschen Bank und steht nu leer. Tiefhängende Zweige streiften den Wagen, als Jörn zurücksetzte und in den Pfützenschlamm geriet; Herr Demuth überlegte jetzt konzentriert vor jeder Kreuzung, ehe sein ausgestreckter Arm weiter die Richtung wies. Zuletzt schwenkte der Wagen in einen schwarzgeschotterten Weg ein, den rostige Zaunreste bis zum eingerissenen Drahtnetz eines offenstehenden Tores säumten. Jörn fuhr im Schrittempo und äugte nach den stacheldrahtbespannten Rahmen, die zwischen Büschen und überwucherten Trümmern am Wegrand lagen... Reifenfallen, brummte Demuth; dann standen wir vor dem nächsten Tor. Herr Demuth stieg aus, rüttelte am Gestänge und hatte nach wenigen Handgriffen das Tor offenstehen. Warnschilder mit kyrillischen, Verbotsschilder mit deutschen Buchstaben; Erdbunker, Gemäuer, Pförtnerhäuschen; langsam rumpelten wir über den Plattenweg auf eine Betonpiste zu, wo Herr Demuth den Arm sinken ließ... nu sind wir beim Russen.

Nichts hörte sich einsamer an als das Geräusch der zufallenden Wagentüren. Wir standen zwischen Gebüsch und hohen Kiefern, die bis zu den Betonrampen reichten, hinter denen sich eine hohe dunkle Halle öffnete; sie führte an den Bunker heran, der sich tief unter der Erde ausdehnte und zugleich zu einem mächtigen Hügelrücken hochwölbte, auf dem Nadelgehölz und Birken wuchsen. Die Bunkereingänge, scheunenhaft große Eisentore, waren zugeschweißt. Breite Gleise führten zu den Rampen hin... Herr Demuth zeigte, wo die im Bunker lagernden Raketen über die Schienen auf Lafetten gerollt wurden, die sie zu ihren mobilen Abschußpositionen transportierten... bis annen Rhein zu euch wären die jeflogen. Er ging zu einem der mannshohen Kiefernstämme hin, die aus dem geborstenen Gestein zwischen den Rampen wuchsen, und maß die frischgewachsenen Zweige nach; für jedes Jahr berechnete er dreißig Zentimeter; sechs, sieben Jahre waren die Bäumchen schon alt.

Wir wanderten in dem menschenleeren Gelände umher. Am Ende des Bunkerhügels befanden sich unter einer Halle weitere Eingänge und Rampenanlagen, die in ein Netz halb zugewachsener Plattenwege und Straßen breit wie Autobahnen übergingen. Sie endeten alle vor einer hohen Mauer, die das Gelände umgab und hinter der unbewegt der Wald stand. Auf einem weiten Platz reihten sich, groß wie Flugzeughangars, offenstehende Hallen; die meisten standen leer, von den Wänden hingen herausgerissene Leitungen und Kabel herab; Mauerschutt lag in Haufen herum, dazwischen türmten sich Stapel schwarzer Eisenbahnschwellen auf. Getrennt von Zaunanlagen, reihten sich entlang der Plattenwege Schuppen und kleinere Hallen, in denen, wie Demuth erklärte, Werkstätten, Viehställe, Bäckerei und Schlachterei untergebracht waren; ein Heizwerk und Gruppen von Wohnblöcken schlossen sich an, dreistökkige, gelbe Gebäude mit großen leeren Fensterflächen. Die Gebäude waren mit großgemalten Ziffern versehen, Jahreszahlen, sie reichten von 1971 bis 1987; die jüngsten Gebäude sahen wie moderne Siedlungen aus, fast wie man sie von westdeutschen Stadträndern her kennt, weißer Kalksandstein, sauber und halbrund mit der Hohlkelle verfugt ... det waren unsere Leute, sagte Herr Demuth; er zeigte auf das grob zusammenzementierte Mauerwerk der Schuppen und Ställe: so hat der Russe jemauert.

Hinter den Wohngebäuden, zwischen hochgewachsenen Büschen, lagen Kinderspielplätze mit Resten von Turngerät und Klettergestänge; Brennesselplantagen, aus denen umgekippte Hockeytore ragten, überwucherten einen Sportplatz, hinter dem es hinauf zu einem kleinen Schwimmstadion ging, ein Fünfzigmeterbecken mit sechs Startblöcken, flankiert von hochgestaffelten Zuschauerbänken und einer Reihe offener Kabinen zum Umkleiden und Duschen; das Becken war halbvoll von schwarzgrünem Wasser.

Wir setzten uns auf eine Bank und rauchten. Das Gelände, sagte Jörn, in seiner Leere erinnere es ihn an das verlassene Prora ... nur erzähle hier die deutsche Militärgeschichte nichts mit. Eine selbständige Einrichtung der Roten Armee. Die hatte sich ihre Zukunft auch anders vorgestellt. Ihre Hinterlassenschaft, nicht das allerschlimmste Übel. Kalter Kriegsschrott. Entsorgungsproblem. Aber hier waren Familien zu Hause, hier haben Kindheiten angefangen. Irgendein Kolja, irgendeine Irina wird sich mal erinnern kommen und nach Spuren suchen in einem brandenburgischen Kiefernwald; da wird nichts mehr zu finden sein als ein paar Hügelkuppen, Sandflächen, mageres Heidekraut. Was tat der Vater für einen Dienst im Bunker, wohin ging die Mutter zum Einkaufen, wer hütete das Tor der Hockeymannschaft, was kam nach den Wäldern hinter der Mauer ...

Damals, sagte Jörn, damals wollte es keiner wahrhaben ... aber dann an einem Julimorgen war der Russe doch da, in Sachsen, in Thüringen, überall, wo der Amerikaner über Nacht abgerückt war und für Jahre die verzweifelte Hoffnung, die von immer neuen Gerüchten angefachte Illusion hinterließ, der Iwan bleibt ja nicht, der Ami ist bald wieder da ... Die ganze Nacht hatte der Junge das ferne Geräusch der Autobahn gehört, die südlich der Stadt durch die auslaufenden Wälder des Steigers führte, dieses ununterbrochene Rollen der westwärts sich bewegenden Fahrzeugkolonnen, dieses wie unterirdisch herankommende Grummeln, das er bis in seine Bettkuhle zu spüren glaubte, aber mehr noch spürte er das Anschwellen in seinem Hals und das Bohren in seinem Bauch, die Signale eines Krankwerdens, das regelrecht zu beschleunigen er Stunde um Stunde sich anstrengte. Denn im Korridor draußen, eins hinter dem anderen an die Wand gelehnt, standen die drei Fahrräder gepackt. Das eine hatte ja schon die Mutter nach ihrem Weggehen für Jörn organisiert; für die beiden anderen, nachdem der Vater die Flucht für den Fall der sowjetischen Besetzung beschlossen hatte, war ein halber Sack Hautleim in einen versteckten Hinterhof gewandert, wo an der Teppichstange die zwei hergerichteten alten Mühlen hingen.

Im Mai war ja schon die erste Gerüchtewelle durch die Stadt gegangen; was alles an Verordnungen, Aufforderungen und Nachrichten auf den Plakaten an Litfaßsäulen und Hauswänden zu lesen war – einmal hatte dort der Junge das warnende Wort *Geschlechtskrankheiten* entdeckt, und nachdem er sich endlich getraut hatte, die Mutter danach zu fragen, war sie ganz verlegen geworden und hatte was von unvorsichtigen Männern und Frauen angedeutet, die setzten sich mit dem nackten Po auf fremde Klos, ohne sich vorher Klopapier dazwischen auf die Brille zu legen –, die alliierten Beschlüsse zur Aufteilung Deutschlands in vier Besatzungszonen, die dann gar nicht übereinstimmten mit den jeweiligen Gebietseroberungen durch die kämpfenden Truppen der Amerikaner, Briten und Sowjets, davon war keine Mitteilung an die Erfurter Bevölkerung ergangen. Aber wer nicht alles schien Bescheid zu wissen ... Höhere Parteileute, rechtzeitig in Zivil, waren schon früh in ihren mit Holzgas angetriebenen Audis und Opels über den Thüringer Wald ins Bayerische gesteuert. Kreisleiter, Hauptbannführer, Ortsgruppenleiter, alle gleich weg über die Werra nach Hessen hinter die Rhön. Die Konstrukteure aus dem geheimnisvollen *Reparaturwerk* in Erfurt-Nord, die wurden familienweise gleich von den Amerikanern auf ihre Lastwagen gepackt und ins Württembergische transportiert. Und früh an einem Sonntagmorgen stand plötzlich ein englisches Militärfahrzeug vorm Haus; hinterm Steuer kam ein Schnurrbart mit schwarzem Barett hervor, und aus der anderen Tür kletterte in voller Uniform – Jörn im Fenster oben traute seinen Augen nicht – Oberstleutnant Benteler, der marschierte gleich ins Haus und sprang zu seiner Wohnung hoch; Jörn rannte ins Schlafzimmer den Vater wecken, der stolperte im Bademantel zu Bentelers hinunter, und bald danach sah Jörn die ganze Offiziersfamilie mit ein paar Koffern das Haus verlassen und den Ford besteigen, knappes Grüßen, kurzes Winken, und der Engländer nahm seinen deutschen Offizierskollegen, samt Frau und Kind, wieder in die Gefangenschaft nach Schleswig-Holstein mit.

Dem Vater stand noch der Respekt im Gesicht, als er die Treppe hochkam ... Diese Briten, fabelhafte Gentlemänner, und Jörn hatte schon wieder ein englisches Wort gelernt. Aber ob er von den kommenden Veränderungen wußte? Gesagt hatte der Offizier jedenfalls nichts. Der Russe kommt ja auch gar nicht, das wollte nun Doktor Gerhards, der befreundete Hausarzt, aus sicherer Quelle erfahren haben; der Russe muß sogar fast ganz aus Berlin raus, die Angloamerikaner sind schon unterwegs, selbst die Franzosen kriegen ein Stück Reichshauptstadt mit ab. Auch Onkel Fietje hatte erträgliche Nachrichten parat, nur die weißen Amerikaner rücken ab, dafür kommen dann die Neger. Viel von Militär war in der Stadt ohnehin nicht mehr zu sehen; das Kasino war von Offizieren belegt, die umliegenden Kasernen hatten ein paar Tage leergestanden, dann transportierten die Amerikaner sie lastwagenweise hinein, tausende von Fremdarbeitern; Polen, Russen, Tschechen, ein paar Italiener, *displaced persons.*

Jörn, dem immer nur Widerwille das Gesicht verzog, wenn ihn der Vater die lateinischen und griechischen Vokabeln abfragte, war jetzt regelrecht gierig nach den neuen englischen Wörtern. *This is Radio Luxemburg, a station of the United Nations*... Wie in einem Rausch hörte er, ohne ein Wort zu verstehen, dem amerikanischen Nachrichtensprecher zu, bevor ihm der Rhythmus der folgenden Swingmusik in die Glieder fuhr; sein Körper hatte etwas entdeckt, was die Strammheit aller Marschmusik wie in Fesseln gehalten hatte, ein völlig neues Gefühl für Bewegung, Lässigkeit; eine nie gekannte, den Körper plötzlich überfallende Art, mit den Füßen zu wippen, den Hals schräg zu halten und mit dem Kopf hin und her zu rucken, die Schultern zu rollen und mit den Fingern zu schnipsen.

So bewegte sich auch WWW, der sich nun Doubleyoudoubleyoudoubleyou nannte, durch den hohen düsteren Raum des Thuringia-Hauses, in dem sich, weil die Schule noch lange nicht wieder anfangen sollte, AGs, Arbeitsgemeinschaften, zusammengefunden hatten... Jörn machte in zwei AGs mit: von der einen wußte er auch noch nicht, was das eigentlich bedeutete, *Literatur und Philosophie,* und er schlief auch immer bald ein, wenn Oxe, sein letzter Jungstammführer, der ihm noch die Oberhordenführerwinkel verliehen hatte, unter schweren Wortvorhängen alles Verstehen zum Erstikken brachte; in die andere ging er *just for fun* hinein: WWW hatte die große Wandtafel mit Kreidezeichnungen vollgekritzelt, und da begriff Jörn gleich, this is a pipe and that is the smoke of a pipe, there stands a house and nearby stands a tree, and here comes a boy and there is sleeping a girl, and now wrings the postman and you can ask him, how long you think this letter is running... Wieso WWW, als einziger unter humanistischen Altsprachlern, so elegant sein Kauderwelsch zu zelebrieren vermochte, das verriet er dann grinsend als secret life, you know, I used to listen the American Forces Network... dubidu, dadubidubiduda... tänzelnd nach der Melodie von *Sentimental Journey* bewegte er sich durch den Raum... Listen, there is music in the air... dann ließ er sich wieder in den riesigen ledernen Clubsessel fallen, legte die Beine auf den Rauchtisch, fischte aus dem buntkarierten Hemd eine Zigarettenpackung hervor... and now you see, I'm introducing one of the most famous cigarettes in the world, Paaall Maaaaall...

WWW hatte ja schon immer den Clown gemacht; er war der Spielleiter, die Stimmungskanone der Schulfeste gewesen und hatte mit seinen Couplets, Moritaten und Rezitationen die dollsten Lachnummern abgegeben, aber nun befand er sich in einem neuen Element, das auf den heimlichen Swingheini geradezu gewartet zu haben schien, er kaute *chewing gum* und ging umschwebt von süßlichem Zigarettengeruch, und was die amerikanische Präsenz anging, they never will go, we have to learn democracy, you know...

Jörn vermißte aber die ersten Gesichter in der Klasse; die waren also auch schon weg; tagelang stand er in der Frühsommerhitze auf dem Schulhof und hämmerte den

Mörtel von den heilgebliebenen Ziegelsteinen; vom linken Flügel des Schulgebäudes war nur ein Trümmerhaufen übriggeblieben, dabei hatte das vom Dach leuchtende, hoch aus der Luft erkennbare Rote Kreuz das Gebäude doch als Lazarett ausgewiesen, weshalb das Langemarck-Gymnasium jahrelang in den Räumen der Himmelspforte, dem modernen Dreißigerjahrebau des Neusprachlichen Gymnasiums, mituntergebracht war; die halbe Penne, unter Anleitung der auch nur noch halben Lehrerschaft, hackte und schaufelte den Schulhof von Trümmern frei, zog heruntergekrachte Deckenbalken unter dem Schutt hervor, wühlte verschüttete Klassenräume auf und stemmte zusammengeknickte Türfassungen los, reichlich riskante Unternehmen, immer wieder trieben herunterpolternde Mauerteile die Jungens auseinander, klatschten Dachziegel zwischen gebückten Rücken auf – zuletzt, als sich gerade alles um den Karren mit den Kesseln Schulspeisung sammelte, begann plötzlich ein knirschendes, berstendes Geräusch, da bewegte sich ganz langsam, richtig im Zeitlupentempo, die freigebombte Aulamauer in eine Schräge hinein, in der sie einen Moment lang stehenblieb und sich zu halten schien, aber dann kippte die Mauer langsam weiter und zerfiel im Fallen schon in tausend Mauerbrocken, die auf den halb planierten Ruinenhügel kurz und trommelfeuerhaft herniederprasselte, in der Luft eine Rauchwand hinterlassend, die alsbald mit dem aufsteigenden Staubpilz zu einer gelben, mächtigen Wolke zusammenschwebte.

Einige Jungens wollten gleich wieder loslegen, aber die bleichgewordene Lehrerschaft hob beschwörend die Hände, und alle wurden heimgeschickt. In der Humboldtstraße kam Jörn am Haus von Pfarrer Mebus vorbei. Hemdsärmelig und in Knickerbockers, wie immer die Pfeife im Mundwinkel, stand er zwischen den Johannisbeeren. Er winkte den Jungen in den Garten und ließ ihn die ersten roten Beeren probieren, sie waren sauer, Jörn dachte an Sabine und fragte sich, ob auch die Oma schon im Dellbrücker Garten zwischen den Sträuchern stand. Der Pfarrer besah sich die Hände des Jungen, die voller Schrunden und Häutchen von ein paar aufgeplatzten Blasen waren. Da hilft Gottes Segen auch nicht. Er nahm den Jungen mit ins Haus, wo die sommersprossige Pfarrersfrau erst ein bißchen ratlos in der Küche herumstand und sich den roten Haarzopf um den Finger wickelte, aber dann kam sie mit einer alten Babypuderdose und streute dem Jungen den kühlenden Staub auf seine beiden hingehaltenen Handflächen. Dann bis heute nachmittag.

Am Nachmittag war Konfirmandenunterricht. Jörn war schon im zweiten Jahr dabei; der Vater hatte darauf bestanden, er hatte es der Großmutter in die Hand versprochen, daß auch, nein, gerade in dieser gottlosen Zeit der Junge in die Konfirmandenstunde geht. Wolfi, der Fähnleinführer, hatte nur mit der Schulter gezuckt, aber Jörn ging wie heimlich ins Pfarrhaus und sagte es auch nicht in der Schule und beim Jungvolk, ein Jungenschaftsführer und Konfirmandenunterricht, da saßen gerade vier spindeldürre Mädchen und zwei hübsche, Ria und Elisabeth mit langen blonden Zöpfen, einmal war Elisabeth in der Jungmädeluniform angetanzt, da hatte sie der Pfarrer gleich nach Hause geschickt, oder sollte er auch im Talar jetzt immer kommen, und die fünf Jüngelchen, drei mit Brille, von denen hätte Jörn keinen in die Kaserne mitgenommen.

Aber im Unterricht ging es lustiger und spannender

zu als in jeder Schulstunde. Manchmal hatte der Pfarrer, wenn er das große Gemeindezimmer betrat, schräg eine Baskenmütze und manchmal schief eine Schiebermütze ins Gesicht geschoben; die Pfeife im Mundwinkel, mimte er dann so etwas wie einen französischen oder englischen Detektiv. Immer erzählte er zu Anfang eine Geschichte; eine Zeitlang las er aus einem Buch vor, das *Emil und die Detektive* hieß; wochenlang rezitierte er, Szene nach Szene, das Theaterstück *Peer Gynt* von Ibsen; dabei saß die Pfarrersfrau am Klavier und spielte zwischendurch die Peer-Gynt-Musik von Grieg.

Nach Kriegsende, als Jörn zum ersten Mal wieder zur Konfirmandenstunde ging, fand er im Gemeindezimmer überhaupt keinen Platz. Wer saß denn jetzt auf einmal alles hier herum ... das war doch die halbe Jungzugführerriege aus seinem Jungstamm, von denen kannte er doch diese Lästerreden über Pfaffen und Betschwestern, wieso falteten die jetzt so fromm die Hände und murmelten das Vaterunser mit, bei den allerletzten düsteren Heimabenden hatten sie es noch wissen wollen mit *Ein junges Volk steht auf* und *Siehst du im Osten das Morgenrot,* jetzt stimmten sie richtig fröhlich in *Geh aus mein Herz und suhuhuche Freud* mit ein ... na ja, sie waren ja alle *Gottgläubige* gewesen, wie sich die Konfession der aus der Kirche ausgetretenen Volksgenossen bezeichnet hatte; nach dem *Zusammenbruch aller Werte* waren sie massenhaft wieder in die Kirche eingetreten und hatten die Eltern ihre Kinder im Pfarrhaus angemeldet und in den Kindergottesdienst geschickt, überhaupt waren die Kirchen in der Stadt sonntags wieder rammelvoll; ein feines, ironisches Lächeln huschte über sein Gesicht, wenn Pfarrer Mebus auf die Kanzel der halbzerstörten Thomas-Kirche stieg und auf so viel neue Frommheit blickte und noch mehr alte, um Vergebung bittende Gesichter wiedersah. In der Stadt wußte mancher, daß Pfarrer Mebus einer der mutigsten Männer gewesen war, und er blieb es, bald schon wieder eckte er bei den roten Machthabern an, List und Sturheit hatten ihm die braunen unfreiwillig beigebracht.

Zu Hause fand Jörn den Vater wieder über das Zeichenbrett gebeugt und die ausgebreitete Landkarte von Mitteldeutschland studieren. Der Bleistift hatte hinter Bebra die Fulda überquert und schwebte jetzt auf das Rothaargebirge und Laasphe zu ... weißt du noch, der Feuerwehrmann, seufzte der Vater, was hatte er da schon alles geahnt. Onkel Fietjes Hoffnung auf die Neger war zusammengebrochen; Onkel Max, der aus Gumbinnen kam, rechnete jetzt mit Kirgisen. Toni Impekoven, der alte Monteur, war sich verabschieden gekommen ... mer han et beschlosse, mer jonn ze Fooß, und am nächsten Morgen war er mit Famillich und der janzen Bajaasch Richtung Rheinland aufgebrochen; leiterwagenweise hatte Jörn, als sie mit den Rädern zum ersten Mal wieder nach Gamstädt gekommen waren und bei Puhls eine Lage blauweiß karierter Wehrmachts-Bettücher gegen einen Sack Kartoffeln eingetauscht hatten, die Evakuierten über die Landstraße zurück in den Westen ziehen sehen; zwei, drei Wochen rechneten sie bis zum Rhein, und mit ihnen waren ganze Ortschaften von hinter der Oder-Neiße-Linie unterwegs, ein paar aufreizend träg dahinschaukelnde Ochsenfuhrwerke waren darunter, denen wünschten die Kölner schon mal ein frohes Weihnachtsfest; zwischendurch sollte es sogar wieder für ein paar Kilometer Zugverkehr geben, jedenfalls bis zur nächsten gesprengten Brücke.

Jörn hatte feuchte Augen, als er seine Rheinländer

abziehen sah, aber den Vater ließ er alleine am Zeichenbrett über seiner Landkarte sitzen. Wo er sonst für ganze Nachmittage auf dem Fußboden über die Meßtischblätter gekrochen war und – nach ix Manöverspielen kannte er sich ja im Kartenlesen bald so gut wie ein Generalstäbler aus – die Kartenzeichen in die imaginären Bilder von Hügelgruppen, Talsenken, Nadelwaldstücken, von Bachverläufen, Sumpfgebieten, Furten, Dämmen, Brücken, von Mühlen, Gehöften, Buschreihen, Schneisen, befestigten und unbefestigten Feldwegen übersetzt hatte, maulte er jetzt bloß, wenn ihn der Vater an den *Kartentisch* winkte. Und auch die Vorstellung, nach all diesen harmlosen, inzwischen ihm fast lächerlich vorkommenden Geländespielereien das gefahrvolle Abenteuer einer echten Flucht zu erleben, nichts daran lockte ihn, kein Lagern am Bach mit Abkochen und Holzfeuer, kein Zeltaufbauen, keine Feldscheunennächte, es wurde ihm nur elend zumute, immer elender, je ernster Chris und der Vater auf die Landkarte blickten und von Tag zu Tag entschlossener schienen, alles aufzugeben, die Wohnung, die Möbel, alle Bücher, die ganze Einrichtung ... Freund Combüchen in Berlin, als er sich schützend vor seine Frau stellen wollte, war ja gleich erschossen worden; wenn die Russen kommen, sind wir nicht mehr sicher, es geht um Leib und Leben.

Jörn ging es aber darum, in der Nähe der Mutter zu bleiben. Sie lebte jetzt im Norden am Rand der Stadt, wo die Mittelhäuser Landstraße das weitläufige Industriegelände durchquerte und das Kopfsteinpflaster an Gärten vorbei über die Bahngleise sich hinaus in die flachen Felder zog, Als Jörn in der Oktoberwoche noch einmal den langen Weg zur letzten Wohnung der Mutter ging, sah er, daß die Plattenbauten der Siedlung, die weiträumig die Landschaft besetzte, nichts übriggelassen hatten, was an Gärten, einen Bach und ein kleines Gehöft erinnerte. Das Gehöft, die alte Steinbrückenmühle, galt als Gartenhaus der Färberei Transchel, die inmitten des Gartengeländes lag; den ummauerten, von einer riesigen Kastanie überschatteten Hof umgaben die Trümmer von Schuppen und Wirtschaftsgebäuden; das Wohnhaus, dessen gelbe Ziegelsteinfassade von Bombensplittern zersiebt war, es war bewohnbar geblieben; den Dachboden hatte Transchel sogar noch zu einer hellen weiträumigen Mansardenwohnung ausgebaut, fast atelierhaft, mit Blicken über die Gärten hinaus in die Landschaft hinein ... Die Mutter, nach der ruinierten Moltkestraße und einem Loch von Zimmer im Fabrikgelände des Reparaturwerks, am Telefon hatte sie aufgejubelt ... mitten im Grünen, ein Gartenhaus, und diese Aussicht, nur Bäume und Felder und ein Himmel sage ich dir ...

Zwischen den Eltern war der Krieg weitergegangen; nur nahm sich der Junge, der zwischen den Fronten hin und her zu pendeln hatte, einfach mehr heraus. Wenn er von der Mutter nicht weg wollte, bekam er seine Magenkrämpfe und mußte eben liegenbleiben in ihrem weiten Bett, von wo er in die Bäume und den Himmel sah. Die Mutter hatte jetzt eine leitende Stellung in einer Lagerhalle, in der die neue Konsumgenossenschaft untergebracht war, und dort kam sie an Sachen heran, die es eigentlich gar nicht gab. Beim Vater stand alle Tage auf dem Tisch, was die aus den Wehrmachtslagern *geretteten* Konservendosen hergaben, Käse, Blutwurst, Büchsenfleisch, und damit ließ sich die Hungerei auf Lebensmittelkarte geradezu fürstlich überstehen, nur organisierte die Mutter ganz andere Raritäten herbei. Zum

Frühstück brachte sie dem Jungen Milch, feines Weißbrot dick mit Butter drauf und Honig, ein weichgekochtes Ei ans Bett; in der Küche tropfte immer frisches Obst im Sieb, Erdbeeren, Johannisbeeren, Kirschen; Gläser voll mit selbstgekochter Konfitüre, selbsteingelegten Gurken, Flaschen voll Saft; zum Nachtisch abwechselnd Tuttifrutti, Vanilleeis, Schokoladenpudding, und für den Dackel richtigen Hundekuchen ...

Dem Vater blieb nichts anderes übrig, als mit einem Gottseidank es hinzunehmen, wie die Mutter – schau ihn doch an, man kann ja seine Rippen zählen – den mageren Jungen päppelte, und auch Chris muckte nicht auf, wenn Jörn mit neuen Lederhalbschuhen, einem weißen Angorapullover und einem Seidenschal zurückkam. Für eine Weile erreichte Jörn so einen Waffenstillstand, auch wenn er ein mulmiges Gefühl dafür bekam, daß er den Vater ja bestach, geradezu erpreßte, wie Chris ein einziges Mal zu fauchen wagte, indem er nämlich mitbrachte, sonntagabends oder erst am Montag, wonach der Vater regelrecht süchtig war, eine Handvoll Kaffeebohnen, zwei, drei Schachteln Zigaretten. Mit den Zigaretten trieb Jörn ein böses Spiel: zunächst händigte er dem Vater nur eine Schachtel der *Sondermischung* und nach ein paar Tagen erst die nächste aus; der Vater wagte nicht, nein, er war zu stolz, zwischendurch zu fragen, ob denn nicht ... Erst wenn er anfing, den Tabak der gesammelten Kippen in die Pfeife zu stopfen, tat Jörn, als habe er für seinen lieben Papa eine Überraschung parat, und obschon sich das Spiel wöchentlich wiederholte, der Vater schien die Teufelei nicht zu bemerken und rief auch immer sein Da ist der Papa aber wirklich überrascht.

Als es soweit war, daß der Vater seiner geschiedenen

Frau am Telefon mitteilte, im Falle des russischen Einmarschs die Fahrräder zu nehmen und nach Waldbröl zu fliehen, antwortete sie nur kühl, wieso Waldbröl, du wirst doch in Dellbrück in der Firma gebraucht. Dann bot sie ihm die Hilfe ihrer Beziehungen an, mit denen ließe sich leicht der Adler wieder flottmachen, der seit Kriegsanfang mit abmontierten Reifen aufgebockt in der Garage stand, Benzin sei auch kein Problem.

Aber der Vater traute sich nicht hinein in diese Illegalität, schon der Fremdarbeiter wegen, die mitten auf der Landstraße sich Fahrzeuge gegriffen und die Insassen einfach in den Straßengraben befördert hätten. Er wurde auch wütend, als die Mutter was von Greuelpropaganda murmelte. Natürlich war sie nicht ruhig geblieben, als der Captain die ersten Andeutungen machte. Der kam, um irgendwas zu kontrollieren, manchmal im Konsum vorbei; dann saß er in der Wohnung im Gartenhaus herum und machte Jörn vor, wie man Jitterbug tanzt. Er lernte wieder ein paar englische Wörter, aber wenn sich der Captain mit der Mutter unterhielt, verstand er so gut wie nichts. Er staunte nur, wie mühelos sie mit dem Amerikaner quatschte, ohne den Akzent des Vaters. Der Captain bot ihr an, sie und den Jungen nach Mississippi mitzunehmen; Jörn kannte sich dort aus und freute sich auf Jungens, die wie Tom Sawyer und Huckleberry Finn wären. Aber dann, nachdem er einen Sack voll Konserven, Schokolade, Kaugummi und Zigaretten im Flur hatte stehen lassen, war Jimmy Baker weg, und mit ihm war auch Oberleutnant Hartmann weg, einer der letzten Einflieger-Piloten, die für die Amerikaner drüben im Reparaturwerk die geheimen, neuen Jagdmodelle jetzt transportfähig zu demontieren hatten ... Eine Woche zuvor hatte er dem Jungen noch einen der drei Meter langen Treibstofftanks organisiert, die als Ersatzbehälter unter den Tragflächen hingen und, wenn leergesaugt und ausgeklinkt, wie Bomben dann ins Gelände fielen. Jörn war ganz verrückt nach diesen silberglänzenden Dingern, nachdem er die ersten Jungens in den aufgeschnittenen Behältern sitzen und auf der Gera hatte paddeln sehen. Den halben Sommer lang lag der Tank dann zwischen Mauerresten eingekeilt unten in den Schuppentrümmern; mit Meißelchen, Hammer und Kneifzange war Jörn nur soweit gekommen, daß er unter der aufgerissenen Blechhaut das Gestänge eines stabilen Strebewerks entdeckte, da mußte er auf Nick, den anderen Oberleutnant und seinen Werkzeugkasten, auf Metallsäge und Blechschneidezange warten, bloß Nick ließ sich Zeit, er war Österreicher und baute sich gerade einen Anhänger für seine Zündapp zusammen, mit der wollte er aber nicht nach Austria zurück, sondern zu den Amerikanern hoch nach Berlin.

Die Mutter besprach sich mit Nadja, der haselnußäugigen Ukrainerin aus Kiew, die manchmal, mit einem mächtigen Bund Zwiebeln im Arm, ins Gartenhaus zu Besuch kam. Nadja hob die runden Schultern und spreizte die Hände weit von sich – Befreiung gutt, Hitler kaputt, charascho, aber nix siegreiche rotte Armee, wenn kommt, kommt Kommissar ... Nadja zog mit der Hand einen Halbkreis um den Hals; sie hatte mehr Angst als alle Deutschen; ihr Bündel lag geschnürt unterm Bett, wenn Amerikanski weg, dawai, dann laufen, laufen bis nach Rurrgebiet; dort saß in Essen die verschleppte Schwester.

Die Mutter kannte Nadja aus den Baracken, die hinter einem Zaun am Ende des Werksgeländes in Ilversgehofen lagen. Was in den dunklen Ziegelsteingebäuden, wo die Mutter im Vorzimmer des Generaldirektors saß, der, so hörte er sie einmal wie im Schüttelfrost sagen, mit seinen spatenförmigen Fingernägeln ständig auf die Schreibtischplatte trommelte, während des Krieges fabriziert wurde, hatte Jörn nie mitbekommen; er hatte nur einmal so etwas wie Luftabschnüren, Angst vorm Ersticken verspürt, als die Mutter stockend erzählte, wie plötzlich die Bomben aus dem schönen Sommerhimmel heruntergepfiffen wären, für den Bunker keine Zeit mehr, die Frauen hätten sie in den Splittergraben mithineingezerrt, ringsum Wumm und Krach, ganz nahe, auf einmal alles dunkel, still und schwer, wie eine Ewigkeit, dann wieder alles hell und leicht, da habe sie gedacht, so ist es also, wenn man stirbt, aber dann wäre schon das Gesicht von Alexander über ihr gewesen, wie besessen hätte er gebuddelt und die Sandsäcke, unter denen sie lag, alle weggeschleudert, ohne die Frauen und den Alexander wäre sie sicher bald im Himmel gewesen.

Einmal sonntags hatte die Mutter Jörn mitgenommen, um dem Jungen ihr Büro zu zeigen und dann auch das Lager. Das mit Stacheldraht umwickelte Tor stand weit offen; im Eingang warteten drei Frauen mit einem Strauß Sonnenblumen. Im Lager hatte die Mutter gar nichts zu tun, aber sie ging oft durch die Baracken, um nachzusehen, ob es den Russinnen an nichts fehlte. Die Sandwege sahen frisch geharkt aus, zwischen den Baracken waren kleine Beete angelegt, in denen ein paar Stangenbohnen und Tomaten standen, vor den Holzwänden wuchsen Gladiolen und Sonnenblumen hoch. Die Frauen hatten alle weiße Kopftücher und dickgepolsterte Hosen an, die mit einem Latz bis zum Hals hochreichten, einige trugen buntbestickte weiße Blusen und kurze, weite Röcke; die nackten Füße steckten in

Holzsandalen. Sie standen vor den offenen Türen und lachten, wenn die Mutter mit ihnen sprach; sie sprach mit allen und stellte ihnen strahlend ihren Jungen vor, der allen mit einem Diener die Hand gab; die Hände der Frauen fühlten sich hart und schwielig und manchmal feucht an; manche fuhren über seine Wangen und strichen ihm das Haar aus der Stirn.

In den Baracken roch es irgendwie nach Reinemachen, und in den Stuben sah es aus, als benutzten die Bewohnerinnen sie gar nicht, die glattgestrichenen Betten, die akkurat um den Tisch gestellten Stühle, die auf den Regalbrettern ausgerichteten Kannen, Becher, Schüsselchen und Teller. Kopfkissen, Tisch und Waschbrett waren mit gehäkelten weißen Deckchen bedeckt; von einer Nagelreihe hingen weiße glatte Handtücher herab; den Tisch zierte eine Vase mit einem bunten Blumenstrauß; auf dem Eckbrett vor der Wand stand ein blumengeschmücktes Altärchen, davor brannte ein Kerzenstummel, darüber hing ein Kruzifix. Nadja hatte Jörn den Arm um die Schulter gelegt, als sie ihm ihre Stube zeigte.

Am Ende des Sandwegs, mitten zwischen zwei Reihen, lag die Baracke des Lagerleiters, das war Alexander. Er stand in hohen Stiefeln, Reithosen und schwarzer Lederjacke vor der offenen Tür und hob die Hand zum deutschen Gruß, als die Mutter und Jörn herantraten. Dem Jungen gefiel der hochgewachsene, braungebrannte Mann; es war der erste Russe, den er im Krieg zu sehen bekam, und er wunderte sich, daß nichts an ihm den schrecklichen Gestalten und Gesichtern der *Untermenschen* glich, wie er sie, die Kriegsgefangenen, von den Bildern in der Zeitung und in der Wochenschau kannte. Sein strahlendes Lächeln ließ die Zähne und die

Augen aufblitzen, und Jörn staunte über die Vornehmheit, mit der er den erhobenen Arm wieder senkte, die Hand der Mutter ergriff und seinen Kopf herab zu einem Handkuß beugte; die Mutter schien ein bißchen verlegen zu sein, sie machte gleich ein paar Scherze, ehe sie der große Mann mit einer weitausschwingenden Handbewegung in seine Stube bat. Sie war geräumiger als die anderen und roch nicht so; es fehlten auch die Deckchen und Altärchen, aber es stand ein Sofa an der Wand, und über dem Sofa hing eine gerahmte Fotografie. Jörn schaute sich um. An jeder Wand hing eine gerahmte Fotografie ... Alexander, der fließend und fast ohne Akzent deutsch sprach, wies mit dem Finger auf die Bildnisse und sagte, mit Stolz in der Stimme, die Namen: Adolf Hitler, Hermann Göring, Joseph Goebbels, Fritz Sauckel. Sauckel war der Gauleiter von Thüringen, und Jörn ging gleich die Verhohnepiepelung durch den Kopf, die sie sich heimlich im Jungvolk zuflüsterten ... Sauleiter Gauckel, aber er wunderte sich wieder. Solche Barackenlager kannte er ja auch von Pampus in Waldbröl, der Behelfsheime für Ausgebombte baute, und von den Radium-Gummiwerken in Dellbrück, wo in der Hatzfeldstraße die Baracken wie Reihenhäuser den Gehweg säumten. Irgendwie wußte er auch, daß alle diese *Ostarbeiter* zwar keine richtigen Kriegsgefangenen, aber doch nicht von alleine gekommen waren aus dem Feindesland, von wo sie in langen Zügen die Wehrmacht ins Reich transportierte. Deshalb erwartete er nicht, daß sie alle, wie der Vater es von seinen Geschäftsfreunden in Finnland erzählte, *deutschfreundlich* waren, und schon gar nicht, daß sie sich in ihren Unterkünften ein Führerbild aufhängten. Jörn war verwirrt ... Er dachte an sein Zimmer, wo neben der Gänseliesel die Ritterkreuzträger hingen; nicht einmal Göring, der doch Jagdflieger im Weltkrieg und Pourlemérite-Träger war, hätte da hingehört, selbst im Jungvolkheim hing keine Partei an den Wänden ... ihm wurde unbehaglich zumute in der Stube des Russen.

Die Bilder, damit hatte er nur so getan ... Wie getan? Jörn verstand nicht. Wochen später hatte er die Mutter bedrückt angetroffen. Sie hatte es ihm nicht sagen wollen, aber dann sagte sie es doch. Alexander war verhaftet worden. Jörn hörte die Wörter Untergrund, Widerstand, Sabotage. Sie selber war zur Geheimen Staatspolizei mitgenommen worden; zweimal, dreimal war sie dort. Sie sagte es mit einem Blick in den Augen, den Jörn an ihr nicht kannte; es waren Augen, die auf etwas zu zielen schienen, und sie blickte wie durch schmale Schlitze an ihm vorbei hinaus in den Himmel. In die Fabrik, die Mutter sagte nicht warum, ging sie dann nicht mehr arbeiten, und dann waren ja bald die Amerikaner da.

Ihr Heimweh nach dem Rheinland hatte nicht aufgehört, aber nach der Scheidung war auch das Verhältnis zum Elternhaus gestört ... Jörn wußte nicht, ob wegen der Ausgebombten im Haus für die Mutter dort kein Zimmer mehr frei war – jedenfalls schien sie entschlossen, in Erfurt zu bleiben; vor den Russen einfach so davonlaufen, sie zog die Mundwinkel herunter.

In jedem Zimmer der Wohnung hingen Erichs Zeichnungen und Aquarelle. Seit Monaten war vom Bruder keine Feldpost mehr gekommen ... war er gefallen, war er in Gefangenschaft; es gab auch keine Vermißtenmeldung; von Anfang an war er in Rußland dabei. In der vergangenen Winternacht in seinem bergischen Fachwerkhäuschen hatte Jörn von seinem Maleronkel erzählt, dessen nie geklärtes Schicksal in der Familie auch die Vermutung hatte entstehen lassen, der Erich sei vielleicht freiwillig in Rußland geblieben; die Ehe mit Rita, die ihn nach ein paar Jahren für tot erklären ließ, war ja schon lange kaputt; das Vaterland der Verbrecher, wie er gesagt haben soll, wollte er schon im Urlaub nicht mehr wiedersehen; in seinen letzten Briefen hatte es dunkel und geheimnishaft geraunt, die russische Seele, die östliche Tiefe und Weite ...

Manchmal sah Jörn die Mutter vor den Aquarellen stehen, die Erich in Rußland gemalt hatte ... flache, sanft hügelige Landschaften, die sich hinzogen zum Saum entfernter Kiefernwälder, darüber riesige Wolkenhimmel; die Bauernmädchen auf den Zeichnungen sahen alle ein bißchen wie Nadja aus, manchmal stand am unteren Bildrand ein Wort, ein Name in kyrillischen Buchstaben geschrieben. Die Mutter hatte ein Kistchen vorbereitet mit Zigaretten, Bohnenkaffee, ein paar Hemden und einem roten, ärmellosen Pullover ... für Erich, wenn er wiederkommt; dabei erklärte sie Jörn, wenn die Russen nach Erfurt kämen, dann könnte nämlich auch der Onkel aus der Gefangenschaft in die russische Besatzungszone entlassen werden und zu ihr kommen ... Sie sagte es mit einer Gewißheit, daß Jörn für lange Jahre an die Rückkehr des Onkels glaubte.

Am Morgen nach der Nacht, in der die Amerikaner über die Autobahn nach Westen rollten, blieb der Junge im Bett; er hatte Fieber, Brechreiz, Durchfall. Doktor Gerhards kam und schüttelte den Kopf. Chris ging stumm in den Korridor hinaus und begann, die Riemen von den Fahrrädern zu lösen. Alles war vorbereitet gewesen; der Vater hatte über jedem Vorderrad einen zusätzlichen Gepäckständer montiert; vorne und hinten türmten sich die festgeschnallten Taschen und Koffer hoch; Jörns Brotbeutelsammlung hing vollgestopft an den Seiten und von den Stangen der beiden Herrenräder herab; über die Lenkstangen waren Mäntel und Decken festgezurrt; für den Rücken standen die prallen Tornister mit den umgeschnallten Bahnen des Wehrmachtszeltes parat, die Jörn nach und nach bei Onkel Hans und seinem Offiziersfreund erbeutet hatte; die Zweitschlüssel lagen schon bei Onkel Fietje, der sich um die Wohnung kümmern und versuchen sollte, bei seinem Spediteursfreund einen Möbelwagen zu organisieren; ein ganzer Sack Hautleim war ja noch übrig...

Der Vater war Chris in den Korridor gefolgt, wo sie schweigend die Gepäckstücke von den Fahrrädern nahmen und nacheinander ausräumten; zuletzt trug der Vater die Räder in den Keller hinunter und blieb noch eine Weile bei Onkel Fietje sitzen. Die Bauchschmerzen hörten auf, der Brechreiz war weg, aber Jörn sagte nichts. Tags zuvor, er hatte den Dackel zur Mutter gebracht, war ihm schon richtig *schwindlig* geworden, aber die Mutter hatte ihn zurechtgestaucht, nun nimm dich mal zusammen. Er hatte gehofft, sie würde ihn einfach dabehalten und auf dem Speicher verstecken, statt dessen machte sie ihm Wiedersehensfreude auf den Dom zo Kölle vor und versah ihn mit eisernen Rationen Fliegerschokolade, die Nick aus seinen Beständen hatte herausrücken müssen; heimlich auf dem Klo hatte er sich gleich eine der runden Tafeln in den Mund gestopft, weil er wußte, nach einer Weile wird das ganz schöne Bauchkrämpfe geben; unterwegs den langen Weg zur Straßenbahn hatte die Mutter ihm die Hand nicht losgelassen, er hatte sich zurückhängen und richtig abschleppen lassen wie früher, wenn sie ihn in den

Kindergarten hinter sich herzerren mußte; zuletzt, als die Linie 1 kam, hatte er einen Moment noch gehofft, jetzt werde sie ihn aus der Umarmung nicht mehr herauslassen, und die Bahn müßte allein weiterfahren ...

Nachmittags war auch das Fieber weg. Jörn hing oben im Fenster und sah auf der Straße, wie sie um die Ecke am Kasino auftauchten und am Haus vorbei in die Kaserne zuckelten, die ersten Reihen der von kleinen struppigen Pferden gezogenen Panjewägelchen. Die meisten hatten nichts als zerzauste Strohhaufen geladen, und die in speckfarbenen Blousons steckenden Soldaten, die auf einem quergelegten Brett saßen und mit Leine und einer Weidenrute die Pferdchen in Trab hielten, kamen ihm wie große Bauernjungens vor. Jörn dachte an die lässigen Amerikaner in ihren jaulenden Geländewagen – daß sie mit ihrem Ausrüstungszeug den Krieg hatten gewinnen müssen, war ja schon beim ersten Anblick klar gewesen, aber diese Pferdewägelchen jetzt ... Und dann schepperten auch die ersten Lastwagen heran, grüne altmodische Kisten, die sahen ja wie die Vehikel im Fotoalbum des Großvaters aus, wieso nur kamen die an das Ford-Zeichen vorne unter dem Kühlerdeckel ...

Schon in den Wochen zuvor waren in der Stadt die ersten Plakate des *Antifaschistischen Komitees* aufgetaucht, und Jörn hatte sich gewundert, daß in Erfurt auf einmal zum Kampf gegen den Faschismus aufgerufen wurde, wo doch nur in Italien die Faschisten an der Macht gewesen waren bis zum *Badoglio-Verrat* ... ob sich jetzt die Leute melden sollten, die gegen Mussolini wären, wollte er wissen. Aber von den Erwachsenen schien keiner die paar handgemalten Plakate beachtet zu haben ... Einige der Jungens sagten, ihre Eltern wären schon immer gegen die Nazis gewesen, nur mit der *Antifa* hätten sie nichts am Hut, und wenn alle die roten Flugblätter jetzt aufforderten, zum Einmarsch der siegreichen Roten Armee rote Fahnen zu hissen, nu ja, die Hakenkreuze warn ja aus den Fahnentüchern raus, nur liefen doch die Mädchen schon in diesen frischgeschneiderten Röcken herum, alle mit diesem Rest von kreisrunder Nahtspur hinten überm knallroten Po.

Unter den Fensterbrettern hingen ja noch angeschraubt überall die Stangenhalter, aber rote Fahnen sah Jörn nur an den Masten vor Kasino und Kaserne flattern, und über den Eingängen spannten sich breite Spruchbänder mit kyrillischen Parolen und mit Köpfen von Männern, die Karl Marx, Lenin und Stalin hießen. In der Löberfeldkaserne lag nun wieder Militär; nach dem Einrücken der Pferdewägelchen war die ganze Nacht das Geschepper der grünen Fordkisten zu hören gewesen, die voll Sack und Pack und mit den stumm gewordenen Ostarbeitern obendrauf die Kaserne wieder verließen ... Der Güterbahnhof, wollte Gerlach wissen, steht voll von Viehwaggons, freie Fahrt nach Sibirien, die Strecke haben unsere kriegsgefangenen Pioniere repariert. Jörn mußte an Nadja denken, und er fragte sich, ob sie nach Rurrgebiet unterwegs war oder noch in ihrer Baracke saß ... bis zuletzt, erzählte später die Mutter, sei Nadja noch mit ihren Zwiebeln vorbeigekommen, entsetzt über das wüste Treiben von befreite Polen und Russen, aber die Mutter sollte nix Angst haben, immer gutt gewesen zu verschleppte Leute in Lager.

In der Stadt seufzte alles auf, diese Ruhe plötzlich, keine Zwangsarbeiter mehr, die plündernd durch die Straßen johlten. Die Amerikaner hatten da kaum eingegriffen; wenn die Deutschen sich beschweren kamen, zuckten sie nur mit den Achseln, schließlich hätten sie ja selber diese Leute sich ins Land geholt. Manchmal schickten sie vom Panzerkasino einen Jeep vorbei, wenn in den Häusern vor der Kaserne der Lärm anschwoll... Die Hausgemeinschaften hatten sich verständigt, im Falle eines Einbruchs riesigen Krach zu veranstalten, und das funktionierte dann so, daß, sobald die meist besoffenen Plünderer die mit schwerem Gebälk verrammelte Haustür aufzubrechen versuchten, die Hausbewohner mit Trillerpfeifen, aufeinandergeschlagenen Topfdeckeln, Eimer- und Kannengerassel Alarm schlugen, der vom nächsten, vom übernächsten Haus gleich aufgenommen und fortgesetzt wurde; am Ende trillerte und dröhnte und rasselte es aus jedem Haus so lange, bis der Jeep angerollt kam und ein paar Schlenker mit der MP die Straße leerscheuchten.

Jörn, schon um seine Ängste zu übertönen, machte bei der Lärmerei eifrig mit. Zuerst malträtierte er die Ziehharmonika, indem er sich mit ausgezogenen Schuhen auf die Tasten stellte und wie wild mit beiden Händen den Balg rauf und runter pumpte; er hatte ja einen Haß auf das Instrument, und das schauerliche Geplärr, das es von sich gab, stellte er sich vor als Wehgeschrei des in seinem Inneren eingerollten Herrn, den er unnachgiebig zusammenquetschte, auffaltete, zusammenquetschte... Schließlich war es dem Vater um das teure Stück zu schade, Jörn stellte sich ja an, als wollte er die Ziehharmonika in Stücke reißen, was hatte er denn nur... Dann machte er sich an die Arbeit und fädelte einen Haufen leerer Konservendosen, die er zuvor mit einem Nagel durchlöchert hatte, zu einer Art Traube zusammen, die er an einem Besenstiel befestigte. Sobald in den Nachbarhäusern der Lärm wieder losging, stellte er sich ins offene Fenster und schüttelte und schwenkte sein Alarmgerät hin und her ... ein höllisches Gerassel drang da oben aus dem Dachfenster, und einmal winkte es aus dem Jeep zu dem Jungen hoch. Aber irgendwann fielen die ersten Schüsse, und Jörn mußte seine Stellung räumen. Schüsse waren ihm noch ein vertrautes Geräusch; in den letzten Kampftagen hatte er schon gar nicht mehr hingehört, wenn es irgendwo in den Gärten und Straßen losknatterte; danach hing wochenlang dieses Gespenst von Waffenruhe in der Luft, aber seit die Ostarbeiter in bislang unentdeckten Wehrmachtsdepots Karabiner und Munition aufgetrieben hatten, war dieses wunderbare Gespenst auch wieder weg. Ein paar Polen, die auf der Straße dann mit den Gewehren herumfuchtelten, hatte der Jeep die Dinger gleich abgenommen, aber jetzt knallte es aus den Fenstern der beiden vorderen Gebäudeblocks heraus, und manchmal konnte Jörn einen Gewehrlauf sich zurückziehen sehen, der scheinbar ziellos in den Himmel, in die Gärten, auf die Straße gerichtet gewesen war. Bleib in Deckung, warnte Gerlach, die Kerle sind besoffen, das sah man ihnen ja auch an, wenn sie hordenweise, immer diese Zwiebelbünde im Arm, durch die Straße jubilierten und die in den Gärten heruntergerissenen Äste voll halbreifer Kirschen schwenkten. Wir haben sie verschleppt, mahnte anfangs noch der Vater, und jetzt feiern sie ihre Befreiung.

Die erste Kugel ging durch die Fensterpappe und schlug in der Wand einen Meter über dem elektrischen Plattenspieler ein; Gerlach hatte gerade *Sing ein Lied wenn du mal traurig bist* mit Ilse Werner aufgelegt und sich sofort flach auf den Boden geworfen, wo er, wie er feixend sagte, endlich mal im Liegen Ilse Werner hatte pfeifen hören ... In den Nächten wurden die wenigen beleuchteten Fenster zu verlockenden Zielscheiben; da wurden die Häuser dann wieder verdunkelt. Der Vater ließ Jörn nicht mehr auf das notdürftig geflickte Dach hinauf; der Junge hatte die Einschußlöcher zählen wollen, nachdem er ein paarmal das klackende Zerbrechen von Dachziegeln gehört hatte. In der dem Fenster gegenüberstehenden Wand seines Zimmers zählte er inzwischen drei Einschüsse, kleine aufgesplitterte Trichter, die durch die zerlöcherte Tapete und den bröselnden Putz bis ins rote Mauerwerk reichten; zwei Geschosse waren im Ziegelgestein steckengeblieben; das dritte, nachdem er lange vergeblich auf dem Fußboden herumgekrochen war, fand er Wochen später, als er Jelena, der russischen Ärztin, sein selbstverfaßtes Kasperlestück vorspielen wollte, in der Kiste mit den Kasperlepuppen.

Jörn war jedesmal nicht in seinem Zimmer gewesen, als die neueingesetzten Fensterscheiben zersplitterten ... es war ihm noch wenig vertraut, seit er sein altes, nach hinten liegendes Zimmer für Ruth hatte hergeben müssen. Ruth war das neue, das letzte Pflichtjahrmädchen, das kurz vor Kriegsende noch dem Haushalt zugewiesen worden war. Danach wäre die Vierzehnjährige von der reichsweit geltenden Anordnung, wonach alle die Mädchen in einem *Pflichtjahr* lernen sollten, wie eine deutsche Hausfrau auch im Krieg einen deutschen Haushalt führt, eigentlich befreit gewesen, aber Ruths Eltern, die ihre kleine Polsterfabrik in der Löberstraße schon vor Jahren hatten stillegen müssen, waren der Meinung gewesen, ein bißchen Haushalt täte dem Kind doch nicht schaden, bei den netten Rheinländern wäre sie mit ihrem schüchternen Wesen sicher gut aufgehoben ... Jörn grummelte, als er sein Zimmer, aus dem er über die ganze Stadt blicken konnte, los wurde, aber beide Eltern hatten beschlossen, in so gefährlichen Zeiten das Mädchen morgens und abends nicht auf die Straße zu schicken, und so lebte Ruthchen in der Wohnung mit, war auf der Gemüsekarte als vierte Person im Haushalt eingetragen, und Jörn sollte so tun, als hätte er jetzt seine große Schwester.

Die große Schwester hatte er sich manchmal ja gewünscht, etwa so ein Mädchen wie Sabine, das mit seinen langen Haaren hin und her über sein Gesicht fuhr, und sowieso wäre seine alte Gisela die richtige gewesen mit ihren nassen Lippen für seinen geschwollenen Daumen, und dann davor das Mädchen, Julietta ... nur wurde Jörn verlegen, wenn er an Julietta dachte. Einmal, als die Eltern abends ausgegangen waren, hatte sie nachts dableiben und aufpassen sollen, daß Jörn auch vor dem Dunkelwerden im Bett lag, aber Jörn lag erst nach dem Dunkelwerden im Bett, bis dahin hatte Julietta unten vor der Haustür gestanden und gewartet, daß die Soldaten sie anquatschten, und erst dann war sie ins Badezimmer gekommen, um ihn bis auf die Unterhose auszuziehen und ihm wie von der Mama 'nen richtich sießen Gutenachtkuß zu versprechen, auf daß er sich nu endlich ooch ums Unterteil rum waschen täte, was Jörn so umständlich anstellte, daß Julietta selber, mit geschlossenen Augen, den Waschlappen in die Hand nahm, woraufhin sein kleiner Mann aufstand und auch noch stand, als das Mädchen schwer atmend und bis aufs Unterhemde ausgezogen neben ihn ins dunkle Bett rutschte und mit feuchter Hand nachschaute, ob unser Oberleutnant ooch schön strammgestanden blieb, aber dann hatte Jörn so laut losgequietscht, daß die keuchende Julietta ihm den Mund zuhielt, eine kleine Weile lang, dann legte sie ihre Lippen auf seinen zuckenden Mund, bis er ganz ruhig und stumm war.

Das Ruthchen nebenan in seinem Bett ... aber Jörn kamen gar keine Gedanken daran, das Mädchen schien anfangs wirklich zu schüchtern zu sein, um dem Jörn mal ins Gesicht zu sehen; aber, obschon der Junge kleiner war, hochblickend zu ihrem Gesicht konnte er das graue Blau ihrer Augen erkennen, die von Tag zu Tag immer belustigter dreinschauten, je öfter Jörn seine Fratzen machte. So lange dauerte es dann nicht mehr, daß alle Schüchternheit von dem Mädchen abfiel und es wie selbstverständlich in allen Zimmern zugange war; anfangs hatte Ruth am liebsten nur in der Küche gesessen oder war, wenn es nichts zu tun gab, in ihrem Zimmer verschwunden und hatte heimlich in ihren Nesthäkchen-Büchern gelesen.

Bald kobolzten die Kinder so laut in Jörns Zimmer herum, daß Chris schon mal nachschauen kam, aber dann sah sie, daß Ruth gerade wieder angefangen hatte, das Chaos unter seinen Sachen aufzuräumen, und davon erhoffte sie, wie Chris dem Vater sagte, eine erzieherische Wirkung, denn das Ruthchen war das ordentlichste Mädchen, das die ehemalige Lehrerin kannte. Es brachte ja auch fertig, daß Jörn auf einmal von allein seine Fingernägel saubermachte, auch seine ewig heruntergerutschten Kniestrümpfe zog er jetzt immer hoch, und vorm Spiegel stand er nun oft und kämmte und kämmte sich. Dabei ging es ihm natürlich darum, daß Rosi unten etwas merken sollte; Rosi nämlich hatte angefangen, nach den größeren Jungens in der Straße zu gucken, und das tat ihm immer mehr weh ... für später hatte er doch vorgehabt, sich mit seinem heimlichen Schwarm zu verloben.

Manchmal, und es kam bald jeden Tag vor, wenn Jörn plötzlich am Fenster stehenblieb und sah, daß in den Gärten hinter der Kaserne oder unter den Hängen des Steigers wieder eine schwere schwarze Qualmwolke in den Himmel hochstieg, stand Ruth hinter ihm und klammerte ihre Hände um seine Schultern ... Die Eltern hatten ja auch da oben einen Schrebergarten im Gelände, mit einem grüngestrichenen Gartenhäuschen drin, in dem sie während der Sommerwochen oft über Nacht geblieben war ... Sie hatte ein paarmal schon mit Jörn an ihrem freien Nachmittag hingehen und ihm zeigen wollen, wo sie in der Hängematte draußen unter der Veranda oder drinnen in der Schrankwand schlief, wo ihre Schaukel unter einem Kirschbaumast hing und der Bollerwagen im Schuppen und neben dem Schuppen der Stall mit ihren Kaninchen stand, da könnte Jörn ihr helfen, Löwenzahn und Disteln zu rupfen ... Jörn spürte, wie Ruths Körper hinter ihm vor Schluchzen zu beben begann; seit Wochen war sie nicht mehr im Garten gewesen, und sie wußte auch nicht genau, ob ihr Vater die Kaninchen gerettet und in der Löberstraße im Fabrikhof untergebracht hatte; der Vater traute sich ja auch schon nicht mehr in den Garten hoch, seit die Ostarbeiter angefangen hatten, einen Garten nach dem anderen leer zu machen, und wenn nichts mehr auszureißen, herunterzureißen, an Vorräten, Möbeln, Werkzeug mitzunehmen war, die Fenster und Türen zerschlugen und die Öfen umstürzten. Richtig schlimm wurde es – und da holten auch die Hausgemeinschaften die Feuerpatschen wieder aus dem Keller und postierte Jörns Vater einen Schaumlöscher neben die Haustür –, als die Kaserneninsassen einen unterirdischen Bunker mit ein paar Tanks voll Wehrmachtsbenzin entdeckt hatten... Nun karriolten sie mit den aufgegriffenen PKWs herum; nun ging ein Gartenhaus nach dem anderen in Flammen auf.

Einmal, als gleich hinter der Eremitage Roessels Häuschen – mit seinem Türmchen und seinen Erkerchen sah es schon wie eine kleine Gartenvilla aus – zu brennen anfing, hatte Jörn sich hinübergetraut. Er kam nur bis zum Gartenweg, wo er nichts sehen, aber das Knistern der Flammen hören konnte... Njemic? Ein Junge, kahlgeschoren, zwei Köpfe größer als Jörn, einen Zaunpfahl in der Hand, stand vor ihm. Ja, Deutscher. Der Zaunpfahl traf ihn mitten auf der Brust, und Jörn ging zu Boden. Den Pfahl hatte er festgehalten und mitgerissen, aber als er sich hochrappeln und zurückstoßen wollte, flog ihm eine Faust ans Kinn, und Jörn lag wieder flach. Er kam auch nicht mehr hoch; der Junge stand über ihm und traktierte ihn mit seinen Wehrmachtsstiefeln, denen Jörn noch ansah, daß es ganz neue, hellbraune Stiefel waren, dann kugelte er sich zusammen und hielt die Arme über seinen Kopf. Während er die Tritte spürte, hörte er den Jungen Wörter fluchen, die er nicht verstand, ein paarmal war das Wort *njemic* darunter, dabei mußte er daran denken, was der Vater gesagt hatte, aber warum rächte sich der Junge denn an ihm, Jörn winselte los... ich hab dir doch gar nichts getan. Der Junge trat noch ein paarmal nach, dann hörte er auch mit Fluchen auf. Jörn blieb zusammengekrümmt liegen – es kam wirklich kein Tritt mehr, aber dann spürte er, wie es auf seinem Rücken naß und warm wurde. Jörn wühlte sein Gesicht ins Gras; er wußte, der Junge stand über ihm und pißte auf ihn herunter. Da sah er wieder Rupert stehen ... wenn die Piraten einen Feind erledigt hatten, stellte Rupert sich hin und verpaßte ihm, wie er kundtat, den Rest.

Wie siehst du denn wieder aus ... Aber Jörn hatte sich schon so oft, wenn er mit Schrammen und Beulen vom Spielen heimgekommen war, gleich stumm in sein Zimmer verdrückt, daß sein Verhalten nicht weiter auffiel. Nur Ruth hatte einen Schrecken bekommen, und als sie ihn in seinem Zimmer leise weinen und das nasse, so komisch riechende Hemd ausziehen sah, wollte sie es wissen. Jörn fauchte sie erst an, dann schämte er sich nur und begann wieder zu schluchzen ... Das Mädchen schnappte sich sein Hemd, knüllte es zusammen und rannte hinunter in die Waschküche; nach einer Weile kam sie zurück und legte in ihrem Zimmer das Hemd zum Trocknen ins offene Fenster; Jörn hatte sich in seinem Bett zusammengerollt. Er lag dort zwischen Wällen von Matratzen, Kissen und Decken. Nach den ersten Einschüssen hatte der Vater das Bett des Jungen zu einer *Festung* ausgebaut, die Jörn auf neue Phantastereien brachte. Der Krieg war vorbei, aber die Kämpfe gingen weiter. Er hatte was von *Werwölfen* gehört, und obschon er sich wunderte, daß sich Jungens für so etwas Verächtliches wie *Hinterhalt* und *Heckenschützen* hergaben, gruselte es ihn bei der Vorstellung von Wolfsrudeln, die in den Nächten durch die Wälder zogen und in der grauen Morgendämmerung ihre Verstecke aufsuchten. Als er hörte, daß es HJ in Zivil war, die amerikanischen Jeeps auflauerte, verstieß er die Werwölfe aus seiner Phantasie. Vor dem Einschlafen betete er wieder; es war ihm eingefallen, daß er ja einen Schutzengel hatte, die Mutter hatte es ihm vor langer Zeit versichert. Eigentlich, mit ihren langen blonden Locken, sah Ruthchen wie ein Engel aus, vor allem sonntags, wenn sie ein weißes Kleid anhatte.

Der Schuß kam aus einem Fenster des Kasernengebäudes, von dem man im Hof, über den Bäumen von Dressels Garten, ein Stück der oberen Fensterreihe sehen konnte. Es war ein warmer sonniger Nachmittag. Der Tag schien ruhig zu bleiben; der Qualm eines niedergebrannten Gartenhauses hatte sich verzogen; in der Kaserne und auf der Straße rührte sich nichts. Ein paar der Hausbewohner hatten im Hof ihre Liegestühle aufgestellt und lagen mit geschlossenen Augen in der Sonne. Chris und Tante Tiny nähten. Der Vater und Onkel Max machten eine Pause und rauchten; sie waren mit dem Zersägen des Telegraphenmastes beschäftigt, den sie tags zuvor im Straßengraben entdeckt und durchs Haus in den Hof geschleppt hatten. Elke und Antje hockten mit ihren Puppen zu Füßen von Onkel Fietje, der ein Zeitungsblatt studierte. In der Mitte des Hofes warfen sich Rosi und Ruth einen Ball zu; Jörn stand ungefähr einen Meter hinter Ruth und wartete, daß sich das Mädchen herumdrehen und ihm den Ball zuwerfen würde. Jörn hörte den Schuß, dann sah er, wie der Schrecken Rosis Augen aufriß. Ruth stand einen Moment lang wie erstarrt, dann schrie sie und begann zu schwanken, zu torkeln; Jörn fing ihren fallenden Körper auf und sah, warum sie nicht mehr schreien, warum sie bloß noch würgen konnte, schaumig quoll ihr das Blut aus dem Mund.

Die Frauen saßen wie gelähmt, die Männer hatten sich zu Boden geworfen, jeder erwartete noch einen Schuß. Nur der Vater war herbeigesprungen und hatte das Mädchen, das Jörn kaum halten konnte, aufgenommen, dann wuchtete auch Onkel Fietje heran, und beide Männer trugen das Mädchen hinauf in sein Zimmer. Jörn und Rosi ließen sich auf die Hoftreppe fallen, beide zitterten, und beide, ohne daß sie ein Wort hervorbrachten, wußten es sofort ... die Kugel, Rosi, hätte dich treffen können, du hast genau vor Ruth gestanden – ja, aber dich nicht, Jörn, denn du hast genau hinter Ruth gestanden ...

Jörn sprang auf und rannte die Treppen hoch in die Wohnung. Die Blutspur führte in sein altes Zimmer; im Korridor kam ihm der riesige Ballen Zellstoff entgegengerollt, und nun wußte Jörn, warum er – er hatte es fast schon vergessen – dieses sinnlose weiße Ungetüm aus der Gauhalle herausgeschleppt hatte: er sah Chris, wie sie Fetzen nach Fetzen von der ausgerollten Stoffbahn abriß, wie der Vater über das Mädchen in seinem Bett gebeugt stand und Fetzen nach Fetzen auf die blutende Halswunde preßte und dann beiseite warf, der ganze Fußboden lag schon voller blutgetränkter Lappen. Jörn hörte Ruth einmal leise stöhnen, dann hörte er nur noch das Abreißen des Stoffes; er wollte Chris helfen, aber seine Hände, sein Körper schienen erstarrt; an seinen Händen, auf Hemd und Hose sah er das Blut, und wieder durchzuckte ihn der Schrecken des Begreifens ... es war nicht seines, es war das Blut des Mädchens; die Kugel, die Ruth getroffen hatte, hatte sie nicht ihm gegolten?

Als die amerikanische Uniform im Korridor auftauchte, war der halbe Zellstoffballen abgerollt. Karlchen Tümmler, mit seiner weißen Kochmütze auf dem Kopf, war ins Kasino hinübergerannt und mit dem Arzt in den Jeep gesprungen. Der Arzt schaute auf das still daliegende Mädchen hinab, dann sah Jörn, wie er sich niederbeugte und mit seinen Händen Ruths Gesicht berührte. Es kam ihm wie eine Ewigkeit vor, bis sich der

Arzt wieder aufrichtete, zu den im Zimmer Stehenden herumdrehte und seine Nickelbrille auf der Nase zurechtrückte. Und dann lernte Jörn wieder einen englischen Satz: she's dead.

Der Himmel hatte sich zugezogen, und auf der kleinen Anhöhe, wo wir auf der Bank über dem Schwimmbekken saßen, war es kühl geworden. Herr Demuth wollte wissen, ob Jörn den Wagen abgeschlossen hatte ... Im Gelände war kein Mensch zu sehen gewesen, und der Wagen stand da, wie wir ihn mitten auf der Piste hatten stehenlassen. Jörn schaute sich noch einmal um ... Er hatte seinen Fotoapparat vergessen, und es kam ihm darauf an, jeden Augen-Blick, wie er sagte, sofort im Gedächtnis aufzunehmen – ich weiß ja nicht, ob und wie ich diesen Ort noch einmal wiedersehen werde, ich sehe ihn jetzt schon wie ein Bild der Erinnerung. Wir können ja morjen nochmal herfahrn, meinte Demuth, aber Jörn winkte ab ... Was immer der Ort ihm erzähle, es sei immer eine andere als die wahre Geschichte, die er niemals kennen werde.

Jörn steuerte den Wagen langsam über die Plattenwege zum Tor zurück, wo Herr Demuth ausstieg und das Gestänge sorgfältig wieder verhakte. Und jetzt zu Barnim aufn Bier. Aber zunächst wies sein ausgestreckter Arm den Weg nach Ahlsdorf, ein mitten in den Feldern liegendes Straßendörfchen, wo wir in eine Gutsanlage hineinfuhren und neben dem Herrenhaus, fast schon ein Schloß, den Wagen parkten. Hat allet mal Siemens in Berlin jehört. Das Dach des Herrenhauses war neu gedeckt und die Reihe der Dachgauben neu verbrettert und grün gestrichen. Sonst fehlte alles an Renovierung;

im Inneren der großen Glasveranda verstaubten die Möbelreste von HO-Gastronomie.

Wir gingen durch den ausgedehnten Park, der hinter dem Herrenhaus begann. Herr Demuth kannte sich aus und ging rasch vorneweg, bis er uns zeigen konnte, was, wie er sagte, jahrzehntelang verwildert, zugewachsen und keinem der jungen Leute bekannt gewesen war, die Grabstätte der Familie Siemens ... Ein frisch gepflegtes, stattliches Mausoleum, das alle die Namen, einige von Adel, der im 19. Jahrhundert Geborenen und Verstorbenen aufführte; ein kleines Schild der Deutschen Bank erinnerte an einen ihrer Vorstandssprecher, Georg von, der 1900, dreißig Jahre alt, gestorben war. Herr Demuth schüttelte den Kopf ... 1900, mein Vater wurde da jeboren. Jörn nickte, meiner auch.

Während wir weitergingen und dabei an einem Sportfeld und einer rustikal instandgesetzten Blockhütte, dem Teehaus, vorbeikamen, erzählte Demuth ein bißchen von seinem Vater ... die Wende hatte er noch glücklich erlebt, mit den Kommunisten habe er nichts am Hut gehabt, mit den Nazis auch nicht; solange das ging, habe er nichts aus der Hand gegeben, die Schmiede, die Landwirtschaft, die Gaststätte, das Fremdenzimmer, den Lebensmittelladen, die Posthalterei, allet in Vatters Hand; er selber habe, als kleiner Stift, die Post noch rüber ins Schloß gebracht, nu ja, die Herrschaft dort, die habe Vattern auch nicht reinreden können, und der Rechtsstreit mit dem Baron, da sei doch einfach das Schärfkorn ausgeblieben, der Scheffel Korn, mit dem der Schmied das Schärfen der Pflugscharen bezahlt bekam ... aber was hätte er denn schärfen sollen an dem Tag, wo es doch geregnet hatte und die Bauern gar nicht auf den Gutsäckern waren.

Wir fuhren über eine Straße, die halb asphaltiert und halb mit Kopfsteinen gepflastert war, ins nächste Dorf weiter, nach Hohenkuhnsdorf, wo im Anwesen des Försters eine große, grauhaarige Wildsau, das Fell an den Baumstämmen reibend, aus dem Unterholz hervorkam und hinterm Zaun entlangschnaufte. Eine Reihe kleiner Linden säumte den Gehweg vor der Barnimschen Gaststätte, die eigentlich, sagte Demuth, nur ein Getränkestützpunkt sei ... nix frischjezapftes Bier, und einen Kühlschrank schien es auch nicht zu geben, das Flaschenbier kam so warm wie die Runde Korn, die Demuth gleich mitbestellte.

Daß wir in der Gaststube saßen, sagte uns nur das kurze Stück Schanktisch in der Ecke; sie kam uns eher wie eine Wohnstube vor, in der ein paar Möbel zuviel waren angesichts der Dominanz eines hohen blauen Kachelofens, der Platz für Ofenbank, Tisch und ein paar Stühle ließ. Herr Demuth schien gut Freund mit den beiden Männern und der alten Wirtsfrau zu sein; wir saßen dabei und hatten bald das Gefühl, unter alten Bekannten zu sitzen, die seit Ewigkeiten sich die immergleichen Neuigkeiten erzählen. Als Willem mitbekam, daß Rheinländer am Tisch saßen, fiel ihm gleich seine Militärzeit im Rheinland ein ... Herr Demuth winkte ein paarmal ab, aber Willem holte weit aus und kam schließlich in Stalingrad an, wo sich der Feldwebel mit dem Divisionskommandeur angelegt, durchgesetzt und erreicht hatte, daß er, als einer der letzten, mit seiner Truppe aus dem Kessel noch rechtzeitig herauskam. Der kleine Mann blickte uns triumphierend an; er hatte auch Bautzen überstanden, wo er wegen seiner ewigen RIAS-Hörerei jahrelang eingelocht war, und als Demuth witzelte, seine Windmühle sei doch bloß umgefallen, weil er sie immer nach Westen gedreht habe, funkelten seine Augen auf. Er legte von neuem los; während seiner Tirade ließ Herr Demuth noch ein paar Schnäpse kommen; am Ende hackte seine lange Nase auf den größten Skandal ein, der nach alledem herausgekommen sei, das war für ihn der Wurstpreis, mit solchem Wurstpreis regiere sich jede Regierung an den Pranger, und als wir nickten, blickte er uns wieder triumphierend an. Willem, so alt er war, schien jeden Moment in seinem Leben parat zu haben; sein unversehens die Zeiten verquirlendes Erzählen hörte sich an, als geschehe alles Vergangene jetzt an diesem Nachmittag in Barnims Stube. Jörn traute sich nicht, seinen Notizblock hervorzuholen; er schaute auf den Tisch und hörte schweigend zu. Als wir dann im Wagen saßen, sahen wir den kleinen Mann, wie er, immer kleiner werdend, auf seinem Fahrrad über die Felder fuhr. Die Mühle in Kossin stand wirklich nicht mehr; Herr Demuth zeigte nach dem fernen Waldsaum hin ... nu is allet eine Lejende.

Am nächsten Morgen, nach dem Frühstück, fuhren wir nach Dahme; Jörn hatte herausgefunden, daß die Tankstelle am Ortseingang seine Zigaretten führte. Auf der Straße nach Nonnendorf trödelten wir hinter einem Mähdrescher her, der die Straße in ihrer ganzen Breite einnahm. Jörn hatte das Verdeck zurückgeschoben, aber unter dem dichten Laubdach der Chausseebäume konnte man den Himmel und auch nicht die Antonow sehen, die sich nach ihrem Start aufbrummend in die Höhe zog.

Nach seiner Fahrt zum Schwieloch-See war Jörn noch ein paarmal in Dahme gewesen. Das Städtchen war ihm so vertraut geworden, daß er sich vorstellen konnte, zu einer früheren Zeit in einem der alten Bürgerhäuser gewohnt zu haben. Ich weiß nicht, sagte er, ob ich schon einmal in Gestalt einer anderen Person gelebt habe, aber es gibt Orte, die mir diese Vorstellung nahebringen, so nahe, daß sie mir wie eine Erinnerung an Wirkliches vorkommt. Am Ende einer dunklen Toreinfahrt blickten wir durch die verstaubten Scheiben einer verschlossenen Portaltür in einen Hinterhof, in dem das Gras zwischen den Pflastersteinen hochwuchs. Geräusche schienen aus den Gebäuden zu dringen, ein Ruf, ein Lachen, das Zuschlagen eines Fensters, das Aufgackern eines Huhns, Hammerschläge, Kinderstimmen, aber die verfallenden Remisen, Wohnungen, Werkstätten, Schuppen waren leer; wir standen wie vor Kulissenbauten eines Films, der vor einem halben Jahrhundert gedreht worden war. So ähnlich, sagte Jörn, ging der Blick in den Hinterhof der Polsterfabrik in der Löberstraße ... in Erfurt fand ich davon nichts mehr.

Er brauchte nichts, aber wir betraten ein paar Geschäfte, und Jörn bezahlte für einen Bleistift, ein Brillenetui, ein Feuerzeug. In Hielschers Buchhandlung griff er nach dem Heimatjahrbuch des Landkreises Teltow-Fläming; dazu legte er Frau Thiele einen kleinen Stapel topographischer Landkarten auf den Tresen. Dann fand er ein Buch mit Fotos von Personenkraftwagen, die im Krieg requiriert und zum Einsatz gekommen waren. Er blätterte, bis er auf ein Foto stieß, das er eine Weile anschaute. Vor dem Hintergrund einer Mauer, die eine von Bäumen überschattete Kirche umgab, stand an der Spitze einer Lastwagenkolonne ein kleines offenes Automobil mit zwei unkenntlich uniformierten Insassen; der eine saß am Steuer, der andere stand hinter der Windschutzscheibe und hielt eine Kelle hoch. Die zwischen der Motorhaube und den Kotflügeln freihängenden

Scheinwerfer waren mit schwarzen Tarnkappen überzogen; in der oberen Hälfte des Kühlergrills zeichnete sich die stilisierte Figur eines Adlers ab; das Nummernschild auf der Stoßstange trug die beiden Runen der Waffen-SS.

Jörn erkannte die Marke des Autos wieder, in dem er mit den Eltern im August neununddreißig nach Erfurt gekommen war. Der Adler Trumpf Junior galt für den Fronteinsatz als so ungeeignet, daß Jörn sich über das Foto wunderte. Nach dem Krieg war die Marke nicht weitergebaut worden, und als viele Jahre später Oldtimer in Mode kamen, hatte er das Auto des Vaters nur ein- oder zweimal auftauchen sehen. In den ersten Kriegsmonaten trug es auf dem Nummernschild einen roten Winkel ... das bedeutete, sagte Jörn, der Vater durfte sein Auto beruflich noch benutzen. Dann kam der rote Winkel runter und die beiden feldgrauen Mechaniker, die auch gleich die Batterie ausbauten und die Reifen abmontierten, bockten das Gefährt, *bis nachem Heilundendsieg*, auf vier Holzblöcken auf. Während des Krieges, sagte Jörn, war unser Adler der einzige Wagen in der Straße, der in der Garage stehengeblieben war; Tante Amanda war mit ihrem roten Cabriolet noch irgendwohin davongerauscht, die paar anderen verschwanden erst einmal in den Kasernen.

Als ich in der Oktoberwoche, sagte Jörn, zum ersten Mal wieder durch unsere Straße ging, kam mir etwas fremd darin vor ... nicht nur der Wohnhäuser wegen, die in die Gärten hineingebaut waren; auch in den unverändert gebliebenen Straßen, wo nur die Farbe auf den Fensterrahmen blätterte und das Gartentörchen ein bißchen schiefer in den Angeln hing, störte etwas am vertrauten Aussehen – es waren alle die Autos, die am

Straßenrand parkten. Wenn ich oben aus dem Fenster hing, nie sah ich ein Auto auf der Straße stehen ... die meisten Nachbarn hatten gar kein Auto. Das schienen auch die Ostarbeiter zu wissen, an den Garagentoren zogen sie jedenfalls immer vorbei. Erst als Truppen wieder in den Kasernen lagen, ließ der Russe sich eine Garage nach der anderen aufmachen – tschto eto, was ist denn das, wot aftamobilj, ein fast nagelneues Auto, aber wo liegen denn die Reifen versteckt ... Der Vater geriet ganz schön in Panik, so mißtrauisch gingen die Rotarmisten um das stillgelegte Gefährt herum; ganz vorsichtig machten sie die Türen, die Kofferklappe, die Motorhaube auf, krochen sie unter dem Wagen her. Aber dann stand Tante Ines plötzlich mit in der Garage, und wir trauten unseren Ohren nicht, als wir sie in fließendem Russisch sprechen hörten. Auch die Rotarmisten schauten ungläubig hoch, aber dann war rasch alles Mißtrauen in ihren Gesichtern verflogen, sie boten der unter einem Kopftuch vermummten Frau Papiroßi an und bestanden darauf, daß die Nichtraucherin die Zigarette zu Ende paffte, dann zogen sie lachend ab. Tante Ines hob wie zur Entschuldigung die Schultern ... sie stamme doch aus dem Baltikum, und in ihrer Kindheit habe sie nur russisch gesprochen.

Wir standen noch in der Garagentür, als ein ganzer Trupp angeklirrt kam ... Kein Wort mehr fiel, nur Tante Ines zeterte noch einmal auf, als die Rotarmisten mit viel Gerassel die mitgebrachten Deichselketten um die hintere Stoßstange des Adlers wickelten ... ein erster Ruck, und der Wagen krachte von den Holzböcken auf seine Felgen herunter. Kommandorufe, der Trupp auf der Straße legte sich in die Ketten, aber nun rammte das Wagenheck gegen die Schräge der Ausfahrt ... die Garage, sagte Jörn, lag ja auf Kellerniveau, und die Ausfahrt zur Straße hoch stieg so steil an, daß der Wagen ohne seine Reifen zu niedrig lag – einmal, nach dem ersten Novemberschnee, war alles ganz glatt, da rutschte dem Vater beim Hinausmanövrieren der Wagen gleich quer, erst nach Eimern voll Asche und Löschsand kam der jaulende Wagen die Steile hinauf.

Der Vater stand jetzt mit verschränkten Armen und finsterem Gesicht da ... Rhythmische Kommandos, tief nach vorn herabgebeugt der losstampfende Trupp, und der Wagen schrammte endlich die Ausfahrt hoch. Auf der Kante des Bürgersteigs saß er dann wieder fest; die Räder hingen frei in der Luft, und so schien er über dem Winkel, den Bürgersteig und Ausfahrt bildeten, eine Weile zu schweben, dabei schaukelte er ein paarmal unentschieden auf und nieder, was irgendwie so komisch aussah, daß die beklommen zuschauenden Kinder zu lachen anfingen ... um nicht loszuheulen, sagte Jörn, lachte ich am lautesten mit, dann aber spannten sich noch einmal die Ketten, und nach einem letzten Ruck knirschte der Wagen auf seinen Felgen quer über den Bürgersteig auf die Straße. Der Leutnant, der den ganzen Einsatz befehligt hatte, schwang sich hinters Steuer; der Unterleutnant klemmte sich neben ihn, und mit fröhlichem Gejohle zog und schob der Trupp den ramponierten Adler in Richtung Kaserne. Es waren Geräusche, die schmerzten, sagte Jörn, dieses Gerassel und Geratsche und Geschramme ... noch eine ganze Weile hörte ich, wie die Felgen unseres Autos, aus dem vor fast sechs Jahren der kleine Junge ausgestiegen war, über die Straße bis hinein in die Kaserne knirschten.

Frau Thiele wünschte einen schönen Tag noch, und wir schlenderten eine Weile durchs Städtchen. In der

Fläming-Stube bestellten wir zwei Kännchen Kaffee und schauten hinaus auf den Verkehr, der langsam durch die angerhaft breite Hauptstraße rumpelte. Der Vater, sagte Jörn, hatte sein Auto dann noch zwei- oder dreimal auf der Straße vorbeifahren sehen, vollgepackt mit Offizieren, ganz ulkig bereift, hinten zwei Geländereifen, und das bei einem Fahrzeug mit Vorderantrieb ... Ich war ganz froh, daß ich das russische Beutestück nicht wiedersah. Und wenn der Ami sich den Wagen gegriffen hätte? Jörn nickte. Bis heute ist das ein Rätsel geblieben ... da haben sie, die Engländer, die Amerikaner, bis zuletzt die Zivilbevölkerung terrorisiert, jahrelang, aber als sie dann in die kaputtgebombten Städte kamen, waren sie gleich die neuen Freunde, von denen ließ man sich ganz selbstverständlich die Kameras, die Uhren, das Eingemachte klauen. Doch wenn sich der Russe das Recht des Siegers herausnahm ...

Der Junge tat es den Erwachsenen nach und sah grimmig zu, wie der Oberleutnant sich in seinem Zimmer einquartierte. Es war unbewohnt seit Ruths Tod; Jörn hatte in seinem Bett, im Bett des Mädchens, nicht mehr liegen wollen. Der Oberleutnant war ein großer stiller Mann, der morgens ging und abends kam; Chris mußte seine Wäsche waschen, der Vater rauchte hustend ein paar aus Prawda-Papier gedrehte Machorka-Zigaretten mit; Jörn durfte Djadja Sergej zu ihm sagen, aber selbst auf russisch brachte er den Onkel nicht hervor.

Er taute erst auf, als Jelena erschien. In Reitstiefeln, Breecheshosen und schwarzglänzender Marine-Lederjacke schritt die hochgebaute Ärztin durch die ganze Wohnung und musterte jeden Winkel. In Jörns neuem

Zimmer blieb sie stehen und blickte aus dem Fenster über die Gärten – da, eto moia komnata ... ihr Zimmer, ja, und eine halbe Stunde später schleppten zwei Offiziersburschen den Schrankkoffer das Treppenhaus hoch. Im Badezimmer mußte Chris die Ablage unter dem Spiegel räumen, da stand dann eine Batterie Flacons, und bald hörte der schwere, süße Duft nicht auf, durch den Korridor zu schweben.

Als Jörn der Arm voll Bücher, die er aus dem Regal geräumt hatte, auf den Fußboden kollerte, schüttelte sie ihre helle Mähne und kniete sich neben den Jungen hin; die Bücher, die sie mit aufsammelte, gingen wieder ins Regal zurück. Jörn half ihr ins Zimmer den Sessel schleppen, den der Oberleutnant hatte herausrücken müssen; Jelena mit ihren vier Sternen auf den Achselstücken war im Rang eines Kapitäns, als Oberleutnant hatte Sergej nur drei; aus Vaters Arbeitszimmer ließ er sich dann gleich den Rauchtischsessel kommen, den Rauchtisch noch dazu.

Jelena schlief morgens länger und brauchte eine halbe Stunde fürs Badezimmer. Chris riß danach das Fenster auf; Jörn machte es wieder zu und blieb lange auf dem Klo sitzen. Abends kam sie manchmal in Begleitung eines jungen Majors, der nach zwei Stunden wieder ging. Jelena sprach ganz gut deutsch; sie brachte schon mal kleine Geschenke mit, für den Vater eine Schachtel Papiroßi, für Jörn einen Kanten Schokolade, für die Küche Tee und Zucker. Jörn hatte bis dahin keinen Tee gemocht, jetzt trank er ihn becherweise, grünen, duftenden, süßen Tee; er stellte sich den breiten, in eine unendliche Ferne strömenden Fluß vor mit Uferwiesen und langen Pappelreihen, unter denen eine riesige Gänseherde hinter einem hochgewachsenen, blonden Mädchen hermarschierte;

im Sommer ging das Mädchen barfuß, im Winter hatte es Holzschuhe an; es wohnte in einem kleinen Holzhaus mit der Mutter und den zwei Brüdern, der Vater weit, weit hinterm Ural, das Wort Baikal See, die Brüder dann tot, Woronesch, Seelower Höhen; die deutschen Panzer schossen solange, bis das ganze Dörfchen brannte, nur ein paar alte Männer in den Häusern, die jungen Frauen dann alle nach Germanja in große Fabriken, große Güter.

Jelena saß manchmal mit im Wohnzimmer. Sie wollte Schallplatten hören, Jörn auch; eine Weile kämpfte er mit sich, aber dann sagte er doch nicht, daß bei Tante Ines in Rosis Zimmer ein Koffergrammophon stand, und Gerlach und der Plattenspieler waren nicht mehr da. Einmal brachte Jelena eine Zeitung voll Heringe mit, Zwiebeln und Wodka; sie lachte und verlangte nach drei Wassergläsern, als Chris mit zwei Likörgläschen kam. Jörn verschlang drei Heringe und ein Fuder Zwiebelringe; Chris nippte, der Vater trank Schlückchen für Schlückchen, Jelena kippte zwei Gläser weg. Sie sang mit ihrer rauhen Stimme ein paar Lieder und erzählte vom breiten, tiefen Dnjepr und dem großen Moskau mit der Akademie. Als sie Jörn neben sich auf die Couch zog, durfte er noch fünf Minuten sitzenbleiben, dann mußte er ins Bett.

In seinem Bett, die Couch in Vaters Arbeitszimmer, dachte er oft an Jelena. Er glaubte ihr Parfum zu riechen, wenn er nebenan ihre Stimme hörte, leise und heiser. Sobald sie morgens in ihrem schwarzen Trainingsanzug erschien, stand er wie zufällig im Korridor, sdrastwuij, guten Morgen ... sie lächelte müde und fuhr sich durch das schwere Haar, das über ihre Schultern hing; wenn sie aus dem Badezimmer kam, hatte sie die Haare straff zurückgekämmt und im Nacken fest verknotet.

Jelena blieb nicht lange. Sie war mittags schon ins Haus gekommen, und Jörn hörte, wie sie die beiden Offiziersburschen herumkommandierte. Nachdem sie mit dem Schrankkoffer verschwunden waren, blieb es eine Weile still im Zimmer. Dann rief sie nach Jörn. Sie stand in ihren Reitstiefeln vorm Fenster und drehte sich sofort herum. Er sah Falten in ihrem Gesicht, steil über der Nase und scharf zu ihren Mundwinkeln herab. Dein Zimmer wieder dir gehört ... Jörn schluckte. Doswidanja. Er schaute in ihre grünen Augen hinein, aber ihr Kopf fuhr hoch, als der Vater in der Tür stand. Sie setzte sich ein Käppi auf und spreizte ihm eine Hand entgegen, als der Vater ihr in den langen schweren Mantel helfen wollte. Spaßiba ... ein kurzes Dankeschön in die Küche hinein, dann schritt sie durch den Korridor davon. Chris seufzte auf; der Vater stand verlegen in der Tür. Jörn ging zu seinem Bett; Parfumgeruch hing im Zimmer, und auf dem Bett lag hochgestellt ein Kopfkissenbezug, der bis obenhin mit Teeblättern gefüllt war.

Wie bald wir uns daran gewöhnt hatten ... jedenfalls kam es mir so vor, sagte Jörn. Wo für die Wehrmacht gebaut worden war, ging jetzt die Rote Armee aus und ein. Nach der feldgrauen beherrschte die speckbraune Farbe das Straßenbild, und bald nahm auch keiner mehr kopfschüttelnd zur Kenntnis, daß die sowjetische Besatzungsmacht, wenn sie mit der Straßenbahn fuhr, grundsätzlich nur auf den Trittbrettern stand. Das hätten wir Jungens auch mal gern gedurft ... schon in den Kurven sprangen die ab; die drehten sich sogar, die eine Hand am Haltegriff, mit der anderen Hand die Zigaretten während der Fahrt.

Jörn hatte Hunger bekommen und wollte Thüringer

Rostbratwürste essen. Das Mädchen, das uns bediente, machte ein verzweifeltes Gesicht. Jörn blickte auf die Speisekarte und nickte zufrieden. Soljanka. Wenigstens eine Errungenschaft, die bleibt. Kennt auch im Rheinland keiner.

Tante Ines hatte kurz einen jungen Leutnant in der Wohnung. Als er weg war, hieß es, er sei geschlechtskrank gewesen. Stundenlang wienerte sie alle Türklinken ab. Der nächste Offizier brachte seine Frau und den kleinen Kolja mit, und Tante Ines konnte auf einmal wieder russisch kochen. Onkel Max durfte das viele Brennholz verwalten. In allen Häusern unserer Straße waren Offiziere einquartiert; die meisten deutschen Offiziersfamilien waren nicht mehr da. Trotz aller Gerüchte, bei so vielen Offizieren im Quartier fühlten wir uns halbwegs sicher, das sagten sie uns auch, aber nicht lange mehr, dann mußten wir alle raus.

Es war ein warmer Sommerabend; aus irgendeinem Grund fuhr keine Straßenbahn; der Junge kam spät von der Mutter zurück. Ihm fiel gleich auf, daß alle Häuser in der Straße hell erleuchtet waren, hinter jedem Fenster brannte Licht. Im Treppenhaus kam ihm Tante Tiny mit einem vollen Wäschekorb entgegen; vor jeder Wohnungstür türmten sich Kisten und Kasten hoch. Der Vater stapelte im Korridor die auseinandergeschlagenen Bettgestelle auf . . . bis morgen früh, komplett, muß die Wohnung leer sein. Chris stand vor dem Eßzimmerschrank, und Jörn sah wieder den aufgerollten Zellstoff liegen. Fetzen um Fetzen, Teller nach Teller . . . Jörn lernte es rasch, wie man jedes einzelne Geschirrstück verpackt und im Wäschekorb verstaut.

Jörn löffelte seine Soljanka. Ich weiß es nicht, sagte er, und später wußte es keiner mehr, wie diese Nacht verging ... jedenfalls waren die Wohnungen am Morgen leer, und bald wußte jeder, daß der Russe großzügig gewesen war ... anderswo hatte er mit den Häusern gleich die ganze Einrichtung beschlagnahmt. Nachmittags war der Befehl zur Räumung gekommen; Onkel Fietje hatte sofort seinen Spediteursfreund angerufen; jeder, der in der Straße Telefon hatte, rief in der Stadt herum an; es tauchten sogar ein paar amtliche Zivilisten auf, aber die wußten auch nicht, wohin und woher; jeder mußte sehen, wo er ein Fuhrwerk herbekam und wo die Fuhre hinging. Der Vater war gleich in den Keller gerannt, fluchend, weil der Junge, wenn man ihn brauchte, nicht da war; dort lagen noch Kartons und Kisten vom Umzug im August neununddreißig; er hatte auch bei Ruthchens Vater angerufen, ja in der Fabrikhalle war für die Möbel Platz genug, der alte Pritschenwagen stand auch noch da, in der Frühe kamen die beiden Männer tatsächlich mit der Karre angezogen, Ruths Vater und Bruder, der schaute verstohlen einmal in den Hof hinein.

Als hätten wir das wochenlang geübt, sagte Jörn, so rasch und lautlos, so geisterhaft ging alles zu. Nach Mitternacht tauchten plötzlich leere Kisten auf, wer hatte schon genug Kisten parat; Onkel Fietje wich vom Telefon nicht weg und organisierte die ganze Nacht lang; ein schönes Geräusch war, als es im Keller nach Nägeln klirrte, krumme Nägel, und eine Stunde lang klopfte ich auf der Luftschutzkellerstufe Nagel um Nagel gerade, bis heute werfe ich keinen krummen Nagel mehr weg. Ich werfe auch kein Stück Kordel mehr weg ... Stück um Stück zusammengeknotet, bis der Bindfaden lang genug war für alle vier Flanken der kniehoch aufgetürmten Bücherstapel ... Jahre später, als wir ins Gartenhäuschen zogen und wieder hinaus, wiederholte ich die Improvisationen des Vaters ... noch später erst dieser Luxus eines kleinen, handlichen Bücherkartons.

In der Frühe dann stand die Straße voller Karren, Fuhrwerke und Möbelwagen. Ich weiß auch nicht, sagte Jörn, woher die Kräfte kamen ... kleine Jungens, schmale Frauen, wenige Männer, wir schafften jede Truhe, jede Vitrine, jeden Küchenschrank. Dawai, der Russe ging schon durch die Zimmer. Die Straße ein langes Möbellager, es hatte angefangen zu regnen. Der Pritschenwagen faßte gerade ein paar Kisten, obendrauf die Wäschekörbe und Wannen.

Und dann ein scharfes Bremsen, und der Opel Blitz stand vor der Tür. Ein elegant gekämmter Schwarzhaariger stieg aus. Sono Luigi ... il padre di Jörn? Der Vater begriff nicht. Makkaroni? Sono Italiano, si. Der fehlte noch. Aber Luigi griff gleich zu, vier Stühle auf einmal, und dem Vater blieb gar nichts übrig, als mitanzufassen und die schweren Möbelstücke auf den Opel hochzuwuchten.

Die Mutter, sagte Jörn, hatte abends noch angerufen und wissen wollen, ob der Junge gut zu Hause angekommen sei; hastig hatte der Vater Bescheid gesagt; in der Frühe hatte sie gleich im Konsum den Lastwagen umdirigiert und Luigi eine Stange Chesterfield unter die Jacke geschoben; zweimal mußte er die Fuhre in die Löberstraße machen, dort teilte er eine Packung unter den Jungens im Haus auf, die auch tapfer die Möbel in die Halle schleppten; inzwischen war auch der Pritschenwagen mit den beiden Männern da; Ruthchens Mutter kletterte mit einem Handtuch zwischen den Möbeln herum und wischte die Furniere trocken; es hatte einigen Bruch gegeben; der Vater des Mädchens sammelte die Tischbeine ein und strich bedenklich über das abgesplitterte Holz; die erste Fuhre, um den Weg zu zeigen, machte Jörn im Fahrerhäuschen mit, die zweite hockte er auf der Ladefläche und hielt die tanzenden Fahrräder fest; der letzte Blick in die Wohnung hatte seinem alten Zimmer gegolten, dort war alles unberührt stehengeblieben, mit einem verlegenen Achselzucken hatte Sergej die Tür hinter sich zugezogen; unten vorm Haus ein kurzes Kauderwelsch zwischen dem Vater und Luigi, dann hatte der Vater nachgegeben, wohin jetzt mit dem Jungen auch, es gab ja noch keine Bleibe für die nächste Nacht; Jörn saß wieder neben Luigi, hielt seinen Dackel im Arm und starrte gebannt auf den Tachometer, mit achtzig schleuderte der Italiener den leeren Opel Blitz durch die nassen Kurven; in die Mittelhäuser Landstraße ging er dann mit hundertzwanzig hinein, Luigi lachte und steckte sich die nächste Chesterfield an; laut hupend drehte er in den Hof des Gartenhauses; die Mutter kam gleich heruntergerannt; winselnd sprang der Hund an ihr hoch; auf dem Küchentisch stand Tuttifrutti, aber dann hupte Luigi schon wieder, der Konsum wartete und die Mutter mußte los; Jörn lag in ihrem Bett und schlief noch, als sie abends wiederkam.

Die nächsten Tage, sagte Jörn und steckte sich eine Zigarette an, konnte ich bei der Mutter bleiben. Chris und der Vater waren bei Werhahns untergekommen, deren Haus jenseits von Dressels Garten lag. Jörn hätte dort gerne immer auf der Wiese unter den Apfelbäumen mit herumgeturnt, wenn Inga sich auf ihrer Schaukel hochschwang oder mit Edith Pingpong spielte; aber Inga war ein paar Jahre älter und streckte Jörn immer die Zunge raus, wenn er oben in seinem Fenster hing, und Edith war verlobt mit Heinrich, der als U-Bootkommandant selten zu Hause und jetzt beim Engländer in

Gefangenschaft saß. Lange Zeit danach hatte er die elegante Witwe wiedergesehen ... Jörn war ganz glücklich gewesen, Erinnerungen an alte Zeiten auszutauschen, aber dann hatte Edith auch noch zu erklären versucht, warum sie seit damals Antisemitin geblieben sei, nur war sie dabei in Verlegenheit geraten und hatte schließlich gemeint, sie könne sich das selber nicht erklären, das sei einfach so ein Gefühl, gegen jüdische Mitbürger habe sie doch gar nichts, bloß daß sie heute noch sich schämen und ewig mit Schuldgefühlen dastehen müsse, das nehme sie den Juden langsam übel.

Nick kam jetzt öfters vorbei und bastelte mit Jörn an seinem Treibstofftank. Er wohnte ein paar Schritte weiter in einem ReWe-Gebäude am Rand des Werkgeländes. Jörn bewunderte ihn; der ehemalige Jagdpilot trug noch seine pelzgefütterten, mit einem Reißverschluß versehenen Fliegerstiefel, dazu die mit einem Pelzkragen besetzte Lederjacke. Im Hof standen die blaue Zündapp-Maschine und der halbfertige Anhänger; Nick grübelte noch über dem Problem der Radaufhängung; die beiden Bugräder der Focke-Wulf – von einer ihrer Tragflächen stammte auch der Tank – hatte er erst mal wieder in sein Zimmerchen hinaufgerollt und unters Bett geschoben. Manchmal saß Jörn auf dem Bett und schaute zu Nick hoch, der gegenüber auf dem Tisch hockte, das Gesicht halb von der *Wurlitzer Orgel* verdeckt, die über seinen Knien hing.

Das Instrument sah riesig aus; es glitzerte, und statt der schwarzweißen Klaviertastenreihe formierte sich ein Bataillon mehrfarbiger Knöpfe auf der Tastatur. Wenn Nick zu spielen begann, vergaß Jörn seinen Haß auf die Ziehharmonika; die Wurlitzer brachte Töne hervor, die er von der Hohner nicht kannte. Er fühlte sich wie in einen Klangraum versetzt, den Wellen eines lang sich hinziehenden Traurigseins durchströmten. Nick spielte alle die Schlagermelodien, die Jörn aus dem Radio kannte, aber unter seinen rasch tanzenden Fingern verwandelten sich die Melodien in wie befreit schwebende Klänge – er improvisierte, wie Nick dem Jungen erklärte, und er erklärte ihm mehr noch, den Unterschied zwischen dem schnellen, dem *Hot-Jazz* und dem langsamen Jazz, dem *Blues*, und dazu nannte Nick die Titel von Stücken, die für Jörn alle neu waren ... Cherokee, Saint Louis Blues, American Patrol, String of Pearls, Tuxedo Junction, Blue Moon ... Jörn schwamm in einem Meer von Stimmungen, in einem Auf und Ab von Gefühlen und Sehnsüchten, und dabei vergaß er alles, was er so oft an wirklichen Ängsten und Bedrükkungen verspürte; er fühlte sich in einen wundervollen Traum entrückt, wenn Nick zuletzt *Die kleine Stadt will schlafen gehn* zu einem endlos langen Blues ausdehnte.

Nach ein paar Tagen wurde Jörn in die Blumenstraße gerufen, aber er wußte, daß er jetzt öfter bei der Mutter zu Hause sein würde. Die beiden möblierten Räume, die das Wohnungsamt den Winters zugewiesen hatte, gehörten zur Vierzimmerwohnung in einem Mietshaus, dessen Hofseite den Luftdruck einer Mine aufgehalten hatte. Das Zimmer, in dem sie zu dritt schliefen, war auch tagsüber dunkel; die Fensterhöhle war mit Brettern zugeschlagen, das Lichtkabel endete im Nichts, bei Kerzenschein waren die tiefen Risse im rohen Mauerwerk zu sehen. Im Wohnraum konnte man auf die Straße herunterblicken; zwischen den Resten geblümter Tapete breiteten sich große, graue Putzflächen aus.

Es hatte gleich Streit gegeben, Frau Fuchs ließ Chris

nicht in die Küche. Herr Fuchs wollte dazu nichts sagen; der entlassene Forstbeamte stand den ganzen Tag am Fenster und starrte hinüber in die kleine Grünanlage. Ruths Vater war mit einem alten Kanonenofen gekommen; eine halbe Stunde sah Jörn die Erwachsenen im Korridor feilschen, dann griff der Vater zu Hammer und Meißel und stemmte, neben dem Badezimmerofen, ein Loch in die Wand. Das Klo lag eine halbe Treppe tiefer, Frau Fuchs mußte jede Stunde hinunter und verlangte, daß Chris die Behelfsküche räumte, wenn sie zum Händewaschen kam. Chris nahm jedes Mal den Suppenkessel vom Feuer mit; dann setzte es der Vater durch, daß Frau Fuchs zum Händewaschen in die eigene Küche ging. Eine Woche lang lief jeden Abend heißes Wasser in die Wanne, in der Frau Fuchs solange planschte, bis das Wasser kalt war; dann hörte der Waschzwang von alleine auf, als Herr Fuchs im Keller die Brikettzuteilung immer kleiner werden sah. Ruths Vater transportierte eine große Sperrholzplatte vors Haus; die Männer sägten daran herum, bis sie auf die Badewanne paßte und einen passablen Küchentisch abgab.

Fritzchen Fuchs war etwas älter und größer als Jörn, und das ließ er ihn spüren, indem er immer über seinen Kopf hinwegsah. Einmal, als kein Erwachsener in der Wohnung war, lud Fritzchen zu einem Besuch ein. Jörn staunte über die vielen Geweihe, die an den Wänden des Wohnzimmers hingen. Fritzchen erklärte, daß er das medizinische Lexikon studiere. Ob Jörn wisse, wie der Mensch innendrin aussehe, mit Herz, Lunge, Leber und so. Er zeigte ihm die schematische Abbildung auf einer Doppelseite, deren eine Hälfte zurückgeklappt war, Jörn schaute mit wenig Interesse auf das Schema hin, dann klappte Fritzchen die Hälfte um. Jörn fuhr zurück ... die Seite zeigte die Abbildung einer nackten Frau. Fritzchen machte Hihihi, und Jörn schaute wieder zu den Geweihen hoch. Er wisse aber doch, wie *Möhren ziehen* gehe. Jörn stellte sich dumm. Fritzchen machte seinen Hosenschlitz auf und zog die Möhre hervor. Na komm, nu zeichste deine. Jörn zögerte, aber als Fritzchen ihn einen Feichling nannte, machte er es ihm nach. Sogleich begann Fritzchen wieder zu kichern ... sone kleene Möhre, die mußte mal fleißich gießn. Jörn sah verlegen hin, dann wurde er wütend und machte seine Hose zu. Fritzchen bot einen Ringkampf an; die Jungens rangelten eine Weile, dann ging der kleinere zu Boden. Fritzchen warf sich über ihn und tat, wie es die Russen immer miten Weibern in der Grünanlache tun ... jetzt wirste vergewaltigt, nu mußte richtich schrein. Jörn traute sich nicht. Dann lag Fritzchen auf dem Rücken ... nu los, nu mußte bloß an Weiber denken. Jörn wußte nicht recht, woran er denken sollte, aber er legte sich zwischen die geöffneten Beine des Jungen, der sofort mit seinem Unterleib zu wippen und so laut zu schreien begann, daß Jörn gleich an die Leute in der Wohnung darunter denken mußte und erschrocken aufsprang. Fritzchen folgte ihm bis zur Tür und hielt ihn an der Hose fest ... er wollte ihm noch zeigen, wie *Hunderammeln* geht, aber vor der Korridortür draußen waren Schritte zu hören, und ehe Frau Fuchs den Schlüssel herumgedreht und die Tür geöffnet hatte, war Jörn in der Dunkelheit des Schlafraums verschwunden; dem Fritzchen ging er jetzt immer aus dem Weg.

Jörn hatte bald Heimweh nach der Zeppelinstraße und der Umgebung, wo er seit sechs Jahren zu Hause war. Die Linie 3, die an der Ecke der Blumenstraße eine Haltestelle hatte, fuhr am Domplatz vorbei durch die

Innenstadt zum Bahnhof, und weiter unter der Unterführung her über die Gera um die Daberstedter Schanze herum hoch zum Südfriedhof, von wo es dann überall in die vertraute Gegend ging. Aber er fuhr immer nur bis zum Bahnhof; dort stieg er in die Linie 5 um, die vor dem Gymnasium in der Schillerstraße hielt. Die Schule hieß jetzt Thomas-Müntzer-Gymnasium; die Klasse war kleiner geworden; ein paar neue Schüler waren dazugekommen. Einer war bislang nur auf der Volksschule gewesen und saß nun in der Obertertia. Nein, so einfach geht das nicht, befand der Stellvertreter des Direktors, der noch in Gefangenschaft war, und schickte Grütze nach Hause. Zwei Tage später war er wieder da, und der Stellvertreter des Direktors mußte zu Hause bleiben. Grützes Vater war KPD und hatte vom Russen einen hohen Posten in der Stadt bekommen.

Oft stand Leppel an der Ecke Andreasstraße vor der Tür des Lebensmittelladens, der eine Zeitlang noch seinen Eltern gehörte. Die Jungens sparten dann ihr Fahrgeld und gingen zu Fuß. Manchmal, wenn sie unter der hohen Mauer des Gefängnisses entlanggingen, sahen sie auf der anderen Straßenseite wieder die Frauen stehen, die zu den kleinen vergitterten Fenstern hochschauten, voller Hoffnung, das Gesicht des verschwundenen Mannes noch einmal zu sehen. Leppel war Jörns letzter Banknachbar; er sammelte alte Münzen, hörte viel Radio und hatte schon Haare auf den Beinen. Seit er in der Blumenstraße wohnte, spürte Jörn mehr noch den Unterschied ... ein Junge, der mitten aus der Stadt kam, war irgendwie weiter, *reifer* als einer, der zwischen den Gärten am südlichen Stadtrand zu Hause war.

Der Bus, der in der Mittelhäuser Landstraße vor dem Haus der Mutter hielt, kam aus den Dörfern, die verstreut draußen in der Ebene lagen. Es war ein alter, schiefliegender Rappelkasten mit einem großen Mercedesstern vor dem Kühler; wenn er sich dem wartenden Jungen näherte, rollte er schon früh über den sandigen Randstreifen und wirbelte eine gelbe Staubwolke auf. Der Fahrer war jeden Tag derselbe, und Jörn war stolz, daß er ihn bald wie einen alten Bekannten begrüßte. Er blieb gleich hinter ihm sitzen, um die Fahrt in die Stadt, wo er am Anger in die Linie 5 dann umstieg, genau verfolgen zu können. Nie gab es einen schöneren Schulweg, wenn er tagelang bei der Mutter bleiben und neben ihr in dem weiten Bett schlafen durfte ... Er fuhr dann morgens gern zur Schule und freute sich auf das mit Ei belegte weiße Schulbrot in der Pause, auf die Heimfahrt mittags mit der Linie 1 und den langen Fußweg über die Mittelhäuser Landstraße, vorbei an den ausgebrannten Autowracks, die den ganzen Sommer noch im Straßengraben lagen.

Nein, sagte Jörn, nachdem wir Dahme verlassen hatten und durch Illmersdorf und Hohenseefeld kamen, da sehe er nichts zum Vergleichen und Erinnern, aber nirgendwo seien ihm die alten thüringischen Landstraßen und Dörfer nähergerückt als hier im Fläming. Es gehe zu wie in diesen Halbschlaf-Träumen, wenn man langsam erkenne, daß die Bilder des Traums etwas anderes *meinten* als das, was sie zeigten.

Im Dorf war ein westdeutsches Fernsehteam aufgetaucht. Wo sonst ein paar Fahrräder vor der Gaststätte lehnten, parkten zwei große Caravans, aus denen Techniker das Filmgerät herausholten. Vor der Schmiede waren Scheinwerfer aufgebaut, zwei Kameras standen auf der Straße, Kabelschnüre rollten sich im Sand. Am Tisch unter der Kastanie saßen zwei Fernsehleute und ein paar Gäste aus dem Schloß; Lisa balancierte das Tablett voller Biergläser über die Straße und rannte gleich wieder zurück; am Nebentisch saßen schweigend ein paar Männer aus dem Dorf; eine große Schwarzhaarige, ein Holzbrett mit aufgeklemmten Papieren in der Hand, redete auf Herrn Demuth ein, der in der offenen Tür der Schmiede stand. Er trug eine schwere Lederschürze, ein großkariertes Hemd und hatte seine blaue Mütze auf; im Inneren der Schmiede fauchte es vom Blasebalg , der die Flammen aus der Glut des Schmiedefeuers hoch in die Esse blies.

Jörn stand unschlüssig. Dann folgte er ihm in die Schmiede, wo Demuth den Blasebalg abstellte und mit einer langen Zange nach drei Eisenbügeln auf den Amboß griff und sie nacheinander in den Gluthaufen legte. Det sind die Halterungen fürn Ottsteig – für den Querflügel der Wagendeichsel ... braucht keener mehr, aber die Leute hängen gern ihre Blumentöppe dran auf. Draußen wurde nach dem Schmied gerufen, die Scheinwerfer gleißten im Tor der Schmiede auf, eine Kamera näherte sich. Herr Demuth blinzelte ins Licht und brummte. Ick weeß ooch nich, det sind ja nich die ersten hier, aber ick bin der letzte Schmied inner Jejend, da zeijick ebend Arbeet, die et nich mehr jibt.

Wir verließen das Dorf über den Meinsdorfer Weg, der unter einer Reihe hoher, im Wind raschelnder Pappeln an einem Maisfeld vorbei in den Kiefernwald führte, der sich nach einer Weile mit Eichengehölz mischte. Mitten im Wald kreuzten wir die *Wittenberger Land-*

straße, einen von Treckerspuren zerfurchten Sandweg, den ein kleines Holzschild als die alte Heeresstraße auswies, auf der Martin Luther 1539 von Wittenberg nach Cottbus gezogen war.

Wir folgten dem Sandweg, überquerten die Chaussee nach Kossin und gingen weiter, bis rechterhand der Wald endete und die Getreidefelder begannen, auf denen in langen parallelen Reihen das Stroh lag. In einiger Entfernung sahen wir ein Fahrzeug in langsamer Fahrt näher kommen, es sah wie eine riesige Kehrmaschine aus. Durch einen hochragenden und in einem Bogen sich wieder herabneigenden Blechschlauch sprühte das von der Maschine aufgenommene und zerhäckselte Stroh in einen offenen, an den Seiten hochgeschlossenen Erntewagen, den ein Traktor neben der Häckselmaschine herzog. Als das Gespann den Weg erreicht hatte, sahen wir, daß der Erntewagen hochgefüllt mit Häcksel war; der Traktor steuerte auf den Weg und blieb mit ausbullerndem Motor stehen. Stehen blieb auch die Häckselmaschine, die auf dem Feld gewendet hatte; die beiden Männer kletterten aus ihren staubbedeckten Kanzeln heraus, nickten uns kurz zu und gingen zum Waldrand, wo sie sich hinlagerten und aus einer abgewetzten Aktentasche Thermoskanne und Brotbüchsen holten.

Wir gingen den Fahrradspuren nach, die linkerhand in einen Seitenweg einbogen. Der Weg führte auf eine Wiese, die sich zur sandigen Uferspitze eines kleinen Sees herabsenkte. Der See, eher ein langgezogener Teich, dessen seitliche Ufer Schilfgürtel säumten, lag inmitten einer Wiesenfläche; zur Hälfte von Gebüsch und Gehölz umgeben, ging sie in die Feldflächen zwischen Hohenkuhnsdorf und Kossin über. Das Gewässer benutzten Dorfjugend und Schloßgäste gelegentlich als Badeteich; im Gras lagen Reste von Grillfeuer; vor den Birken standen mit offenen Türen ein paar verwahrloste Kabinen.

Wir gingen einmal um den Teich herum und setzten uns auf ein Mauerstück, unter dem ein Kanalschacht den Teich mit einem ausgetrockneten Bachlauf verband. Es war nichts zu hören als das helle Pfeifen der beiden Greifvögel, die hoch in der Luft über den Feldern kreisten. Große Wolkeninseln zogen unter dem blauen Himmel her. Jörn lehnte sich zurück und lag auf seine Ellenbogen gestützt im Gras. Mit zusammengekniffenen Augen blickte er auf die Wasserfläche, in der die Schattenfront der Bäume stand.

Meine Mutter, sagte Jörn, hatte mir einmal eine Meeresmuschel geschenkt. Wenn du sie ans Ohr hältst ... ich hielt sie ans Ohr, aber ich hörte nichts. Doch, wenn du die Muschel ans Ohr hältst, kannst du das Rauschen des Meeres hören. Ich machte die Augen zu und versuchte es noch einmal ... tatsächlich, in weiter Ferne hörte ich ein Rauschen, so weit entfernt, daß es nicht nach Dünung, nicht nach Brandung klang, nur ein gleichbleibendes Rauschen, es mußte das Meer sein.

Als die Tante mich abholen kam, für die Ferien an der Ostsee, hatte die Mutter fröhlich getan und mit feuchten Augen auf dem Bahnsteig vorm Zugfenster gestanden. Sie war in ihrem Leben nie am Meer gewesen. In der Schublade ihres Sekretärs verwahrte sie eine kleine Sammlung alter Ansichtskarten aus dem belgischen Seebad Ostende, französische Grüße, fremde Adressen; ich weiß nicht, wer sie geschrieben hatte. In Köln, wenn wir über die Rheinbrücke fuhren, nahm sie mich in den Arm und schaute hinab in den Strom ... da unten, der Rhein ist unterwegs zum Meer, und sie erzählte mir von hohen Dünen, langen Küsten, die sie nie gesehen hatte. Wenn wir, an heißen Wochenendtagen, mit der Elektrischen nach Bergisch-Gladbach fuhren und weiter durch die Wälder am Ufer der Strunde entlang nach Herrenstrunden in die Badeanstalt liefen, lag sie nur auf der Wiese, das Gesicht zum Kinderbecken hingewendet, in dem der kleine Junge planschte. Einmal nahm ein Hausfreund in seiner Cabrio-Limousine die Familie mit nach Odenthal an die Dhünn; er kannte dort, in einer Biegung des Flüßchens, ein paar tiefe Stellen; die Mutter war nicht mitgefahren und hinaus zu den Erdbeeren gegangen ... ich kann ja doch nicht schwimmen.

Als sie im Atlas die Seite mit der Mark Brandenburg aufschlug und ihr Finger östlich des Fläming zwischen Cottbus und Berlin den Schwieloch-See fand, huschte so etwas wie Freude über ihr ernstgewordenes Gesicht. Es hatte wieder schwere Auseinandersetzungen mit dem Vater gegeben. Der Junge wollte nicht mehr in die Blumenstraße zurück. Daß der Vater ihn so oft hatte gehen lassen, es bedeutete nicht den endgültigen Wechsel, den der Junge wollte und um den die Mutter sich wieder mühte. Die Enge in der Wohnung und die ständigen Reibereien mit Frau Fuchs, das ganze Provisorium mußte ja mal aufhören; Onkel Fietje, der mit der Familie in seinem Stadtbüro in der Trommsdorffstraße untergekommen war, wollte aus sicherer Quelle wissen, daß die russische Besatzung in der Zeppelinstraße bald wieder räumen würde; Chris' tägliche Graupensuppe machte satt, Jelenas Kopfkissentee reichte mindestens noch ein Jahr, die Büchsen aus den Wehrmachtsbeständen waren auch noch nicht alle – natürlich sah der Vater ein, daß der Junge bei der Mutter mit ihren *Beziehungen* und ihrer *Luxuswohnung* es besser hatte; kein Zweifel, daß die Landluft draußen gut gegen sein blasses Aussehen war, aber die Mutter hatte auch dafür zu sorgen, daß Jörn pünktlich zu den verabredeten Zeiten in die Blumenstraße zurückkam.

Chris und der Vater hatten es dort nicht leicht mit mir, sagte Jörn und rieb sich die Stirn, ich hab mich sicher unmöglich benommen. Aber in der Wohnung der Mutter hörte gleich alles auf, das Miefige und Enge, die Zwänge und das Traurigsein. In der Erinnerung kommt es mir vor, als habe jeden Tag die Sonne geschienen. Nie Regen, nie Kälte. Immer frische Blumen in allen Zimmern, immer Obst in der Schale, Kirschen, Erdbeeren. Die Mutter immer schön angezogen, richtige Kleider, elegante Mäntel, keine Schneidereien aus Militärzeugs und Wehrmachtsbettwäsche. Sie schminkte sich die Lippen, mehrmals am Tag, dafür verschwand sie nicht einmal im Badezimmer, wo auf der Spiegelablage Puderdose, Parfumfläschchen und die Lippenstifte aufgereiht standen; sie musterte ihr Gesicht in einem kleinen Taschenspiegel, den sie plötzlich in der einen Hand hielt; genauso plötzlich stand in der anderen Hand die goldschwarze Hülse mit der hochgedrehten dunkelroten Kuppe, die sie sorgsam mehrere Male über die geöffneten Lippen führte, dann kniff sie zweimal ihren Mund, der Jörn wie ein ovaler roter Mond vorkam, ein und reckte ein bißchen das Kinn vor; zuletzt musterte sie noch einmal ihr Gesicht, dann war das Schminkzeug plötzlich wieder verschwunden, und sie schaute ihren Jungen mit einem Lächeln an, das ihm die schönsten Zähne der Welt zeigte. Einmal spitzte sie die frischleuchtenden Lippen zu einem kleinen Kuß auf seine Schnute, und danach, als er die Zunge über seine Lippen kreisen ließ, wußte er für alle Zeit, wie so ein rotverwischter Flecken schmeckt.

Im Garten sonnte sich die Mutter im Liegestuhl; manchmal durfte ihr der Junge die Schultern, den Hals mit Niveacreme einreiben; dann hielt sie die Augen geschlossen. Manchmal, wenn die Musik im Radio danach war, bewegte sie sich tanzend durch die Zimmer. Niemals schien sie zu putzen, aufzuräumen, zu waschen; in der Wohnung sah es aus, als sei sie ganz von alleine hell und schön und gemütlich. Was Jörn verschlampte, fand wie unter Zauberhand an Ort und Stelle zurück; der Alptraum der Schulaufgaben, der Briefe an die Verwandten, löste sich auf in zwangloses Tun oder Lassen; die Mutter knuffte ihn schon mal, das war dann auch nur eine ihrer Zärtlichkeiten.

Jörn war auch nicht mißgünstig gegen die großgewachsenen Männer, die oft in der Wohnung herumsaßen; die Mutter schien sie alle mit etwas zu beschäftigen ... quietschende Türangeln ölen, den verstopften Ausguß reinigen, den Küchenhocker streichen. Wenn der Junge eintraf, begrüßten sie ihn wie einen alten Freund, der endlich wieder zu Hause und hier selbstredend der kleine Hausherr war. Sie räumten dann auch bald das Feld; die Mutter mußte sie gar nicht erst fortschicken. Nick war sein bester Freund. Wenn er ihn nicht bei der Mutter fand, lief er bald zu ihm hinüber. Nick hatte ein paarmal angeboten, den Jungen auf der Zündapp abzuholen, und das hatte mit der Mutter den einzigen Streit gegeben. Aber vor vielen Jahren, vor dem Krieg, war Onkel Walter, gerade zur Luftwaffe eingezogen, mit seiner Zündapp aus der Kurve und gegen einen Baum geflogen, und da half alles Betteln nicht, da war sich die Mutter sogar mit dem Vater einig: ein Motorrad besteigt der Junge nie.

Für eine Weile pendelte Nick im Hintergrund, als Pjotr, nachdem er sich bei der Mutter einquartiert hatte, oft seine Offizierskameraden mitbrachte. Wo Transchel überall in den Gebäuden seines Gehöfts renoviert hatte, war gleich sowjetisches Militär eingerückt; jetzt standen im Hof verbeulte Mercedes-Limousinen herum, und wenn die Mutter in den Garten ging, mußte sie oft lachend Spaßiba und Njet sagen ... irgendein Offizier hielt ihr immer den Wagenschlag auf.

Pjotr hatte, wie zuvor die Amerikaner und die deutschen Offiziere, im ReWe-Gelände zu tun, und mißtrauisch hatte er Jörns aufgeschlitzten Treibstofftank beäugt. Am nächsten Tag waren zwei Rotarmisten im Schuppen erschienen und hatten das Kriegsgerät beschlagnahmt. Jörn trommelte vor Wut auf das Blechgehäuse; da nahmen ihn die Rotarmisten in ihrer Lastwagenkiste gleich mit und sperrten ihn im Kellerverschlag unter dem Pförtnerhäuschen ein. Jörn saß den halben Nachmittag im Dunkeln und zitterte vor Angst; er wußte ja, die Rote Armee hatte auch Jungens verschleppt, und er sah sich schon hinter einem Fenstergitter in der Andreasstraße sitzen.

Nach einer Ewigkeit flog die Tür auf, und im Licht stand Pjotrs riesige Gestalt. Djop twoi matj ... der Leutnant raunzte im Pförtnerhäuschen mit der Wachmannschaft herum; auf der Straße draußen stand die Mutter und schloß den Jungen in die Arme. Pjotr fuhr sie die wenigen hundert Meter im Lastwagen heim, aber für ein paar Tage redete die Mutter mit dem großen blonden Mann kein Wort.

Pjotr ließ eine Fuhre Kartoffeln anrollen; eigenhändig

trug er Speckseiten und Stiegen voll Eier ins Haus; für den Winter luden zwei Offiziersburschen einen Lastwagen voller Briketts leer. Eimerweise stand Hering in der Küche; ein Sack Zwiebeln lehnte in der Speisekammer, und wenn es im Hausflur von Wodkaflaschen nur so klirrte, dann waren auch bald die Offizierskameraden da. Reginchen unten aus dem Haus stand in ihrem verblichenen roten Rock am Küchentisch und nahm Heringe aus; Tante Gretel, die *Hübsche* aus der ReWe-Wohnung, deren Mann noch nicht lange in Buchenwald saß, schälte bis zum Heulen Zwiebeln, dann rieb sie sich die Augen trocken und schälte weiter; Witwe Frieda aus dem Erdgeschoß, die sich schon vor dem Abzug der Amis Genossin nannte und deren Mann, vom Hauptmann zum Gefreiten degradiert, beim Minenräumen *hops* gegangen war, führte jeden einzelnen der Genossen Offiziere in Pjotrs großes Zimmer. Dort saß schon der alte Transchel mit einem Wasserglas voll Wodka und suchte im Deutsch-Russischen Wörterbuch nach Wörtern, um Herrn Leutnant zu erklären, daß Hitler prjeßtupnjik, ein Verbrecher, und Göring, dafür fand er das Wort nicht, daß dieser Herr Meier, aber unter den 3600 Wörtern Rußkij gab es auch für den Spitznamen keins, also daß der Dicke rauschgiftsüchtig war. Pjotr verstand ganz gut, sprach auch ein bißchen Deutsch, wie die anderen Offiziere, die eine Weile vor Erichs Rußlandbildern gestanden hatten... Konstantin sagt stolz den Namen Gerhard Hauptmann; den Namen kannte der Junge aus der Schule auch, da hob der Oberleutnant das Glas... Na sdarowje. Aber Jörn blieb verschüchtert auf der bunten Bauerntruhe sitzen, die vor dem Weggehen der Mutter in seinem Zimmer gestanden hatte; als der Unterleutnant mit den kurzgeschorenen Haaren in die

Tasten seiner Ziehharmonika griff, verdrückte er sich in den Flur auf die Speichertreppe; Tante Gretel setzte sich neben ihn und legte ihm den Arm um seine Schultern, dann ließ er sich wieder ins Zimmer mitnehmen; dort machten Teller voller Heringe und Zwiebeln die Runde; Jörn mochte nichts essen, verschwand aber dann in der Küche, um vom Pflaumenkompott zu naschen. Reginchen hockte mit Sascha auf dem Küchentisch und wollte auch gleich Pflaumen haben; der Leutnant fischte eine nach der anderen aus dem Glas und steckte sie nacheinander in Reginchens Mund; im Zimmer nebenan begann es mit den Stiefeln zu poltern, und als Jörn hineinsah, hockten Pjotr und Konstantin auf dem Teppich und tanzten, die ausgestreckten Beine hin und her werfend, Krakowiak; Transchel wollte gleich mithalten, kam aber nicht in die Hocke herunter und hüpfte halbgebückt im Kreis herum; Friedas enger Rock war bis über die Knie hochgerutscht und sah aus, als würde er jeden Moment platzen; Jörn mußte lachen, da zerrte ihn Pjotr herunter auf den Teppich, klatschte in die Hände und tanzte immer schneller im Kreis; eigentlich sah es gar nicht so schwierig aus, Jörn warf das linke Bein aus, dann das rechte, wieder das linke, dabei spürte er, daß sein Oberkörper genauso rasch mitzuhüpfen hatte, wie er seine Beine ausfliegen ließ, und da kippte er auch schon nicht mehr auf den Rücken, sondern blieb in der Balance hokken, während seine Beine wie von allein nach beiden Seiten abwechselnd hin und zurück flogen.

Reginchen und Sascha waren ins Zimmer gestolpert und klatschten mit; Jörn sah, daß die Erwachsenen auf einmal alle um ihn herumstanden und klatschten; die Russen sangen, die Frauen juchzten; jetzt legte er richtig los, aber dann kippte er doch wieder um und stieß gegen den Teewagen, der, gleich losrollend, ein paar herunterfallende Wodkaflaschen zurückließ. Jörn rappelte sich hoch, aber als Pjotrs langer Arm mit einem Glas voll Wodka auf ihn zukam, fuhr die Mutter dazwischen und lenkte den Arm zum Tisch zurück, auf den das Glas herunterkrachte.

Jörn lief ihr in die Küche nach, wo die Mutter nach einem Handtuch griff; Tante Gretel kam hinterhergewankt, ließ sich auf den Hocker und den Kopf auf den Küchentisch fallen; dann schluchzte sie los, die Mutter nahm sie in den Arm, und als Frieda, die Taille umschlungen von einem Uniformärmel, in die Küche hineinhing: nu musse heuln, unsre hübsche Nazisse, stieß sie mit einem Fußtritt die Tür zu.

Jörn huschte in den Flur und saß wieder auf der Speichertreppe. Der Dackel, der erst lange in den Lärm gebellt und sich dann ins Dachstübchen verzogen hatte, hoppelte herunter und legte sich neben ihn. Er stellte sich wieder sein Haus am See vor und wie er darin alleine lebte mit der Mutter, die aus dem Garten mit der Salatschüssel kam und ihm zuwinkte oben in seinem Fenster, aus dem er auf die fernen Ufer sah.

In Pjotrs Zimmer hatte der Lärm nachgelassen; als er Reginchen, oder wars Frieda, quietschen hörte, ging der Junge wieder hinein. Ein paar Kerzen brannten auf dem Tisch. Unter dem Tisch lag Transchel und schnarchte. Der Unterleutnant hatte die Ziehharmonika weggestellt; Reginchen saß auf seinem Schoß. Saschas ausgestreckte Hand zog an ihren langen Haaren; Frieda zerrte an seiner anderen Hand, bis Sascha sie wegschüttelte und Frieda in die Sofakissen fiel. Tante Gretels Gesicht fuhr hinterm Rücken Konstantins hoch, dessen Uniformjacke auf dem Teppich lag. Pjotr lag mit ausgestreckten Stiefeln im Sessel; er hatte in jeder Hand ein Wodkaglas und äugte der Mutter nach; sie ging um den Tisch und kippte die Heringsreste in einen Eimer.

Als sie Jörn in der Tür stehen sah, zog sie ihn in die Küche mit. Pjotr kam hinterhergewankt und machte in der Küche das Licht aus. Die Mutter machte es wieder an und ging ins Zimmer, wo sie die leeren Teller einsammelte. Pjotr ließ sich auf die Küchenbank fallen und zog Jörn zwischen seine ausgestreckten Beine. Mit beiden Händen strich er sich die blonden Haare aus der Stirn und begann zu lächeln. Jörn schaute in ein großes Gesicht, auf einen großen Mund, in große wasserfarbene Augen. Er spürte zwei große Hände; die eine streichelte seinen Kopf, die andere streichelte an ihm herunter bis zum Hosengürtel, den sie langsam aufzuschnallen begann. Als beide Hände die Hose sanft herunterzogen, spürte er in seinen Beinen ein Zittern. Dann saß die Mutter neben Pjotr auf der Bank; ganz langsam nahm sie seine Hände von Jörn weg und legte sie auf ihren Schoß. Eine Weile blieben sie dort liegen, dann nickte der Kopf des Leutnants herunter auf seine halbnackte Brust, und es sah aus, als würde Pjotr schlafen.

Die Mutter zog Jörn ins Schlafzimmer hinüber. Du gehst jetzt ins Bett. Nein. Doch, ich komme gleich nach. Jörn zog sich aus und rollte sich im Bett zusammen. Draußen hörte er die Mutter mit dem Geschirr klirren. Dann hörte er nichts mehr, und als er wieder etwas hörte, war es die Ziehharmonika, und er wußte, daß er eingeschlafen und wieder wachgeworden war. Einen Moment dachte er Nick spielen zu hören, denn durch die Wände kam eine langsame, wie klagend sich hinziehende Melodie, aber dann hörte er auch die Stimme des Unterleutnants, die ein langsames, schwermütiges Lied sang ... ein paarmal meinte Jörn das Wort Wolga zu hören.

Als die Mutter ins Zimmer kam, stellte er sich schlafend. Sie zog sich im Dunkeln aus und legte sich neben dem Jungen ins Bett. Er kroch an sie heran und wühlte seinen Kopf in ihre Achselhöhle. Sie rollte ein wenig zur Seite, und ihr Mund lag in seinen Haaren. Er spürte ihren warmen Atem auf der Kopfhaut, sein Bein schlang sich um ihre Hüfte. Die Hand, die sein Gesicht berührte, roch ein bißchen nach Hering und Zwiebeln.

Jörn hatte sich aufgerichtet und sah einem Entenpaar zu, das aus dem Schilfgürtel geschwommen kam. In der Blumenstraße, sagte er, erzählte ich nie etwas, und der Vater fragte auch nicht, wie es in der Mittelhäuser Landstraße ging. Er wußte, daß die Mutter Einquartierung hatte, und sein Gesicht hatte sich verfinstert. Schwer mußte er schlucken, als er eines Morgens durchs Fenster Jörn aus einer grünen Lastwagenkiste herausspringen sah. Der russische Leutnant, der mit ausgestiegen war, ging bis zur Haustür mit, dann blieb er auf der Straße stehen, schob seine Mütze ins Genick und blickte eine Weile hinauf zum Fenster.

Jörn hatte sich wieder krankgestellt, und die Mutter hatte ihn im Bett liegen lassen. Pjotr hatte mitbekommen, daß Jörn bange war, sich wieder in der Blumenstraße einzufinden. Nicht, daß er Bestrafungen zu befürchten hatte ... ein paar eisige Bemerkungen von Chris genügten, dem Jungen das Gefühl zu geben, die ganze Woche lang wie gelähmt zu sein. Die Mutter hatte ein bißchen protestieren wollen, aber Jörn, als Pjotr unten im Hof mit dem Lastwagen vorgefahren war und hupte, hatte ganz eifrig seine Tasche gepackt ... er spürte so etwas wie eine wütende Freude, Chris und dem Vater zu zeigen, daß der russische Leutnant auf seiner Seite stand. Bloß fühlte er sich mulmig dabei. Wie ein Verräter kam er sich vor, aber er spürte dann auch, daß es ihm Lust machte, sich wie ein Verräter vorzukommen. Lange grübelte er nicht ... es war ja schon oft so, daß in seine Grübeleien sich plötzlich ganz andere Gedanken eingemischt hatten, die gleich von neuen Gedanken fortgejagt wurden, die sich auch nicht festhalten ließen, weshalb er zwischendurch sich manchmal fragte, was denke ich denn eigentlich jetzt, ich habe doch eben noch über etwas gegrübelt, jetzt denke ich schon wieder etwas anderes, wo kommen alle die Gedanken überhaupt so schnell her ...

Pjotr war wie der Teufel durch die Stadt gerast, er hatte gesungen und hatte gelacht, wenn die große Kiste in den Kurven auszubrechen drohte; zuerst beklommen, hatte Jörn dann immer mitgelacht, und als er in der Blumenstraße hinunter aufs Pflaster sprang, fühlte er sich groß und stolz. Daß der russische Leutnant nicht mit hoch in die Wohnung gestiefelt kam, darüber war er ganz froh gewesen; es genügte ihm, daß er unten auf der Straße stehenblieb und nach einer Weile erst losratterte; es genügte ihm auch die Stummheit des Vaters, in dessen Gesicht er etwas sah, das ihn an den Schreckenstag der ersten Razzia erinnerte.

Aber der Junge begann auch zu ahnen, daß mit der Zeit, wie sie verging, etwas Ungewisses näherkam, das plötzlich etwas Einschneidendes wäre. Der Vater hatte nicht aufgehört, an die Rückkehr ins Rheinland zu denken. Er schüttelte den Kopf, als eine entfernte Bekannte auftauchte, die den umgekehrten Weg gegangen war, vom Rhein an die Gera und weiter zur Saale. Sie brachte einen Brief aus Waldbröl mit, das erste Lebenszeichen nach Kriegsende. Gott lobend riß der Vater den Brief auf und ließ ihn dann langsam sinken: seine Mutter war gestorben, vor Monaten schon; sein Bruder saß beim Engländer im Internierungslager, und die Leimfabrik durfte nicht mehr arbeiten. Die Bekannte hatte einen zweiten Brief aus Köln-Dellbrück, aber die Firma schien keine Ahnung zu haben ... Vertreten Sie weiterhin unsere Interessen, halten Sie die Stellung, benötigen dringend Glassteine der Fa. Zeiss in Jena ...

Von diesen Steinchen, die wie eine halbierte Murmel aussahen und ins Innere einer Sprinklerdüse eingebaut wurden, hatte der Vater noch eine Kiste in der Polsterwerkstatt stehen. Irgendwo war auch noch ein Stapel kleiner Kartons aufgetaucht, dazu hatte Ruths Vater einen Sack Holzwolle aufgetrieben, und so sah nun die Beschäftigung des Ingenieurs und seiner Familie aus ... wir saßen, sagte Jörn, tagelang um den Tisch herum und verpackten hunderte von Glassteinen schön in einem Nest aus Holzwolle in Dutzenden von Kartönchen – wie sie der Vater auf den Weg in seine Firma brachte, weiß ich nicht, wahrscheinlich hatte Onkel Fietjes Spediteursfreund einen Trick gewußt, das volkseigene Material in die britische Besatzungszone zu schmuggeln.

Und dann hatte sich der Vater einen alten Monteursanzug angezogen und einen Zeichentisch in einer Werkstattbude der Malzfabrik Wolff aufgebaut. Die Bomben hatten dort die Sprinkleranlage beschädigt, tagelang war er im zerrissenen und verbogenen Gestänge herumgekrochen; Toni Impekoven fehlte ihm jetzt, der die Anlage nach seinen Zeichnungen montiert hatte. Die Zeichnungen lagen auf dem Tisch oder hingen an den

Wänden, die Zerstörungen in der Anlage hatte er markiert, und nun blieb dem Ingenieur nichts anderes zu tun, als selber Hand anzulegen und mit der Rohrzange zu demontieren, was an Rohrleitungen noch demontierbar und reparabel war. Drei Monate lang reckte er sich auf der Leiter hoch, drehte und schraubte an der Werkbank, dann gab er auf mangels Material... aber an jedem Mittag hatte Chris ihrem knochenmageren Mann das Essen gebracht in diesen silbernen Kochgeschirren, die Jörn in der Gauhalle zusammen mit den Feldflaschen aufgefischt hatte; in eine flößte Chris morgens den Muckefuck, in die andere den Russentee.

Manchmal ging Jörn mit in die Fabrik, oder, wenn Chris zu erschöpft war, zog er alleine los... damals wußte er noch nicht, daß Chris schwanger gewesen war und warum sie ein paar Tage in der Klinik hatte liegen müssen: bei Puhls in Gamstädt war ihr der Sack Kartoffeln und sie selber gleich mit vom Rad gefallen, und beim Versuch, den Sack wieder auf den Gepäckständer hochzuwuchten, war es dann passiert.

Die verstaubte, scheibenblinde Werkstattbude war entweder eisig kalt oder völlig überheizt. Jörn sah dem Vater zu, wie er, über den Zeichentisch gebeugt, mit einem aufgeklappten Blechbesteck – das eine Ende der Löffel, das andere die Gabel – den Eintopf in sich hineinschlang; die verdreckte, schlechtsitzende Monteurskluft machte den letzten Rest seiner abgeschabten Eleganz vergessen; die Schrunden auf Gesicht und Händen verrieten das Verzweifelte von Anstrengungen, die, allein und ohne Hilfe unternommen, am Ende vergeblich blieben. In der Halle stapelten sich die Rohre, die der Vater zerschnitten und zusammengeschweißt oder im Rohrbieger zurechtgebogen hatte, aber dann war kein Hanf für die neu gedrehten Gewinde da, fehlten Muffen, Schellen, Flansche, Kappen; die schweren, eingemauerten Steigrohre hatte er freigehämmert, aber schließlich war die Leiter zu kurz und in der ganzen Malzfabrik kein Gerüstgestänge aufzutreiben; ein paarmal ließ der Vater den Jungen etwas tun, dann hielt Jörn ein wippendes Rohrende fest, zauste alten Hanf auseinander und sortierte in die kleine Kiste die brauchbaren, in die große Kiste die zerplatzten Sprinklerdüsen.

Als der Vater zum ersten Mal wieder nach Bitterfeld, Chemnitz, Dessau verreisen konnte, war er deprimiert zurückgekommen. Die wenigen alten Geschäftspartner, die noch da waren, hatten ihn mit offenen Armen empfangen, aber die neuen Leute, die das Sagen hatten, waren für den Ingenieur keine Techniker, keine Fachleute, und nur mit solchen ließ er sich auf Diskussionen ein. Die Mutter hatte vermitteln wollen ... das Reparaturwerk, die russischen ReWe-Offiziere, die verstanden doch alle was von Technik, die suchten deutsche Ingenieure, und im ReWe funktionierte die Sprinkleranlage auch nicht mehr, aber da war über den Vater ein Frösteln gekommen ... die Amerikaner hätten schon gewußt, warum sie die ReWe-Ingenieure mitgenommen hätten, und die dageblieben wären, die wären ja nun auch nicht mehr da, zum Beispiel sein alter Kollege und Freund, Dr. Späth, Tante Gretels Mann, wie der noch einmal gewunken hätte vom russischen Lastwagen herunter ...

•

Jörn hatte sich ins Gras gelegt; er richtete sich auf, als er in der Luft das tiefe Brummen der Antonow hörte. Aber die Maschine, die auf dem Reinsdorfer Flugfeld gestartet war, blieb unsichtbar, und nach einer Weile hatte sich das Brummen entfernt, hörte man nur wieder das Pfeifen der Greifvögel.

Natürlich ahnte ich, sagte Jörn, wie es den Vater wurmte, daß die Mutter Umgang mit den russischen Offizieren hatte – er sah in ihr die *Abenteurerin*, die sich Gefährdungen aussetzte, von denen sie offenbar nie eine Ahnung hatte ... am meisten ärgerte ihn dabei die Unmittelbarkeit, mit der sie die Menschen einfach anging; ihre haltlose Begeisterung, mit der sie sich einem Hotelzimmer hingab, während er in den Korridoren herumsicherte und die Fluchtwege für den Brandfall suchte; ihre Nachlässigkeit gegenüber offenstehenden Haustüren, wo er nachts zweimal aufstand und nachsah, ob auch die Kette noch vorgehängt war.

Jörn lachte auf ... nicht wahr, wenn mal in mir die mütterliche Abenteuerlust hochkam, dann standen auch gleich die väterlichen Skrupel dagegen – aber ich weiß nicht, das Kind sieht ja nur die Vorderseite der Eltern, und vielleicht war alles an ihnen ganz anders.

Wie oft schien es wie Schatten über das Gesicht der Mutter zu huschen, und wie hart riß sie den Vorhang der Illusionen weg, wenn sie auf die Wirklichkeiten blickte. Manchmal, sagte Jörn, hingen wir gemeinsam meinen Tagträumen nach – die Mutter war ja der einzige Mensch, dem ich ein paar Tagträume anvertraute, aber am Ende spielte sie nur mit, um dem Jungen einen Gefallen zu tun.

Daß sie jede Hoffnung aufgegeben habe, sagte sie mir unterwegs, als wir durch die Stadt zum Bahnhof gingen. Langer Weg, heißer Tag. Ich schob das Fahrrad; auf dem Gepäckständer lag festgeklemmt der Koffer. Und du auch, sagte sie, abfinden mußt du dich auch. Aber ... nein, kein aber mehr. Den Vater, sagte sie, hatte sie noch einmal getroffen, im Restaurant des Hotels Kossenhaschen; sie wollte es ein letztes Mal versuchen. Der Gäste wegen hatte er sich beherrscht, aber er hatte klipp und klar geflüstert: Schluß und Ende, der Junge bleibt bei mir; so war es vereinbart, das Gericht hat entschieden, aufhören muß das Gezerre. Und jetzt, sagte sie, jetzt gebe ich auf, drei Jahre lang der Kampf, ich hatte ihn längst verloren. Es ist meine Schuld, ich hätte bei euch bleiben müssen.

Es war gnadenlos, das Licht der Sonne auf dem Bahnhofvorplatz. Kaum mehr bekam ich die Augen auf, ich mußte immerzu blinzeln. Der Platz kam mir still und leer und staubig vor, die Straßenbahnen fuhren nicht. Das Fahrrad kettete ich an; mit dem Koffer wartete ich in der Halle, bis die Mutter vom Fahrkartenschalter zurückkam. Die Fahrt nach Cottbus, Umsteigen in Leipzig, für mich die Bahnsteigkarte. Der Zug stand auf dem Bahnsteig, wo die Gleise in einem Kopfbahnsteig endeten. Und morgen mit der Spreewaldbahn zum Schwieloch-See. Gerstenberger? Ja. Zelten? Ja, wir zelten. Die Mutter lehnte im heruntergelassenen Abteilfenster, ich schaute zu ihr hoch und sah sie gleichzeitig lächeln und weinen. Ruckweise bewegte sich der Sekundenzeiger der Bahnsteiguhr. Eine Ewigkeit schien zu vergehen, bis der Mann mit der roten Mütze die Kelle hob und pfiff. Als langsam die Lokomotive losdampfte, weinte die Mutter nicht mehr. Sie lehnte sich lächelnd aus dem Fenster, in ihrer winkenden Hand flatterte ein Taschentuch. Ich mußte wieder blinzeln; es war ein verschwimmendes Bild, in dem ich hinter der Biegung der Gleise ihr kleines Gesicht und in ihrer ausgestreckten Hand ein weißes Flattern verschwinden sah.

Bis heute, sagte Jörn, ist die Angst geblieben vor diesen Abschieden ... ein Bahnsteig, eine Abflughalle, ein letztes Winken vor dem Verschwinden. Er sah ins Wasser, in dem sich die ziehenden Wolken spiegelten. Später manchmal kam es mir vor, als hätte ich nach dem Verschwinden des Zuges geahnt, die Mutter nicht mehr wiederzusehen. Sie hatte aufgegeben, und es erschien mir, als hätte sie nicht allein ihren Jungen aufgegeben ... ein Nie-wieder-Gefühl, das mich in der leeren Wohnung überkam. Unfähig, in die Blumenstraße zu radeln, bin ich vom Bahnhof noch einmal in die Mittelhäuser Landstraße gefahren. Das Gehöft wie ausgestorben, kein Mensch zu sehen. Die Wohnung lag voll Sonne; ich ging durch die Zimmer und blieb vor jedem Fenster stehen; ich schaute über die Gärten und Wiesen, hinter denen die Stadt begann. Ich hörte den Zug pfeifen, bevor er die Landstraße überquerte; es war die Strecke nach Norden, die auch nach Mühlhausen in unser Wochenende ging; manchmal, wenn die Frühzüge pfiffen, bin ich morgens wach geworden und im Arm der Mutter wieder eingeschlafen ...

Ein paar Stunden blieb ich in der Wohnung, und der Junge wußte, es würde niemand mehr kommen. Pjotr war schon eine Weile weg; plötzlich mittags war er mit seiner Lastwagenkiste in den Hof gekurvt und hatte fluchend sein Zimmer geräumt ... eine unbestimmte Armbewegung in die Ferne war die einzige Auskunft geblieben; ein Karton voller Zwiebeln mit einer Speckseite obendrauf war noch in die Küche gewandert ... aber Jörn war nicht dabeigewesen, und auch Nick hatte er dann nicht mehr wiedergesehen. Der Anhänger stand zusammenmontiert im Schuppen; eine Weile hatte er am Radio der Mutter herumgebastelt, bis der Empfang nicht mehr allein auf Michael Jary und dem RBT-Orchester, sondern endlich auf AFN stand; abends trat er jetzt im Reichshallen-Theater auf; in der Zeitung war er der international bekannte Wiener Akkordeon-Solist; Jörn schenkte er ein mit blauer Tinte signiertes Foto, auf dem alles glitzerte, die mit Sternchen bestickte Flatterhose, das über die Hose fallende Rüschenhemd, die beringten Finger auf den Knöpfen der Wurlitzer Orgel, die Augenwinkel im I-mach-halt-immer-a-keep-smiling-face; in der Kossenhaschen-Bar hatte er Halo aufgegabelt und ein paarmal mitgebracht; Jörn war vor der Berlinerin ganz verlegen geworden, so was von *Makeup* und *wasserstoffblond* hatte er noch nicht mal im Film gesehen, rotlackierte Fuß- und Fingernägel, riesig lang, silberne Sandalen mit klotzhohen Korkabsätzen, scharfgebügelte weiße Hose, mächtig vorgewölbter Pullover, Chesterfield in schwarzer Zigarettenspitze, mit jeder Kopfbewegung flog die Haarmähne über die Schultern, und mit Halo war Nick dann *abgerauscht*, Berlin, amerikanischer Sektor; die Zündapp hatte er sich von einem russischen Major abhandeln lassen, den Anhänger vom alten Transchel. Später, als Jörn die letzten Stangen aus dem Zigarettenvorrat der Mutter dem Vater überließ, hatte der herumgedruckst ... dieser Hallodri, deine Mama war doch schwer enttäuscht, als der feine Bursche weg war, fehlten ein paar tausend Zigaretten; daß Nick sie beklaut hatte, die Mutter hatte es dem Jungen nicht gesagt.

Sie hatte auch wenig von Gerstenberger gesprochen. Irgendwann saß er auf der Couch und blätterte in einem Reclamheft; Jörn hatte sich gefreut, ihn wiederzusehen; vor Jahren hatte ihm Gerstenberger ja beim Zusammenkleben seiner Modellbogen-Flugzeuge geholfen; er gehörte zum Freundeskreis der Eltern; er hatte sich, als der Mann, den er dort eingeführt hatte, die Geschichte mit der Mutter anfing, für eine Weile zurückgezogen; nun kam er öfters aus Cottbus angereist. Gleich nach dem Krieg war er dort am Theater engagiert worden; er spielte den *Faust* und den *Professor Mamlock* ... einmal hatte die Mutter über das schwere Los des Schauspielers geseufzt: morgens war Gerstenbergers Mutter gestorben, abends mußte er den *Fidelen Bauer* singen.

Daß Gerstenberger die letzte Liebe seiner Mutter war, es dämmerte erst spät in ihm auf. Der Vater hatte nie etwas gesagt. Als auch die Dellbrücker Großmutter tot war, fand Jörn im leeren Haus der Strundener Straße die Briefe, in denen die Mutter den Eltern zu erklären versuchte, daß es diesen Mann nun gebe, daß er ihr selbstzerstörtes Leben, daß ihre neue Hoffnung, daß sie an seiner Seite... Jörn hatte die Briefe erst gar nicht lesen wollen, dann hatte er angefangen und nicht weitergelesen, dann wollte er wieder anfangen und sie zu Ende lesen, aber da waren zwei Jahrzehnte vergangen, und er fand und suchte sie auch nicht mehr, im Fachwerkhaus, wo in seinem Atelier alles durcheinanderlag.

Jörn lag im Gras und schaute in den Himmel; die Bussarde segelten weit entfernt über den Kiefern, und man hörte ihre Pfiffe nicht mehr. Die Wohnung, sagte er, habe ich dann abgeschlossen, und irgendwo bei den Briefen liegt auch noch der Schlüssel. Zwei Tage später in der Blumenstraße stand Fritz Lepold vor der Tür, auch so ein Onkel aus dem Freundeskreis, manchmal wohnte bei ihm Gerstenberger. Im Korridor draußen hörte ich seine Stimme, dann kam Chris ins Zimmer und schickte mich den Vater holen. Der Vater saß ein paar Häuser weiter beim Friseur. Auf der Straße stand Leppel mit einem Fußball unterm Arm ... ja, ich komme gleich nach. Chris schickte mich in die Küche ... Onkel Lepold habe mit dem Vater etwas zu besprechen. Dann rief mich der Vater ins Zimmer; er nahm meine Schulter und sagte, die Mama ist tot. Ich fiel in den Sessel und hörte, wie unterm Sessel der Dackel fiepte. Er kam hervor und sprang auf meinen Schoß, und während ich ihn streichelte, sahen mich seine nassen Augen an.

Am nächsten Morgen, sagte Jörn, stand ich wieder auf dem Bahnsteig. Es war ein früher Zug, der aus Richtung Gotha kam; er hatte Verspätung. Ich lungerte eine Weile zwischen den Gepäckkarren herum und sah zur Gera hinunter; der Kopfbahnsteig lag weit entfernt am anderen Ende. Stumm standen die Verwandten in Leipzig in der Bahnhofshalle; für den Jungen war es der unendlichste Bahnhof der Welt. Nach Cottbus gingen D-Zug-Wagen; der Junge stand die ganze Zeit im Gang am Fenster ... mehr weiß ich nicht, sagte Jörn, ich sehe nur einen dahinhuschenden Sandweg und dahinter endlos Kiefernwälder, mehr findet das Erinnern wirklich nicht, und die Rückfahrt ein paar Tage, ein paar Wochen, Jahre später ... als hätte es nie eine Rückfahrt gegeben.

Gerstenberger holte uns am Bahnhof in Cottbus ab, so muß es gewesen sein, und ein langer Fußweg zur Wohnung in einem alten Haus, entlang an Reihen von Ruinen. *Ich habe Tee gemacht, ich hoffe, es ist so recht.* Den Satz vergaß der Junge nie. Frau Gerstenbergers Stimme kam aus tiefstem, verräuchertem Hals; wo über den Schulterknochen eng der Pulloversaum rund um den Hals ging, begann, wie Gespinst, ein Faltengeflecht, das über Kinnladen und Kinn, quer über den aufgeriffelten Mund, vorbei am Nasenhaken, tief durch die Augenhöhlen über das kurze Stirnplateau hochkroch bis unter die roten Ponyfransen, die alle paar Sekunden rote Fingerkrallen kräuselten und gleich wieder glatt strichen. Jörn hatte Gerstenberger nie von seiner Frau sprechen hören; nie hatte die Mutter sie erwähnt; nur in einem ihrer angelesenen Briefe hatte ein Satz mit *Nach dem Scheitern seiner Ehe* angefangen. Auch Chris und der Vater hatten nicht mit ihrer Anwesenheit gerechnet; abends auf der hergerichteten Schlafcouch hörte Jörn Chris leise den Vater fragen: hast du gewußt, daß der Gerstenberger eine Frau hat?

Neben der Teekanne stand eine Flasche Cognac auf dem Tisch. Gerstenberger machte eine Handbewegung hoch zur Kuckucksuhr über der Tür. Sie war stehengeblieben kurz nach sechs ... er schluchzte auf und bedeckte mit den Händen das Gesicht. Dann öffnete er wieder sein Gesicht, und es sah aus, als blickte er durch die Kuckucksuhr hindurch hoch in den Himmel ... Es war, sprach er, die Stunde, da sie von uns ging.

Frau Gerstenberger öffnete die Cognacflasche und goß sich ein Glas voll; niemand wollte mittrinken. Gerstenberger sprach weiter, manchmal stellte der Vater eine Frage, dann ging Gerstenberger wie nachdenkend im Zimmer hin und her, stützte sich mit der Hand gegen den Schrank, schüttelte wie nicht begreifend den Kopf, fuhr sich mit der Hand über die Stirn, machte das verklärte Gesicht einer Toten nach, die man aus dem Wasser fischt ... Es kommt mir vor, sagte Jörn, ich habe wie im Theater gesessen, wo ein zutiefst erschütterter Mann vom tragischen Tod einer Frau erzählt. Und was hat er erzählt? Jörn stand auf. Nichts, was dem Jungen erklärt hätte, warum seine Mutter, nach einer Zeltnacht zu dritt, morgens um sechs das Zelt verläßt und hinaus in den See geht.

Als wir ins Dorf zurückkamen, standen die Wagen des Fernsehteams noch vor dem Dorfkrug. Wir setzten uns unter die Kastanie, Lisa kam über die Straße und kündigte zum Abendessen Rühreier an, ein paar Pfifferlinge seien auch noch da. Und die Dame vom Fernsehen würde sich gern für einen Moment mal zu uns setzen. Das Team saß ein paar Tische weiter ... wir nickten hinüber, und die Schwarzhaarige stand auf. Tanja Long. Jörn bestellte Bier ... nein, kein Schnaps, erst wenn die Sonne untergegangen ist. Wieso? Alte englische Regel, vom Vater übernommen. Tanja Long erzählte kurz von ihrem Film, den sie in der Mark Brandenburg hier drehte, Land und Leute und so, die Jahre nach der Wende ... ob sie mit Jörn ein Gespräch machen könne, paar Minuten nur. Gespräch über was? Nun ja, gehört habe sie, er recherchiere hier herum ... etwa für ein Buch? Jörn schüttelte den Kopf und sah mich an. Aber soviel sie wisse, laufe er doch mit Notizblock und Fotoapparat durch die Gegend. Ach, das ist so eine touristische Gewohnheit. Fühle er sich etwa als Tourist, in dieser Einöde? Was heißt schon Einöde, sagte Jörn, ich finde, hier ist eine Menge los. Was denn? Es gibt Spuren hier ... aber fragen Sie doch die Leute im Dorf, da kann Ihnen jeder was erzählen. Was habe er denn für Eindrücke ... Leute, Stimmung, Einstellung und so? Jörn zündete sich eine Zigarette an und schaute nach Lisa, die mit dem Bier kam. Ich mag die Leute, sagte er, ich kann ihnen stundenlang zuhören ... sie haben andere Erfahrungen, als ich sie habe ... aber ich bin kein Meinungsforscher, ich bin ganz privat hier. Ah ja ... aber die rechtsradikalen Jugendlichen, die PDS-Wähler! Jörn schien sich an seinem Bier verschluckt zu haben; er setzte das Glas ab und mußte husten. Danach griff er wieder zum Glas. Ja ja, sagte er, im Westen wissen wir ein bißchen wenig. Er komme aus Nordrhein-Westfalen, nicht wahr? Ja ja, aus dem Rheinisch-Bergischen, aber manchmal habe ich das Gefühl, ich könnte auch hier zu Hause sein. In diesem Kaff? Wenn Sie meinen, immerhin drehen Sie in diesem Kaff. Na ja, zwei Autostunden von Berlin entfernt, im übrigen drehe sie ja auch im Schloß, Bettina von Arnim und die Rolle der Frau im 19. Jahrhundert. Ah ja. Jörn griff wieder zum Glas und schaute nach Lisa. Tanja warf die Haare zurück. Also, machen wir ein Gespräch, mit dieser irren Schmiede hier im Hintergrund. Jörn winkte ab. Sehr nett von Ihnen, vielen Dank, aber ich weiß nicht, ich fühle mich nicht so richtig kompetent, verstehen Sie, und in ein paar Minuten, dabei kommen doch nur wieder die üblichen Gemeinplätze raus. Nee nee, Gemeinplätze wolle sie von ihm nicht hören, er könne doch sicher ein paar Akzente setzen, so in Richtung Landschaften der Kindheit. Jörn schaute verdutzt. Darauf fahre sie ab, die Entdeckung der Erinnerung, aktuelles Thema, seit kurzem müsse sie immer an ihre eigene Kindheit denken. Wie alt sind Sie? Seine Tochter könne sie noch sein ... also? Jörn schüttelte den Kopf, ich fahre bald wieder. Sie sei noch ein paar Tage im Land ... Sie kritzelte eine Telefonnummer auf und schob den Bierdeckel über den Tisch. Wie war der Name? Tanja Long, sagte Tanja Long und stand auf.

Wir machten noch ein paar Schritte um den Dorfteich herum und saßen dann wieder unter der Kastanie. Das Fernsehteam war weg, und Lisa brachte Bratkartoffeln,

Rühreier mit einem Haufen Pfifferlingen, Salat aus dem Garten. Einen Moment saß sie mit am Tisch ... Nee, diese Fernsehaktivisten, aber die Dame war doch eigentlich ganz nett. Super, sagte Jörn und fuhr mit der Gabel in die Pfifferlinge hinein. Kalle stand mit dem Jungen im Arm vor der Toreinfahrt, und Lisa nickte uns zu ... wejen Bier sach ick Kuli Bescheid.

Jörn aß langsam und sagte nichts. Als Kuli mit dem Bier kam, fragte er nach Käse, Harzer Roller. Weeß nich, muß ick fraren. Harzer Roller? Doch, wenn er frisch ist ... Jörn lächelte; ich war ewig nicht im Harz, und so weit ist das nicht von hier ... Jörn dachte nach. Die Tante Tiny, von damals den Erwachsenen ist sie die einzige, die noch da ist. Sie ist nach Hamburg gegangen; vielleicht hatte sie auch überlegt, wieder in den Harz zu ziehen. Solange der Vater noch lebte, kam sie öfters zu Besuch; jetzt telefonieren wir schon mal. Sie weiß alles, als sei nie Zeit vergangen ... zuletzt sagte sie: nicht wahr, und wie es dann in unseren Häusern in der Zeppelinstraße aussah ...

Onkel Fietje hatte recht behalten; noch im Spätsommer räumte der Russe, und wer nicht abgehauen war, ging in die leere Wohnung zurück. Wer Pech hatte, fand auch sein Badezimmer leer. Wir hatten kein Pech, aber eine Woche lang liefen wir mit Zellstoffbinden vor der Nase rum. Chris und der Vater schaufelten die Badewanne aus; ich brauchte nur die Scherben und den Schutt zusammenkehren. Sogar zwei Kachelöfen standen noch. Ruths Vater half wieder mit seinem Plattenwagen; Onkel Fietjes Spediteursfreund kam mit den großen Möbelstücken, ein paar Armlehnen fehlten, feuchte Polster, die Eßtischplatte wie Wellpappe, ein bißchen Porzellanbruch ... und dann noch die Fuhre aus der Mittelhäuser Landstraße; Transchel war nett gewesen und hatte mit der Vermietung an die Nichte gewartet; wie abwesend war der Junge sich vorgekommen, als er mit dem Vater dort tagelang packte und räumte; ich bekam nun das größte Zimmer in der Wohnung für Mutters Kleiderschrank, ihr weites Bett, zwei Sessel und den Kacheltisch, das Eckregal, den Biedermeiersekretär, ein paar von Erichs Bildern; der Rest ging in die Polsterwerkstatt.

Herr Demuth erschien im Hoftor und ging seine Pferde holen, die unruhig hinter dem Zaun hin und her kreuzten. Zwei Männer aus dem Dorf, Elektriker und Heizungsbauer, kamen in ihren Arbeitsklamotten an den Nebentisch; sie nickten und zündeten sich Zigaretten an. Kuli balancierte Bier über die Straße, dann stand er an unserem Tisch. Harzer Roller is nich, nur Holländer. Jörn nickte und hielt ihm das leere Bierglas hin. Die beiden Männer hörten wir über Arbeitsprobleme sprechen. Im Kapitalismus, da is eener der Feind vom anderen ... Ach nee, nur im Kapitalismus?

Jörn griff nach seinem Notizblock, aber dann ließ er ihn in der Hemdtasche stecken. Er schaute zur Abendsonne hin, die hinter den Bäumen des Schloßparks stand. Als wenn hier immer Sommer wäre; seit ich im Dorf bin, hat es kein einziges Mal geregnet. Im Winter muß ich wieder her, es soll dann total öde sein. Demuth hat einmal erzählt, wie schlimm es sechsundvierzig, siebenundvierzig war. Da blieb es auch in meinem Zimmer wochenlang unter null; wenn ich wach wurde, sah ich, daß unter meiner Nase am Rand der Bettdecke der Atem angefroren war. Auf Schlittschuhen zur Schule; in der ersten Stunde fingen wir mit ein paar Trümmerbalken an, die wir zu Brennholz für den Vormittag zerhackten; dann saß die Klasse nur um den riesigen Ofen herum.

Im vergangenen Winter, während der Schneenacht in seinem Fachwerkhaus, hatte mir Jörn die Brennholzvorräte gezeigt, die er in der Scheune, unter der Remise angelegt hatte. Er nannte es seinen Tick ... er konnte keinen Zweig, keinen Ast liegen sehen; am meisten regte er sich über das verrottende Holz in den Wäldern auf. Jörn hatte nie vergessen, wie bei zwanzig unter null Kinder und alte Leutchen gegen das Erfrieren kämpften. Im Steigerwald war unter den Bäumen kein Ästchen mehr zu finden gewesen; der Holzleseschein war so wichtig wie die Lebensmittelkarte und wertvoller als ein Geldschein. Den Vater, der das Papier gerade mal belächelte und für den Förster immer ein paar Zigaretten parat hielt, hatten alle Skrupel verlassen: mit Säge, Beil und Bollerwagen waren er und Jörn durch die Schonungen gezogen und hatten das Brennholz für die nächsten drei Tage geschlagen; daß der Junge zum raffinierten Räuber geworden war, der aus den Russenkellern eimerweise den Koks herausklaute, der *Notraub* machte ihn zwar ängstlich, aber mit einem Seufzer billigte er Jörns Unternehmen. Und wenn er verreist war, hatte der Junge die Skier angeschnallt und war mit einem Beil im Rucksack alleine in den Steiger gezogen ... Jörn hatte es in seinen Schneenachtgeschichten erzählt.

In all diesen Jahren, sagte Jörn, lebte der Junge mit dem Gelände, als gehörte es ihm. Die Landschaft vor unseren Fenstern, es war die Kindheit im Krieg. Uniformen und Kasernen, Gärten und brennende Gartenlauben, Kübelwagen und Rodelschlitten, Liegewiesen, Luftangriffe, Zwetschgenbäume, Flaksplitter und Hagebutten, Schüsse, Fallobst, Sperlinge und Flugabwehr,

Stiefelspuren im Sand, Hasenspuren im Schnee. Es waren die eigenen Bäumchen, die der Junge fällte, und wenn sein Dackel ein Mäusenest ausbuddelte, in Fuchsbauten eindrang und mit jiffendem Gebell durchs Unterholz jagte, er befand sich dann in seinem Revier.

Aber zuletzt, sagte Jörn, als ich durch den Schnee stapfte und nach schmalen Bäumchen Ausschau hielt, war der Hund nur langsam hinterhergehoppelt. Immer wieder blieb er in der Fußspur sitzen und sah mir nach. Nach fünfzig Metern drehte ich mich um, rief und pfiff den Hundepfiff. Es war Neuschnee gefallen und danach wieder so kalt geworden, daß ich die Skier zu Hause ließ und mich lieber warmlaufen wollte. Schuft war eine Weile hinterm Kasino, vor dem ein paar russische Offiziere mit Pelzmützen und in langen Mänteln standen, verschwunden gewesen; als er auftauchte, schien er keine Lust mehr zu haben; sonst tobte er immer gleich vorneweg.

Im Wald ließ der eisige Wind nach; schneegrauer Himmel, kein Mensch unterwegs; manchmal in den Kiefern oben das Harrharr einer Krähe. Der Hund blieb immer weiter zurück; der Junge wurde ungeduldig. Er lief zu ihm hin, nahm ihn auf den Arm, rannte ein Stück und ließ ihn dann, such such rufend, fallen, aber Schuft kläffte und wirbelte nicht los wie sonst, er rollte sich im Schnee zusammen. Jörn stapfte wütend weiter; vor einer jungen Birke blieb er stehen und rüttelte am Stamm, bis es auf ihn herunterschneite. Als er sich umschaute, war der Hund verschwunden. Jörn pfiff und rief, dann fluchte er und lief auf seinen Fußspuren zurück.

Der Dackel lag unter einer Fichte, die den Schnee abschirmte. Er lag eingerollt und fiepte leise. Jörn kroch unter das Astwerk, nachdem er versucht hatte, Schuft hervorzulocken; er zog ihn aus dem Schnee heraus und nahm ihn in seine Arme. Es war wie ein trauriger Vorwurf, der ihn aus Dackelaugen ansah, aber Jörn kannte diesen Blick, er schaukelte den Hund ein bißchen hin und her und stapfte wieder los. Er wollte ihn schon wieder fallen lassen, aber plötzlich ging ein Zucken durch den Körper in seinem Arm; ein leises, langes Aufjaulen; dann streckte sich der Körper in seiner ganzen Länge aus, Jörn mußte die Arme ausbreiten, so langgewachsen hatte er den kleinen Dackel nie gesehen, und dann sah er, wie langsam sich sein Maul aufsperrte und zwischen den Lefzen Schaum hervorquoll.

Jörn stand in Panik. Er schüttelte den Hund, denn er spürte, wie der ausgestreckte Körper auf seinen Armen erstarrte, wie er langsam die Härte eines Holzbalkens annahm, wie aus dem Körper alle Wärme wich. Jörn schrie. Er drückte den steifen Körper an seine Brust und sah, daß in seinen Augen nichts mehr blickte, nur noch etwas Abwesendes stand.

Jörn ließ sich mit dem Dackel in den Schnee fallen. Er beugte sich über ihn und begann, das steife Tier im Schnee hin und her zu rollen. Als er spürte, daß die Starre nachließ, rieb er den Körper mit Schnee ein, rubbelte, knetete und rollte ihn weiter, bis er merkte, wie er immer weicher wurde, weich wie ein Kissen. Jörn bibberte und begann zu beten, lieber Gott, mach, daß unser Schuft nicht tot ist... da fiel ihm die Mutter ein und daß sie, als sie fortgegangen war, ihm den Hund dagelassen hatte wie zum Trost, daß Schuft, als er zu ihm auf den Sessel sprang, sofort gespürt hatte, was los war... schluchzend bedeckte er mit seinem Körper das leblos bleibende Tier; er wollte jetzt nur im Schnee liegenbleiben, für immer liegenbleiben, bis auch er endlich tot war.

Jörn spürte, wie ein Handschuh seine Schulter berührte. Er hob den Kopf und sah, daß eine Pelzmütze sich über ihn beugte. Jörn sprang mit seinem Hund im Arm auf; heulend kauderwelschte er los... eto moi ßabaka, mein Hund, Hilfe, pomaschtsch, aber der russische Soldat schaute nur kurz auf das über Jörns Armen hängende Tier und schüttelte traurig den Kopf, ona mjortwy, Chund kapuut... er lächelte verlegen und hob die Schultern, dann drehte er sich um und stapfte zur Bergkaserne hoch weiter; der Junge sah ihn noch einmal die Schultern und die Arme heben.

Jörn nestelte sich den Schal vom Hals und wickelte ihn um den Dackel; jetzt kam ihm der Körper schlaff wie ein Gummitier vor, aus dem die halbe Luft herausgelassen war. Er rannte los; an der Stelle, wo er Schuft unter der Fichte hervorgeholt hatte, ließ er sich in den Schnee fallen... hier hatte er noch gelebt; vielleicht, dachte er, lebt er ja doch noch; er sprang auf und stolperte in seinen Fußspuren weiter; es hatte wieder angefangen zu schneien, und die Fußspuren verloren ihre Konturen. Ein paarmal noch fiel er hin und verlor dabei das Bündel aus seinen Armen; zwischen den Gärten stand graue Dämmerung; eine Krähe ließ sich auf dem verkohlten Dachbalken eines Gartenhauses nieder und machte harr harr; in einem Fenster des Kasinos ging das Licht an. Auf der Straße, einem hartgefrorenen Schneebrett, über das er sonst mit seinen Schlittschuhen flitzte, rutschte der keuchend dahinhastende Junge noch ein paarmal aus, seinen Hund hielt er jetzt fest umschlungen; niemand sah ihn ins Haus hinein und die Treppen hochrennen; er klingelte Sturm, bis Chris aufmachte und sofort den schwankenden Jungen auffing, er torkelte durch den langen Korridor bis in das eine Zimmer, in dem der Kanonenofen brannte; vor dem Ofen fiel er hin, der Hundekörper rollte aus dem Schal heraus ... einen Moment lang dachte Jörn, der warme Ofen macht den Schuft wieder lebendig, aber mit allen vieren ausgestreckt blieb er liegen; seine Augen waren jetzt geschlossen, ein Rest von Schaum war unter seinen Lefzen festgefroren.

Ein paar Tage lag der Hund dann in der Kammer, wo die Treppe hoch zum Speicher ging. Jörn hatte einen leeren Kasernenkarton mit Tannenzweigen ausgelegt; den Dackel wickelte er in einen Wehrmachtspullover und bettete ihn so, daß er zusammengerollt wie in seinem Schoß lag; zwischen die Zweige, mit denen er das Bündel bedeckte, steckte er ein Foto, auf dem sie in Transchels Garten standen, die Mutter und der Junge mit dem Hund im Arm.

Er sah täglich nach dem Karton. Wenn er hineinfühlte, spürte er, daß der Körper wieder ganz starr war. Das Thermometer, das er in der Kammer aufgehängt hatte, zeigte minus siebzehn Grad. Tauwetter war nicht in Sicht. Jörn stieg an einem Morgen in die Laube von Dressels Garten ein und gabelte unter den Gartengeräten Spaten und Kreuzhacke hervor. Am Zaun, hinter dem Altmanns Garten lag, schaufelte er am Fuß der kleinen Böschung ein paar Meter Schnee weg; die Erde war steinhart. Weit kam er nicht; die Hacke klirrte wie auf Eisen; nach einer Stunde brach der Spatenstiel. In der Laube hatte er einen Hammer und einen Meißel liegen sehen; kniend schlug er Brocken um Brocken los, bis nachmittags der Karton in die Grube paßte. Sie war nicht sehr tief. Jörn richtete einen kleinen Hügel her und häufte mit dem Spatenblatt darüber den Schnee. Als ich, sagte Jörn, in der Oktoberwoche vorm Haus stand, überlegte ich einen Moment – aber ich bin ja auch nicht ins Haus hineingegangen ... und so einer ausm Westen, der übern Zaun in Dressels Garten steigt und nachsehn will, ob unter der Böschung noch das Skelett eines kleinen Dackels liegt ...

Demuth kam mit den beiden Pferden vorbei, das größere vorneweg, das kleinere hinterher. Er hatte eine Weile am Zaun gestanden und mit Kablitz gesprochen, der Hausmeister im Schloß und Bürgermeister im Dorf war. Aus Korea kam Berti angeradelt; im Trabi rollte mit einem Nicken der Pferdeschwanz vorbei. Nacheinander fanden sich noch ein paar Männer ein, die alle in Arbeitsklamotten kamen. Kuli trabte zwischen Gaststube und Schmiede hin und her. Die Sonne war hinter den Parkbäumen verschwunden; Jörn nickte Lisa zu, die in der offenen Schwingtür stand; auf dem nächsten Tablett brachte Kuli die Schnäpse mit.

In diesem Winter war der Vater nicht zu Hause in Erfurt. Erst dachte ich, sagte Jörn, er kommt nicht mehr wieder. Er war ja im Westen, in Waldbröl. Chris hatte ihn zum Bahnhof gebracht, der Zug nach Osterwieck, Umsteigen in Sangershausen und Halberstadt; sie wußte, dort am Nordrand des Harzes hat sie einen Onkel, eine Tante, zwei Cousinen, einen Schwager. Der Onkel war in der SA gewesen, aber im Städtchen zeigte keiner mit dem Finger auf ihn; der Schuhhändler versorgte die Leute mit Lederzeug, auch wenn sie keinen Bezugschein hatten. Die Landstraße nach Hoppenstedt ging weiter nach Hornburg, aber dazwischen unterbrach sie der Schlagbaum, den ein russischer Posten bediente; noch war die Zonengrenze nicht der Todesstreifen. Und noch waren Kundschaft und Lieferanten, die ein paar Kilometer weiter in der britischen Besatzungszone lebten, für den Schuhhändler erreichbar ... man mußte nur die unbewachten Wald- und Feldwege kennen; man mußte wissen, wann die Grenzsoldaten auf Streife gingen und wann sie in den Dorfquartieren hockten. Der Onkel kannte sich in der ländlichen Umgebung aus, und vor allem, er stand sich gut mit den Offizieren in der Baracke am Schlagbaum; wenn er in der frühen oder späten Dämmerung angeradelt kam, verschwand er mit seiner Aktentasche für eine Weile in der Baracke und entrichtete dort, was der Zoll war ... Schuhwerk ließ sich ja gegen jede Menge Schnaps und stangenweise Lucky Strike eintauschen; danach ging kurz der Schlagbaum hoch.

Der Vater war ein paar Tage in Osterwieck geblieben, bis der Onkel wußte, wann die Zeit für den Grenzübertritt günstig war; er fühlte sich im Haus auch gleich wohl, Chris' Verwandte kannte er ja noch nicht, vor allem verstand er sich mit Cousine Elly gut, der blonden Offizierswitwe, die damals noch nicht wußte, daß der Stalingradarzt im Gefangenenlager gestorben war, dann lotste ihn der Onkel im Morgengrauen hinüber nach Hornburg, wo der Zug nach Braunschweig für die Weiterfahrt ins Rheinland stand.

Der Vater wußte, was ihn erwartete. In der Dellbrükker Firma sollte entschieden werden, wie es mit der mitteldeutschen Vertretung weitergehen würde, aber zunächst erbat er sich Sonderurlaub ... In Waldbröl, wo im Haus die Mutter nicht mehr lebte und Cousine Hella aus Greifswald mit den beiden Kindern eingezogen war, verrottete die Brenzinger Leimfabrik; der Bruder, der ein paar Kriegsjahre noch den Hautleim gesiedet hatte, saß in der Nähe von Bielefeld in einem britischen Lager; er war in der SA gewesen, aber die Leute im Dorf wußten nichts weiter Belastendes über den hochangesehenen Fabrikanten; nur einer, dem er seinen zu Kriegszeiten streng bewirtschafteten Hautleim nicht illegal hatte liefern wollen, zeigte mit dem Finger auf ihn.

Der Bruder sollte ja bald entlassen werden, aber als der Vater den Zustand der kleinen Fabrik sah, zog er sich den Monteursanzug des Bruders an. Jede Woche schrieb er einen Brief nach Erfurt, und Chris las Jörn die Stellen vor, die für ihn mitgeschrieben waren. Den Unterstand im Hohlweg hatten amerikanische Handgranaten aufgerissen; ohne strategischen Sinn hatte ein deutsches Maschinengewehrnest den Hohlweg bis zur letzten Patrone halten wollen. Die Bretter der Baumlaube hingen zersplittert herab; der Beobachtungsposten war vom Geäst der kleinen Eiche heruntergeschossen worden. Brölbach und Teich lagen unter Eis und Schnee; die Fabrikräume standen leer; zugefroren alle Leitungen und Rohre; Transmissionsräder, Schneidemaschinen, Kochkessel, Dampfkessel, Dampfmaschine rosteten vor sich hin ... Drei Monate schuftete der Vater, im Kesselhaus hatte er die Dampfmaschine in alle Einzelteile zerlegt und wieder zusammenmontiert, bis das alte Roß endlich zu stampfen begann; sein kleiner Neffe durfte das Feuer unter dem Dampfkessel anzünden, und als der Bruder plötzlich in der schiefen Tür des Kesselhauses stand, brauchte der Vater nur zu sagen: morgen kannst du anfangen. Bloß wackelte noch das Fundament, auf dem die Dampfmaschine stand. Der Bruder suchte und fand den alten Balken, den er dann wieder zwischen Fundament und Mauer klemmte ... gewackelt hat das schon bei unserem Vater.

Als er über Osterwieck, wo der Vater, sagte Jörn, wieder ein paar Tage blieb, zurückkam, war der Winter vorbei. Er hatte jeden Tag voll Sorge an Frau und Sohn in der Ostzone gedacht, das hatte er in seinen Briefen gesagt; vor der belgischen Besatzung im Rheinland brauchte ja, trotz aller unseligen Erinnerungen an die Deutschen, keiner Angst zu haben; für den Jungen hatte er notiert, daß Preußen Dellbrück mit Fritz Herkenrath im Tor in der neuen Oberliga West jetzt spielt; die alten Fußballclubs, Alemannia Aachen, Borussia Dortmund, müßten auch nicht wie die in der Zone ihre traditionsreichen Namen aufgeben ... Jörn, seiner Schreibfaulheit wegen notorisch getadelt, hatte sich von Chris nur zweimal zu einer mageren Briefseite mit der Aufzählung der abgeholzten Bäumchen und der Mitteilung vom Totsein unseres Schuftikus drängen lassen, dafür hatte Chris jeden langen Abend Seite um Seite für ihren Mann vollgeschrieben; einmal, als er einen Brief offen liegen sah, hatte Jörn rasch die akkurat beschriebenen blauen Blätter durchspioniert ... der Junge mache ihr jetzt richtig Freude, er sei gar nicht mehr so bockig und lasse sich sogar von ihr manchmal in den Arm nehmen, er benehme sich ganz wie ein tapferer kleiner Mann, er helfe ihr willig im Haushalt und wische in seinem eiskalten Zimmer den Staub von den Möbeln, trockne auch das Geschirr ohne Auffordern ab und putze ihre Schuhe mit, zum Geburtstag habe er für sie mit der Laubsäge einen Kerzenständer und ein Schlüsselbrett ausgesägt und schön bunt angemalt, nur mit den Schulaufgaben sei es das alte Problem, statt ins griechische Vokabelheft zu gucken, träume er stundenlang zum Fenster hinaus ...

Aus dem weißen Pelzmuff der Mutter, sagte Jörn, hatte mir Chris eine Pelzmütze geschneidert, so eine zum Herunterklappen, wie sie die Russen schon den ganzen

Winter trugen. Als ich maulte, weil im Kopfkissen Jelenas Tee alle war, stieg Chris zu Tante Ines hinab; bei Tante Ines und Onkel Max war die ganze Wohnung warm, sie hatten wieder eine Offiziersfamilie in Quartier und schwammen in Vorräten von Butter, Zucker, Eiern, Speck ... ob sie vielleicht eine Handvoll Russentee abhaben könne, der Junge sei ja regelrecht süchtig; fast eine Handvoll gab ihr Tante Ines seufzend mit. Für morgens zwei und zwei Schnitten für abends, das waren die täglichen zweihundert Gramm Brot ... Chris tat abends, als sei sie schon satt und schob mir ihre zweite Schnitte zu; wenn sie nach etwas Besonderem schmekken sollten, röstete sie die Scheiben auf der Ofenplatte. In der Waschküche unten hatten wir mit Tante Tiny aus ein paar Rucksäcken Gamstädter Rüben einen Kessel Rübenkraut gekocht; einmal aber war mir abends der ewige Sirup zuwider nach dem Sirup jeden Morgen, da machte Chris dann eine Kopfbewegung zum eiskalten Eßzimmer hin, dort stand der in die Ehe mitgebrachte *Wunderschrank*, dessen Wunder das ausschwenkbare Mittelteil war, hinter dem sich ein Geheimfach auftat mit den letzten Konservendosen aus der Kaserne ... für den Papa, wenn er wiederkommt. Aber Chris ließ mich eine Konservendose herausangeln, und jetzt hatte ich zwei Wochen lang den schönsten Schmierkäse auf dem Abendbrot. Dazu die Tasse Russentee, aufgebrüht zum dritten Mal ... Chris strahlte richtig die Freude aus den blauen, oft so zugekniffenen Augen; sie zündete eine der Kerzen an, die wir aus ihrem kleinen Wachsvorrat in der Küche selber gegossen hatten; weil die großen, den raren Russenkoks verschlingenden Kachelöfen alle kalt standen, hockten wir ganz nahe am Kanonenofen, den der Vater noch aufgestellt hatte; er wärmte fast das ganze

Zimmer ... und dann machte Chris das Radio an, Rudi Schuricke, *Wenn bei Capri die rote Sonne im Meer versinkt.* Fast jeden Abend sang er, der große deutsche Schlagerkönig, und wir sangen mit ... später, sagte Jörn, wunderte ich mich, denn unser altes Körting-Gerät, das die radioselige Mutter dem radiofeindlichen Vater irgendwann in den dreißiger Jahren eingeredet hatte, reichte gerade bis Leipzig und auf Langwelle bis zum ostzonalen Deutschlandsender, aber in diesem Winter leuchtete Capris Sonne für alle die vier dunklen, eingefrorenen Besatzungszonen. Chris zog dann den Großen Weltatlas aus dem Regal ... Südeuropa, Italien, das Mittelmeer, was für Städtenamen, bis wir Neapel fanden, den Golf von Neapel, und dann berührte mein Finger den Fleck, der die Insel Capri war ... ich hatte ganz vergessen, daß auf meiner Kriegseuropakarte die roten Frontnädelchen auch bis in den italienischen Stiefel hinuntergereicht hatten, Caserta, Messina, Monte Cassino.

Ging das allen so? Ich weiß nicht, sagte Jörn, ich weiß nur, damals fragten wir nicht, was war ... wir wollten nur wissen, wie kommen wir durch diesen Winter.

Im April, als der Vater die Treppe hochgekeucht kam, waren die letzten Schneelawinen vom Dach heruntergerauscht. Wenn nachts das Geräusch mich weckte, war mein erster Gedanke, ich muß nicht mehr in den Keller runter. Der Vater war heilfroh gewesen, daß Frau und Sohn auch ohne ihn es geschafft hatten, sich durchzubeißen, vor allem, daß sie so zusammengehalten und aufgehört hatten, sich zu bekämpfen. Er sah wieder Licht in der Zukunft. Die Firma hatte eingesehen, daß der mitteldeutsche Markt verloren und ihr Vertreter gefährdet waren, aber jetzt bahnten sich Beziehungen mit den Holländern und Belgiern an, ganz interessante

Signale, und dafür hätte man ja einen Ingenieur, der so auslandserfahren wie unbelastet war. Mit dem Onkel in Osterwieck hatte der Vater Pläne gemacht ... Die Familie würde sich eines Morgens einfach in den Zug nach Osterwieck setzen, und Onkel Fietjes Spediteursfreund müßte eine Ladung Schuhzeugs aus dem Westen dazu bringen, die Möbel in das Städtchen am Harzrand zu transportieren. Der Onkel kannte in Hoppenstedt und Göddeckenrode Bauersleute, die mit ihren Fuhrwerken nachts auf abgelegenen Feldwegen die Grenze passierten und für Lederware bereit wären, ein paar Möbelfuhren zum bereitstehenden Waggon auf dem Gütergleis in Hornburg zu karren ... erst später, sagte Jörn, nachdem wir längst auf solchen Wegen ins Rheinland gelangt waren und der Rest des zerschrammten Mobiliars für eine Weile noch auf dem Dachboden der Leimfabrik stand, weihte mich der Vater in die mehrmals aufgeschobenen, gescheiterten und am Ende halbwegs gelungenen Pläne ein; der Junge sollte mal wieder durch Geheimzuhaltendes nicht belastet werden, obschon er ständig doch mitpackte und mitschleppte, was dann, versteckt unter Haufen von Stroh und Heu, die wechselnden Wege zur Grenze nahm ... Der Abschied von der Erfurter Zeit dauerte so lange an, daß er den Jungen fast nicht mehr berührte, ein Abschied von Gräbern auch, den er nur hinter sich brachte, weil er wie aus einem Schreckenstraum sich zu entfernen meinte, Schritt um Schritt, bis er irgendwann einmal eine vage Erinnerung wäre.

Aber vor der Fahrt nach Osterwieck gab es noch eine Reise in den Harz. Der Vater hatte mit den Grüßen und Briefen aus Waldbröl ein paar krakelige Zeilen für Chris mitgebracht ... ihre Mutter war sehr alt und flehte um ein baldiges Wiedersehen. Chris verlor die Geduld, sie wollte nicht die Wochen, die Monate bis zur Übersiedlung warten; am 6. Mai wollte sie in Waldbröl sein, zum Geburtstag der Mutter. Der Vater zauderte, Chris drängte; Tante Tiny und Onkel Fietje wurden in die Beratungen miteinbezogen, und dabei kam Onkel Fietje auf den Gedanken, in Sorge einmal nach den Vorräten an Brennholz zu schauen, die Frühlingsnächte waren ja noch kalt. In Sorge, dem Nachbarort von Elend, war Tante Tiny aufgewachsen; über dreißig Jahre lang war bis zu seinem Tod ihr Vater der Chefarzt der Johanniter-Heilstätte gewesen; mit seinem Nachfolger und den leitenden Diakonissinnen war man befreundet, der Kontakt war auch schon wiederaufgenommen und ein Besuch längst fällig; der Spediteursfreund könnte für die Klafter Brennholz einen Lastwagen in das mitten und allein im Wald liegende Anwesen dirigieren ... ja, und nach ein paar Schritten den Hang hinab und durch den Wald hinauf wäre man schon in Hohegeiß, in der britischen Besatzungszone, die Grenze dazwischen nur eine Schneise im Wald.

Der Vater zauderte immer noch ... wenn überhaupt, könnte Chris ja auch mal bei den Verwandten in Osterwieck vorbeischauen, der Onkel schließlich mit seinen Beziehungen und Ortskenntnissen .. . Ich weiß nicht, seufzte Jörn, warum Chris darauf bestand, sich von Onkel Fietje, dem schwergewichtigen Mann, bis nach Hohegeiß begleiten zu lassen ... In der Dämmerung dieses kühlen, grauen Maimorgens hing ich oben aus dem Fenster und sah den Vieren auf der Straße unten nach; der Vater trug den Koffer, Onkel Fietje eine Aktentasche, im Gehen hob er einmal den Arm; kurz vor der Ecke drehte sich Chris noch einmal um und schwenkte ein weißes Taschentuch; ich winkte zurück und sah sie lächeln, ich blieb hinausgelehnt im Fenster liegen, bis als letzte Chris verschwunden war.

Am Abend räumte ich in der Küche das Geschirr weg. Plötzlich stand Tante Tiny in der Wohnung ... es war ein Anruf aus der Heilstätte gekommen, eine der Diakonissinnen, der Grenzübertritt ist nicht gelungen, und es ist geschossen worden ... Am späten Abend ging das Telefon noch einmal. Jetzt war es Doktor Grothe, der Arzt. Er kämpfte um das Leben von Chris, aber Onkel Fietje war schon tot.

Es war noch dunkel, als wir in der Frühe des nächsten Morgens den Zug nach Nordhausen bestiegen, der auf dem Kopfbahnsteig stand. Als der Zug die Lichter der Stadt hinter sich gelassen hatte, hörte ich vorn die Lokomotive pfeifen ... ich wußte, jetzt würden gleich die Gleise die Mittelhäuser Landstraße überqueren. Ich stand am Fenster, aber in der Ferne war vom Gehöft nur der Wipfel der Kastanie zu sehen. In Nordhausen gingen wir auf dem Bahnsteig auf und ab und warteten auf den Anschluß nach Benneckenstein. Der Vater konnte dann nicht mehr warten und ging mit Tante Tiny in die Bahnhofsgaststätte, wo es ein Telefon gab. Ich stand mit dem Gepäck vor dem Eingang, aus dem der Geruch von heißer Brühe kam. Durchs Fenster sah ich in der Gaststätte eine junge Frau mit Kopftuch und zwei Männer in abgerissenen Wehrmachtsuniformen sitzen; neben ihnen lagen auf den Dielen ein zusammengeknüpftes Deckenbündel und ein mit Bindfaden verschnürter Karton. Die Männer waren unrasiert und abgemagert und sahen nach entlassenen Kriegsgefangenen aus; einer hatte seinen Arm um die Schultern der Frau gelegt. Als ich Tante Tiny und den Vater durch die Gaststätte zum Ausgang gehen sah, wußte ich, was er mir draußen sagen würde. Draußen sagte er mir, was am Telefon der Arzt gesagt hatte. Jetzt lebte auch Chris nicht mehr.

Die Bahnlinie in den Harz hinauf endete in Bennekkenstein. Nicht bloß für Kinder war eine Fahrt mit der Harzquerbahn, deren Schmalspur durch tief eingeschnittene Schluchten sich in steilen Windungen auf die Höhen des Waldgebirges zog, die Reise in eine Landschaft, in der alles nach Sagen und Märchen aussah. Aber ich weiß nichts mehr, sagte Jörn, ich sehe nur hohe Tannen und darüber blauen Himmel. Ich weiß auch den Weg zum Sanatorium nicht mehr ... plötzlich sah ich zwischen Tannen das Gebäude wie ein Schloß dastehen, mit Türmchen, Veranden, Erkern, Balkonen; Kieswege führten zwischen Rasenhängen zu villenhaften Nebengebäuden, Holzhäusern, Blockhütten. Eines der Häuser erinnerte mit seinem Namen an Tante Tinys Vater; im Wohnhaus des Arztes war sie aufgewachsen, und als wir eintrafen, erschien sie als die höhere Tochter, die zur Familie nach Hause kommt.

Die Frau des Arztes servierte Tee; der Junge wagte kaum hochzuschauen; sie sah sehr schön aus und war schlank und blond. Doktor Grothe konnte nicht viel sagen; die erste Vermutung, daß russische Grenzsoldaten geschossen hätten, schien nicht zu stimmen ... Sie war schwer verletzt und flüsterte nur Undeutliches, die alte Dame, die sich den beiden angeschlossen hatte für den Weg nach Hohegeiß und bis zum Nachmittag im Operationssaal lag. Sonnenstrahlen standen zwischen den Tannen, als wir den Weg hinab in die Talsenke gingen. Der Weg war schmal, und wir gingen hintereinander; die Schuhe streiften Gras und Heidekraut, das von beiden Seiten über den Wegrand hing. Mitten in der Senke wuchs der Wegrand zu einer kurzen Böschung hoch und begann der Weg leicht anzusteigen. Der Arzt blieb auf einer Sandfläche stehen. Der Sand war zerwühlt, war zertrampelt und dunkelrot eingefärbt; wir sahen Spuren von Stiefeln und Schuhen, die kreuz und quer verliefen; eine Schleifspur, wie von einem breiten Gegenstand gezogen, einem Koffer, führte die Böschung hoch ins Gebüsch. Der Vater kniete sich hin über den Spuren der Schuhe von Chris und breitete ein Taschentuch aus. Er bedeckte das frische, weiße Tuch mit rotem Sand und pflückte ein Büschel rotverfärbtes Heidekraut, dann knüpfte er die Zipfel des Taschentuches zusammen.

Es müssen, sagte der Arzt, plötzlich zwei Männer aus dem Gebüsch gesprungen sein, und es muß einen kurzen Kampf gegeben haben; die Männer sollen dann gleich geschossen, dann müssen sie nach den Handtaschen, den Brieftaschen, den Koffern gegriffen haben und im Gebüsch wieder verschwunden sein... Ich stand auf der Böschung und sah, daß ich mitten in der Grenzschneise stand, die nach beiden Seiten durch den Wald verlief. Zwischen den Tannen schlängelte sich der Weg weiter den Hang hoch, er verschwand im Wald oben und führte auf die Straße nach Hohegeiß. Ich konnte die Straße nicht sehen, aber ich hörte, wie von dort ein Geräusch kam, ein helles, fast singendes Motorgeräusch. Das war, sagte mir auf dem Rückweg der Arzt, eine *lorry*, ein englisches Militärfahrzeug.

Die Sonne stand in einem wolkenlosen Himmel, aber auf den Höhen des Harzes war es am nächsten Morgen kalt. Der Vater hatte einen Moment überlegt, dann war er mit Tante Tiny allein in die Leichenhalle gegangen; ich sollte Chris im Andenken behalten ohne ihren zerschossenen Hals. In der Nacht war ich wach geworden, als ein Käuzchen nah vorm Fenster schrie. Der Lastwagen stand auf dem Kiesweg und war mit Brennholz beladen. Aus Benneckenstein war der Polizist angeradelt; er stand bei Doktor Grothe am Lastwagen und nickte mit dem Kopf. Ich hörte ihn was von Kriminalpolizei und hilflos sagen. Die beiden Männer, die mit dem Plattenwagen kamen, hoben die zwei Särge herunter auf den Kies. Der Fahrer des Lastwagens kletterte auf die Ladefläche und räumte die Holzscheite beiseite, bis Platz für die Särge war. Ein paar Diakonissinnen waren gekommen und standen mit uns um den Lastwagen herum. Die Männer hoben die Särge auf die Ladefläche; der eine Sarg war schwerer, und der Vater mußte mit anfassen. Der Polizist nahm seine Mütze vom Kopf. Der Fahrer verkeilte die Särge mit ein paar Holzscheiten; er ruckelte sie ein paarmal hin und her und setzte noch einige Keile nach. Dann reichte der Vater unser Gepäck hoch. Die Frau des Arztes nahm den Jungen in den Arm und hängte ihm eine Decke um; dem Vater gab sie die andere Decke. Tante Tiny stieg ins Führerhaus; ich schwang mich auf die Ladefläche, der Vater kletterte hinterher; der Fahrer klappte die Bracke hoch und hakte sie fest. Wir balancierten an den beiden Särgen vorbei und machten es uns, mit dem Rücken ans Führerhaus gelehnt, zwischen unserem Gepäck bequem. Der Fahrer kletterte hinter sein Lenkrad und ließ den Motor an. Wir winkten nicht lange; die erste Wegbiegung kam rasch.

Die Fahrt nach Erfurt, sagte Jörn, wir waren fast den ganzen Tag unterwegs. Später haben der Vater und ich darüber nicht mehr gesprochen. Mit den Füßen seiner ausgestreckten Beine berührte er den Sarg seiner Frau; wenn der Junge sich flach hinlegte, reichte er an den Sarg, in dem Onkel Fietje lag. Der Fahrer fuhr anfangs nicht schnell; vor allem nahm er langsam die Kurven, aber der Junge wurde nicht die Vorstellung los, wie die beiden in ihren Särgen jetzt nach der einen Seite, jetzt nach der anderen Seite rollten. Manchmal, wenn der alte Laster über eine Reihe Schlaglöcher hopste und Jörn sich mit den Händen abfederte, um die Stöße nicht zu spüren, mußte er an das Gehüpfe in den Särgen denken. Einmal lächelte der Vater mit, als der Laster durch eine tiefe Bodenwelle sackte und Jörn lachen mußte. Dann fiel ihm ein, daß Chris und Onkel Fietje ja Schußwunden hatten, und er fragte sich, ob es in den Särgen blutete; er zog die Beine an und erwartete, daß sich das braune Holz verfärbte. Streckenweise ging das Kopfsteinpflaster plötzlich in Asphalt über; dann gab der Fahrer Gas, und Jörn legte sich flach; unter dem blauen Himmel sah er die Blätter der Chausseebäume wegflitzen. Ein paarmal mußten Vater und Sohn die Köpfe einziehen, wenn der Laster auswich, über den aufstaubenden Straßenrand rollte und die Baumzweige rauschend über das Blechdach des Führerhauses kehrten. Fahl sah die Sonne aus und grau die Luft, als sich der Laster durch die Gassen von Nordhausen quälte; ein paar Leute lagen in den Fenstern und schauten auf das Gefährt und seine Ladung hinunter; ein Mädchen hob den Arm zum Winken und ließ ihn dann gleich fallen; zwischen den Ruinen roch es nach Staub und Rauch von schwelenden Briketts.

Auf den Höhen hinter Sondershausen hielt der Fahrer an. Die Türen vorne gingen auf, und wir hangelten uns zum Rand des Straßengrabens hinab. Die Männer stellten sich jeder an einen Baum, die Frau verschwand hinter einem Gebüsch. Es war wärmer als oben im Harz; die Sonne stand hoch, aber wir froren ein bißchen und schlugen die Arme um die Schultern. Tante Tiny verteilte ein paar Stullen; die Frau des Arztes hatte sie am Morgen geschmiert. Der Fahrer entkorkte eine weiße Flasche ohne Etikett; der Vater nahm einen Schluck an, danach schüttelte er sich, und der Fahrer lachte. Tante Tiny stellte sich auf die Zehenspitzen und schaute nach den beiden Särgen. Dann röchelte der Motor eine Weile vor sich hin. Der Vater wollte schon die Klappe der Motorhaube öffnen, da wußte der Fahrer Bescheid. Er kletterte auf die Ladefläche und warf ein paar Holzscheite zur Seite, bis er am Fuß von Onkel Fietjes Sarg den Benzinkanister fand. Jörn sah sofort, daß es ein amerikanischer Benzinkanister war, einer von der Jeep-Rückseite neben dem Reserverad. Der Fahrer schleppte den Kanister zum Einfüllstutzen hinter dem Führerhaus und steckte sich eine Zigarette an. Der Vater hob beschwörend die Hände. Der junge Mann lächelte und machte noch ein paar Züge, dann streifte er die Glut am Trittbrett ab und schob die Kippe mit der linken Hand in das lederne Zigarettenetui zurück ... nach vier Jahren LKW in Rußland, und nich ein Mal inne Luft jeflogn. Dann ließ er den Verschluß aufschnappen, aber das Benzin, fand Jörn, roch nicht wie amerikanisches Benzin.

Kurz vor Gebesee, auf der Brücke über die Gera, bremste der Laster und hielt an. Der Vater schaute ums Führerhaus herum und sah zwei Rotarmisten auf der Straße stehen. Er rollte zurück und zog sich die Decke zum Kinn hoch. Der Junge äugte über das Führerhaus und sah die Russen an den Wagen herantreten; quer über ihren Bäuchen baumelten Maschinenpistolen. Der Fahrer reichte seine Papiere durchs Fenster, aber er mußte aussteigen, und auch Tante Tiny, Papiere in der Hand, kletterte aus dem Führerhaus. Die Russen hielten die

Papiere hoch und gingen um den Lastwagen herum, hinten sprangen sie auf die Ladefläche hoch. Sie zögerten einen Moment, dann kletterten sie um die Särge herum, klopften das Holz ab, hoben sie vorne und hinten hoch und ließen sie wieder fallen. Dokument! Der Vater nestelte nach seinem Ausweis und reichte das zusammengefaltete Papier dem einen Rotarmisten hoch. Er faltete den Lappen auseinander und begann den Ausweis zu studieren. Inshenjer? Njet, murmelte der Vater und zeigte seine verschwielten Hände vor, Monteur. Der Russe nickte mit dem Kopf nach oben, der Vater wickelte sich aus seiner Decke und stand auf. Die beiden Russen musterten den großen hageren Mann; wie er dastand in seinem verschlissenen Zweireiher, mit schwarzer Krawatte über dem weißen Hemd ... da heulte der Junge auf und stammelte w grop moi matj, moi djadja hervor; mit beiden Händen faßte er die Särge an ... da drin, im Sarg, meine Mutter, mein Onkel ... Die Russen schauten auf den wimmernden Jungen herab und schienen unschlüssig, der eine schob sich das Käppi in die Stirn, der andere musterte noch einmal die Särge; Jörn drehte sich weg und schluchzte in sich hinein. Er spürte, wie eine Hand über seine Haare strich; er wendete sich um und sah, wie der Russe dem Vater seine Papiere zurückgab. Dann kletterten sie an den Särgen wieder vorbei und sprangen von der Ladefläche hinunter. Ein Zeichen zum Einsteigen, ein Zeichen zum Weiterfahren. Der Fahrer ließ den Motor an und fuhr rasch los.

Der Junge saß aufrecht, als der Lastwagen über die Nordhäuser Straße in die Stadt hineinrumpelte. Einmal war er mit dem Vater draußen in der Radrennbahn gewesen, vor vielen Jahren nach Kriegsanfang, als es noch ein letztes Steher-Rennen gab. Aber der Vater schaute nicht auf. Vor dem Städtischen Krankenhaus begannen die Schienen der Linie 3. Danach kannte er die Straße aus dem Führerhaus von Pjotrs Lastwagen. Jörn verstand erst nicht, warum der Laster, bevor die Nordhäuser in die Andreasstraße überging, rechts in die Blumenstraße hochbog ... etwas krampfte sich in ihm zusammen, der Vater schaute nur kurz zum Haus und zu den Fenstern im zweiten Stock hinauf, dann schwenkte der Laster schon in die Gutenbergstraße und danach in die Biereyestraße ein, und jetzt wußte Jörn, daß es über die Bindersleber Landstraße hinaus zum Hauptfriedhof ging. Dort stieg Tante Tiny aus und ging ins Pförtnerhaus hinein, der Vater folgte ihr; der Junge war ihm nachgesprungen und setzte sich ins Führerhaus neben den Fahrer. Seine Hände lagen noch auf dem Lenkrad, und jetzt sah Jörn, daß ihm an der rechten Hand zwei Finger fehlten.

Wir mußten eine Weile warten, bis ein paar Männer mit einem Plattenwagen kamen. Der Junge stand wieder auf der Ladefläche und half dem Fahrer, die Scheite unter den Särgen wegzukeilen. Das war trockenes Holz; von den Schnittflächen ging kaum mehr Geruch aus. Als die Särge nebeneinander auf dem Plattenwagen standen, nahm der Vater Tante Tiny in den Arm; langsam zogen die Männer den Wagen zu einer kleinen Halle hin. Ein paar Tage später gingen wir hinter den Särgen her.

Jörn zündete sich eine Zigarette an und schaute zu Kuli, der am Nebentisch saß. Kuli stand auf, nahm unsere leeren Gläser und ging hinüber in die Gaststätte, in der schon das Licht brannte. Als er mit dem silbernen Tablett wiederkam, brachte er auf einem Teller auch den Holländer und ein paar Scheiben Brot mit. Jörn schien den Käse vergessen zu haben ... am selben Abend, sagte er, mußten wir noch den Laster leermachen und das Brennholz in den Keller schaffen. Dann weiß ich wieder nicht ... mit dem Vater habe ich ja über nichts mehr gesprochen, nichts über die Jahre mit Chris, das sind ganze Kapitel voller Versäumnisse, voller Schweigen und nicht mehr gestellter Fragen. Jahrelang kaufte der Vater am 6. Mai einen Strauß Maiglöckchen; der Tag, an dem Chris der Mutter ihre Lieblingsblumen zum Geburtstag bringen wollte, war ihr Todestag. Es kam mir vor, als quälte es ihn, daß er Chris alleine hatte zur Grenze ziehen lassen; als fühlte er sich schuldig, daß Onkel Fietje nicht mehr lebte, sein bester Freund, daß Tante Tiny Witwe war und die beiden Mädchen keinen Vater mehr hatten. Eine Weile stand in der Vitrine das Einmachglas mit Heidekraut und blasser werdendem Sand, dann ging es mit nach Waldbröl, dort blieb es auf dem Ecktisch von Chris' Mutter stehen.

Vielleicht, sagte Jörn, ist der Vater nur deshalb nicht mit in den Harz gefahren, weil er den Jungen nicht alleine lassen wollte; seinetwegen hatte er ja auch die Fahrräder wieder in den Keller gebracht ... aber wenn ich mich so frage, frage ich mich auch, ob der Junge mit Schuld daran hat, daß zwei Menschen erschossen worden sind ... man muß ja nur alle die Zusammenhänge sehen, dann steckst du in jeder Geschichte mit drin.

Ganz sicher weiß ich, sagte Jörn, der Junge grübelte noch eine Weile, wenn er an den Laster dachte, die zwei Russen und die beiden Särge. Onkel Fietje war wie ein Onkel, aber Chris war für ihn nie eine Mutter gewesen. Im Sarg meine Mutter ... war für den Jungen endlich die Versöhnung mit der Stiefmutter gekommen, hatte sein verzweifeltes Gestammel nach einem Frieden gerufen, für den der Junge nie bereitwillig sein wollte ... und hatte er dann nicht seine Mutter, die den Kampf um ihn aufgegeben hatte, aufgegeben und sie verraten in ihrem Grab in Cottbus?

Jörn zündete sich die nächste Zigarette an und griff nach dem Glas. Eine Weile dachte ich, der Vater würde sich mit Tante Tiny zusammentun, aber drei Jahre später war er in Köln verheiratet mit Elly. Sie ist heute seine Witwe. Wenn ich sie besuche, sprechen wir von damals wenig. Wir verstehen uns schon lange gut. Damals war sie von Osterwieck nach Erfurt gekommen, mit Claudius, ihrem kleinen Sohn, der an seinen Vater eine Erinnerung nicht kennt. Wir hatten es eine Weile allein versucht; der Vater überließ Jörn den Haushalt und magerte immer mehr ab. Es war eine ziemliche Leere, in der wir weitermachten. Der Junge wußte aber, es ging vielen so. Elly brachte so etwas wie Helligkeit mit, Hoffnung und Mut; sie hatte Kisten organisiert und einen Waggon. In jedem Zimmer standen Kisten, Pakete mit neuen Nägeln, und wir packten in aller Ruhe. In die Schule ging ich nicht mehr; kein Blick mehr über die Stadt, ins Gartengelände vor den Fenstern. Dann war die Wohnung leergeräumt, und wir standen wieder auf dem Kopfbahnsteig. Der Zug nach Osterwieck, Umsteigen in Nordhausen. Die Wipfel der Kastanie, der Pfiff der Lokomotive, kein Wiedersehen bis Jahrzehnte später im Oktober.

Große Wolkenfelder zogen durch den Himmel, und ich ging im Schloßpark spazieren. Jörn hatte am Morgen den Geländewagen gepackt und war losgefahren. Nach Cottbus, hatte er gesagt, aber er war unterwegs nach Erfurt. Im Dunkel draußen waren wir aufgestanden und hatten uns in der Gaststube auf die Kaminbank gesetzt. Herr Demuth hatte sich einen Stuhl herangezogen; er mochte keinen Braunen mehr, und Lisa hatte mit dem Bier eine Runde Nordhäuser gebracht. Aber morjen haick doch zwei Haflinger zum Beschlagen hier stehn ... Herr Demuth hatte ungläubig, fast unwirsch geschaut; wieso denn so plötzlich fortmachen hier ... Wenn Schnee liegt, komme ich wieder. Jörn hatte es mit einem Lächeln gesagt und war in den Saal hinausgegangen.

Die Woche mit Jörn kam mir vor, als wären Jahrzehnte vergangen. Im Schloß wohnte ich in einem Zimmer mit Blick in den Park; die Hausdame meinte, da könnte ich gerne noch bleiben ... obschon ich nicht wußte, ob Jörn bald wiederkommen würde, wollte ich eine Weile auf ihn warten. Die Fahrt nach Cottbus über Erfurt ... er hatte vor, den Wagen am Bahnhof stehenzulassen, in einen Zug nach Leipzig zu steigen und weiterzufahren nach Cottbus, nein, nicht wie der kleine Junge damals, da ließe sich nichts mehr vergegenwärtigen. Er würde auch von der Stadt nichts mehr kennen; der Weg zu Gerstenbergers Wohnung war so tief im Gedächtnis versunken, daß er ihn nie wiederfinden würde. Und nur der Stadtplan würde ihm helfen, den Weg zum Südfriedhof zu finden. Woran er all die Jahre sich erinnert hatte, das war ein Geruch, der Geruch nach Gurken und Holz. Am Morgen, als der Vater mit Gerstenberger zum Schwieloch-See gefahren war, hatte vor dem Haus ein Fuhrwerk gestanden ... Der Schauspieler kannte einen Bauern im Fläming, der hatte einen Kiefernwald und eine Schwester im Spreewald. Jörn war auf das Fuhrwerk geklettert; Chris hatte gemeint, der Junge könnte sich ein bißchen ablenken lassen und dem Bauern beim

Abladen helfen. Das Fuhrwerk lag voll Brennholz für den Winter, und obendrauf zum Einmachen die Gurken. Die Gurken kamen frisch aus Lübbenau; die Kiefernscheite waren voller Harz und gestern geschlagen. Jörn hatte gleich mit angefaßt ... er wollte dann, als er hinter dem Sarg der Mutter herging, immer an etwas anderes denken, da dachte er daran, wie die Gurken im Dellbrücker Garten rochen und die Kiefern im Steigerwald.

Ich ging allein durch den Park; nur selten war einer der Künstler zu sehen, die in den Nebengebäuden des Schlosses ein Atelier hatten und dort für ein paar Monate mit einem Stipendium lebten. Zwischen den Büschen tauchte Ellis auf, der große Hund der Direktorin; er war naß und kam aus dem Teich, in dem zwei Schwäne langsam schwammen; er schüttelte sich und folgte einer Spur, die sich hinter einer Gruppe von Statuen entlangzog. Der Park dehnte sich aus, bis er in die Wälder überging, in denen ich mit Jörn zum Flugplatz, zur Raketenstellung unterwegs gewesen war. Das Törchen im Holzzaun stand offen; ich verließ den Park und ging über den federnden Boden, der voller Kiefernnadeln lag. Wo der Wald endete, blieb ich stehen und sah über die leeren Felder, in denen sich die Chausseebäume nach Reinsdorf entfernten. Im Wald rätschte ein Häher auf; die Bussarde, die über den Feldern pfiffen, waren nicht zu sehen. Ein Segelflugzeug kreiste unter den Wolken, und es näherte sich ein tief brummendes Motorgeräusch. Ich sah die Antonow zur Landung ansetzen, danach brach das Motorgeräusch ab. Für einen Moment war es still in der Luft, dann begann das Pfeifen wieder, und noch einmal rätschte der Häher.

Jürgen Becker
im Suhrkamp Verlag

Aus der Geschichte der Trennungen. Roman.
336 Seiten. Gebunden und st 3262. 340 Seiten

Beispielsweise am Wannsee. Gedichte. BS 1112. 160 Seiten

Das englische Fenster. Gedichte. 93 Seiten. Leinen

Erzähl mir nichts vom Krieg. Gedichte.
109 Seiten. Englische Broschur

Erzählen bis Ostende. 170 Seiten. Leinen

Das Gedicht von der wiedervereinigten Landschaft.
97 Seiten. Leinen

In der verbleibenden Zeit. Gedichte.
126 Seiten. Englische Broschur

Journal der Wiederholungen. Gedichte. 100 Seiten. Leinen

Odenthals Küste. Gedichte. 144 Seiten. Leinen

Ränder. Englische Broschur und es 351. 112 Seiten

Die Türe zum Meer. 129 Seiten. Leinen

Umgebungen. es 722. 168 Seiten

Über Jürgen Becker. Herausgegeben von Leo Kreutzer.
es 552. 199 Seiten

NF 300/1/5.01

Jürgen Becker und Rango Bohne

Fenster und Stimmen. Gedichte von Jürgen Becker und Bilder von Rango Bohne. 59 Seiten. Englische Broschur

Frauen mit dem Rücken zum Betrachter. Bilder von Rango Bohne. Stimmen von Jürgen Becker.
91 Seiten. Englische Broschur

Korrespondenzen mit Landschaft. Collagen von Rango Bohne. Gedichte von Jürgen Becker. Signierte und auf 1000 Exemplare limitierte Ausgabe. 47 Seiten. Leinen im Schuber

NF 300/2/5.01

Louis Begley
- Lügen in Zeiten des Krieges. Roman. Übersetzt von Christa Krüger. st 2546. 223 Seiten
- Mistlers Abschied. Roman. Übersetzt von Christa Krüger. st 3113. 284 Seiten
- Schmidt. Roman. Übersetzt von Christa Krüger. st 3000. 320 Seiten

Walter Benjamin. Illuminationen. Ausgewählte Schriften. Herausgegeben von Siegfried Unseld. st 345. 417 Seiten

Thomas Bernhard
- Auslöschung. Ein Zerfall. st 1563. 651 Seiten
- Ein Lesebuch. Herausgegeben von Raimund Fellinger. st 2158. 365 Seiten

Peter Bichsel
- Kindergeschichten. st 2642. 84 Seiten
- Cherubin Hammer und Cherubin Hammer. st 3165. 112 Seiten

Volker Braun
- Hinze-Kunze-Roman. st 3194. 240 Seiten
- Trotzdestonichts oder Der Wendehals. st 3180. 160 Seiten

Bertolt Brecht
- Dreigroschenroman. st 1846. 392 Seiten
- Gedichte über die Liebe. Ausgewählt von Werner Hecht. st 1001. 240 Seiten

Hermann Broch. Kommentierte Werkausgabe. Herausgegeben von Paul Michael Lützeler. Sechs Bände in Kassette
- Band 1: Die Schlafwandler. Eine Romantrilogie. st 2363. 760 Seiten
- Band 2: Die Unbekannte Größe. Roman. st 2364. 258 Seiten

NF 265/2/9.00

- Band 3: Die Verzauberung. Roman. st 2365. 416 Seiten
- Band 4: Der Tod des Vergil. Roman. st 2366. 522 Seiten
- Band 5: Die Schuldlosen. Roman in elf Erzählungen. st 2367. 352 Seiten
- Band 6: Novellen, Prosa, Fragmente. st 2368. 358 Seiten

Antonia S. Byatt. Besessen. Roman. Übersetzt von Melanie Walz. st 2376. 632 Seiten

Guillermo Cabrera Infante. Drei traurige Tiger. Roman. Übersetzt von Wilfried Böhringer. st 2846. 541 Seiten

Truman Capote. Die Grasharfe. Roman. Übersetzt von Annemarie Seidel und Friedrich Podszus. st 3135. 208 Seiten

Alejo Carpentier. Le Sacre du printemps. Roman. Übersetzt von Anneliese Botond. st 2480. 682 Seiten

Paul Celan. Gesammelte Werke in sieben Bänden. Sieben Bände in Kassette. st 3202-st 3208. 3380 Seiten

Julio Cortázar. Die Erzählungen. Übersetzt von Fritz Rudolf Fries. Mit einem Vorwort von Mario Vargas Llosa. Vier Bände in Kassette
- Band 1: Die Nacht auf dem Rücken. Mit einem Vorwort von Mario Vargas Llosa. st 2916. 291 Seiten
- Band 2: Südliche Autobahn. st 2917. 350 Seiten
- Band 3: Beleuchtungswechsel. st 2918. 280 Seiten
- Band 4: Ende der Etappe. st 2919. 330 Seiten

György Dalos. Die Beschneidung. Eine Geschichte. Übersetzt von György Dalos und Elsbeth Zylla. st 2166. 199 Seiten

Marguerite Duras. Der Liebhaber. Übersetzt von Ilma Rakusa. st 1629. 194 Seiten

NF 265/3/9.00

Hans Magnus Enzensberger
- Ach Europa! Wahrnehmungen aus sieben Ländern. Mit einem Epilog aus dem Jahre 2006. st 1690. 501 Seiten
- Der Fliegende Robert. Gedichte, Szenen, Essays. st 1962. 350 Seiten

Marieluise Fleißer. Gesammelte Werke in vier Bänden. Herausgegeben von Günther Rühle. st 2274-2277. 1760 Seiten

Max Frisch
- Homo faber. Ein Bericht. st 354. 203 Seiten
- Mein Name sei Gantenbein. Roman. st 286. 288 Seiten
- Stiller. Roman. st 105. 438 Seiten
- Tagebuch 1946-1949. st 1148. 400 Seiten
- Tagebuch 1966-1971. st 256. 432 Seiten

Norbert Gstrein. Der Kommerzialrat. Bericht. st 2718. 148 Seiten

Peter Handke
- Kindergeschichte. st 1071. 105 Seiten
- Mein Jahr in der Niemandsbucht. Ein Märchen aus den neuen Zeiten. st 3084. 632 Seiten
- Wunschloses Unglück. Erzählung. st 146. 105 Seiten

Hermann Hesse
- Das Glasperlenspiel. Versuch einer Lebensbeschreibung des Magister Ludi Josef Knecht samt Knechts hinterlassenen Schriften. st 2572. 616 Seiten
- Siddhartha. Eine indische Dichtung. st 182. 136 Seiten
- Unterm Rad. Erzählung. st 52. 166 Seiten

Wolfgang Hildesheimer. Marbot. Eine Biographie. Mit zahlreichen Abbildungen. st 1009. 327 Seiten

NF 265/4/9.00

Ludwig Hohl. Die Notizen oder Von der unvoreiligen Versöhnung. st 1000. 832 Seiten

Ödön von Horváth. Jugend ohne Gott. st 2374. 182 Seiten

Bohumil Hrabal. Ich habe den englischen König bedient. Roman. Übersetzt von Karl-Heinz Jähn. st 1754. 301 Seiten

Peter Huchel. Die Gedichte. st 2665. 489 Seiten

100 **Wörter des Jahrhunderts.** st 2973. 351 Seiten

Yasushi Inoue. Das Jagdgewehr. Übersetzt von Oskar Benl. st 2909. 98 Seiten

Uwe Johnson. Jahrestage. Aus dem Leben der Gesine Cresspahl. Einbändige Ausgabe. st 3220. 1728 Seiten

Hans Jonas. Das Prinzip Verantwortung. Versuch einer Ethik für die technologische Zivilisation. st 1085. 426 Seiten

James Joyce. Ullysses. Roman. Übersetzt von Hans Wollschläger. st 2551. 988 Seiten

Franz Kafka. Der Prozeß. Roman. st 2837. 282 Seiten

André Kaminski. Nächstes Jahr in Jerusalem. Roman. st 1519. 392 Seiten

Hermann Kasack. Die Stadt hinter dem Strom. Roman. st 2561. 438 Seiten

Bodo Kirchhoff. Infanta. Roman. st 1872. 502 Seiten

NF 265/5/9.00

Wolfgang Koeppen
- Tauben im Gras. Roman. st 601. 210 Seiten
- Der Tod in Rom. Roman. st 241. 187 Seiten
- Das Treibhaus. Roman. st 78. 190 Seiten

Else Lasker-Schüler. Gedichte 1902-1943. st 2790. 439 Seiten

Stanisław Lem. Sterntagebücher. Mit Zeichnungen des Autors. Übersetzt von Caesar Rymarowicz. st 459. 478 Seiten

Hermann Lenz. Vergangene Gegenwart. Die Eugen-Rapp-Romane. Neun Bände in Kassette. 3000 Seiten

H. P. Lovecraft. Cthulhu. Geistergeschichten. Übersetzt von H. C. Artmann. Vorwort von Giorgio Manganelli. Ph.B. 19. st 29. 239 Seiten

Hans Mayer. Außenseiter. st 736. 511 Seiten

Robert Menasse »Trilogie der Entgeisterung«. Fünf Bände in Kassette
- Die Welt scheint unverbesserlich. st 2776. 365 Seiten
- Selige Zeiten, brüchige Welt. st 2312. 374 Seiten
- Phänomenologie der Entgeisterung. st 2389. 86 Seiten
- Sinnliche Gewißheit. st 2688. 329 Seiten
- Schubumkehr. st 2694. 180 Seiten

Eduardo Mendoza. Die Stadt der Wunder. Roman. Übersetzt von Peter Schwaar. st 2142. 503 Seiten

Adolf Muschg. Der Rote Ritter. Eine Geschichte von Parzivâl. st 2581. 1089 Seiten

NF 265/6/9.00

Cees Nooteboom
- Allerseelen. Übersetzt von Helga van Beuningen. st 3163. 440 Seiten
- Die folgende Geschichte. Übersetzt von Helga van Beuningen. st 2500. 148 Seiten
- Rituale. Roman. Übersetzt von Hans Herrfurth. st 2446. 231 Seiten

Flann O'Brien. Der dritte Polizist. Roman. Übersetzt von Harry Rowohlt. st 1810. 260 Seiten

Juan Carlos Onetti. Das kurze Leben. Roman. Übersetzt von Curt Meyer-Clason. Mit einem Nachwort von Durs Grünbein. st 3017. 380 Seiten

Amos Oz. Der dritte Zustand. Roman. Übersetzt von Ruth Achlama. st 2331. 366 Seiten

Ulrich Plenzdorf. Die neuen Leiden des jungen W. 148 Seiten. Englisch Broschur

Marcel Proust. In Swanns Welt. Auf der Suche nach der verlorenen Zeit. Übersetzt von Eva Rechel-Mertens. st 2671. 564 Seiten

Luise F. Pusch. Die Frau ist nicht der Rede wert. Aufsätze, Reden und Glossen. st 2921. 199 Seiten

João Ubaldo Ribeiro. Brasilien, Brasilien. Roman. Übersetzt von Curt Meyer-Clason und Jacob Deutsch. st 1835. 731 Seiten

Ralf Rothmann
- Flieh, mein Freund! Roman. st 3112. 278 Seiten
- Stier. Roman. st 2255. 372 Seiten

NF 265/7/9.00

Robert Schindel. Gebürtig. Roman. st 2273. 359 Seiten

Jorge Semprun. Was für ein schöner Sonntag! Übersetzt von Johannes Piron. st 972. 395 Seiten

Arnold Stadler. Mein Hund, meine Sau, mein Leben. Roman. Mit einem Nachwort von Martin Walser. st 2575. 164 Seiten

Galsan Tschinag. Der blaue Himmel. Roman. st 2720. 178 Seiten

Mario Vargas Llosa. Tante Julia und der Kunstschreiber. Roman. Übersetzt von Heidrun Adler. st 1520. 392 Seiten

Martin Walser
- Ein fliehendes Pferd. Novelle. st 600. 151 Seiten
- Halbzeit. Roman. st 2657. 778 Seiten
- Ein springender Brunnen. Roman. st 3100. 416 Seiten

Robert Walser
- Der Gehülfe. Roman. st 1110. 316 Seiten
- Geschwister Tanner. Roman. st 1109. 381 Seiten
- Jakob von Gunten. Ein Tagebuch. st 1111. 184 Seiten

Ernst Weiß
- Der arme Verschwender. st 3004. 498 Seiten
- Der Augenzeuge. Roman. st 3122. 302 Seiten

NF 265/8/9.00